TESS GERRITSEN

Grabesstille

Tess Gerritsen

Grabesstille

Thriller

Deutsch von Andreas Jäger

blanvalet

Die Originalausgabe erschien 2011 unter dem Titel
»The Silent Girl« bei Ballantine Book,
a division of Random House Inc., New York.

MIX
Papier aus verantwortungsvollen Quellen
FSC® C014496
FSC www.fsc.org

Verlagsgruppe Random House FSC® N001967

2. Auflage

Published by Arrangement with Tess Gerritsen Inc.
Dieses Werk wurde im Auftrag von Jane Rotrosen Agency LLC
vermittelt durch die Literarische Agentur Thomas Schlück GmbH,
30161 Hannover.
Umschlaggestaltung: © www.buerosued.de
Umschlagmotiv: © Timothy Carroll/EyeEm/Getty Images
JaB · Herstellung: wag
Satz: Uhl + Massopust, Aalen
Druck und Bindung: GGP Media GmbH, Pößneck
Printed in Germany
ISBN 978-3-7341-0815-0

www.blanvalet.de

Für Bill Haber und Janet Tamaro –
weil Ihr an meine Mädchen geglaubt habt.

»Deine Aufgabe ist es«, sagte der Affe,
»das Ungeheuer aus seinem Versteck zu locken.
Aber du musst sicher sein, dass es ein Kampf ist,
den du überleben kannst.«

Wu Cheng'en (ca. 1500 – 1582),
Der rebellische Affe:
Die Reise nach dem Westen

1

SAN FRANCISCO

Den ganzen Tag schon beobachte ich das Mädchen.

Sie lässt nicht erkennen, dass sie mich bemerkt hat, obwohl mein Mietwagen in Sichtweite der Straßenecke steht, an der sie und ihre Freunde sich an diesem Nachmittag versammelt haben, um zu tun, was gelangweilte Teenager eben so tun: die Zeit totschlagen. Sie wirkt jünger als die anderen, aber das liegt vielleicht daran, dass sie Asiatin ist und recht klein und zierlich für ihre siebzehn Jahre. Ihr schwarzes Haar trägt sie kurz geschnitten wie ein Junge, ihre Bluejeans ist zerrissen und ausgefranst. Kein Modegag, denke ich bei mir, sondern echte Gebrauchsspuren, eine Folge des harten Lebens auf der Straße. Sie zieht an einer Zigarette und bläst eine Rauchwolke in die Luft, mit der lässigen Pose eines Straßengangsters, die so gar nicht zu ihrem blassen Gesicht und ihren feinen chinesischen Gesichtszügen passt. Sie ist hübsch genug, um die gierigen Blicke zweier Männer anzuziehen, die an der Gruppe vorbeikommen. Das Mädchen registriert sie und starrt unerschrocken zurück, doch es ist leicht, furchtlos zu sein, wenn die Gefahr nur abstrakt ist. Wie, so frage ich mich, würde das Mädchen angesichts einer realen Gefahr reagieren? Würde sie sich nach Kräften wehren, oder würde sie klein beigeben? Ich will wissen, aus welchem Holz sie geschnitzt ist, aber noch habe ich keine Probe ihres Charakters gesehen.

Als der Abend hereinbricht, löst sich die Teenager-Versammlung an der Straßenecke allmählich auf. Einer nach dem anderen gehen sie ihrer Wege. In San Francisco sind die Nächte selbst im Sommer kühl, und die Verbliebenen drängen sich zusammen, in ihre Jacken und Sweatshirts gehüllt, und geben einander Feuer, kosten die flüchtige Wärme der Flamme aus. Aber schließlich vertreiben Hunger und Kälte auch die Letzten, und nur das Mädchen bleibt zurück – wohin sollte sie auch gehen? Sie winkt ihren Freunden nach und steht dann eine Weile allein herum, als ob sie auf jemanden wartet. Schließlich zuckt sie mit den Achseln und geht in meine Richtung davon, die Hände in die Hosentaschen gesteckt. Als sie an meinem Wagen vorbeikommt, würdigt sie mich keines Blickes, starrt nur geradeaus, mit entschlossener, grimmiger Miene, als grübelte sie über irgendein Problem nach. Vielleicht überlegt sie, wo und wie sie sich heute ihr Abendessen organisieren soll. Oder vielleicht ist es auch etwas Schwerwiegenderes, was sie beschäftigt. Ihre Zukunft. Ihr Überleben.

Wahrscheinlich merkt sie gar nicht, dass die beiden Männer ihr folgen.

Sekunden nachdem sie an meinem Wagen vorbeigekommen ist, sehe ich die Männer aus einem Durchgang zwischen den Häusern treten. Ich erkenne sie wieder; es sind dieselben, die sie vorhin so angestarrt haben. Als sie sich an die Verfolgung machen und an meinem Wagen vorübereilen, sieht mich einer der Männer durch die Windschutzscheibe an. Es ist nur ein kurzer Blick, mit dem er einschätzen will, ob ich eine Bedrohung darstelle. Was er sieht, beunruhigt ihn nicht im Geringsten. Er und sein Begleiter gehen weiter, und jede ihrer Bewegungen strahlt die souveräne Selbstsicherheit des Jägers aus, der sich an eine schwächere, wehrlose Beute heranpirscht.

Ich steige aus und folge ihnen, so, wie sie dem Mädchen folgen.

Sie steuert eine Wohngegend an, wo allzu viele Gebäude leer stehen, wo die Gehsteige mit zerbrochenen Flaschen gepflastert scheinen. Das Mädchen lässt keine Furcht erkennen, kein Zögern; offenbar ist ihr die Umgebung vertraut. Sie schaut sich auch nicht um, und das verrät mir, dass sie entweder tollkühn ist oder keine Ahnung hat von der Welt und von dem, was diese Welt Mädchen wie ihr antun kann. Die Männer, die sie verfolgen, drehen sich auch nicht um. Und selbst wenn sie mich entdecken sollten, was ich zu verhindern weiß, würden sie nichts sehen, wovor sie sich fürchten müssten. So geht es allen.

Einen Block weiter wendet sich das Mädchen nach rechts und verschwindet in einem Hauseingang.

Ich ziehe mich in den Schatten zurück, um zu beobachten, was nun geschieht. Die beiden Männer bleiben vor dem Haus stehen und beraten sich kurz. Dann gehen sie ebenfalls hinein.

Vom Gehsteig aus blicke ich zu den mit Brettern vernagelten Fenstern auf. Es ist ein verlassenes Lagerhaus mit einem Schild, auf dem steht: ZUTRITT FÜR UNBEFUGTE VERBOTEN. Die Tür hängt schief in den Angeln. Ich schlüpfe hindurch, tauche ein in eine so tiefe Finsternis, dass ich einen Moment innehalten und mich auf meine anderen Sinne verlassen muss, um zu erspüren, was ich noch nicht sehen kann. Ich höre die Bodendielen knarren. Ich rieche heißes Kerzenwachs. Dann kann ich zur Linken eine Tür ausmachen, durch die ein schwacher Lichtschein dringt. Ich bleibe davor stehen und spähe durch den Türspalt ins Zimmer.

Das Mädchen kniet vor einem behelfsmäßigen Tisch; nur eine flackernde Kerze erhellt ihr Gesicht. Um sie herum entdecke ich Anzeichen dafür, dass jemand sich hier häuslich eingerichtet hat: einen Schlafsack, Konservendosen, einen kleinen Campingkocher. Sie kämpft gerade mit einem klobigen Dosenöffner und merkt nicht, dass die beiden Männer sich ihr von hinten nähern.

Ich hole eben Luft, um sie mit einem Ruf zu warnen, da wirbelt das Mädchen herum und stellt sich den Angreifern entgegen. In der Hand hält sie nur den Dosenöffner – eine bescheidene Waffe gegen zwei größere und kräftigere Angreifer.

»Das ist mein Zimmer«, sagt sie. »Raus hier!«

Ich hatte mich schon darauf gefasst gemacht einzugreifen. Stattdessen bleibe ich, wo ich bin, um zu sehen, wie es weitergeht. Um zu sehen, was in dem Mädchen steckt.

Einer der Männer lacht. »Wir kommen nur zu Besuch, Schätzchen.«

»Hab ich euch eingeladen?«

»Du siehst aus, als könntest du ein bisschen Gesellschaft gebrauchen.«

»Und du siehst aus, als könntest du eine Portion Hirn gebrauchen.«

Keine sehr kluge Bemerkung angesichts der Situation, denke ich. Jetzt ist die Begierde der Männer mit Zorn vermischt – eine gefährliche Kombination. Doch das Mädchen steht ganz ruhig da, mit nichts als diesem lächerlichen Küchenutensil in der Hand. Als die Männer sich auf sie stürzen, wippe ich schon auf den Fußballen, mache mich zum Sprung bereit.

Doch sie kommt mir zuvor. Ein Satz, und ihr Fuß kracht mit voller Wucht gegen das Brustbein des ersten Mannes.

Kein sehr elegantes Manöver, aber wirkungsvoll. Der Mann taumelt und fasst sich an die Brust, als ob er keine Luft bekommt. Ehe der zweite Mann reagieren kann, schwingt sie bereits zu ihm herum und versetzt ihm mit dem Dosenöffner einen Schlag gegen die Schläfe. Er heult auf und weicht zurück.

Jetzt wird es wirklich interessant.

Der erste Mann hat sich gefangen und rennt auf sie zu, rammt sie mit solcher Wucht, dass beide der Länge nach zu Boden gehen. Sie traktiert ihn mit Tritten und Schlägen, und ihre Faust kracht gegen seinen Unterkiefer. Aber in seiner rasenden Wut spürt er die Schmerzen nicht; mit lautem Gebrüll wälzt er sich auf sie und drückt sie mit seinem Gewicht zu Boden.

Jetzt springt der zweite Mann wieder herbei. Er packt ihre Handgelenke und hält sie am Boden fest. Ihre Jugend und ihre Unerfahrenheit haben sie in eine fatale Lage gebracht, aus der zu entkommen schier unmöglich ist. Bei all ihrer ungestümen Energie ist sie doch naiv und untrainiert, und jeden Moment wird das Unvermeidliche passieren. Schon hat der erste Mann den Reißverschluss ihrer Jeans aufgezogen und zerrt ihr die Hose über die mageren Hüften. Deutlich zeichnet sich seine Erregung ab. Nie ist ein Mann so verwundbar.

Er hört mich nicht kommen. Gerade nestelt er noch an seinem Reißverschluss herum, im nächsten Moment liegt er schon mit zerschmettertem Kiefer am Boden und spuckt Blut und ausgeschlagene Zähne.

Der zweite Mann schafft es gerade noch, die Hände des Mädchens loszulassen und aufzuspringen, aber er ist nicht schnell genug. Ich bin ein Tiger, und er ist nichts als ein schwerfälliger, stumpfsinniger Büffel, hilflos meinem

Schlag ausgeliefert. Mit einem schrillen Schrei stürzt er zu Boden, und nach dem unnatürlichen Winkel zu urteilen, in dem sein Arm abgeknickt ist, muss der Knochen glatt gebrochen sein.

Ich packe das Mädchen und hole es mit einem Ruck auf die Füße. »Bist du unverletzt?«

Sie zieht den Reißverschluss ihrer Jeans hoch und starrt mich an. »Wer zum Teufel sind Sie denn?«

»Das erklär ich dir später. Jetzt komm weg hier!«, blaffe ich sie an.

»Wie haben Sie das gemacht? Wie haben Sie die beiden so schnell überwältigt?«

»Willst du es lernen?«

»Ja!«

Ich betrachte die zwei Männer, die sich stöhnend zu unseren Füßen winden. »Dann merk dir die erste Lektion: Du musst wissen, wann es Zeit ist zu fliehen.« Ich schiebe sie in Richtung Tür. »In diesem Fall wäre das genau jetzt.«

Ich sehe ihr beim Essen zu. So schmächtig sie ist, hat sie doch den Appetit einer Wölfin; sie verschlingt drei Hähnchen-Tacos und einen großen Teller Bohnenpüree und spült alles mit einem Glas Cola hinunter. Sie hat sich mexikanisches Essen gewünscht, und so sitzen wir nun in diesem Restaurant, wo Mariachi-Musik läuft und die Wände mit grellbunten Gemälden von tanzenden Señoritas geschmückt sind. Trotz ihrer chinesischen Gesichtszüge ist das Mädchen durch und durch amerikanisch, von ihrem kurz geschorenen Haar bis hin zu ihrer zerfetzten Jeans. Ein wildes, unverbildetes Geschöpf, das den letzten Rest aus dem Colaglas schlürft, um dann geräuschvoll auf den Eiswürfeln herumzukauen.

Mir kommen leise Zweifel am Sinn meines Unterfangens. Sie ist schon zu alt, um die Lehren aufzunehmen; zu verwildert, um Disziplin zu lernen. Ich sollte sie wieder auf die Straße zurückkehren lassen, wenn sie meint, dass sie dorthin gehört, und eine andere Möglichkeit finden. Aber dann fällt mein Blick auf die Narben an ihren Fingerknöcheln, und ich erinnere mich, wie sie um ein Haar im Alleingang die beiden Männer überwältigt hätte. Sie besitzt rohes Talent, und sie ist furchtlos – zwei Dinge, die man niemandem beibringen kann.

»Erinnerst du dich an mich?«, frage ich.

Das Mädchen stellt sein Glas ab und runzelt die Stirn. Ganz kurz glaube ich, einen Funken des Wiedererkennens aufblitzen zu sehen, doch dann ist er wieder verschwunden. Sie schüttelt den Kopf.

»Es ist lange her«, sage ich. »Zwölf Jahre.« Eine Ewigkeit für ein so junges Mädchen. »Du warst noch klein.«

Sie zuckt mit den Achseln. »Kein Wunder, dass ich mich nicht an Sie erinnere.« Sie greift in ihre Jackentasche, zieht eine Zigarette heraus und macht Anstalten, sie anzuzünden.

»Du vergiftest deinen Körper.«

»Es ist mein Körper«, gibt sie zurück.

»Nicht, wenn du trainieren willst.« Ich beuge mich über den Tisch und schnappe ihr die Zigarette aus dem Mund. »Wenn du lernen willst, muss deine Einstellung sich ändern. Du musst Respekt zeigen.«

Sie schnaubt. »Sie klingen wie meine Mutter.«

»Ich habe deine Mutter gekannt. In Boston.«

»Tja, aber sie ist tot.«

»Ich weiß. Letzten Monat habe ich einen Brief von ihr bekommen. Sie schrieb mir, sie sei krank und habe nur noch sehr wenig Zeit. Deswegen bin ich hier.«

Ich bin verblüfft, als ich in den Augen des Mädchens Tränen schimmern sehe, und sie wendet sich rasch ab, als sei es ihr peinlich, Schwäche zu zeigen. Aber in diesem Moment der Verletzlichkeit, ehe sie die Augen niederschlägt, ruft sie mir meine eigene Tochter ins Gedächtnis, die jünger war als dieses Mädchen, als ich sie verlor. Tränen brennen in meinen Augen, aber ich versuche nicht, sie zu verbergen. Der Kummer hat mich zu dem gemacht, was ich bin. Er war das läuternde Feuer, das meine Entschlossenheit geschärft und meinen Willen gestählt hat.

Ich brauche dieses Mädchen. Und offensichtlich braucht sie mich ebenso.

»Ich habe dich wochenlang gesucht«, sage ich.

»Bei der Pflegefamilie hat's mir gestunken. Ich komm viel besser allein klar.«

»Wenn deine Mutter dich jetzt sehen könnte, würde es ihr das Herz brechen.«

»Sie hatte nie Zeit für mich.«

»Vielleicht, weil sie in zwei Jobs schuften musste, damit du genug zu essen hattest? Weil sie wusste, dass sie ganz auf sich allein gestellt war?«

»Sie hat sich von allen immer rumschubsen lassen. Ich hab's nicht ein Mal erlebt, dass sie sich gegen irgendwen durchgesetzt hätte. Nicht mal gegen mich.«

»Sie hatte Angst.«

»Sie hatte kein Rückgrat.«

Ich beuge mich vor, erfüllt von plötzlicher Wut auf dieses undankbare Gör. »Was deine arme Mutter gelitten hat, das kannst du dir überhaupt nicht vorstellen. Alles, was sie getan hat, hat sie nur für dich getan.« Angewidert werfe ich ihr die Zigarette zurück. Das ist nicht das Mädchen, das ich zu finden gehofft hatte. Sie mag stark und furchtlos sein, aber kein Gefühl der Kindespflicht bindet sie an ihre toten Eltern, kein Sinn für Familienehre. Ohne eine Beziehung zu unseren Ahnen sind wir nur verlorene Staubkörnchen, die haltlos im Wind treiben, an nichts und niemanden gebunden.

Ich bezahle ihr Essen und stehe auf. »Ich hoffe, dass du eines Tages zur Einsicht gelangen und verstehen wirst, was deine Mutter für dich geopfert hat.«

»Sie wollen gehen?«

»Es gibt nichts, was ich dir beibringen könnte.«

»Wie kommen Sie eigentlich darauf, mir etwas beibringen zu wollen? Wieso haben Sie mich überhaupt gesucht?«

»Ich dachte, ich würde jemand anderen vorfinden. Jemanden, den ich lehren könnte. Jemanden, der mir helfen würde.«

»Wobei helfen?«

Ich weiß nicht, wie ich ihre Frage beantworten soll. Einen Moment lang ist das einzige Geräusch die blecherne Mariachi-Musik, die aus den Lautsprechern des Restaurants tönt.

»Erinnerst du dich an deinen Vater?«, frage ich. »Erinnerst du dich daran, was mit ihm passiert ist?«

Sie starrt mich an. »Darum geht es also, nicht wahr? Deswegen haben Sie mich gesucht? Weil meine Mutter Ihnen von ihm geschrieben hat.«

»Dein Vater war ein guter Mann. Er hat dich geliebt, und du entehrst ihn. Du entehrst deine Eltern.« Ich lege ein Bündel Geldscheine vor sie auf den Tisch. »Das hier ist zu ihrem Gedächtnis. Sieh zu, dass du von der Straße wegkommst, und geh wieder zur Schule. Da musst du dich wenigstens nicht gegen fremde Männer zur Wehr setzen.« Ich drehe mich um und verlasse das Restaurant.

Sekunden später stürzt sie zur Tür hinaus und läuft mir nach. »Warten Sie!«, ruft sie. »Wohin gehen Sie?«

»Zurück nach Hause, nach Boston.«

»Ich erinnere mich doch an Sie. Ich glaube, ich weiß, was Sie wollen.«

Ich bleibe stehen und sehe sie an. »Es ist dasselbe, was auch *du* wollen müsstest.«

»Was muss ich tun?«

Ich mustere sie von Kopf bis Fuß, und ich sehe magere Schultern, sehe Hüften, so schmal, dass die Bluejeans kaum Halt findet. »Es geht nicht darum, was du tun musst«, antworte ich. »Es geht darum, was du *sein* musst.« Langsam gehe ich auf sie zu. Bis zu diesem Moment hat sie keinen Grund gesehen, mich zu fürchten. Warum auch? Ich bin nur eine Frau. Aber jetzt sieht sie etwas in meinen Augen, und es lässt sie einen Schritt zurückweichen.

»Hast du Angst?«, frage ich sie leise.

Ihr Kinn ruckt in die Höhe, und sie entgegnet mit gespielter Tapferkeit: »Nein.«

»Das solltest du aber.«

2

Sieben Jahre später

»Mein Name ist Dr. Maura Isles – ich buchstabiere: I–S–L–E–S. Ich bin Ärztin und Rechtsmedizinerin und arbeite am Rechtsmedizinischen Institut des Staates Massachusetts.«

»Bitte beschreiben Sie dem Gericht Ihre Ausbildung und Berufserfahrung, Dr. Isles«, forderte die Staatsanwältin von Suffolk County, Carmela Aguilar, Maura auf.

Maura hielt den Blick auf die Staatsanwältin gerichtet, während sie die Frage beantwortete. Es war wesentlich angenehmer, sich auf Aguilars neutrale Miene zu konzentrieren, als die hasserfüllten Blicke des Angeklagten und seiner Unterstützer zu ertragen, von denen Dutzende sich im Gerichtssaal versammelt hatten. Aguilar schien gar nicht zu registrieren, dass sie den Fall vor einem feindseligen Publikum verhandelte – oder es war ihr gleichgültig. Doch Maura spürte es nur zu deutlich. Ein großer Teil der Zuhörer waren Polizisten und deren Freunde, und was Maura zu sagen hatte, würde ihnen ganz und gar nicht gefallen.

Der Angeklagte war Wayne Brian Graff vom Boston Police Department, und mit seinem kantigen Unterkiefer und den breiten Schultern sah er aus wie das Idealbild des amerikanischen Helden. Die Sympathien im Saal lagen bei Graff, nicht beim Opfer – einem Mann, der vor sechs Monaten übel zugerichtet und mit gebrochenen Knochen auf Mauras Obduktionstisch gelandet war. Einem Mann, um den niemand getrauert hatte, dem niemand das letzte Geleit gegeben hatte. Ein Mann, der zwei Stunden vor seinem Tod die unverzeihliche Sünde begangen hatte, einen tödlichen Schuss auf einen Polizeibeamten abzufeuern.

Maura spürte die Blicke der Zuschauer, die sich wie glühend heiße Laserstrahlen in ihr Gesicht brannten, als sie ihren Werdegang schilderte.

»Ich habe an der Stanford University ein Studium der Anthropologie mit dem BA abgeschlossen«, sagte sie. »Anschließend absolvierte ich ein Medizinstudium an der University of California in San Francisco, gefolgt von einer fünfjährigen Facharztausbildung in Pathologie und Rechtsmedizin am gleichen Institut. Ich besitze Zulassungen in beiden Fachgebieten. Nach meiner Assistenzzeit absolvierte ich noch eine zweijährige Spezialausbildung in Rechtsmedizin an der University of California in Los Angeles.«

»Sie haben also die Kammerprüfung in Ihrem Spezialgebiet abgelegt?«

»Ja, Ma'am. Sowohl in Allgemeiner Pathologie als auch in Rechtsmedizin.«

»Und wo haben Sie gearbeitet, bevor Sie Ihre Stelle hier in der Bostoner Rechtsmedizin antraten?«

»Ich war sieben Jahre lang am Rechtsmedizinischen Institut von San Francisco in Kalifornien beschäftigt. Zudem war ich in dieser Zeit als Dozentin an der University of California tätig. Ich bin sowohl in Massachusetts als auch in Kalifornien als Ärztin zugelassen.« Es waren mehr Angaben, als von ihr verlangt worden waren, und sie sah, wie Aguilar die Stirn runzelte, weil Maura ihre vorgefertigte Fragenliste durcheinandergebracht hatte. Maura hatte diese Informationen schon so oft vor Gericht heruntergebetet, dass sie ganz genau wusste, wonach man sie fragen würde, und ihre Antworten kamen ebenso automatisch. Wo sie studiert hatte, welche Anforderungen ihre Arbeit stellte und ob sie qualifiziert war, in diesem speziellen Fall als Zeugin auszusagen.

Nachdem die Formalitäten erledigt waren, kam Aguilar endlich auf die Einzelheiten zu sprechen. »Haben Sie im vergangenen Oktober eine Obduktion am Leichnam eines gewissen Fabian Dixon vorgenommen?«

»Ja«, antwortete Maura. Eine knappe, sachliche Antwort, und dennoch spürte sie sofort, wie die Spannung im Saal anstieg.

»Erzählen Sie uns, wie es dazu kam, dass Mr. Dixon ein Fall für die Rechtsmedizin wurde.« Aguilar sah Maura dabei fest in die Augen, als wollte sie sagen: *Ignorieren Sie alle anderen im Saal. Schauen Sie nur mich an, und legen Sie die Fakten dar.*

Maura straffte die Schultern und begann zu sprechen, laut genug, um im ganzen Saal verstanden zu werden. »Der Verstorbene war ein vierundzwanzigjähriger Mann, der bewusstlos auf dem Rücksitz eines Streifenwagens des Boston Police Department aufgefunden worden war, und zwar rund zwanzig Minuten nach seiner Festnahme. Er wurde in die Notaufnahme des Massachusetts General Hospital gebracht, wo nur noch sein Tod festgestellt werden konnte.«

»Und das machte ihn zu einem Fall für die Rechtsmedizin?«

»Ja, das ist richtig. Er wurde dann in die Leichenhalle unseres Instituts gebracht.«

»Schildern Sie bitte dem Gericht Ihren ersten Eindruck von Mr. Dixons Leiche.«

Maura registrierte sehr wohl, dass Aguilar den Toten

beim Namen nannte, anstatt nur von der *Leiche* oder dem *Verstorbenen* zu sprechen. Auf diese Weise erinnerte sie das Gericht daran, dass das Opfer eine Identität hatte. Einen Namen, ein Gesicht und eine Biografie.

Maura antwortete in gleicher Weise. »Bei Mr. Dixon handelte es sich um einen gut genährten Mann von durchschnittlicher Größe und durchschnittlichem Gewicht, der nur mit einer Baumwollunterhose und Socken bekleidet war, als er in unser Institut eingeliefert wurde. Seine übrige Kleidung war zuvor im Zuge der Wiederbelebungsmaßnahmen in der Notaufnahme entfernt worden. An seiner Brust waren noch die EKG-Elektroden befestigt, und in seinem linken Arm steckte ein Infusionskatheter …« Sie hielt inne. Jetzt wurde es unangenehm. Obwohl sie es vermied, die Zuschauer und den Angeklagten anzuschauen, wusste sie, dass alle Augen auf sie gerichtet waren.

»Und der Zustand seiner Leiche, könnten Sie uns den auch schildern?«, half Aguilar nach.

»Die Brust, die linke Körperseite und der Oberbauch wiesen zahlreiche Blutergüsse auf. Beide Augen waren zugeschwollen, und an Lippen und Kopfhaut waren Riss- und Platzwunden zu erkennen. Die beiden oberen Schneidezähne fehlten.«

»Einspruch.« Der Anwalt des Angeklagten stand auf. »Niemand kann sagen, wann er diese Zähne verloren hatte. Das könnte schon vor Jahren passiert sein.«

»Ein Zahn war auf den Röntgenaufnahmen zu erkennen. In seinem Magen«, sagte Maura.

»Die Zeugin sollte auf Kommentare verzichten, bis ich über den Einspruch befunden habe«, warf der Richter in strengem Ton ein. »Einspruch abgewiesen! Mrs. Aguilar, fahren Sie fort.«

Die Staatsanwältin nickte, und ihre Lippen verzogen sich zu einem angedeuteten Lächeln, als sie sich wieder Maura zuwandte. »Mr. Dixons Leiche wies also schwere Prellungen und Platzwunden auf, und mindestens *einer* seiner Zähne war ihm vor Kurzem ausgeschlagen worden.«

»Ja«, antwortete Maura. »Das werden Sie auf den Aufnahmen aus dem Leichenschauhaus sehen können.«

»Wenn das Gericht einverstanden ist, würden wir diese Aufnahmen nun gerne zeigen«, sagte Aguilar. »Ich möchte die Zuschauer jedoch vorwarnen: Die Bilder sind kein angenehmer Anblick. Wenn irgendjemand von den Anwesenden sie lieber nicht sehen möchte, würde ich vorschlagen, dass Sie jetzt den Saal verlassen.« Sie hielt inne und sah sich um.

Niemand folgte der Empfehlung.

Als das erste Dia von Fabian Dixons lädiertem Körper auf der Leinwand erschien, schnappten mehrere Anwesende hörbar nach Luft. Maura hatte bei ihrer Schilderung von Dixons Blutergüssen eher untertrieben, da sie wusste, dass die Aufnahmen die Geschichte besser erzählen würden, als sie selbst es konnte. Einem Foto konnte niemand Parteinahme oder Verfälschung der Wahrheit vorwerfen. Und die Wahrheit, die ihnen aus diesem Dia entgegenstarrte, war für alle offensichtlich: Fabian Dixon war brutal zusammengeschlagen worden, ehe man ihn auf den Rücksitz eines Streifenwagens gesetzt hatte.

Weitere Dias erschienen auf der Leinwand, während Maura schilderte, was die Obduktion ergeben hatte. Mehrere gebrochene Rippen. Ein verschluckter Zahn im Magen. Eingeatmetes Blut in der Lunge. Und die Todesursache: ein Milzriss, der zu einer massiven Blutung in die Bauchhöhle geführt hatte.

»Und was können Sie zur Todesart sagen, Dr. Isles?«, fragte Aguilar.

Das war die entscheidende Frage, vor der sie sich die ganze Zeit gefürchtet hatte – denn sie wusste, welche Konsequenzen ihre Antwort haben würde.

»Es liegt ein Tötungsdelikt vor«, sagte Maura. Es war nicht ihre Aufgabe, den Schuldigen zu benennen. Sie beschränkte sich auf diese sachliche Feststellung, doch sie konnte nicht umhin, Wayne Graff dabei mit einem Blick zu streifen. Der beschuldigte Polizeibeamte saß regungslos da, seine Miene so undurchdringlich wie eine steinerne Maske. Mehr als ein Jahrzehnt lang hatte er der Stadt Boston in vorbildlicher Weise gedient. Ein Dutzend Leumundszeugen hatten sich bereit erklärt, vor Gericht auszusagen, wie Officer Graff ihnen unerschrocken zu Hilfe gekommen sei. Er sei ein Held, sagten sie, und Maura glaubte ihnen.

Doch am Abend des 31. Oktober, dem Abend, an dem Fabian Dixon einen Polizeibeamten ermordete, hatten Wayne Graff und sein Partner sich in Racheengel verwandelt. Sie hatten den Täter festgenommen, und zum Zeitpunkt seines Todes war er in ihrem Gewahrsam gewesen. *Der Festgenommene war erregt und gewalttätig, als ob er unter dem Einfluss von PCP oder Kokain stünde*, hatten sie in ihrer Aussage geschrieben. Sie schilderten Dixons ungewöhnlich heftigen Widerstand, seine schier übermenschlichen Kräfte. Nur mit vereinten Bemühungen war es den beiden Beamten gelungen, den Gefangenen in den Streifenwagen zu schaffen. *Um ihn zu überwältigen, war Gewaltanwendung erforderlich, doch er schien keine Schmerzen zu spüren. Während dieses Kampfs gab er tierische Grunzlaute von sich und versuchte, sich die Kleider vom Leib zu reißen, obwohl die Temperaturen an diesem Abend nur um fünf Grad über null lagen.* Damit hatten sie – fast schon zu präzise – den bekannten Erregungszustand eines Patienten im Kokaindelirium beschrieben, durch das schon andere vom Drogenmissbrauch verwirrte Gefangene zu Tode gekommen waren.

Monate später jedoch zeigte der Toxikologiebericht, dass Dixon lediglich Alkohol im Blut gehabt hatte. Damit stand für Maura zweifelsfrei fest, dass es sich um ein Tötungsdelikt handelte. Und einer der Täter saß nun am Tisch der Verteidigung und starrte Maura an.

»Ich habe keine weiteren Fragen«, sagte Aguilar. Sie setzte sich, und ihre zufriedene Miene ließ erkennen, dass sie überzeugt war, die besseren Argumente auf ihrer Seite zu haben.

Nun erhob sich Morris Whaley, der Anwalt der Verteidigung, zum Kreuzverhör, und Maura spürte, wie ihre Muskeln sich anspannten. Whaley machte einen durchaus freundlichen Eindruck, als er auf den Zeugenstand zuging, als ob er nur einen netten Plausch halten wollte. Wären sie sich bei einer Cocktailparty begegnet, dann hätte Maura die Gesellschaft dieses attraktiven Mannes in seinem schicken Anzug vielleicht sogar als angenehm empfunden.

»Ich denke, wir sind alle beeindruckt von Ihren Qualifikationen, Dr. Isles«, sagte er. »Ich werde also die Zeit des Gerichts nicht noch länger in Anspruch nehmen, indem ich Ihre akademischen Erfolge unter die Lupe nehme.«

Sie erwiderte nichts, starrte nur in sein lächelndes Gesicht und fragte sich, aus welcher Richtung der Angriff wohl kommen würde.

»Gewiss wird niemand hier in diesem Saal bezweifeln, dass Sie sehr hart gearbeitet haben, um dorthin zu gelangen, wo Sie heute sind«, fuhr Whaley fort. »Insbesondere in Anbetracht gewisser Schwierigkeiten, mit denen Sie in den vergangenen Monaten in Ihrem Privatleben zu kämpfen hatten.«

»Einspruch.« Aguilar seufzte entnervt und stand auf. »Das tut nichts zur Sache.«

»Das tut es sehr wohl, Euer Ehren. Es betrifft die Einschätzung des Sachverhalts durch die Zeugin.«

»Inwiefern?«, fragte der Richter nach.

»Erlebnisse in der Vergangenheit können die Interpretation des Beweismaterials durch einen Zeugen beeinflussen.«

»Von welchen Erlebnissen sprechen Sie?«

»Wenn Sie gestatten, dass ich den Sachverhalt darlege, wird das sehr bald offensichtlich werden.«

Der Richter sah Whaley streng an. »Ich gestatte vorläufig eine Befragung in dieser Richtung. Aber nur vorläufig.«

Mit finsterer Miene nahm Aguilar wieder Platz.

Whaley wandte seine Aufmerksamkeit wieder Maura zu. »Dr. Isles, erinnern Sie sich vielleicht noch, an welchem Tag Sie den Verstorbenen untersuchten?«

Maura antwortete nicht sofort, aus der Fassung gebracht durch den plötzlichen Schwenk zurück zum Thema der Obduktion. Dabei war ihr nicht entgangen, dass Whaley es vermieden hatte, den Namen des Opfers auszusprechen.

»Sie sprechen von Mr. Dixon?«, erwiderte sie, und sie sah die Verärgerung in seinen Augen.

»Ja.«

»Das Datum der Obduktion war der erste November des vergangenen Jahres.«

»Und haben Sie an diesem Tag die Todesursache ermittelt?«

»Ja. Wie ich bereits sagte, starb er an massiven inneren Blutungen infolge eines Milzrisses.«

»Und haben Sie am gleichen Tag auch die *Todesart* festgestellt?«

Sie zögerte. »Nein. Jedenfalls nicht endgültig…«

»Warum nicht?«

Sie schöpfte Atem, wohl wissend, dass alle Augen im Saal auf ihr ruhten. »Ich wollte die Ergebnisse der toxikologischen Untersuchung abwarten. Um festzustellen, ob Mr. Dixon tatsächlich unter dem Einfluss von Kokain oder anderen Drogen stand. Ich wollte nicht vorschnell urteilen.«

»Was ja wohl das Mindeste ist, angesichts der Tatsache, dass Ihr Urteil die Karriere, wenn nicht gar das Leben zweier engagierter und loyaler Gesetzeshüter zerstören könnte.«

»Ich befasse mich ausschließlich mit den Tatsachen, Mr. Whaley, wo immer sie auch hinführen mögen.«

Die Antwort gefiel ihm nicht; sie erkannte es am Zucken seiner Kiefermuskeln. Aller Anschein von Freundlichkeit war wie weggefegt – aus dem Plausch war ein erbitterter Kampf geworden.

»Sie haben die Obduktion also am ersten November durchgeführt?«, sagte er.

»Ja.«

»Was ist danach passiert?«

»Ich weiß nicht genau, was Sie meinen.«

»Haben Sie sich das Wochenende freigenommen? Haben Sie in der Woche darauf noch weitere Obduktionen vorgenommen?«

Sie starrte ihn an, und ein bohrendes Angstgefühl machte sich in ihrer Magengrube breit. Sie wusste nicht, worauf er mit der Frage hinauswollte, doch die Richtung, die das

Ganze nahm, gefiel ihr nicht. »Ich habe an einem rechtsmedizinischen Kongress teilgenommen«, sagte sie.

»In Wyoming, wenn ich mich nicht irre.«

»Ja.«

»Wo Sie ein einigermaßen traumatisches Erlebnis hatten. Sie wurden von einem korrupten Polizeibeamten angegriffen.«

Sofort sprang Aguilar auf. »Einspruch! Gehört nicht zur Sache!«

»Einspruch abgewiesen«, sagte der Richter.

Whaley lächelte. Jetzt war der Weg frei für seine Fragen, vor denen Maura sich so fürchtete. »Ist das korrekt, Dr. Isles? Wurden Sie von einem Polizeibeamten angegriffen?«

»Ja«, flüsterte sie.

»Entschuldigen Sie, das habe ich nicht verstanden.«

»Ja«, wiederholte sie lauter.

»Und wie haben Sie den Angriff überlebt?«

Es war totenstill im Saal; alles wartete gespannt auf ihre Geschichte. Eine Geschichte, die sie am liebsten ganz aus ihrem Gedächtnis gelöscht hätte, denn sie verfolgte sie immer noch in ihren Albträumen. Sie erinnerte sich an Wyoming, an diese einsame Bergkuppe. Sie erinnerte sich an das Geräusch, mit dem die Autotür des Deputys ins Schloss gefallen war und sie eingeschlossen hatte, dort auf dem Rücksitz hinter dem Sicherheitsgitter. Sie erinnerte sich an ihre Panik, als sie mit den Fäusten gegen die Scheibe getrommelt hatte, in dem vergeblichen Versuch, einem Mann zu entkommen, von dem sie wusste, dass er sie umbringen wollte.

»Dr. Isles, wie haben Sie überlebt? Wer ist Ihnen zu Hilfe gekommen?«

Sie schluckte. »Ein Junge.«

»Julian Perkins, sechzehn Jahre alt, wenn ich richtig informiert bin. Ein junger Mann, der diesen Polizeibeamten mit einem Schuss tödlich verletzte.«

»Er hatte keine Wahl!«

Whaley legte den Kopf schief. »Sie verteidigen einen Jungen, der einen Polizisten getötet hat?«

»Einen *kriminellen* Polizisten!«

»Und dann kehrten Sie nach Boston zurück. Und befanden im Fall von Mr. Dixons Tod auf ein Tötungsdelikt.«

»Weil es eines war.«

»Oder war es lediglich ein tragischer Unfall? Die unvermeidliche Konsequenz, nachdem ein gewalttätiger Gefangener sich zur Wehr gesetzt hatte und überwältigt werden musste?«

»Sie haben die Aufnahmen der Leiche gesehen. Die Polizei hat weit mehr Gewalt angewendet, als erforderlich gewesen wäre.«

»Genau wie dieser Junge in Wyoming, Julian Perkins. Er hat einen Deputy erschossen. Betrachten Sie das als angemessene Gewaltanwendung?«

»Einspruch«, sagte Aguilar. »Dr. Isles ist hier nicht die Angeklagte.«

Whaley feuerte ungerührt die nächste Frage ab, ohne den Blick von Maura zu wenden. »Was ist in Wyoming passiert, Dr. Isles? Hatten Sie vielleicht eine Erleuchtung, während Sie um Ihr Leben kämpften? Eine plötzliche Erkenntnis, dass die Polizei der Feind ist?«

»Einspruch!«

»Oder ist die Polizei schon immer der Feind gewesen? Gewisse Mitglieder Ihrer Familie scheinen so zu denken.«

Der Hammer krachte auf den Tisch. »Mr. Whaley, Sie kommen jetzt *sofort* zu mir an den Richtertisch.«

Maura saß geschockt da, während Staatsanwältin und Verteidiger sich mit dem Richter berieten. So weit war es jetzt also gekommen, dass ihre Familie in die Sache hineingezogen wurde. Wahrscheinlich gab es in ganz Boston keinen Cop, der nicht von Mauras Mutter Amalthea gehört hatte, die im Frauengefängnis Framingham eine lebenslange Haftstrafe verbüßte. Das Ungeheuer, das mir das Leben geschenkt hat, dachte sie. Jeder, der mich ansieht, muss sich fragen, ob dieses Böse nicht auch mein Blut vergiftet hat. Sie sah, wie der Angeklagte, Officer Graff, sie anstarrte. Sie erwiderte seinen Blick, und sie sah ein Lächeln um seine Lippen spielen. *Das hast du dir selbst eingebrockt*, las sie in seinen Augen. *Das passiert, wenn du deine Freunde und Helfer verrätst.*

»Die Sitzung ist unterbrochen«, verkündete der Richter. »Bitte finden Sie sich heute Nachmittag um zwei Uhr wieder ein.«

Während die Geschworenen den Saal verließen, sank Maura kraftlos gegen die Stuhllehne. Sie merkte nicht, dass Aguilar plötzlich neben ihr stand.

»Das war ein ganz mieser Trick«, sagte Aguilar. »Das hätte der Richter nie zulassen dürfen.«

»Er hat sich total auf mich eingeschossen.«

»Tja, er hat eben nichts anderes in der Hand. Denn die Fotos aus dem Leichenschauhaus sind einfach verdammt überzeugend.« Aguilar sah sie durchdringend an. »Gibt es sonst noch irgendetwas, was ich über Sie wissen sollte, Dr. Isles?«

»Außer der Tatsache, dass meine Mutter eine verurteilte Mörderin ist und ich zum Spaß kleine Kätzchen quäle?«

»Das finde ich nicht witzig.«

»Wie Sie vorhin schon sagten: Ich stehe hier schließlich nicht vor Gericht.«

»Nein, aber sie werden versuchen, Sie in den Mittelpunkt zu stellen. Es wird darum gehen, ob Sie Polizisten hassen. Ob Sie heimliche Motive haben. Wir könnten diesen Fall verlieren, wenn die Geschworenen Zweifel an Ihrer Aufrichtigkeit haben. Also sagen Sie mir, ob es noch irgendetwas gibt, was die Gegenseite aufs Tapet bringen könnte. Irgendwelche Geheimnisse, die Sie mir gegenüber nicht erwähnt haben.«

Maura dachte an die unangenehmen Details ihres Privatlebens, die sie lieber für sich behielt. Die verbotene Affäre, die sie vor Kurzem beendet hatte. Die Vorgeschichte von Gewalt in ihrer Familie. »Jeder Mensch hat Geheimnisse«, sagte sie. »Meine tun nichts zur Sache.«

»Das wollen wir doch sehr hoffen«, sagte Aguilar.

3

Wo man auch hinschaute in Bostons Chinatown, überall waren Geister. Sie spukten im ruhigen Tai Tung Village ebenso wie in der bunten, belebten Beach Street, sie schwebten über der Ping On Street und huschten durch die dunklen Häuserschluchten am Oxford Place. Geister bevölkerten jeden Winkel in diesem Viertel. Das war es jedenfalls, was der Reiseführer Billy Foo den Touristen erzählte, und er hielt eisern an seiner Geschichte fest. Ob er selbst an Geister glaubte, spielte im Grunde keine Rolle; sein Job war es, die Leute davon zu überzeugen, dass die Seelen der Verstorbenen in diesen Straßen spukten. Die Menschen *wollten* an Geister glauben – und deshalb waren auch so viele bereit, fünfzehn Dollar pro Nase springen zu lassen, damit sie fröstelnd an der Ecke Beach und Oxford Street stehen und Billys blutrünstigen Mordgeschichten lauschen konnten. Heute hatte sich die ominöse Zahl von dreizehn Teilnehmern zum spätabendlichen Chinatown-Geisterspaziergang eingefunden, darunter ein verzogenes zehnjähriges Zwillingspaar, das schon vor drei Stunden ins Bett gehört hätte. Aber wenn du das Geld brauchst, weist du keinen zahlenden Gast ab, auch keine nervigen kleinen Jungs. Billy hatte einen Abschluss von der Schauspielschule und keinerlei Aussichten auf einen Job, und heute Abend konnte er die hübsche Summe von hundertfünfundneunzig Dollar einstreichen, plus Trinkgeld. Nicht schlecht für zwei Stunden Geschichtenerzählen – allerdings durfte man sich nicht zu schade sein, sich mit einem Mandarin-Gewand aus Satin und einem falschen Zopf als Bilderbuchchinese zu verkleiden.

Billy räusperte sich und hob die Arme – während der sechs Semester Schauspielunterricht hatte er gelernt, wie man die Aufmerksamkeit des Publikums gewinnt. »Wir schreiben das Jahr 1907! Es ist der zweite August, ein warmer Freitagabend.« Seine volltönende, unheilschwangere Stimme erhob sich über den störenden Verkehrslärm. Wie der Sensenmann persönlich, der sein nächstes Opfer erspäht hat, deutete er über die Straße. »Dort, an einem Platz, der als Oxford Place bekannt ist, schlägt das Herz des Bostoner Chinesenviertels. Kommen Sie nun mit mir, und lassen Sie uns gemeinsam eintauchen in eine Zeit, da es in diesen Straßen von Einwanderern wimmelte. Da die schwüle Nachtluft erfüllt war vom Geruch verschwitzter Körper und dem Duft fremdländischer Gewürze. Versetzen wir uns zurück in eine Nacht, als *Mord* in der Luft lag!« Mit einer dramatischen Geste bedeutete er der Gruppe, ihm zum Oxford Place zu folgen, wo sich alle dichter um ihn drängten, um nur ja nichts zu verpassen. Er blickte in ihre gespannten Gesichter und dachte: Jetzt ist die Zeit, sie zu verzaubern, sie in meinen Bann zu ziehen, wie es nur ein guter Schauspieler vermag. Er breitete die Arme aus, und die Ärmel seines Mandarin-Gewands flatterten wie seidene Schwingen, als er Luft holte, um zu beginnen.

»Maaaa-*miii*!«, heulte einer der Rotzbengel. »Er *tritt* mich!«

»Hör auf damit, Michael!«, zischte die Mutter seinen Bruder an. »Aber auf der Stelle!«

»Ich hab doch gar nichts *gemacht*!«

»Du ärgerst deinen Bruder.«

»Aber bloß, weil er *mich* ärgert.«

»Wollt ihr vielleicht beide zurück ins Hotel? *Wollt* ihr das?«

Lieber Gott, lass sie *bitte* in ihr Hotel zurückgehen, dachte Billy. Doch die beiden Jungen standen nur da mit verschränkten Armen, gifteten sich mit Blicken an und dachten nicht daran, sich von Billys Vortrag in Bann ziehen zu lassen.

»Wie ich bereits sagte…«, fuhr Billy fort. Doch die Unterbrechung hatte ihn aus dem Konzept gebracht, und er konnte fast das *Pffft!* hören, mit dem die dramatische Spannung entwich wie die Luft aus einem angestochenen Reifen. Er biss die Zähne zusammen und fuhr fort.

»Es war eine schwüle Nacht im August. Auf diesem Platz saß eine Gruppe von Chinesen beisammen, die sich nach einem langen Arbeitstag in ihren Wäschereien und Lebensmittelläden ausruhten.« Es waren Klischees, die er hier zum Besten gab, aber sosehr es ihm zuwider war, er musste sie einsetzen, um eine Zeit heraufzubeschwören, in der die Presse regelmäßig über »verschlagene, finstere Orientalen« berichtet hatte und in der selbst das renommierte *Time Magazine* sich ungeniert ausgelassen hatte über »arglistig grinsende Gesichter, so gelb wie das Papier von Telegrammformularen«. Eine Zeit, in der Billy Foo als Amerikaner chinesischer Abstammung ausschließlich Arbeit als Wäscher, Koch oder Hilfsarbeiter hätte finden können.

»Hier auf diesem Platz«, fuhr Billy fort, »kommt es an diesem Abend zu einer Schlacht. Einer Schlacht zwischen zwei rivalisierenden Chinesenclans, den On Leongs und den Hip Sings. Einer Schlacht, die diesen Platz in ein Meer von Blut verwandeln sollte…

Irgendjemand zündet einen Feuerwerkskörper. Plötzlich

hallen Schüsse durch die Nacht! Dutzende von Chinesen fliehen in Panik! Doch manche laufen nicht schnell genug, und als die Gewehre verstummen, liegen fünf Männer tot oder sterbend auf dem Schauplatz. Sie sind nur die jüngsten Opfer der blutigen und berüchtigten Tong-Kriege ...«

»Mami, können wir *jetzt* gehen?«

»Psst! Du sollst dem Mann zuhören.«

»Aber der ist so *laaangweilig.*«

Billy hielt inne. Es zuckte ihm in den Fingern, den kleinen Rotzbengel zu würgen, doch er warf ihm nur einen vernichtenden Blick zu. Der Junge zuckte mit den Schultern, nicht im Geringsten beeindruckt.

»In nebligen Nächten wie dieser«, stieß Billy mürrisch hervor, »kann man bisweilen in der Ferne das Knallen jener Feuerwerkskörper hören. Man kann schemenhafte Gestalten sehen, die in Todesangst vorbeieilen, für immer auf der Flucht vor den Kugeln, die in jener Nacht flogen!« Billy drehte sich um und schwenkte einen Arm. »Und nun folgen Sie mir über die Beach Street. Zu einem weiteren Ort, an dem Geister hausen.«

»Mami. *Mami!*«

Billy ignorierte die kleine Nervensäge und führte die Gruppe über die Straße. *Immer schön lächeln, immer schön weiterreden. Denk an das Trinkgeld!* Nur noch eine Stunde musste er sich zusammenreißen. Zuerst würden sie zur Knapp Street gehen, der nächsten Station der Führung. Dann weiter zur Tyler Street und dem Spielsalon, wo 1991 bei einem Massaker fünf Männer ums Leben gekommen waren. In Chinatown gab es keinen Mangel an Mordschauplätzen.

Er führte die Gruppe die Knapp Street entlang. Es war nur eine schmale Gasse, schlecht beleuchtet und wenig befahren. Kaum hatten sie die Lichter und den Verkehr auf der Beach Street hinter sich gelassen, als die Temperatur schlagartig zu fallen schien. Fröstelnd hüllte Billy sich enger in sein Mandarin-Gewand. Er hatte dieses verstörende Phänomen schon früher bemerkt, jedes Mal, wenn er diesen Abschnitt der Knapp Street passierte. Selbst an warmen Sommerabenden fror er hier stets, als ob die Kälte sich vor langer Zeit in dieser Gasse festgesetzt hätte. Seine Gruppe schien es ebenfalls zu bemerken – er hörte, wie die Reißverschlüsse von Jacken hochgezogen, sah, wie Handschuhe aus Taschen geholt wurden. Schweigen legte sich über die Gruppe, und ihre Schritte hallten von den hohen Hauswänden zu beiden Seiten wider. Selbst die zwei Rotzbengel waren still, als ob sie spürten, dass hier die Luft anders war. Dass irgendetwas hier lauerte – etwas, das alles Lachen und Scherzen erstickte.

Billy blieb vor dem verlassenen Gebäude stehen. Vor dem Eingang war ein verschlossenes Eisentor angebracht, und die Erdgeschossfenster waren mit Gitterstäben gesichert. Eine verrostete Feuertreppe führte bis zum zweiten und dritten Stock empor, wo alle Fenster dicht vernagelt waren, wie um zu verhindern, dass etwas ausbrach, das sich in diesen Räumen verbarg. Die Gruppe drängte sich dichter zusammen, als wollten sie der Kälte entfliehen. Oder war es etwas anderes, das sie in dieser engen Häuserschlucht spürten, etwas, das sie zu einem engen Kreis zusammenrücken ließ, als suchten sie Schutz vor einer unbekannten Gefahr?

»Willkommen am Schauplatz eines der grausigsten Verbrechen, die sich je in Chinatown ereignet haben«, sagte Billy. »Das Schild an dem Gebäude ist längst nicht mehr vorhanden, aber vor neunzehn Jahren befand sich hinter diesen vergitterten Fenstern ein kleines chinesisches Fischrestaurant, das Red Phoenix. Es war ein bescheidenes Lokal mit nur acht Tischen, aber bekannt für seine frischen Meeresfrüchte. Es war zu später Stunde am dreißigsten März, ein feuchter und kühler Abend. Ein Abend wie dieser, an dem die sonst so belebten Straßen von Chinatown merkwürdig still waren. Im Red Phoenix waren nur zwei Angestellte bei der Arbeit: der Kellner, Jimmy Fang, und der Koch, ein illegaler Einwanderer aus China namens Wu Weimin. Drei Gäste kamen an diesem Abend zum Essen – und es sollte ihr letzter Abend werden. Denn in der Küche bahnte sich eine Katastrophe an. Wir werden nie erfahren, warum der Koch die Nerven verlor und ausrastete. Vielleicht waren es die langen, anstrengenden Arbeitstage. Oder der Kummer, als Fremder in einem fernen Land leben zu müssen.«

Billy machte eine Pause und senkte dann die Stimme zu einem schaurigen Flüstern. »Oder vielleicht war es eine fremde, unbekannte Macht, die von ihm Besitz ergriff, ein Dämon, von dem er besessen war. Ein böser Geist, der ihn zur Waffe greifen ließ. Der ihn in das Lokal stürmen ließ. Ein böser Geist, der immer noch hier in dieser dunklen Straße lauert. Wir wissen nur, dass der Koch seine Waffe anlegte und …«

Billy brach ab.

»Und was?«, fragte eine ängstliche Stimme nach.

Doch Billy war abgelenkt, sein Blick ging zum Dach hinauf – er hätte schwören können, dass sich dort soeben etwas bewegt hatte. Nur ein dunkler Schemen vor dem Hintergrund des dunklen Himmels, wie die Schwingen eines riesigen Vogels. Er spähte angestrengt nach oben, um einen weiteren Blick zu erhaschen, doch jetzt konnte er nur noch die Umrisse der Feuertreppe dicht an der Hauswand ausmachen.

»Und was ist dann passiert?«, wollte einer der Rotzbengel wissen.

Billy sah in die dreizehn Gesichter, die ihn erwartungsvoll anstarrten, und versuchte, sich zu erinnern, wo er gerade gewesen war. Aber er war noch immer ganz durcheinander vom Anblick dieses flatternden Etwas am Himmel. Plötzlich wollte er nur noch so schnell wie möglich aus dieser dunklen Gasse verschwinden, möglichst weit weg von diesem Haus. Er musste seine ganze Willenskraft aufbringen, um nicht zur Beach Street zurückzulaufen. Zum Licht. Schließlich holte er tief Luft und platzte heraus: »Der Koch hat sie erschossen. Er hat sie alle erschossen. Und dann hat er sich selbst getötet.«

Mit diesen Worten machte Billy kehrt und winkte der Gruppe, ihm rasch zu folgen, führte sie fort von diesem verfluchten Gebäude mit seinen Geistern und seinen Echos des Grauens. Die Harrison Avenue befand sich einen Block weiter, und sie lockte mit Lichtern und Menschen und Wärme. Ein Ort für die Lebenden, nicht für die Toten. Er ging so schnell, dass seine Gruppe zurückfiel, doch er wurde das Gefühl der Bedrohung nicht los, das sich wie eine Schlinge um sie zusammenzuziehen schien. Ein Gefühl, dass jemand sie beobachtete. *Ihn* beobachtete.

Der schrille Schrei einer Frau ließ ihn mit pochendem Herzen herumfahren. Gleich darauf brach die Gruppe plötzlich in schallendes Gelächter aus, und einer der Männer sagte: »Hm, nicht übel, dieses Requisit! Benutzen Sie das immer bei Ihren Führungen?«

»Was?«, fragte Billy.

»Haben uns echt einen tierischen Schrecken eingejagt! Das Ding sieht verdammt echt aus.«

»Ich weiß nicht, wovon Sie reden.«

Der Mann deutete auf den Gegenstand, den er für einen Teil der Show hielt. »He, Junge, zeig ihm, was du gefunden hast.«

»Die hat da drüben gelegen, neben der Mülltonne«, sagte einer der Rotzbengel und hielt sein Fundstück hoch. »Uääh. Die fühlt sich auch ganz echt *an*. Voll krass!«

Billy trat ein paar Schritte näher und musste plötzlich feststellen, dass es ihm die Sprache verschlagen hatte. Er blieb wie angewurzelt stehen und starrte das Ding an, das der Junge in der Hand hielt. Er sah schwarze Tropfen herabrinnen und die Jacke des Jungen besudeln, doch der Kleine schien es nicht zu bemerken.

Es war die Mutter des Jungen, die als Erste aufschrie. Dann begriffen auch die anderen und wichen entsetzt zurück. Der Junge aber stand nur verdutzt da und hielt seinen Fund hoch, von dem das Blut unaufhörlich auf seinen Ärmel tropfte.

4

»Ich habe erst letzten Samstag dort gegessen«, sagte Detective Barry Frost, während sie in Richtung Chinatown fuhren. »Ich war mit Liz in der Ballettvorstellung im Wang Theater. Sie steht total auf Ballett, aber ich kann damit nichts anfangen, ehrlich. Bin mittendrin eingeschlafen. Danach sind wir noch zum Essen ins Ocean City Restaurant gegangen.«

Es war zwei Uhr morgens – viel zu früh, um schon so verdammt gesprächig drauf zu sein, doch Detective Jane Rizzoli ließ ihren Partner weiter über sein jüngstes Date plaudern und konzentrierte sich aufs Fahren. Das grelle Licht der Straßenlaternen schmerzte in ihren müden Augen, und jedes Scheinwerferpaar, das ihnen entgegenkam, war ein Angriff auf ihre Netzhaut. Vor einer Stunde hatte sie noch an der Seite ihres Mannes im warmen Bett gelegen; jetzt versuchte sie, den Schlaf abzuschütteln, während sie den Wagen durch die nächtlichen Straßen steuerte. Unerklärlicherweise war der Verkehr plötzlich so dicht geworden, dass sie kaum vorankamen, und das um eine Zeit, wo jeder vernünftige Mensch längst schlafen sollte.

»Hast du schon mal da gegessen?«, fragte Frost.

»Hm?«

»Im Ocean City. Liz hat diese fantastischen Muscheln mit Knoblauch und schwarzer Bohnenpaste bestellt. Ich krieg jetzt noch Hunger, wenn ich daran denke. Kann es kaum erwarten, noch mal hinzugehen.«

»Wer ist Liz?«, fragte Jane.

»Ich hab dir doch letzte Woche von ihr erzählt. Wir haben uns im Fitnessstudio kennengelernt.«

»Ich dachte, deine neue Freundin heißt Muffy.«

»Maggie.« Er zuckte mit den Achseln. »Das hat nicht funktioniert.«

»Genauso wenig wie mit der davor. Wie immer sie hieß.«

»He, ich versuche immer noch rauszufinden, was ich eigentlich von einer Frau will, verstehst du? Es ist schließlich eine Ewigkeit her, dass ich zuletzt auf der Suche war. Mann, ich hatte ja keine Ahnung, wie viele Mädels in dieser Stadt solo sind.«

»Frauen.«

Er seufzte. »Jaja. Das hat Alice mir auch immer wieder eingebläut. Heutzutage muss man *Frauen* sagen.«

Jane bremste an einer roten Ampel und sah ihn von der Seite an. »Redet ihr wieder öfter miteinander, du und Alice?«

»Worüber sollten wir denn reden?«

»Na, über zehn Jahre Ehe vielleicht.«

Er starrte mit leerem Blick aus dem Fenster. »Es gibt nichts mehr zu sagen. Für sie ist die Sache abgeschlossen.«

Aber nicht für Frost, dachte Jane. Vor acht Monaten war Alice, seine Frau, aus der gemeinsamen Wohnung ausgezogen. Seitdem musste Jane sich mit schöner Regelmäßigkeit Frosts Liebesabenteuer anhören, in die er sich immer wieder mit Begeisterung stürzte und die immer wieder unglücklich endeten. Da war die üppige Blondine, die ihm erzählt hatte, sie trage keine Unterwäsche. Die beängstigend athletische Bibliothekarin mit ihrer zerlesenen Ausgabe des Kamasutra. Die Quäkerin mit den rosigen Wangen, die ihn unter den Tisch trank. Er erzählte all diese Geschichten mit einer Mischung aus Ratlosigkeit und Staunen, doch mehr als alles andere war es Traurigkeit, was sie in diesen Tagen in seinen Augen sah. Dabei war er keineswegs eine schlechte Partie – schlank und durchtrainiert, dazu gut aussehend auf eine etwas glatte, farblose Art. Es war also nicht einzusehen, warum er solche Schwierigkeiten hatte, eine passende Frau zu finden.

Aber er trauert immer noch Alice nach.

Sie bogen in die Beach Street ein und näherten sich dem Herzen von Chinatown, als das flackernde Blaulicht eines Streifenwagens des Boston PD sie blendete. Jane hielt hinter dem Wagen an, und sie stiegen aus. Eine unangenehm feuchte und kühle Frühlingsnacht empfing sie. Trotz der nächtlichen Stunde hatten sich einige Schaulustige auf dem Gehsteig versammelt, und Jane hörte sowohl chinesisches als auch englisches Stimmengemurmel. Zweifellos stellten sie alle die ewig gleiche Frage: *Weiß irgendjemand, was hier passiert ist?*

Zusammen mit Frost ging sie die Knapp Street entlang und schlüpfte unter dem Absperrband hindurch, hinter dem ein Streifenpolizist postiert war. »Detective Rizzoli und Detective Frost, Morddezernat«, meldete sie.

»Sie liegt da drüben«, entgegnete der Officer kurz angebunden. Er deutete die Gasse hinunter auf einen Müllcontainer, an dem ein zweiter Polizist Wache hielt.

Als sie näher traten, erkannte Jane, dass es nicht der Container war, den der Cop bewachte, sondern etwas, das davor auf dem Gehsteig lag. Sie blieb abrupt stehen und starrte auf eine abgetrennte rechte Hand.

»Hoppla«, sagte Frost.

Der Cop lachte. »Genauso hab ich auch reagiert.«

»Wer hat sie gefunden?«

»Die Teilnehmer einer Führung – ›Chinatown-Geisterspaziergang‹ nennt sich das Ganze. Ein Junge aus der Gruppe hat die Hand aufgehoben, weil er sie für eine Attrappe hielt. Sie war so frisch, dass sie noch blutete. Als er merkte, dass sie echt war, ließ er sie sofort fallen, und seitdem hat niemand sie angerührt. Die haben wohl kaum damit gerechnet, bei ihrer Geistertour *so* was zu finden.«

»Wo sind diese Touristen jetzt?«

»Sie waren alle fix und fertig; haben darauf bestanden, in ihre Hotels zurückzugehen, aber ich habe mir Namen und Kontaktdaten geben lassen. Der Reiseführer ist ein junger Chinese hier aus dem Viertel; er sagt, Sie können ihn jederzeit gerne sprechen. Niemand hat außer der Hand irgendetwas gesehen. Die Leute haben die Notrufzentrale angerufen, und dort glaubten sie zuerst an einen schlechten Scherz. Wir konnten nicht sofort herkommen, weil wir uns erst noch mit ein paar Krawallbrüdern drüben in Charlestown rumschlagen mussten.«

Jane ging in die Hocke und leuchtete die Hand mit ihrer Taschenlampe an. Es war eine verblüffend saubere Amputation, die Schnittfläche mit getrocknetem Blut verkrustet. Es schien sich um die Hand einer Frau zu handeln, mit blassen, schlanken Fingern und verstörend elegant manikürten Nägeln. Kein Ring, keine Uhr. »Und sie hat einfach da auf dem Boden gelegen?«

»Ja. Wundert mich, dass noch keine Ratten dran waren, die riechen doch frisches Fleisch zehn Meter gegen den Wind.«

»Ich sehe keine Bissspuren. Kann noch nicht lange hier liegen.«

»Ach, übrigens, ich hab noch was anderes entdeckt.« Der Polizist richtete den Strahl seiner Taschenlampe auf einen mattgrauen Gegenstand, der ein paar Meter entfernt lag.

Frost besah ihn sich aus der Nähe. »Das ist eine Heckler & Koch. Nicht billig«, sagte er. Er blickte sich zu Jane um. »Mit Schalldämpfer.«

»Hat einer der Touristen die Waffe angefasst?«, fragte Jane.

»Niemand hat die Waffe angefasst«, antwortete der Officer. »Sie haben sie gar nicht gesehen.«

»Wir haben also eine Automatikpistole mit Schalldämpfer und eine frisch abgetrennte rechte Hand«, meinte Jane. »Was wollen wir wetten, dass beide zusammengehören?«

»Das ist wirklich ein Prachtstück«, sagte Frost, der noch immer die Pistole bewunderte. »Kann mir nicht vorstellen, dass irgendjemand so etwas einfach wegwirft.«

Jane richtete sich auf und betrachtete den Müllcontainer. »Haben Sie da drin nach dem Rest der Leiche gesucht?«

»Nein, Ma'am. Ich dachte mir, eine abgetrennte Hand reicht allemal aus, um gleich die Kollegen vom Morddezernat zu alarmieren. Wollte ja nicht den Tatort kontaminieren, ehe Sie hier sind.«

Jane zog ein Paar Handschuhe aus der Tasche. Während sie sie überstreifte, schlug ihr Herz immer heftiger in banger Erwartung dessen, was sie finden würden. Gemeinsam hoben sie und Frost den Deckel an, und sofort schlug ihnen der Gestank von verdorbenen Meeresfrüchten entgegen. Sie kämpfte gegen die Übelkeit an, als sie den Blick über zerdrückte Pappkartons und einen prallvollen schwarzen Müllsack schweifen ließ. Sie und Frost tauschten einen Blick.

»Ich lass dir gern den Vortritt«, sagte er.

Sie griff in den Container, zerrte an dem Sack und wusste sofort, dass er keine Leiche enthielt. Er war nicht schwer genug. Sie rümpfte die Nase über den Gestank, während sie den Sack aufknotete und hineinschaute. Alles, was sie sah, waren Garnelen- und Krebsschalen.

Sie wichen beide zurück, und der Deckel des Containers fiel mit einem donnernden Krachen zu.

»Niemand zu Hause?«, fragte der Officer.

»Nicht da drin.« Jane sah auf die abgetrennte Hand hinunter. »Also, wo ist der Rest von ihr?«

»Vielleicht verteilt irgendjemand Leichenteile in der ganzen Stadt.«

Der Polizist lachte. »Oder vielleicht hat eins von diesen Chinarestaurants sie gekocht und zu einem leckeren Ragout verarbeitet.«

Jane sah Frost an. »Ein Glück, dass du Muscheln bestellt hast.«

»Wir haben die Umgebung schon abgesucht«, erklärte der Streifenpolizist. »Gefunden haben wir nichts.«

»Okay, aber ich finde, wir sollten trotzdem selber eine Runde um den Block machen«, meinte Jane.

Zusammen mit Frost ging sie langsam die Knapp Street entlang. Die Strahlen ihrer Taschenlampen durchschnitten die Dunkelheit, und in ihrem Schein sahen sie zerbrochene Flaschen, Papierfetzen und Zigarettenkippen. Keine Leichenteile. Die Fenster der Häuser, die links und rechts emporragten, waren dunkel, doch sie hatte das Gefühl, dass sie aus den unbeleuchteten Zimmern beobachtet, jeder ihrer Schritte in dieser menschenleeren Gasse verfolgt wurde. Sie würden die Strecke bei Tageslicht noch einmal abgehen müssen, aber es kam ihr darauf an, keine Spuren zu übersehen, die am nächsten Tag nicht mehr vorhanden oder verändert sein könnten. Und so ging sie mit Frost bis zum Ende der Straße, wo ein weiteres Polizeiband den Zugang von der Harrison Avenue absperrte. Hier gab es breite Gehsteige, Straßenbeleuchtung und Verkehr. Dennoch setzten Jane und Frost ihre Patrouille um den Block gewissenhaft fort, von der Harrison Avenue in die Beach Street, den Blick immer vor sich auf den Boden geheftet. Als sie den Rundgang abgeschlossen hatten und wieder an dem Müllcontainer ankamen, sahen sie, dass inzwischen die Spurensicherung eingetroffen war.

»Ich nehme an, Sie haben den Rest von ihr auch nicht finden können«, begrüßte der Streifenpolizist Jane und Frost.

Jane sah zu, wie die Waffe und die abgetrennte Hand in Beweismittelbeutel gepackt wurden, und sie fragte sich, wieso ein Mörder die Hand des Opfers so offen an dieser Stelle ablegte, wo sie mit Sicherheit früher oder später entdeckt würde. War der Täter in Eile gewesen? Oder hatte er gewollt, dass die Hand gefunden wurde – als eine Art Botschaft? Dann hob sie den Blick zu der Feuertreppe, die an der zur Gasse gewandten Rückseite des vierstöckigen Gebäudes hinaufführte.

»Wir müssen auf dem Dach nachsehen«, sagte sie.

Doch das unterste Leiterstück war eingerostet, und es gelang ihnen nicht, es herunterzuziehen. Also mussten sie auf dem normalen Weg zum Dach hinaufsteigen, durch das Treppenhaus. Sie verließen die enge Gasse und gingen zur Beach Street zurück, wo die Vordereingänge der Gebäude lagen. Im Erdgeschoss waren Geschäfte untergebracht: ein Chinarestaurant, eine Bäckerei und ein Asia-Markt – alle zu dieser nächtlichen Stunde geschlossen. Darüber lagen Wohnungen. Jane spähte nach oben und sah, dass die Fenster in den oberen Stockwerken alle dunkel waren.

»Wir werden jemanden wecken müssen, der uns hereinlässt«, sagte Frost.

Jane trat auf eine Gruppe Chinesen zu, die sich auf der Straße versammelt hatten, um den nächtlichen Einsatz zu beobachten. »Kennen Sie irgendwelche Mieter in diesem Haus?«, fragte sie. »Wir müssen da rein.«

Die Männer starrten sie nur verständnislos an.

»Dieses Haus«, wiederholte sie und zeigte darauf. »Wir müssen rauf aufs Dach.«

»Du, ich glaube nicht, dass es was bringt, wenn du lauter redest«, meinte Frost. »Die verstehen kein Englisch.«

Jane seufzte. *Stimmt, wir sind ja in Chinatown.* »Wir brauchen einen Dolmetscher.«

»Beim District A-1 haben sie einen neuen Detective. Ich glaube, er ist chinesischer Abstammung.«

»Wir können nicht auf ihn warten, das dauert zu lange.« Sie stieg die Stufen zum Eingang hinauf, überflog die Namen auf der Klingelleiste und drückte aufs Geratewohl einen Knopf. Auch auf mehrfaches Klingeln kam keine Antwort. Sie probierte es bei einer anderen Wohnung, und diesmal knackte es in der Gegensprechanlage.

»*Wei?*«, ertönte eine weibliche Stimme.

»Hier ist die Polizei«, sagte Jane. »Können Sie uns bitte ins Haus lassen?«

»Wei?«

»Bitte machen Sie die Tür auf!«

Ein paar Minuten vergingen, dann war eine Kinderstimme zu vernehmen: »Meine Großmutter will wissen, wer Sie sind.«

»Detective Jane Rizzoli, Boston PD«, antwortete Jane. »Wir müssen rauf aufs Dach. Könntest du uns ins Haus lassen?«

Endlich ertönte der Summer, und sie traten ein.

Das Haus war mindestens hundert Jahre alt, und die

Holzstufen ächzten, als Jane und Frost die Treppe hinaufstiegen. Als sie im ersten Stock anlangten, flog eine Tür auf, und Jane erhaschte einen Blick in eine enge Wohnung, aus der zwei kleine Mädchen sie neugierig anstarrten. Die jüngere war ungefähr so alt wie Janes Tochter Regina, und Jane hielt kurz inne, um ihr ein Lächeln zu schenken und »Hallo« zu murmeln.

Sofort wurde das kleinere Mädchen von einer Frau auf den Arm gehoben, und die Tür fiel mit einem Knall ins Schloss.

»Ich fürchte, Fremde sind hier nicht allzu willkommen«, bemerkte Frost.

Sie stiegen weiter. Vom dritten Obergeschoss führte eine schmale Treppe zum Dach hinauf. Die Außentür war nicht verschlossen, doch sie gab ein durchdringendes Kreischen von sich, als sie sie aufstießen.

Sie traten hinaus in die tiefe Dunkelheit vor dem ersten Morgengrauen, erhellt nur vom diffusen Schein der Lichter der Stadt. Jane leuchtete mit ihrer Taschenlampe und sah einen Plastiktisch mit Stühlen, daneben Töpfe mit Kräutern. Eine Wäscheleine war schwer mit Laken behängt, die wie Gespenster im Wind tanzten. Und durch die flatternde Bettwäsche hindurch erspähte sie noch etwas anderes – etwas Dunkles, Unförmiges, das nahe der Dachkante lag.

Ohne ein Wort zu wechseln, zogen Jane und Frost automatisch Papierüberzieher aus ihren Taschen und bückten sich, um sie sich über die Schuhe zu streifen. Dann erst duckten sie sich unter den Laken hindurch und gingen weiter zur Kante. Ihre Überschuhe knisterten auf dem Untergrund aus Teerpappe.

Im ersten Moment sagte keiner etwas. Sie standen Seite

an Seite, die Taschenlampen auf eine Lache von getrocknetem Blut gerichtet. Und auf das, was in der Lache lag.

»Ich schätze, wir haben den Rest von ihr gefunden«, sagte Frost.

5

Chinatown lag mitten im Herzen von Boston, begrenzt vom Finanzdistrikt im Norden und dem grünen Rasen des Common im Westen. Doch als Maura durch das Paifang-Tor mit den vier geschnitzten Löwen schritt, hatte sie das Gefühl, in eine völlig andere Stadt einzutauchen, in eine andere Welt. Zuletzt hatte sie Chinatown an einem Samstagmorgen im Oktober besucht. Damals hatte eine Gruppe von alten Männern mit ihren Spielbrettern unter dem Tor gesessen, Dame gespielt, Tee geschlürft und sich auf Chinesisch unterhalten. An jenem kalten Tag hatte sie sich hier mit Daniel zu einem Dim-Sum-Frühstück getroffen. Es sollte eine ihrer letzten gemeinsamen Mahlzeiten sein, und die Erinnerung daran traf sie jetzt wie ein Messerstich ins Herz. Jetzt war es Frühling, es versprach ein heiterer Tag zu werden, und die gleichen Männer saßen in der kühlen Morgenluft, spielten und plauderten: Doch die Melancholie verdüsterte alles, was sie sah, und verwandelte Sonnenschein in Finsternis.

Sie ging vorbei an Restaurants mit Aquarien, in denen es von silbrigen Fischen wimmelte, an staubigen Importläden, vollgestopft mit Palisandermöbeln, Jadearmbändern und Schnitzereien aus Elfenbeinimitat, bis sie schließlich auf eine immer dichter werdende Ansammlung von Schaulustigen stieß. Sie entdeckte einen uniformierten Beamten des Boston PD, der die überwiegend aus Chinesen bestehende Menge überragte, und arbeitete sich zu ihm vor.

»Entschuldigen Sie bitte, ich bin die Rechtsmedizinerin«, rief sie.

Der kühle Blick, mit dem der Polizist sie musterte, ließ keinen Zweifel daran, dass er genau wusste, wer sie war. Dr. Maura Isles, die Verräterin. Die Frau, die gegen einen der ihren ausgesagt hatte; gegen ein Mitglied der Bruderschaft, deren Aufgabe es war, zu dienen und zu schützen. Ihretwegen würde der Mann vielleicht im Gefängnis landen. Der Polizist sagte kein Wort, sondern starrte sie nur an, als hätte er keine Ahnung, was sie von ihm wollte.

Sie erwiderte den Blick mit ebensolcher Kälte. »Wo ist die Leiche?«, fragte sie.

»Da müssen Sie Detective Rizzoli fragen.«

Er war offenbar entschlossen, es ihr nicht zu leicht zu machen. »Und wo ist sie?«

Bevor er antworten konnte, hörte sie jemanden rufen: »Dr. Isles?« Ein junger, asiatisch aussehender Mann in Anzug und Krawatte kam über die Straße auf sie zu. »Sie warten oben auf dem Dach auf Sie.«

»Welcher Eingang ist es?«

»Kommen Sie mit, ich bringe Sie nach oben.«

»Sind Sie neu beim Morddezernat? Ich glaube, wir sind uns noch nicht begegnet.«

»Tut mir leid, ich hätte mich vorstellen sollen. Ich bin Detective Johnny Tam, District A-1. Rizzoli brauchte jemanden aus dem Viertel als Dolmetscher, und da ich bei uns der Chinese vom Dienst bin, wurde ich ihrem Team zugewiesen.«

»Sie arbeiten das erste Mal für das Morddezernat?«

»Ja, Ma'am. War immer schon mein Traum. Ich bin erst seit zwei Monaten Detective, da können Sie sich vorstellen, wie aufgeregt ich bin.« Energisch forderte er die Umstehenden auf, Platz zu machen, bahnte eine Gasse durch die Menge und öffnete die Tür zu einem Gebäude, in dem es nach Knoblauch und Räucherwerk roch.

»Mir ist aufgefallen, dass Sie Mandarin sprechen. Können Sie auch Kantonesisch?«, fragte sie.

»Sie können den Unterschied hören?«

»Ich habe früher in San Francisco gewohnt. Da hatte ich einige chinesische Kollegen.«

»Ich wünschte, ich könnte Kantonesisch, aber da verstehe ich nur Bahnhof«, erklärte er, als sie die Treppen hinaufstiegen. »Ich fürchte, mit meinem Mandarin komme ich hier nicht sehr weit. Die meisten von den alten Leutchen hier sprechen entweder Kantonesisch oder den Taishan-Dialekt. Die Hälfte der Zeit brauche ich selber einen Dolmetscher.«

»Sie sind also nicht aus Boston?«

»Geboren und aufgewachsen in New York City. Meine Eltern sind aus der Provinz Fujian eingewandert.«

Sie hatten die Tür zum Dach erreicht und traten hinaus. Maura kniff die Augen zusammen, als die Strahlen der frühen Morgensonne sie blendeten. Die Mitarbeiter der Spurensicherung waren damit beschäftigt, das Dach abzusuchen. Sie hörte jemanden rufen: »Hier liegt noch eine Patronenhülse!«

»Die wievielte ist das – die fünfte?«

»Etikettieren und eintüten.«

Plötzlich verstummten die Stimmen. Sie hatten Maura bemerkt und starrten sie an. Die Verräterin war da.

»Hallo, Doc«, rief Jane. Der Wind zerzauste ihr dunkles Haar, als sie auf Maura zuging. »Wie ich sehe, hat Tam dich doch noch gefunden.«

»Was höre ich da von Patronenhülsen?«, fragte Maura.

»Am Telefon hast du doch gesagt, es handle sich um eine Amputation.«

»Das stimmt auch. Aber unten auf der Straße haben wir eine Heckler-&-Koch-Automatik gefunden. Offenbar hat irgendjemand hier oben rumgeballert. Mindestens fünf Schüsse.«

»Hat irgendwer die Schüsse gehört? Sodass wir die Zeit eingrenzen können?«

»Die Waffe war mit einem Schalldämpfer versehen, deshalb hat niemand irgendetwas gehört.« Jane drehte sich um. »Das Opfer ist hier.«

Maura legte Überschuhe und Handschuhe an und folgte Jane zu der verhüllten Leiche, die nahe der Dachkante lag. Sie beugte sich darüber, um die Plastikplane zu lüften, und starrte die Leiche an. Eine Weile brachte sie kein Wort heraus.

»Tja, uns hat's im ersten Moment auch die Sprache verschlagen«, sagte Jane.

Die Frau war eine Weiße, Anfang dreißig, schlank und durchtrainiert, ganz in Schwarz gekleidet, mit einem Kapuzenshirt und Leggings. Die Leichenstarre war voll ausgeprägt. Die Tote lag auf dem Rücken und starrte zum Himmel auf, als hätte sie sich hier auf dem Dach ausgestreckt, um die Sterne zu bewundern. Ihr Haar war von kräftig rotbrauner Farbe und im Nacken zu einem schlichten Pferdeschwanz gebunden. Ihre Haut war blass und makellos, und die ausgeprägten Wangenknochen verliehen ihr ein leicht slawisches Aussehen. Doch es war die Wunde, die Mauras Blick fesselte: ein tiefer Schnitt, der durch Haut, Muskeln und Knorpel gedrungen war und die Luftröhre glatt durchtrennt hatte, sodass die perlweiß schimmernde Oberfläche der Halswirbelsäule freilag. Das Blut war mit so großem

Druck aus der durchschnittenen Arterie geschossen, dass die Spritzer sogar die Laken an der Wäscheleine befleckt hatten, die ein ganzes Stück entfernt befestigt war.

»Die abgeschnittene Hand ist über die Dachkante auf die Straße gefallen«, sagte Jane. »Und die Heckler & Koch auch. Ich vermute, dass wir am Griff ihre Fingerabdrücke finden werden. Und Schmauchspuren an der Hand.«

Maura riss sich vom Anblick des Halses los und konzentrierte sich auf das rechte Handgelenk, das sauber durchtrennt worden war. Sie versuchte, sich vorzustellen, was für ein Instrument es sein mochte, das so mühelos durch Knorpel und Knochen gedrungen war. Das konnte nur das Ergebnis eines gezielten Hiebs mit einer unglaublich scharfen Waffe sein. Sie malte sich aus, wie die Klinge niederfuhr, wie die Hand abfiel und über die Dachkante rollte. Und wie dieselbe Klinge dann diesen schlanken Hals aufschlitzte.

Mit einem Schauder richtete sie sich auf und blickte hinunter zu den Polizisten, die am anderen Ende der Knapp Street standen und die Schaulustigen zurückhielten. Die Menschenmenge schien in kürzester Zeit um das Doppelte angewachsen zu sein, und dabei war es noch früh am Tag. Die Neugierigen schliefen nie, und sie schienen das Blut regelrecht zu riechen.

»Bist du sicher, dass du dir das hier antun willst, Maura?«, fragte Jane leise.

Maura drehte sich zu ihr um. »Warum denn nicht?«

»Ich frage mich nur, ob es nicht ein bisschen früh ist, dich wieder zum Tatorteinsatz einzuteilen. Ich weiß, dass du eine harte Woche hinter dir hast, mit dem Prozess und alldem.« Jane hielt inne. »Es sieht nicht gerade gut aus für Graff.«

»Das sollte es auch nicht. Er hat einen Mann getötet.«

»Und dieser Mann hatte einen Polizisten getötet. Einen guten Polizisten, der eine Frau und Kinder hinterlässt. Ich muss gestehen, ich hätte mich an seiner Stelle vielleicht auch nicht beherrschen können.«

»Bitte, Jane – sag mir nicht, dass du Officer Graff in Schutz nimmst.«

»Ich habe mit Graff gearbeitet, und bei einem gefährlichen Einsatz könnte man sich keinen besseren Mann an seiner Seite wünschen. Du weißt, was mit Polizisten passiert, die im Gefängnis landen, oder?«

»Ich sehe nicht ein, dass ich mich deswegen verteidigen muss. Ich bekomme schon genug Hassbriefe. Und jetzt fängst du auch noch an.«

»Ich meine ja nur – die Nerven liegen zurzeit ziemlich blank. Wir alle respektieren Officer Graff, und wir können nachvollziehen, dass er an dem Abend die Beherrschung verloren hat. Ein Polizistenmörder ist tot, und vielleicht ist ja auf diese Art und Weise nur der Gerechtigkeit zum Sieg verholfen worden.«

»Es ist nicht meine Aufgabe, über Recht und Unrecht zu urteilen. Ich lege nur die Fakten dar.«

Janes Lachen klang sarkastisch. »Jaja, bei dir dreht sich alles immer nur um die Fakten, nicht wahr?«

Maura drehte sich um und blickte zu den Kriminaltechnikern hinüber, die das Dach nach Spuren absuchten. Lass es an dir abprallen und konzentriere dich auf deinen Job. Du bist hier, um für diese tote Frau zu sprechen und für niemanden sonst. »Was hat sie auf diesem Dach gemacht?«, fragte sie.

Jane sah auf die Leiche hinunter. »Keine Ahnung.«

»Wissen wir, wie sie sich Zugang verschafft hat?«

»Sie könnte über die Feuertreppe oder durch irgendeines der Treppenhäuser gekommen sein. Wenn man einmal auf einem Dach ist, kann man von dort alle anderen in diesem Block erreichen, von der Harrison Avenue bis zur Knapp Street. Sie könnte durch irgendeines dieser Häuser gekommen sein, aber sie könnte genauso gut von einem Hubschrauber abgesetzt worden sein. Von den Anwohnern, die wir befragt haben, erinnert sich niemand, sie gestern Abend gesehen zu haben. Und wir wissen, dass es gestern Abend passiert ist. Als wir sie fanden, hatte die Leichenstarre gerade eingesetzt.«

Maura betrachtete die Kleidung des Opfers und runzelte die Stirn. »Ist doch seltsam, dass sie ganz in Schwarz gekleidet ist.«

»Passt zu allem, heißt es doch immer.«

»Habt ihr Ausweispapiere gefunden?«

»Nichts. Alles, was wir in ihren Taschen gefunden haben, waren dreihundert Dollar und ein Autoschlüssel von einem Honda. Wir suchen gerade die Nachbarschaft nach dem Wagen ab.« Jane schüttelte den Kopf. »Zu schade, dass sie keinen Yugo gefahren hat. So ist es eine Suche nach der Stecknadel in einem gottverdammten Heuhaufen von Hondas.«

Maura ließ die Plastikplane wieder über die klaffende Wunde fallen. »Wo ist die Hand?«

»Schon sichergestellt.«

»Seid ihr sicher, dass sie zu dieser Leiche gehört?«

Jane lachte verblüfft auf. »Wie wahrscheinlich ist es, dass sie jemand anderem gehört?«

»Ich setze nie irgendetwas voraus. Das weißt du.« Sie wandte sich ab.

»Maura?«

Noch einmal drehte sie sich zu Jane um. Sie standen einander im blendenden Sonnenschein gegenüber, und Maura hatte das Gefühl, dass das ganze Boston PD sie sehen und jedes ihrer Worte hören konnte.

»Was diesen Prozess betrifft – ich verstehe deinen Standpunkt, wirklich«, sagte Jane. »Und das weißt du auch.«

»Aber du teilst ihn nicht.«

»Ich verstehe dich trotzdem. Wie du hoffentlich auch verstehst, dass es Leute wie Graff sind, die sich mit der wirklichen Welt herumschlagen müssen. Das sind diejenigen, die den Kopf hinhalten müssen. Wenn es um Gerechtigkeit geht, ist nicht alles so klar und sauber wie bei einem wissenschaftlichen Experiment. Manchmal muss man sich eben die Finger schmutzig machen, da helfen die schönsten Fakten nicht.«

»Ich hätte also lieber lügen sollen?«

»Du sollst nur nicht vergessen, wer die eigentlichen Verbrecher sind.«

»Das steht nicht in meiner Tätigkeitsbeschreibung«, sagte Maura. Sie ging zur Tür und stieg hinunter ins Treppenhaus, erleichtert, den grellen Sonnenstrahlen und den Blicken der Polizisten und Kriminaltechniker entkommen zu sein. Doch als sie im Erdgeschoss aus der Tür trat, sah sie sich wieder Detective Tam gegenüber.

»Ziemlich blutige Angelegenheit da oben, was?«, sagte er.

»Blutiger als die meisten.«

»Und wann ist die Obduktion?«

»Ich habe sie für morgen früh angesetzt.«

»Darf ich dabei sein?«

»Gerne, wenn es Ihnen nicht auf den Magen schlägt.«

»Ich habe schon bei einigen Obduktionen zugeschaut,

als ich auf der Polizeischule war. Und ich hab's geschafft, kein einziges Mal umzukippen.«

Sie blieb stehen und betrachtete ihn einen Moment. Was sie sah, waren ernste, dunkle Augen und scharf geschnittene, attraktive Gesichtszüge, aber keine Feindseligkeit. An einem Morgen, an dem das gesamte Boston PD sie als den Erzfeind zu betrachten schien, war Detective Johnny Tam der einzige Polizist, der sich offensichtlich nicht zum Richter über sie aufschwang.

»Punkt acht Uhr«, sagte sie. »Wir sehen uns dort.«

6

In dieser Nacht schlief Maura schlecht. Nach einer schweren Mahlzeit – Lasagne, hinuntergespült mit drei Gläsern Wein – war sie erschöpft ins Bett gefallen. Ein paar Stunden später wachte sie auf, und wieder einmal wurde ihr schmerzlich bewusst, dass der Platz neben ihr leer war. Sie streckte die Hand aus, fühlte das kalte Laken und fragte sich, wie schon in so vielen Nächten in den vergangenen vier Monaten, ob Daniel Brophy in diesem Moment auch wach lag, ob er wie sie von dem Wunsch besessen war, zum Hörer zu greifen und dieses unerträgliche Schweigen zwischen ihnen zu beenden. Oder schlief er tief und fest, ohne der Vergangenheit nachzutrauern, einfach nur erleichtert, dass ihre Affäre endlich beendet war? Zwar hatte sie ihre Unabhängigkeit wieder, doch diese Freiheit hatte ihren Preis. Ein leeres Bett, schlaflose Nächte und immer wieder die Frage, auf die es keine Antwort gab: *Geht es mir besser mit ihm oder ohne ihn?*

Als sie am nächsten Morgen im Institut ankam, war sie vollkommen übernächtigt, und der viele Kaffee, den sie getrunken hatte, um wach zu werden, schlug ihr auf den Magen. Während sie im Vorraum des Sektionssaals Schutzmaske, Papierhaube und Überschuhe anlegte, sah sie durch das Sichtfenster, dass Jane schon am Tisch stand und auf sie wartete. Gestern waren sie nicht gerade im besten Einvernehmen auseinandergegangen, und Maura fühlte sich noch immer gekränkt durch Janes sarkastische Bemerkung: *Bei dir dreht sich alles immer nur um die Fakten, nicht wahr?* Ja, die Fakten waren ihr wichtig. Sie standen unveränderlich fest und ließen sich nicht leugnen, selbst wenn dadurch eine Freundschaft gefährdet wurde. Der Prozess gegen Officer Graff hatte einen Keil zwischen sie und Jane getrieben, und das erinnerte Maura daran, wie ungewöhnlich ihre Freundschaft von Anfang an gewesen war. Während sie ihren Kittel zuband, war es nicht die Leiche, vor der ihr graute, sondern die Begegnung mit Jane.

Sie holte noch einmal tief Luft und stieß die Tür auf.

Ihr Assistent Yoshima hatte den Leichensack bereits auf den Tisch gehoben. Daneben lag auf einem Tablett die abgetrennte Hand, verhüllt mit einem Tuch. Im Bewusstsein, dass Yoshima ihr Gespräch mithörte, begrüßte Maura Jane nur mit einem Nicken und fragte: »Kommt Frost nicht dazu?«

»Er kann diesmal nicht dabei sein, aber Johnny Tam ist auf dem Weg hierher. Und mir scheint, er kann es gar nicht erwarten, dir beim Schnippeln über die Schulter zu schauen.«

»Detective Tam ist offenbar sehr bemüht, sich zu beweisen.«

»Ich glaube, er will unbedingt zum Morddezernat. Und nach allem, was ich bisher gesehen habe, könnte ich mir schon vorstellen, dass er das Zeug dazu hat.« Sie blickte auf. »Ah, wenn man vom Teufel spricht…«

Durch die Trennscheibe konnte Maura sehen, dass Tam eingetroffen war und sich gerade einen OP-Kittel umband. Kurz darauf trat er ein, sein pechschwarzes Haar unter einer Haube verborgen. Er ging auf den Tisch zu und betrachtete die verhüllte Leiche mit ruhiger, ungerührter Miene.

»Bevor wir beginnen, Tam«, sagte Jane, »wollte ich Sie nur noch darauf hinweisen, dass das Kotzbecken gleich da drüben ist.«

Er zuckte mit den Achseln. »Das werde ich nicht brauchen.«

»Das sagen Sie jetzt.«

»Wir fangen mit dem einfacheren Teil an«, sagte Maura und deckte die abgetrennte Hand auf. Sie sah aus wie aus Plastik. Kein Wunder, dass die Touristengruppe sie für ein Halloween-Requisit mit Kunstblut gehalten hatte. Es war bereits ein Abstrich gemacht worden; der Befund war positiv für Schmauchspuren, und Fingerabdrücke von dieser Hand waren am Griff der Heckler & Koch nachgewiesen worden. Damit war jeder Zweifel ausgeräumt, dass das Opfer die Schüsse abgefeuert hatte, von denen die fünf auf dem Dach verstreuten Patronenhülsen stammten. Maura schwenkte das Vergrößerungsglas über die Hand und untersuchte das durchtrennte Gelenk.

»Der Schnitt geht genau zwischen dem distalen Ende der Speiche und dem Mondbein hindurch«, sagte sie. »Aber ich kann hier ein großes Bruchstück des Dreiecksbeins erkennen.«

»Und das heißt was?«, fragte Jane.

»Die Klinge hat einen der Handwurzelknochen durchtrennt. Und diese Knochen sind sehr dicht.«

»Es muss also eine besonders scharfe Waffe gewesen sein.«

»Scharf genug, um die Hand mit einem einzigen Schnitt abzutrennen.« Maura blickte auf. »Ich kann keine sekundären Schnittspuren entdecken.«

»Ich will nur wissen, ob die Hand zu diesem Körper gehört.«

Maura wandte sich zum Tisch um und zog den Reißverschluss des Leichensacks auf. Die Plastikhülle teilte sich, und ein widerlicher Geruch nach gekühltem Fleisch und abgestandenem Blut stieg auf. Die Leiche war noch vollständig bekleidet, der Kopf nach hinten geneigt, sodass die klaffende Halswunde offen dalag. Während Yoshima Fotos machte, wurde Mauras Blick vom rotbraunen Haar der Toten angezogen, das jetzt mit Blut verklebt war. Wunderschöne Haare, dachte sie, und eine wunderschöne Frau. Eine Frau, die eine Waffe besessen und dort auf dem Dach auf jemanden geschossen hatte.

»Dr. Isles, wir haben hier eine Haar- oder Faserspur, die sofort ins Auge springt«, sagte Yoshima. Er beugte sich über das schwarze Sweatshirt der Toten und starrte ein einzelnes, helles Haar an, das am Ärmel hing.

Mit einer Pinzette zupfte Maura das Haar ab und untersuchte es im Schein der Lampe. Es war ungefähr fünf Zentimeter lang, silbergrau und leicht gebogen. Sie sah die Leiche an. »Das ist offensichtlich nicht ihr Haar.«

»Sieh mal, da ist noch eins«, sagte Jane und deutete auf ein zweites Haar, das an den schwarzen Leggings der Toten hing.

»Könnten Tierhaare sein«, meinte Yoshima. »Von einem Golden Retriever vielleicht.«

»Oder vielleicht ist sie von einem grauhaarigen Opa umgelegt worden.«

Maura steckte die Haare in separate Beweismittelumschläge, die sie zur Seite legte. »Gut, dann wollen wir sie jetzt ausziehen.«

Als Erstes nahmen sie ihr das einzige Schmuckstück ab, das sie trug, eine schwarze Taucheruhr Marke Hanowa. Als Nächstes kamen die Schuhe – schwarze Reeboks –, gefolgt von dem Kapuzenshirt, einem langärmeligen T-Shirt, den Leggings, einem Baumwollslip und einem Sport-BH. Vor ihnen lag ein durchtrainierter Körper, schlank, aber muskulös. Maura hatte einmal einen Professor für Rechtsmedizin sagen hören, in all den Jahren, die er schon obduzierte, sei ihm noch nie eine attraktive Leiche untergekommen. Diese Frau hier war der Beweis, dass es Ausnahmen von der Regel gab. Trotz der tiefen Halswunde und der unregelmäßigen Verfärbung an Rücken und Gesäß durch die Totenflecke und trotz der glasigen Augen war sie immer noch eine atemberaubend schöne Frau.

Nachdem die Leiche nunmehr vollständig entkleidet war, verließen Maura und die beiden Detectives den Raum, damit Yoshima die Röntgenaufnahmen machen konnte. Vom Vorraum aus sahen sie zu, wie er eine Bleischürze umlegte und die Filmkassetten positionierte.

»Eine Frau wie diese«, sagte Maura, »muss von irgendjemandem vermisst werden.«

»Sagst du das, weil sie gut aussieht?«, fragte Jane.

»Ich sage das, weil sie unglaublich fit aussieht und ein makelloses Gebiss hat. Und die Leggings, die sie trug, sind von Donna Karan.«

»Wenn Sie eine Frage von einem unbedarften männlichen Wesen gestatten«, meldete sich Tam zu Wort, »bedeutet das, dass sie teuer waren?«

»Ich wette, Dr. Isles kann Ihnen auf Anhieb den genauen Einzelhandelspreis nennen«, antwortete Jane.

»Worum es mir geht«, sagte Maura, »ist, dass wir es nicht mit einer mittellosen Streunerin zu tun haben. Sie hatte eine Menge Bargeld dabei, und sie war mit einer Heckler & Koch bewaffnet, was meines Wissens keine Waffe ist, die man an jeder Straßenecke zu kaufen bekommt.«

»Und sie hatte keine Papiere«, bemerkte Tam.

»Die könnten ihr gestohlen worden sein.«

»Aber ein Dieb, der dreihundert Dollar zurücklässt?« Tam schüttelte den Kopf. »Das wäre doch sehr sonderbar.«

Maura sah, wie Yoshima ihnen durch das Sichtfenster zuwinkte. »Er ist fertig«, sagte sie und stieß die Tür zum Sektionssaal auf.

Als Erstes untersuchte sie den aufgeschlitzten Hals. Wie bei der abgetrennten Hand schien auch diese Wunde das Resultat einer einzigen, entschlossenen Schnittbewegung zu sein. Maura führte ein Lineal in die Wunde ein und sagte: »Sie ist fast acht Zentimeter tief. Die Klinge hat die Luftröhre durchtrennt und ist bis zur Halswirbelsäule durchgedrungen.« Dann legte sie das Lineal längs zur Wunde an. »Breiter als tief – ungefähr zwölf Zentimeter vom einen Ende bis zum anderen. Kein Stich, sondern ein Hieb.« Sie hielt inne und inspizierte die freiliegenden Wundränder. »Seltsam, wie glatt alles ist. Kein Brotmesser-Effekt, keine Sekundärschnitte. Keine Quetschungen, keine Blutergüsse. Es ging alles so schnell, dass das Opfer gar keine Chance hatte, sich zu wehren.« Sie legte die Hand unter den Kopf und beugte ihn vor. »Kann jemand für mich den Schädel in Position halten? Ich möchte die Wundränder zusammenführen.«

Ohne eine Sekunde zu zögern, trat Detective Tam vor und hielt den Kopf behutsam mit seinen behandschuhten Händen. Einen menschlichen Körper kann man noch relativ leicht als unpersönliches Objekt aus Haut, Knochen und Muskeln betrachten; das Gesicht einer Leiche verrät jedoch mehr, als die meisten Polizisten sehen wollen. Johnny Tam aber schrak vor dem Anblick nicht zurück. Er sah direkt in die Augen der toten Frau, als hoffte er, darin Antworten auf seine vielen Fragen zu finden.

»Genau, so passt es«, sagte Maura und schob das Vergrößerungsglas über die Wunde. »Ich kann keine Sägezahnspuren erkennen. Nichts, was auf die Art von Klinge hinweisen würde, die…« Sie hielt inne.

»Was ist?«, fragte Jane.

»Der Winkel ist merkwürdig. Das ist kein gewöhnlicher Kehlschnitt.«

»Ja, die sind ja auch wirklich langweilig«, flachste Jane.

»Überleg mal einen Moment, wie du es anstellen würdest, wenn du jemandem die Kehle durchschneiden wolltest«, sagte Maura. »Um so tief einzudringen, bis auf die Wirbelsäule, müsste man sich dem Opfer von hinten nähern. Man packt es an den Haaren, zieht den Kopf nach hinten und schlitzt den Hals mit einer seitlichen Bewegung von einem Ohr bis zum anderen auf.«

»Die Profikiller-Methode«, bemerkte Tam.

»Der Angriff von hinten macht es leichter, das Opfer zu überwältigen, und der Hals ist der Klinge schutzlos ausgesetzt. Gewöhnlich ist das Resultat eine geschwungene Schnittlinie, was sich beim Annähern der Wundränder deutlich zeigt. Aber dieser Schnitt verläuft leicht schräg von rechts unten nach links oben. Der Kopf des Opfers war dabei in normaler Position, nicht nach hinten geneigt.«

»Vielleicht stand der Täter vor ihr?«, mutmaßte Jane.

»Und wieso hat sie sich dann nicht gewehrt? Es gibt keine Blutergüsse, die auf einen Kampf hindeuten. Warum sollte sie ruhig dastehen, während jemand ihr fast den Kopf abschneidet?«

Yoshima sagte: »Ich habe die Röntgenbilder aufgehängt.«

Sie wandten sich alle dem Leuchtkasten zu. Auf den Bildern schimmerten die Knochen weißlich im Gegenlicht. Maura konzentrierte sich zunächst auf die Aufnahmen des rechten Armstumpfs und der abgetrennten Hand. Sie verglich die Winkel der Schnittflächen des durchtrennten Dreiecksbeins und kam zu dem Schluss, dass sie zusammenpassten.

»Es ist eindeutig ihre Hand«, bestätigte Maura.

»Nicht, dass ich je daran gezweifelt hätte«, meinte Jane.

Als Nächstes nahm Maura sich die Aufnahmen des Halses vor, mit dem tiefen Spalt im weichen Gewebe, das so unglaublich sauber durchtrennt worden war. Sofort fiel ihr Blick auf einen dünnen, hellen Streifen im Bereich der Halswirbel. »Haben Sie eine laterale Aufnahme der HWS gemacht?«, fragte sie.

Yoshima hatte offenbar schon mit dieser Frage gerechnet, denn er nahm sofort die Hand- und Armaufnahmen herunter und befestigte einen neuen Film am Leuchtkasten, der eine Seitenansicht des Halses zeigte. »Dieses Ding ist mir vorher schon aufgefallen. Ich dachte mir, dass Sie sich das noch genauer ansehen wollen.«

Maura betrachtete eingehend die laterale Ansicht des fünften Halswirbels. Auch auf dieser Aufnahme war der Gegenstand zu sehen, dünn wie eine Rasierklinge.

»Was ist das?«, fragte Jane und trat neben Maura.

»Es ist etwas Metallisches, und es steckt in der Vorderseite des fünften Halswirbels.« Sie wandte sich zum Tisch um. »Ich vermute, dass ein Stück von der Klinge abgesplittert ist, als der Täter zuschlug, und im Knochen stecken blieb.«

»Was bedeutet, dass wir vielleicht das Metall analysieren können«, sagte Jane. »Und den Hersteller des Messers ermitteln.«

»Ich glaube nicht, dass es ein Messer war.«

»Eine Axt?«

»Eine Axt würde einen Spalt hinterlassen, und wir würden Quetschungen an den Weichteilen beobachten. Bei ihr liegt weder das eine noch das andere vor. Dieser Schnitt ist sehr fein und gerade. Er stammt von einer rasiermesserscharfen Klinge, die zudem so lang war, dass sie den Hals praktisch mit einem einzigen Streich horizontal durchtrennt hat.«

»So wie eine Machete?«, fragte Jane.

»Oder ein Schwert.«

Jane sah Tam an. »Wir suchen also nach Zorro.« Ihr Lachen wurde vom Klingeln ihres Handys unterbrochen. Sie streifte die Handschuhe ab und zog das Telefon aus der Gürteltasche. »Rizzoli.«

»Haben Sie schon einmal eine Schwertwunde gesehen, Dr. Isles?«, fragte Tam, der noch immer die Röntgenaufnahme betrachtete.

»Ein Mal – in San Francisco. Ein Mann hatte seine Freundin mit einem Samuraischwert massakriert.«

»Könnte eine Metallanalyse Ihnen verraten, ob hier ein Samuraischwert verwendet wurde?«

»Diese Schwerter werden heutzutage serienmäßig hergestellt; das würde uns also vermutlich nicht weiterhelfen, solange wir nicht die Waffe selbst finden. Aber man kann nie wissen – oft ist eine solche Spur genau das fehlende Puzzleteil, das für eine Verurteilung des Täters nötig ist.« Sie sah Tam an. Der Schein des Leuchtkastens erhellte sein Gesicht unter der bauschigen Papierhaube, die seine Haare bedeckte. Wieder einmal war sie beeindruckt von seiner intensiven, fast zu ernsthaften Ausstrahlung. »Sie stellen gute Fragen«, sagte sie.

»Ich versuche nur zu lernen.«

»Rizzoli ist eine hervorragende Ermittlerin. Halten Sie sich an sie, dann werden Sie keine Probleme haben.«

»Tam«, sagte Jane, die ihr Telefonat beendet hatte. »Sie bleiben hier, bis Maura fertig ist. Ich muss weg.«

»Was ist passiert?«

»Das war Frost. Wir haben den Wagen des Opfers gefunden.«

Deck 4 des Parkhauses in der Tyler Street war fast leer; nur der blaue Honda Civic stand ganz allein auf einem der hinteren Stellplätze. Es war eine dunkle, abgelegene Ecke, genau der Parkplatz, den man sich aussuchen würde, wenn man nicht gesehen werden wollte, wie man zu seinem Wagen ging. Während Jane und Frost das Auto untersuchten, waren ihre einzigen Zuschauer ein einsamer Parkhausmitarbeiter und die zwei Streifenpolizisten, die den Wagen am frühen Morgen entdeckt hatten.

»Das Parkticket auf dem Armaturenbrett ist um 20.15 Uhr am Mittwochabend abgestempelt«, sagte Frost. »Ich habe mir das Überwachungsvideo angeschaut, und es zeigt, wie der Honda um diese Uhrzeit ins Parkhaus fährt. Fünf Minuten später kommt eine Frau zu Fuß heraus. Sie hat die Kapuze auf, sodass die Kamera ihr Gesicht nicht erfasst, aber es sieht aus, als ob es unsere Lady in Schwarz ist. Der Wagen hat seitdem das Parkhaus nicht verlassen.«

Während Frost Bericht erstattete, ging Jane langsam um den Honda herum. Es war ein drei Jahre altes Modell ohne größere Dellen oder Kratzer. Die Reifen waren in gutem Zustand. Sie hatten die Hecktür hochgeklappt, damit Jane den Innenraum inspizieren konnte.

»Die Nummernschilder wurden vor fünf Tagen in Springfield als gestohlen gemeldet«, sagte Frost. »Das Fahrzeug selbst wurde vor einer Woche ebenfalls in Springfield gestohlen.«

Jane spähte in den Kofferraum, der bis auf den Ersatzreifen leer war. »Mann, der ist ja viel sauberer als meiner.«

Frost lachte. »Das trifft auf sehr viele Autos zu.«

»Sagt unser Zwangsneurotiker vom Dienst.«

»Sieht aus, als wäre er vor Kurzem bei der Inspektion gewesen. Im Handschuhfach liegen die Papiere und die Versicherungskarte des rechtmäßigen Besitzers. Und ich habe noch etwas auf dem Vordersitz gefunden, das wird dir gefallen.« Er zog Handschuhe an und öffnete die Fahrertür. »Ein Navi.«

»Wieso findest du immer die richtig interessanten Sachen?«

»Ich schätze, das Gerät ist nagelneu; sie hatte nämlich erst zwei Adressen eingegeben. Beide in Boston.«

»Wo?«

»Die erste ist ein Wohnhaus in Roxbury Crossing, das einem gewissen Louis Ingersoll gehört.«

Jane starrte ihn verblüfft an. »Doch nicht etwa *Detective* a. D. Lou Ingersoll vom Morddezernat?«

»Genau der. Es ist die Adresse, unter der er beim Boston PD registriert ist.«

»Wie lange ist er schon im Ruhestand? Sechzehn, siebzehn Jahre?«

»Sechzehn. Ich habe vergeblich versucht, ihn zu erreichen. Ich habe dann seine Tochter angerufen, und sie sagt, Lou sei diese Woche irgendwo im Norden auf Angelurlaub. Vielleicht hat er da oben keinen Handyempfang. Oder er hat sein Mobilteil ausgeschaltet, weil er nicht gestört werden will.«

»Und die zweite Adresse in dem Navi?«

»Das ist eine Geschäftsadresse hier in Chinatown. Ein Laden, der sich ›Dragon and Stars Martial Arts Academy‹

nennt – eine Schule für chinesische Kampfkunst. Laut Ansage auf dem AB haben sie ab zwölf Uhr mittags geöffnet.«

Frost sah auf seine Uhr. »Also seit zehn Minuten.«

7

Die Dragon and Stars Academy befand sich im ersten Stock eines heruntergekommenen Backsteinbaus in der Harrison Avenue. Als Jane und Frost die enge Treppe hinaufstiegen, vernahmen sie von oben rhythmische Kommandos, Ächzen und Stampfen, und die Luft roch nach muffigem Schweiß wie in einer Umkleidekabine. Im Studio selbst übten ein Dutzend Schüler in schwarzen, pyjamaartigen Kostümen so konzentriert, dass keiner das Eintreten der beiden Detectives zu bemerken schien. Bis auf ein verblasstes Kampfkunst-Poster war der Raum vollkommen leer und schmucklos, mit kahlen Wänden und verschrammten Holzdielen. Eine Weile standen Jane und Frost unbeachtet in der Nähe der Tür und sahen den Kursteilnehmern bei ihren Sprüngen und Tritten zu.

Plötzlich löste sich eine junge Asiatin aus der Formation und wies die Schüler an: »Selbstständig weitermachen!« Dann kam sie quer durch den Raum auf die beiden Besucher zu. Sie war schlank wie eine Tänzerin, auf ihrer Haut schimmerte ein Schweißfilm, doch trotz der Anstrengung war sie offenbar kaum außer Atem. »Kann ich etwas für Sie tun?«, fragte sie.

»Wir sind vom Boston PD. Ich bin Detective Jane Rizzoli, und das ist Detective Frost. Wir möchten gerne den Inhaber dieser Schule sprechen.«

»Können Sie sich ausweisen?« Die Frage war sehr direkt und ganz und gar nicht das, was Jane von dieser jungen

Frau erwartet hätte, die aussah, als wäre sie kaum mit der Highschool fertig. Während das Mädchen Janes Ausweis studierte, betrachtete Jane ihr Gegenüber. Vielleicht doch nicht so jung, wie sie auf den ersten Blick wirkte, stellte Jane fest. Anfang zwanzig, Amerikanerin chinesischer Herkunft, nach ihrer Aussprache zu urteilen, mit einem tätowierten Tiger auf dem linken Unterarm. Mit ihrer Igelfrisur und ihrem trotzigen Blick wirkte sie wie eine asiatische Version eines Goth-Mädchens – klein, aber gefährlich.

Die junge Frau gab Jane den Ausweis zurück. »Wie ich sehe, sind Sie vom Morddezernat. Was führt Sie hierher?«

»Dürfte ich Sie zunächst nach Ihrem Namen fragen?«, entgegnete Jane und zückte ihr Notizbuch.

»Bella Li. Ich leite die Anfänger- und Mittelstufenkurse.«

»Ihre Schüler sind fantastisch«, meinte Frost voller Bewunderung. Er beobachtete immer noch fasziniert die Teilnehmer bei ihren akrobatischen Verrenkungen.

»Das hier ist der Mittelstufenkurs. Sie trainieren für eine Kampfkunst-Demonstration nächsten Monat in New York. Im Moment üben sie den Leopardenstil.«

»Den Leopardenstil?«

»Das ist eine der uralten Tiertechniken aus Nordchina. Der Leopard arbeitet mit Schnelligkeit und Aggressivität; das sehen Sie bei dieser Übung. Jede Tiertechnik spiegelt die besonderen Eigenschaften des entsprechenden Tiers wider. Die Schlange ist listig und geschmeidig. Der Kranich zeichnet sich durch gute Balance und gewandtes Ausweichen aus. Der Affe ist schnell und schlau. Jeder Schüler sucht sich das Tier aus, das am besten zu seinem Charakter passt, und diesen Stil sucht er dann zu perfektionieren.«

Frost lachte. »Erinnert mich an diese Kung-Fu-Filme.«

Mit dieser Bemerkung erntete er einen eisigen Blick.

»Der korrekte Name dieser Kunst ist Wushu, und sie wurde vor Tausenden von Jahren erfunden. Was Sie in diesen Filmen sehen, ist oberflächlicher Hollywood-Mist.« Sie hielt inne, da die Schüler inzwischen die Übung beendet hatten und sie in Erwartung neuer Anweisungen ansahen. »Holen Sie die Schwerter für die Trainingskämpfe«, ordnete sie an, worauf die Schüler zu einem Gestell mit hölzernen Übungsschwertern gingen und sich je eines nahmen.

»Können wir mit dem Inhaber sprechen?«, fragte Jane.

»Sifu Fang ist im Hinterzimmer und unterrichtet einen Privatschüler.«

»Könnten Sie den Namen buchstabieren? Wie war das, Si…«

»Sifu ist kein Name«, unterbrach Bella sie. »Das ist das chinesische Wort für ›Meister‹ oder ›Lehrer‹. Ein Ehrentitel.«

»Dürften wir dann bitte den *Meister* sprechen?«, gab Jane zurück, verärgert über die überhebliche Art der jungen Frau. »Das hier ist kein Privatbesuch, Miss Li. Es handelt sich um eine offizielle Ermittlung.«

Bella schien über ihre Bitte nachzudenken. Inzwischen hatten die Schüler mit dem Training begonnen, und der Raum hallte wider vom Klackern der Holzschwerter. »Einen Augenblick«, sagte sie schließlich. Sie klopfte an eine Tür, öffnete sie nach einer respektvollen Pause und kündigte an: »Sifu, da sind zwei Polizisten, die dich sprechen wollen.«

»Schick sie herein«, war eine weibliche Stimme zu vernehmen.

Im Gegensatz zu der geschmeidigen jungen Bella Li bewegte sich die Chinesin, die sich von ihrem Stuhl erhob, um sie zu begrüßen, langsam und schwerfällig, als sei sie von Gelenkschmerzen geplagt. Dabei schien sie nicht viel älter als fünfzig zu sein; ihre Gesichtshaut war noch fast jugendlich glatt, ihr langes schwarzes Haar nur mit wenigen Silberfäden durchsetzt. Sie trat den Besuchern mit dem selbstsicheren Gebaren einer Herrscherin entgegen. Obwohl sie genauso groß war wie Jane, ließ ihre majestätische Haltung sie weit größer wirken. Neben ihr stand ein kleiner blonder Junge von vielleicht sechs Jahren, der eine Kampfsportuniform trug und einen Holzstab in der Hand hielt, der fast so groß war wie er selbst.

»Ich bin Iris Fang«, stellte die Frau sich vor. »Was kann ich für Sie tun?« Ihre förmliche Art wie auch ihr Akzent verrieten Jane, dass sie im Ausland geboren war.

»Detective Rizzoli und Detective Frost«, sagte Jane. Sie sah den kleinen Jungen an, der ihren Blick ohne Scheu und mit herausfordernder Miene erwiderte. »Könnte Ihr Schüler bitte den Raum verlassen? Was wir mit Ihnen zu besprechen haben, ist vertraulich, Ma'am.«

Iris nickte. »Bella, bring Adam nach nebenan, er soll dort auf seine Mutter warten.«

»Aber Sifu«, protestierte der Junge. »Ich wollte Ihnen doch zeigen, wie ich mit dem Affenstab geübt habe!«

Iris sah ihn an und lächelte. »Das kannst du mir nächste Woche zeigen, Adam«, sagte sie und fuhr ihm zärtlich mit den Fingern durchs Haar. »Affen müssen auch Geduld lernen. Und jetzt geh.« Das Lächeln verweilte noch auf ihren Lippen, als Bella den Jungen schon hinausgeführt hatte.

»Dieser kleine Knirps ist ein Kampfkunst-Schüler?«, fragte Frost.

»Er besitzt sowohl Talent als auch Leidenschaft. Ich vergeude meine Kräfte nicht mit ungeeigneten Kandidaten.« Das Lächeln war aus Iris' Gesicht verschwunden, als sie ihre Besucher mit kühler Miene taxierte. Ihr Blick blieb an Jane hängen, als ob sie erkannt hätte, wer von den beiden das Sagen hatte. »Warum bekomme ich in meinem Studio Besuch von der Polizei?«

»Wir sind vom Morddezernat des Boston Police Department«, erklärte Jane. »Wir müssen Ihnen einige Fragen stellen zu einem Vorfall, der sich gestern Abend in Chinatown ereignet hat.«

»Ich nehme an, es geht um die tote Frau auf dem Dach?«

»Dann wissen Sie also bereits davon.«

»Alle reden darüber. Dies ist eine kleine Gemeinde, und wie in jedem chinesischen Dorf gibt es hier Klatschbasen und Wichtigtuer. Sie sagen, man habe ihr die Kehle aufgeschlitzt und ihre abgehackte Hand vom Dach geworfen. Und sie sei bewaffnet gewesen.«

Wer immer *sie* waren, dachte Jane, sie wussten eindeutig zu viel.

»Sind diese Geschichten wahr?«, fragte Iris.

»Dazu können wir nichts sagen«, erwiderte Jane.

»Aber deswegen sind Sie doch hier, oder? Um darüber zu reden?«, entgegnete Iris gelassen.

Sie sahen einander eine Weile schweigend an, und Jane kam plötzlich die Erkenntnis: Ich bin nicht die Einzige, die hier auf Informationen aus ist. »Wir haben ein Foto, das wir Ihnen gerne zeigen würden«, sagte sie.

»Gibt es einen bestimmten Grund, weshalb Sie sich an mich wenden?«

»Wir sprechen mit einer Reihe von Personen hier im Viertel.«

»Aber von einem Foto habe ich bis jetzt noch nichts gehört. Und ich bin sicher, dass ich so etwas mitbekommen hätte.«

»Zuerst müssen wir Ihnen das Bild zeigen. Später können wir dann über die Gründe sprechen.« Jane sah Frost an.

»Es tut mir leid, dass wir Ihnen das zumuten müssen, Ma'am«, sagte er. »Es ist sicherlich kein angenehmer Anblick. Vielleicht möchten Sie sich zuerst einmal hinsetzen?«

Sein ruhiger, respektvoller Ton schien das Eis im Blick der Frau ein wenig zum Schmelzen zu bringen, und sie nickte. »Ich fühle mich heute sehr schwach. Vielleicht setze ich mich wirklich besser hin, danke.«

Rasch rückte Frost ihr einen Stuhl zurecht, und Iris ließ sich darauf nieder, mit einem erleichterten Seufzer, der verriet, wie sehr sie diese Geste zu schätzen wusste. Dann erst holte Frost das Digitalfoto hervor, das Maura ihnen aus der Rechtsmedizin gemailt hatte. Obwohl die Wunde des Opfers diskret mit einem Tuch verhüllt war, ließen die Blässe des Gesichts, die erschlafften Kiefermuskeln und die halb geöffneten Augen keinen Zweifel daran, dass es sich um das Foto einer Toten handelte.

Iris starrte die Aufnahme längere Zeit schweigend an, ohne eine Miene zu verziehen.

»Ma'am?«, sagte Frost. »Kennen Sie die Frau?«

»Sie ist wunderschön, nicht wahr?«, entgegnete Iris und blickte auf. »Aber ich kenne sie nicht.«

»Sind Sie sicher, dass Sie sie noch nie gesehen haben?«

»Ich lebe seit fünfunddreißig Jahren in Chinatown, seit ich mit meinem Ehemann aus Taiwan gekommen bin. Wenn diese Frau hier im Viertel zu Hause wäre, wüsste ich es bestimmt.« Sie sah Jane an. »War das alles, was Sie mich fragen wollten?«

Jane antwortete nicht sofort. Sie hatte die Feuertreppe bemerkt, die direkt am Fenster vorbeiführte. Von diesem

Zimmer aus, dachte sie, könnte man aufs Dach gelangen. Und von dort auf alle Dächer in diesem Block – auch auf das, auf dem die Frau in Schwarz gestorben war. Sie wandte sich Iris zu. »Wie viele Angestellte arbeiten hier?«

»Ich leite die meisten Kurse selbst.«

»Und was ist mit der jungen Frau, die uns zu Ihnen gebracht hat?« Jane las den Namen aus ihrem Notizbuch ab. »Bella Li.«

»Bella ist seit einem knappen Jahr bei mir. Sie übernimmt einen Teil der Kurse und wird von ihren Schülern direkt bezahlt.«

»Sie erwähnten Ihren Ehemann. Arbeitet Mr. Fang auch hier?«

Die Frau blinzelte ein paar Mal und wandte den Blick ab. »Mein Mann ist tot«, sagte sie leise. »James ist vor neunzehn Jahren gestorben.«

»Tut mir leid, das zu hören«, sagte Frost mit sanfter Stimme, und es war offenkundig, dass er es ernst meinte.

Einen Moment lang war es ganz still, bis auf das Klappern der Holzschwerter im Raum nebenan, wo die Schüler trainierten.

»Ich bin die alleinige Inhaberin dieser Schule«, sagte Iris. »Wenn Sie also irgendwelche Fragen haben, sollten Sie sich an mich wenden.« Sie richtete sich auf. Offenbar hatte sie sich wieder gefasst, und sie fixierte Jane, als wüsste sie genau, wer für sie die größere Herausforderung darstellte. »Wie kommen Sie darauf, dass ich diese tote Frau kennen könnte?«

Es war unmöglich, der Frage länger auszuweichen. Jane antwortete: »Wir haben heute Morgen den Wagen des Opfers gefunden; er stand in einem Parkhaus in Chinatown. Darin lag ein Navigationsgerät, und eine der gespeicherten Adressen war Ihre.«

Iris runzelte die Stirn. »Sie meinen diese Adresse hier? Mein Studio?«

»Das war das Ziel des Opfers. Wissen Sie, warum?«

»Nein.« Die Antwort kam ohne Zögern.

»Dürfte ich Sie fragen, wo Sie am Mittwochabend waren, Mrs. Fang?«

Iris hielt inne, und ihre Augen verengten sich, als sie Jane anstarrte. »Ich habe einen Abendkurs geleitet. Danach bin ich nach Hause gegangen.«

»Um welche Zeit haben Sie das Studio verlassen?«

»Gegen zehn. Um Viertel nach zehn war ich zu Hause. Ich wohne in der Hudson Street in Tai Tung Village, am Rand von Chinatown. Das sind zu Fuß nur ein paar Minuten.«

»Ist jemand mit Ihnen gegangen?«

»Ich war allein.«

»Und wohnen Sie auch allein?«

»Ich habe keine Familie, Detective. Mein Mann lebt nicht mehr, und meine Tochter…« Sie stockte. »Ja, ich wohne allein«, sagte sie und hob das Kinn, wie um jegliche Mitleidsbekundung abzuwehren, die ihre Antwort hervorrufen könnte. Und doch sahen sie etwas in ihren Augen schimmern – Tränen, die sie rasch bannte, indem sie einige Male blinzelte. So unbesiegbar sie sich auch geben mochte, dies war eine Frau, die ihren schmerzlichen Verlust immer noch nicht verwunden hatte.

Nebenan war der Kurs offenbar zu Ende, und sie hörten trampelnde Schritte auf der Treppe. Iris warf einen Blick auf die Uhr an der Wand und sagte: »Mein nächster Schüler wird bald hier sein. Sind wir fertig?«

»Nicht ganz«, erwiderte Jane. »Eine letzte Frage noch. Im Navigationsgerät des Opfers war noch eine andere Adresse einprogrammiert. Es handelt sich um eine Privatwohnung hier in Boston. Kennen Sie einen ehemaligen Detective des Boston PD namens Louis Ingersoll?«

Augenblicklich wich alle Farbe aus den Wangen der Frau. Sie saß stocksteif da, ihre Züge wie versteinert.

»Mrs. Fang, geht es Ihnen nicht gut?«, fragte Frost. Er fasste sie an der Schulter, worauf sie zurückzuckte, als hätte er sie mit seiner Berührung verbrannt.

Jane sagte ruhig: »Sie kennen den Namen also.«

Iris schluckte. »Ich habe Detective Ingersoll vor neunzehn Jahren kennengelernt. Als mein Mann starb. Als er …« Ihre Stimme versagte.

Jane und Frost wechselten einen Blick. *Ingersoll war beim Morddezernat.*

»Mrs. Fang«, sagte Frost. Diesmal wich sie nicht zurück, als er sie berührte, und ließ zu, dass er ihr die Hand auf die Schulter legte. »Was ist mit Ihrem Mann passiert?«

Iris senkte den Kopf, und ihre Antwort kam im Flüsterton. »Er wurde erschossen. Im Restaurant Red Phoenix.«

8

Vom Fenster meines Studios kann ich sehen, wie die beiden Detectives das Gebäude verlassen und unten auf der Straße innehalten. Sie schauen herauf, und obwohl mein Instinkt mir dringend rät, mich zurückzuziehen, bleibe ich trotzig stehen, wo ich bin, und setze mich ihren Blicken aus. Sie sollen ruhig wissen, dass ich sie dabei beobachte, wie sie mich beobachten. Ich will mich nicht verstecken, weder vor Freund noch Feind, und so starre ich durch die Scheibe auf sie hinunter, und mein Blick heftet sich auf die Frau. DETECTIVE JANE RIZZOLI steht auf der Visitenkarte, die sie mir dagelassen hat. Auf den ersten Blick wirkte sie so gar nicht wie eine ebenbürtige Gegnerin, eher wie eine durchschnittliche, hart arbeitende Frau in grauem Hosenanzug und zweckmäßigen Schuhen, ihr Haar ein Gewirr von dunklen Locken. Aber ihre Augen verraten weit mehr. Sie forschen, beobachten und taxieren. Sie hat die Augen einer Jägerin, und sie versucht herauszufinden, ob ich ihre Beute bin.

Ich bleibe furchtlos stehen, wo ich ihren Blicken und den Blicken der ganzen Welt ausgesetzt bin. Sie können mich studieren, solange sie wollen, aber sie werden nichts weiter sehen als eine stille und bescheidene Frau, in deren Haare sich erste schneeweiße Vorboten des kommenden Alters eingeschlichen haben. Gewiss sind es bis dahin noch viele Jahre, doch heute spüre ich deutlich, wie es unerbittlich näher rückt. Ich weiß, dass mir nicht mehr viel Zeit bleibt zu vollenden, was ich begonnen habe. Und mit dem Besuch dieser zwei Detectives hat der Weg dorthin eine beunruhigende Wendung genommen, die ich nicht vorhergesehen hatte.

Unten auf der Straße fahren die beiden Detectives endlich los. Gehen wieder auf die Jagd, folgen der Fährte, wohin sie auch führen mag.

»Sifu, gibt es ein Problem?«

»Ich weiß nicht.« Ich drehe mich zu Bella um und staune wieder einmal, wie makellos und jung ihre Haut ist, selbst im harten Licht, das durchs Fenster fällt. Die einzige Unvollkommenheit ist die Narbe an ihrem Kinn, die Erinnerung an einen Sekundenbruchteil der Unaufmerksamkeit beim Schwerttraining. Es war ein Fehler, den sie nur ein Mal und nie wieder gemacht hat. Kerzengerade, furchtlos und selbstbewusst steht sie vor mir. Vielleicht zu selbstbewusst – auf dem Schlachtfeld kann Arroganz tödliche Folgen haben.

»Was wollten die hier?«, fragt sie.

»Sie sind von der Kriminalpolizei. Es ist ihr Job, Fragen zu stellen.«

»Hast du noch mehr über diese Frau erfahren? Wer sie war, wer sie geschickt hat?«

»Nein.« Ich schaue wieder aus dem Fenster, auf die Passanten, die die Harrison Avenue entlanggehen. »Aber wer immer sie war, sie wusste, wie sie mich finden konnte.«

»Sie wird nicht die Letzte sein«, sagt Bella düster.

Es ist nicht nötig, dass sie mich warnt; wir wissen beide, dass das Streichholz entfacht worden ist und die Zündschnur brennt.

In meinem Büro sinke ich auf meinen Stuhl und starre das gerahmte Foto an, das auf meinem Schreibtisch steht. Es ist ein Foto, das ich eigentlich gar nicht mehr ansehen muss, so tief ist das Bild in mein Gedächtnis eingebrannt.

Ich nehme es in die Hand und lächle die Gesichter an. Ich weiß genau, an welchem Tag das Foto aufgenommen wurde, denn es war der Geburtstag meiner Tochter. Mütter mögen vieles vergessen, aber niemals die Geburtstage ihrer Kinder. Auf dem Foto ist Laura vierzehn. Sie und ich stehen vor der Boston Symphony Hall, und wir sind gekommen, um Joshua Bell zu hören. Einen ganzen Monat nach diesem Konzert hat Laura von nichts anderem geredet – Joshua Bell hier, Joshua Bell da. *Sieht er nicht süß aus, Mami? Findest du nicht, dass seine Geige geradezu singt?* Auf dem Foto leuchten Lauras Augen noch sichtlich vor Begeisterung über den Auftritt ihres Idols.

James war an diesem Abend auch dabei, aber er ist nicht auf dem Foto; er ist auf keinem unserer Fotos zu sehen, weil immer er es war, der die Kamera hielt. Wie sehr ich mir wünsche, dass ich ihm nur ein Mal die Kamera abgenommen und einen Schnappschuss von seinem liebenswürdigen, eulenhaften Gesicht gemacht hätte. Aber ich bin nie auf die Idee gekommen, dass mir diese kostbare Gelegenheit so plötzlich und unwiderruflich genommen würde. Dass sein Lächeln nur in meiner Erinnerung überleben würde, wo er für immer siebenunddreißig sein wird. Für immer mein junger Ehemann.

Eine Träne tropft auf den Rahmen, und ich stelle das Foto auf den Schreibtisch zurück.

Ich habe sie beide verloren. Zuerst wurde mir meine Tochter entrissen, dann mein Mann.

Wie kann ein Mensch weiterleben, wenn ihm das Herz

aus der Brust geschnitten wurde, und nicht nur ein Mal, sondern gleich zwei Mal? Und doch bin ich hier, ich lebe noch, atme noch.

Bis jetzt jedenfalls.

9

»Ich erinnere mich sehr gut an das Red-Phoenix-Massaker. Es war ein klassischer Fall von Amok.« Der Kriminalpsychologe Dr. Lawrence Zucker lehnte sich in seinem Sessel zurück und sah Jane und Frost über seinen Schreibtisch hinweg an, mit jenem durchdringenden Blick, der Jane schon immer nervös gemacht hatte. Obwohl Frost direkt neben ihr saß, schien Zucker nur sie anzuschauen, bis sie das Gefühl hatte, dass er direkt in ihren Kopf hineinsah und dort nach Geheimnissen forschte, als ob sie das einzige Objekt seiner Neugier wäre. Zucker kannte bereits zu viele ihrer Geheimnisse. Er hatte ihren schwierigen Beginn beim Morddezernat miterlebt, als sie, die einzige Frau unter zwölf Detectives, noch um Anerkennung kämpfen musste. Er wusste um die Albträume, die sie nach der Serie von ganz besonders grausamen Morden eines Täters verfolgt hatten, den sie den Chirurgen nannten. Und er wusste von den Narben an ihren Händen, die sie immer daran erinnern würden, wie ebenjener Chirurg sie mit zwei Skalpellen durchbohrt hatte. Mit nur einem Blick überwand Zucker ihre sämtlichen Abwehrmechanismen und sah die unverheilten Wunden, die sich dahinter verbargen. Er gab ihr das Gefühl, verletzlich zu sein, und das ärgerte sie.

So konzentrierte sie sich stattdessen auf die Mappe, die aufgeschlagen auf seinem Schreibtisch lag. Sie enthielt sein neunzehn Jahre altes Gutachten zu dem Vorfall im Red Phoenix, einschließlich eines psychologischen Profils von Wu Weimin, dem chinesischen Koch, der die Schüsse abgefeuert hatte. Sie wusste, dass Zucker außerordentlich gründlich arbeitete und seine Analysen bisweilen Dutzende von Seiten umfassten, und sie wunderte sich daher, wie dünn die Mappe war.

»Das ist Ihr ganzes Gutachten?«, fragte sie.

»Es ist alles, was ich zu den Ermittlungen beigetragen habe. Die Mappe enthält die postume psychologische Analyse von Mr. Wu sowie die vier Gutachten zu den Opfern. In der Akte des Boston PD müssten Kopien von allem sein. Detective Ingersoll hat damals die Ermittlungen geleitet. Haben Sie schon mit ihm gesprochen?«

»Er ist diese Woche verreist, und wir haben ihn noch nicht erreichen können«, erklärte Frost. »Seine Tochter sagt, er sei irgendwo im Norden in einem Anglercamp, wo es kein Handynetz gibt.«

Zucker seufzte. »Der Ruhestand muss ein paradiesischer Zustand sein. Es kommt mir vor, als wäre es eine halbe Ewigkeit her, dass er den Dienst quittiert hat. Wie alt ist er jetzt – doch sicher über siebzig?«

»Was ungefähr hundertzehn Polizistenjahren entspricht«, bemerkte Frost und lachte.

Jane brachte sie wieder zum Thema zurück. »Der andere Detective, der mit der Sache befasst war, war Charlie Staines, aber er lebt nicht mehr. Deswegen haben wir gehofft, dass Sie uns mit Ihrem Wissen über den Fall weiterhelfen können.«

Zucker nickte. »Der äußere Ablauf des Geschehens erschloss sich bereits aus dem, was man am Tatort vorfand. Wir wissen, dass der Koch, ein chinesischer Einwanderer namens Wu Weimin, den Speisesaal betrat und dort insgesamt vier Menschen erschoss. Der erste Tote war ein Mann namens Joey Gilmore, der nur gekommen war, um eine Bestellung abzuholen. Opfer Nummer zwei war der Kellner, James Fang, dem Vernehmen nach ein guter Freund des Kochs. Opfer Nummer drei und vier waren die Mallorys, ein Ehepaar, das an einem der Tische saß. Anschließend ging der Koch in die Küche, setzte sich die Pistole an die Schläfe und drückte ab. Es war ein Fall von Amok, gefolgt von Suizid.«

»Das klingt ja fast so, als wäre ›Amok‹ ein klinischer Begriff«, sagte Frost.

»So ist es in der Tat. Es ist ein malaiisches Wort für ein Phänomen, das James Cook Ende des achtzehnten Jahrhunderts beschrieb, als er unter den Malayen lebte. Er schilderte Ausbrüche von Gewalt, bei denen ein Einzelner – fast immer männlichen Geschlechts – in eine Art Blutrausch verfiel. Der Betroffene tötete dann jeden, dessen er habhaft werden konnte, bis er selbst überwältigt wurde. Captain Cook glaubte, dass dieses Verhalten charakteristisch für südostasiatische Völker sei, doch inzwischen ist klar, dass es auf der ganzen Welt und in jeder Kultur vorkommt. Die Psychiatrie ordnet es unter der Rubrik ›Dissoziative Störungen‹ oder ›Störungen der Impulskontrolle‹ ein.«

Jane sah Frost an. »Umgangssprachlich auch als ›Ausrasten‹ bekannt. Besonders beliebt unter Schülern.«

Zucker warf ihr einen missbilligenden Blick zu. »Die sogenannten ›School Shootings‹ sind nur ein Sonderfall. Das Phänomen ist in allen Schichten verbreitet. Die Täter sind Angestellte oder Arbeiter, sie sind jung oder alt, verheiratet oder ledig. Aber es sind fast immer Männer.«

»Und was haben diese Täter ansonsten gemeinsam?«, fragte Frost.

»Das können Sie sich wahrscheinlich denken. Sie sind

oft von ihrer sozialen Umgebung isoliert. Sie haben Probleme mit Beziehungen. Meist löst dann irgendeine Krise die Tat aus – der Verlust des Arbeitsplatzes oder das Zerbrechen einer Ehe. Und schließlich müssen die betreffenden Personen auch Zugang zu Waffen haben.«

Jane blätterte in ihrer Kopie der Akte des Boston PD. »Es war eine Glock 17 mit Gewindelauf, die ein Jahr zuvor in Georgia als gestohlen gemeldet worden war.« Sie blickte auf. »Warum sollte ein Einwanderer mit dem bescheidenen Einkommen eines Kochs eine Glock kaufen?«

»Vielleicht, um sich zu schützen? Weil er sich bedroht fühlte?«

»Sie sind der Psychologe, Dr. Zucker. Haben Sie keine Antwort parat?«

Zucker presste die Lippen aufeinander. »Nein. Ich bin kein Hellseher. Und ich hatte keine Gelegenheit, die Person zu befragen, die ihm am nächsten stand – seine Frau. Als das Boston PD mich als Berater einschaltete, hatte sie bereits die Stadt verlassen, und wir wussten nicht, wie wir an sie herankommen sollten. Mein psychologisches Profil von Mr. Wu basiert auf Befragungen anderer Personen, die ihn gekannt hatten. Und diese Liste war nicht sehr lang.«

»Eine dieser Personen war Iris Fang«, sagte Jane.

Zucker nickte. »Ah, ja. Die Frau des Kellners. Ich erinnere mich sehr gut an sie.«

»Aus irgendeinem bestimmten Grund?«

»Zunächst einmal war sie eine wunderschöne Frau. Sie sah einfach umwerfend aus.«

»Wir haben sie gerade kennengelernt«, sagte Frost. »Sie sieht immer noch umwerfend aus.«

»Tatsächlich?« Zucker blätterte in seiner Mappe. »Mal sehen – sie war sechsunddreißig, als ich mit ihr sprach.

Dann ist sie jetzt … fünfundfünfzig.« Er warf Frost einen Blick zu. »Muss an den asiatischen Genen liegen.«

Jane kam sich allmählich vor wie die hässliche, von allen ignorierte Stiefschwester. »Gut, mal abgesehen von der Tatsache, dass unter den männlichen Anwesenden Einigkeit über ihr umwerfendes Aussehen besteht – was ist Ihnen noch von Mrs. Fang in Erinnerung?«

»Eine ganze Menge. Ich habe mehrmals mit ihr gesprochen, da sie meine Hauptquelle für Informationen über Wu Weimin war. Es war das erste Jahr meiner Zusammenarbeit mit dem Boston PD, und dieser spezielle Fall war so entsetzlich, dass es schwierig wäre, sich nicht daran zu erinnern. Sie fahren zu einem späten Abendessen nach Chinatown, aber anstatt ihr Huhn Kung Pao zu genießen, werden sie vom Koch niedergemetzelt. Deswegen erregte der Vorfall solche Aufmerksamkeit. Die Leute fühlten sich bedroht, weil es jeden hätte treffen können. Und dazu kam die übliche Hysterie wegen angeblich gemeingefährlicher illegaler Einwanderer. Wie war Mr. Wu ins Land gelangt? Wie war er an eine Waffe gekommen? Und so weiter. Ich hatte erst seit Kurzem meine Promotion in der Tasche, und schon fand ich mich als Berater im spektakulärsten Mordfall des Jahres wieder. Und das als blutiger Anfänger.« Er hielt inne. »Das war jetzt vielleicht ein wenig unglücklich ausgedrückt.«

»Was waren Ihre Schlussfolgerungen bezüglich des Täters?«, fragte Frost.

»Er war im Grunde ein sehr bedauernswerter Mensch. Wu stammte aus der Provinz Fujian und war mit ungefähr zwanzig Jahren heimlich in die USA eingereist. Das genaue Datum lässt sich unmöglich ermitteln, da es keine Papiere gibt. Sämtliche Informationen stammen von Mrs. Fang, die sagte, dass Mr. Wu ein enger Freund ihres Mannes gewesen sei.«

»Der bei dem Amoklauf ums Leben kam«, bemerkte Frost.

»Stimmt. Dennoch weigerte sich Mrs. Fang, irgendetwas Schlechtes über Wu zu sagen. Sie glaubte nicht, dass er es getan hatte. Sie beschrieb ihn als sanftmütig und arbeitsam. Niemals hätte er sein Leben einfach so weggeworfen. Er ernährte nicht nur seine Frau und seine Tochter, sondern schickte auch noch Geld an einen siebenjährigen Sohn aus einer früheren Beziehung.«

»Es gab also eine Exfrau?«

»In einer anderen Stadt. Aber Wu und seine Frau, Li Hua, lebten schon seit Jahren in Boston. Sie hatten eine Wohnung direkt über dem Restaurant, in dem er arbeitete, und führten ein recht zurückgezogenes Leben. Wahrscheinlich wollten sie als illegale Einwanderer keine Aufmerksamkeit erregen. Dazu kamen wohl Verständigungsprobleme, da die beiden nur Mandarin und ihren lokalen Dialekt Min sprachen.«

»Während die meisten Bewohner von Chinatown Kantonesisch sprechen«, sagte Frost.

Zucker nickte. »Die Vertreter dieser Dialekte können einander nicht verstehen, und das muss die Familie Wu weiter isoliert haben. Bei diesem Mann kamen also verschiedene Stressfaktoren zusammen. Er musste seinen Status als Illegaler geheim halten. Er war isoliert. Und er musste eine Familie ernähren. Wenn man dann noch die hohe Arbeitsbelastung bedenkt, dürfte für jeden offensichtlich sein, dass dieser Mann unter einem sehr hohen Druck stand.«

»Aber was ließ ihn dann plötzlich ausrasten?«, fragte Jane.

»Das wusste Mrs. Fang nicht. In der Woche, als es passierte, war sie zu einem Verwandtenbesuch im Ausland. Ich befragte sie nach ihrer Rückkehr, als sie immer noch unter Schock stand. Das Einzige, was sie immer wieder betonte, war, dass Wu niemals einen Menschen getötet hätte. Und ganz sicher hätte er nicht ihren Ehemann James erschossen, denn die beiden Männer seien Freunde gewesen. Sie behauptete zudem, Wu habe gar keine Waffe besessen.«

»Woher wollte sie das wissen? Sie war ja mit dem Mann nicht verheiratet.«

»Nun, Wus Frau konnte ich leider nicht befragen. Wenige Tage nach der Schießerei packten sie und ihre Tochter ihre Koffer und verschwanden. Damals gab es noch kein Ministerium für Innere Sicherheit, das die Bewegungen von Ausländern verfolgte, weshalb es für Illegale nicht sehr schwierig war, unterzutauchen, sei es vorübergehend oder auch auf Dauer. Und das hat Wus Frau getan. Sie verschwand einfach, und nicht einmal Iris Fang hatte auch nur die geringste Ahnung, wohin sie gegangen war.«

»Für all das haben Sie doch nur Mrs. Fangs Wort. Woher wollen Sie wissen, ob sie die Wahrheit gesagt hat?«, fragte Jane.

»Mag sein, dass ich naiv bin, aber ich hatte nie Zweifel an ihrer Aufrichtigkeit, nicht eine Sekunde. Es ist wohl einfach ihre Ausstrahlung.« Zucker schüttelte den Kopf. »Sie war so eine tragische Figur, und sie tut mir immer noch leid. Es ist mir unbegreiflich, wie ein Mensch solche Schicksalsschläge überleben kann, wie Mrs. Fang sie erleiden musste.«

»Schicksalsschläge, sagen Sie?«

»Da war auch noch die Sache mit ihrer Tochter.«

Jane erinnerte sich plötzlich an das, was Iris gesagt hatte, als sie beschrieb, dass sie allein lebte. Dass sie keine Familie habe. »Ist die Tochter gestorben?«

»Das habe ich wohl in meinem Bericht nicht erwähnt, da es für den Vorfall im Red Phoenix nicht relevant war. Iris und James hatten eine vierzehnjährige Tochter, die zwei Jahre zuvor verschwunden war. Die Suche nach dem Mädchen blieb erfolglos.«

»Mein Gott«, sagte Frost. »Wir hatten ja keine Ahnung. Aber sie hat es auch mit keinem Wort erwähnt.«

»Sie ist keine Frau, die sich gerne bemitleiden lässt. Aber ich weiß noch, wie ich ihr in die Augen geschaut und den Schmerz darin gesehen habe. Einen Schmerz, den ich mir nicht einmal vorstellen konnte. Und doch besaß sie diese unglaubliche Stärke.« Zucker schwieg einen Moment, als ginge ihm der Kummer der Frau immer noch nahe.

Und auch für Jane war ein solcher Schmerz unvorstellbar. Sie dachte an ihre eigene Tochter Regina, die erst zweieinhalb Jahre alt war. Und sie überlegte, wie es wäre, ihr Leben weiterleben zu müssen, Jahr um Jahr, ohne zu wissen, ob ihr Kind tot oder am Leben war. Allein die Qual der Ungewissheit könnte eine Frau in den Wahnsinn treiben. *Und dann auch noch den Mann zu verlieren…*

»Eine solche Tragödie«, sagte Zucker, »hat immer weitreichende Nachwirkungen. Aber das, was nach dem Amoklauf im Red Phoenix geschah, ging weit über die Zerstörung einzelner Familien hinaus. Es ist, als sei das Massaker mit einem Fluch einhergegangen. Einem Fluch, der immer weitere Opfer forderte.«

Es schien plötzlich kälter geworden zu sein. So kalt, dass Jane eine Gänsehaut an den Armen bekam. »Wie meinen Sie das – ein Fluch?«

»Binnen eines einzigen Monats ereigneten sich gleich

mehrere Tragödien. Detective Staines brach plötzlich zusammen und war tot – Herzinfarkt. Ein Kriminaltechniker, der im Tatortteam gearbeitet hatte, kam bei einem Verkehrsunfall ums Leben. Detective Ingersolls Frau erlitt einen Schlaganfall und starb wenig später. Und dann war da noch das vermisste Mädchen.«

»Welches Mädchen?«

»Charlotte Dion, die siebzehnjährige Tochter von Dina Mallory, einem der Opfer aus dem Restaurant. Wenige Wochen nachdem Dina im Red Phoenix ums Leben gekommen war, verschwand Charlotte während eines Schulausflugs. Sie wurde nie gefunden.«

Jane konnte plötzlich ihren eigenen Herzschlag hören, laut wie eine Trommel in ihren Ohren. »Und Sie sagten, Iris Fangs Tochter sei ebenfalls verschwunden.«

Zucker nickte. »Zwischen dem Verschwinden der beiden Mädchen lagen zwei Jahre, aber es ist dennoch ein unheimlicher Zufall, nicht wahr? Zwei Opfer des Red-Phoenix-Massakers, deren Töchter spurlos verschwunden sind.«

»*War* es ein Zufall?«

»Was sollte es sonst sein? Die beiden Familien kannten sich nicht. Die Fangs waren Einwanderer, die mühsam Fuß zu fassen suchten. Charlottes Eltern gehörten zu den vornehmsten Familien von Boston. Es gab keine andere Verbindung zwischen ihnen. Da ist der Fluch des Red Phoenix vielleicht die einzige Erklärung.« Sein Blick fiel auf die Fallakte. »Oder vielleicht ist es dieses Gebäude. In Chinatown glauben sie, dass es dort spukt. Es heißt, das Böse hefte sich an jeden, der es betritt.« Er sah Jane an. »Und folge ihm dann auf Schritt und Tritt.«

10

Jane mochte keine Zufälle. Im komplizierten Gewebe des Lebens kamen sie natürlich vor, aber immer wieder drängte es sie herauszufinden, warum die Fäden sich genau an einer bestimmten Stelle trafen – ob es wirklich Zufall war oder ob sich ein größeres Muster dahinter verbarg, das man nur erkennen konnte, wenn man die einzelnen Fäden zu ihrem Ursprung zurückverfolgte. Und so saß sie nun an ihrem Schreibtisch und versuchte, genau das zu tun, indem sie den fünf vollkommen unterschiedlichen Lebenswegen nachging, die sich vor neunzehn Jahren mit so tragischen Folgen in einem Chinarestaurant gekreuzt hatten.

Die Akte Red Phoenix war nicht sonderlich dick. Für die Ermittler vom Morddezernat war ein sogenannter erweiterter Suizid ein Glücksfall – wie ein fertig verschnürtes Paket, das sie nur noch auspacken mussten. Und mit der Kugel, die seinem Leben ein Ende setzte, übernahm der Täter praktischerweise zugleich die Rolle von Richter und Henker selbst. Der Bericht von Staines und Ingersoll über die Schießerei konzentrierte sich nicht auf das *Wer*, sondern auf das *Warum*, und ihre Analyse stützte sich weitgehend auf das, was Dr. Zucker Jane und Frost bereits über Wu Weimin erzählt hatte.

Und so befasste sie sich stattdessen mit den vier Opfern.

Opfer Nummer eins war Joey Gilmore, fünfundzwanzig Jahre alt, geboren und aufgewachsen in South Boston. Über Gilmore gab es in dem Bericht noch jede Menge weitere Informationen, denn er war vorbestraft: Einbruchdiebstahl, Hausfriedensbruch, Körperverletzung. Das Vorstrafenregister, zusammen mit dem Namen seines Arbeitgebers – Donohues Fleischgroßhandel – ließ Jane sofort aufmerken. Der Inhaber des Unternehmens, Kevin Donohue, war dem Boston PD wegen seiner engen und nachhaltigen Verbindungen zum organisierten Verbrechen nur allzu gut bekannt. Im Lauf von vier Jahrzehnten war Donohue vom gewöhnlichen Kleinkriminellen zu einem der drei mächtigsten Namen in der hiesigen irischen Mafia aufgestiegen. Die Behörden wussten ganz genau, wer und was Donohue war; sie konnten es nur nicht vor Gericht beweisen. Noch nicht.

Jane nahm die Mappe mit den Tatortfotos heraus und schlug die Aufnahme von Joey Gilmores Leiche auf. Inmitten von Essenskartons lag er am Boden des Restaurants, niedergestreckt von einem einzelnen Schuss in den Hinterkopf. Dr. Zucker mochte da von einem Fall von Amok sprechen, doch für Jane hatte es verdammt viel Ähnlichkeit mit einer Hinrichtung in Unterweltkreisen.

Opfer Nummer zwei war James Fang, siebenunddreißig, der als Kellner und Kassierer im Red Phoenix gearbeitet hatte. Zusammen mit seiner Frau Iris war er sechzehn Jahre zuvor aus Taiwan eingewandert, mit einem Studienabschluss in Ostasiatischer Literatur in der Tasche. Die Tätigkeit im Restaurant war nur sein Abendjob gewesen; tagsüber unterrichtete er im Rahmen des außerschulischen Förderprogramms am Boston Chinatown Neighborhood Center. Er und Wu Weimin wurden als gute Freunde beschrieben, die schon fünf Jahre zusammen im Red Phoenix gearbeitet hatten. Von Konflikten zwischen ihnen war nichts bekannt. Jane fand in der Akte keinen Hinweis auf Laura, die Tochter der Fangs, die zwei Jahre zuvor verschwunden war. Vielleicht hatten Staines und Ingersoll ja von dieser früheren Tragödie, die über die Familie Fang hereingebrochen war, gar nichts gewusst.

Opfer Nummer drei und vier waren ein Ehepaar, Arthur und Dina Mallory aus Brookline, Massachusetts. Arthur war achtundvierzig, Präsident und CEO einer Investmentgesellschaft, der Wellesley Group. Für die vierzigjährige Dina war kein Beruf angegeben; nach der Stellenbezeichnung ihres Ehemanns zu urteilen, hatte sie es wohl nicht nötig gehabt zu arbeiten. Sowohl für Arthur als auch für Dina war es die zweite Ehe, durch die zwei Familien miteinander verbunden worden waren. Arthur hatte aus der Ehe mit seiner ersten Frau Barbara, geborene Hart, einen Sohn namens Mark, der damals zwanzig Jahre alt gewesen war. Dinas Exmann war Patrick Dion, und die beiden hatten eine siebzehnjährige Tochter. Im Polizeibericht wurde der Punkt, auf den jeder gute Mordermittler automatisch seine Aufmerksamkeit richtet, eigens angesprochen – nämlich die Frage nach eventuellen Konflikten, die aus Scheidungen und Wiederverheiratungen der Opfer resultierten.

Laut Aussage von Mallorys Sohn Mark war das Verhältnis zwischen den Familien Mallory und Dion ausgesprochen herzlich, ungeachtet der Tatsache, dass Dina und Arthur beide fünf Jahre zuvor ihre ersten Ehepartner verlassen hatten, um eine neue Beziehung einzugehen. Auch nach der Scheidung und Wiederverheiratung blieb das Verhältnis zwischen Dina Mallory und ihrem Exmann Patrick freundschaftlich, und die beiden Familien kamen oft an den Feiertagen zum Essen zusammen.

Bei diesen Leuten ging es ja geradezu absurd gesittet zu, dachte Jane. Patricks Frau verlässt ihn wegen eines anderen Mannes, und dann verbringen sie alle Weihnachten zusammen. Es klang zu schön, um wahr zu sein, doch die Information stammte von Arthur Mallorys eigenem Sohn Mark, der es ja schließlich wissen musste. Eine Patchworkfamilie wie aus dem Bilderbuch, ohne Konflikte, alles eitel Sonnenschein. Unmöglich war es wohl nicht, wenngleich Jane so etwas in ihrer eigenen Familie für vollkommen ausgeschlossen hielt. Sie versuchte, sich eine Familienfeier im Hause Rizzoli vorzustellen, an der ihr Vater, ihre Mutter, die Tussi ihres Vaters und der neue Freund ihrer Mutter, Vince Korsak, teilnahmen. Wenn *das* kein Rezept für ein Gemetzel war – und zwar eines, bei dem niemand voraussagen könnte, wer am Ende übrig blieb.

Aber die Mallorys und die Dions hatten es irgendwie hinbekommen. Vielleicht hatten sie es Charlotte zuliebe getan, die erst zwölf Jahre alt gewesen war, als ihre Eltern sich hatten scheiden lassen. Wie die meisten Scheidungskinder war sie wohl zwischen den beiden Elternteilen gependelt, das arme kleine reiche Mädchen, hin- und hergerissen zwischen dem Haus ihrer Mutter Dina und dem ihres Vaters Patrick.

Jane nahm sich die letzte Seite der Akte vor und fand eine angehängte Notiz:

Charlotte Dion, die Tochter von Dina Mallory, wurde am 24. April als vermisst gemeldet. Zuletzt gesehen in der Nähe der Faneuil Hall während eines Schulausflugs. Laut Detective Hank Buckholz weisen die Umstände des Verschwindens auf eine Entführung hin. Die Ermittlungen dauern an.

Der Anhang war auf den 28. April datiert und von Detective Ingersoll unterschrieben.

Zwei vermisste Mädchen, Laura Fang und Charlotte Dion. Beide Töchter von Opfern des Massakers im Red Phoenix, und doch gab es in dem Bericht keinen Hinweis darauf, dass es mehr gewesen sein könnte als ein tragischer Zufall. Es war genau so, wie Dr. Zucker gesagt hatte. Manchmal gibt es einfach kein Muster und keinen Plan, sondern nur die blinde Grausamkeit des Schicksals, das nun einmal keine Strichliste über das Maß des Leidens führt, das jedem Einzelnen zuzumuten ist.

»Sie hätten doch einfach nur mich fragen müssen, Rizzoli.«

Sie blickte auf und sah Johnny Tam an ihrem Schreibtisch stehen. »Wonach hätte ich Sie fragen sollen?«

»Nach dem Massaker im Red Phoenix. Ich habe gerade Frost getroffen. Er erzählte mir, dass Sie beide sich die ganzen Akten haben kommen lassen. Wenn Sie einfach mit mir geredet hätten, dann hätte ich Ihnen alles über den Fall erzählen können.«

»Wieso sollten Sie etwas darüber wissen? Sie waren doch damals gerade mal acht Jahre alt, oder?«

»Mein Revier ist Chinatown, also muss ich wissen, was dort passiert. Die Chinesen reden immer noch über das Red Phoenix, wissen Sie. Es ist wie eine Wunde, die nie verheilt ist. Und nie verheilen wird, wegen der Schande, die damit verbunden ist.«

»Schande? Wieso denn?«

»Der Mörder war einer von uns. Und mit *uns* meine ich alle Chinesen.« Er deutete auf die Akten auf ihrem Schreibtisch. »Ich habe mir diese Fallakte vor zwei Monaten vorgenommen. Ich habe mit Lou Ingersoll gesprochen. Ich habe die Berichte der Rechtsmedizin gelesen.« Er tippte sich an die Schläfe. »Die ganzen Informationen sind hier drin gespeichert.«

»Ich wusste ja nicht, dass Sie sich so gut mit dem Fall auskennen.«

»Sind Sie denn nicht auf die Idee gekommen, mich zu fragen? Ich dachte, ich gehöre zum Team.«

Sein vorwurfsvoller Ton missfiel ihr. »Ja, Sie gehören zum Team«, gab sie zu. »Ich werde versuchen, es nicht zu vergessen. Aber es dürfte für uns alle wesentlich einfacher werden, wenn Sie es sich abgewöhnen könnten, so empfindlich zu reagieren.«

»Ich will doch nur dabei sein, wenn es richtig zur Sache geht. Und nicht mit der Rolle des Technikfreaks im Hintergrund abgespeist werden, wie es hier allzu oft geschieht.«

»Wie meinen Sie das?«

»Das Boston PD ist doch angeblich ein einziger, kunterbunter Schmelztiegel, hab ich recht?« Er lachte. »Alles Quatsch.«

Sie betrachtete ihn eine Weile und versuchte, seine versteinerte Miene zu deuten. Und plötzlich sah sie sich selbst in seinem Alter, begierig darauf, sich zu beweisen, und voller Groll, weil sie allzu oft ignoriert wurde. »Setzen Sie sich, Tam«, sagte sie.

Er seufzte, zog sich einen Stuhl heran und nahm Platz. »Ja?«

»Sie denken, ich habe keine Ahnung, wie es ist, zu einer Minderheit zu gehören?«

»Ich weiß nicht. Kennen Sie das denn auch?«

»Schauen Sie sich doch mal hier drin um. Wie viele weibliche Detectives vom Morddezernat sehen Sie? Es gibt genau eine, und die sitzt gerade vor Ihnen. Ich weiß, wie es ist, wenn die Kerle mich nicht auf dem Laufenden halten, nur weil ich eine Frau bin und sie meinen, ich könnte den Job niemals so gut erledigen wie sie. Sie müssen einfach lernen, mit den ganzen Idioten und dem dummen Geschwätz zu leben, denn von beiden gibt es einen endlosen Vorrat.«

»Das heißt noch lange nicht, dass wir aufhören sollten, sie deswegen zur Rede zu stellen.«

»Als ob das einen Unterschied macht.«

»Bei Ihnen muss es einen Unterschied gemacht haben. Denn *Sie* werden jetzt von denen akzeptiert.«

Sie überlegte, ob das wirklich stimmte; dachte daran zurück, wie es ihr ergangen war, als sie noch ganz neu beim Morddezernat war und sich mit dem anzüglichen Grinsen, den Tamponscherzen und den bewussten Zurücksetzungen herumärgern musste. Ja, es war besser geworden, aber es war ein harter Kampf gewesen, und es hatte Jahre gedauert.

»Aber Sie erreichen nichts, indem Sie sich beschweren«, sagte sie. »Sondern nur, indem Sie besser sind als alle anderen.« Sie hielt inne. »Wie ich höre, haben Sie die Detective-Prüfung gleich beim ersten Mal mit Bravour bestanden.«

Er nickte knapp. »Mit Bestnote, um genau zu sein.«

»Und Sie sind wie alt? Fünfundzwanzig?«

»Sechsundzwanzig.«

»Das macht's natürlich nicht leichter für Sie, das wissen Sie schon?«

»Was – die Tatsache, dass man mich als einen von diesen asiatischen Strebern betrachtet?«

»Nein, die Tatsache, dass Sie noch nicht ganz trocken hinter den Ohren sind.«

»Na toll. Noch ein Grund, mich nicht ernst zu nehmen.«

»Die Sache ist die: Es gibt ein Dutzend verschiedene

Gründe, sich benachteiligt zu fühlen. Manche sind real, andere existieren nur in Ihrem Kopf. Finden Sie sich einfach damit ab, und machen Sie Ihren Job.«

»Wenn Sie dafür versuchen, nicht zu vergessen, dass ich zum Team gehöre. Lassen Sie mich doch etwas von der Kleinarbeit im Red-Phoenix-Fall übernehmen; ich bin schließlich schon in der Materie drin. Ich kann Anrufe erledigen oder mit den Familien der Opfer sprechen.«

»Frost hat schon gesagt, dass er noch einmal mit Mrs. Fang reden will.«

»Dann übernehme ich eben die anderen Familien.«

Sie nickte. »Gut. Und jetzt erzählen Sie mir, wie weit Sie in dem Fall schon gekommen sind.«

»Zum ersten Mal habe ich mich im Februar damit befasst, als ich District A-1 zugeteilt wurde und hörte, wie einige Bewohner von Chinatown sich über den Fall unterhielten. Ich erinnerte mich, als kleiner Junge damals in New York City davon gehört zu haben.«

»Sie haben in New York davon gehört?«

»Wenn es eine so sensationelle Geschichte ist und Chinesen daran beteiligt sind, dann können Sie davon ausgehen, dass die chinesischstämmige Bevölkerung im ganzen Land darüber redet. Sogar in New York haben wir über das Red Phoenix gesprochen. Ich weiß noch, wie meine Großmutter zu mir sagte, was für eine Schande es sei, dass der Mörder einer von uns war. Sie meinte, das werfe ein schlechtes Licht auf alle Menschen chinesischer Herkunft. Es lasse uns alle wie Kriminelle aussehen.«

»Meine Güte. Klingt ja schwer nach Kollektivschuld.«

»Ja, darin sind wir besonders gut. Großmutter ist immer ausgerastet, wenn ich mal mit zerrissenen Jeans aus dem Haus gehen wollte, weil sie meinte, dann würden die Leute denken, alle Chinesen wären Gammler. Ich wuchs mit der Bürde auf, eine ganze Bevölkerungsgruppe repräsentieren zu müssen, sobald ich vor die Tür trat. Ja, und so kam es, dass ich schon ein gewisses Interesse am Red Phoenix mitbrachte. Und als dann im März die Anzeige im *Boston Globe* erschien, wurde ich natürlich hellhörig, und ich las die Akte noch ein zweites Mal durch.«

»Welche Anzeige?«

»Sie erschien am Dreißigsten, dem Jahrestag des Massakers. Eine Viertelseite groß, im Lokalteil.«

»Ich habe sie nicht gesehen. Was stand darin?«

»Es war ein Foto des Kochs, Wu Weimin, und dazu das Wort *Unschuldig* in Fettdruck.« Er starrte über die Schreibtische des Morddezernats hinweg. »Als ich die Anzeige sah, wollte ich, dass es wahr ist. Ich wollte, dass Wu Weimin unschuldig ist, nur damit wir diesen schwarzen Fleck auf unserer Weste tilgen können.«

»Sie glauben aber nicht wirklich, dass er unschuldig war, oder?«

Er sah sie an. »Ich weiß es nicht.«

»Staines und Ingersoll haben nie daran gezweifelt, dass er die Schüsse abgegeben hat. Und Dr. Zucker auch nicht.«

»Aber diese Anzeige hat mich nachdenklich gemacht. Ich habe mich gefragt, ob das Boston PD vor neunzehn Jahren vielleicht falsch gelegen hat.«

»Nur weil Wu Chinese war?«

»Weil die Leute in Chinatown nie geglaubt haben, dass er es war.«

»Wer hat die Anzeige bezahlt? Haben Sie das herausfinden können?«

Er nickte. »Ich habe beim *Globe* angerufen. Die Anzeige wurde von Iris Fang bezahlt.«

Janes Handy klingelte. Während sie danach griff, verarbeitete sie noch diese letzte Information. Warum, so fragte sie sich, sollte Iris neunzehn Jahre nach der Tat in einer Zeitungsanzeige den Mörder ihres Mannes verteidigen? Ein Blick aufs Display zeigte ihr, dass der Anruf vom Labor kam. »Rizzoli«, meldete sie sich.

»Ich schaue mir gerade diese Haare an«, sagte die Kriminaltechnikerin Erin Volchko. »Und ich kann sie beim besten Willen nicht identifizieren.«

Jane brauchte einen Moment, um auf das neue Thema umzuschalten. »Sie meinen diese Haare von der Kleidung des Opfers?«

»Ja. Die Rechtsmedizin hat mir gestern zwei Haare geschickt. Das eine hing am Ärmel der toten Frau, das zweite an ihren Leggings. Morphologie und Farbe sind ähnlich, also stammen sie wahrscheinlich von ein und derselben Quelle.«

Jane spürte, wie Tam sie beobachtete, als sie fragte: »Sind es echte Haare oder künstliche?«

»Eindeutig keine Synthetik, sondern organisches Material.«

»Also handelt es sich um Menschenhaare?«

»Da bin ich mir nicht sicher.«

11

Jane warf einen Blick durch das Okular des Mikroskops und versuchte, irgendwelche besonderen Merkmale zu erkennen, doch was sie durch die Linse erblickte, schien sich kaum von all den anderen Haaren zu unterscheiden, die sie im Lauf der Jahre gesehen hatte. Sie trat zur Seite, um Tam auch hindurchschauen zu lassen.

»Was Sie auf diesem Objektträger sehen, ist ein Deckhaar«, sagte Erin. »Deckhaare bilden die äußere Schicht des Haarkleids von Tieren.«

»Es handelt sich also um ein Tierhaar?«, fragte Tam.

»Wenn ich das so genau wüsste«, erwiderte Erin. »Es fällt mir leichter zu sagen, was es nicht ist.

Die Pigmentierung ist über die ganze Schaftlänge einheitlich, wir wissen also, dass es ein Tier ist, dessen Haare von der Wurzel bis zur Spitze die gleiche Farbe haben. Die Schuppen der Cuticula sind nicht kranzförmig angeordnet, was Nagetiere und Fledermäuse ausschließt.«

Tam blickte vom Mikroskop auf. »Was ist die Cuticula?«

»Die äußerste Schicht des Haars. Die Anordnung der Schuppen, aus denen sie sich zusammensetzt, ist charakteristisch für bestimmte Tierfamilien.«

»Und Sie sagten, bei Nagetieren ist die Anordnung kranzförmig?«

Sie nickte. »Aber das Haar weist auch kein dornförmiges Schuppenmuster auf, was uns verrät, dass es nicht von einer Katze, einem Nerz oder einem Seehund stammt.«

»Wollen wir jetzt die komplette Liste der Tierarten durchgehen?«, fragte Jane.

»Es ist in gewisser Weise ein Ausschlussverfahren.«

»Und bisher haben Sie Ratten, Fledermäuse und Katzen ausgeschlossen?«

»Richtig.«

»Na prima«, murmelte Jane. »Dann können wir ja Batman und Catwoman von unserer Verdächtigenliste streichen.«

Mit einem Seufzer nahm Erin ihre Brille ab und massierte sich die Nasenwurzel. »Detective Rizzoli, ich will Ihnen lediglich erklären, wie schwierig es ist, ein Tierhaar nur mithilfe eines Lichtmikroskops zu identifizieren. Die morphologischen Hinweise helfen mir, bestimmte Tiergruppen auszuschließen, aber dieses Exemplar ist anders als alles, was ich in diesem Labor je zu Gesicht bekommen habe.«

»Was können Sie noch ausschließen?«, fragte Tam.

»Wenn es von einem Hirsch oder einem Rentier stammte, wäre die Wurzel zwiebelförmig, und das Haar wäre rauer. Die Hirschartigen scheiden also aus. Die Farbe spricht dagegen, dass es ein Waschbär oder ein Biber ist, und für ein Kaninchen oder eine Chinchilla ist es zu rau. Wenn wir nach der Form der Wurzel, dem Durchmesser und dem Schuppenmuster gehen, würde ich sagen, dass es am ehesten einem Menschenhaar gleicht.«

»Und warum kann es dann nicht von einem Menschen stammen?«, fragte Jane.

»Werfen Sie doch noch einmal einen Blick durch das Mikroskop.«

Jane beugte sich hinunter und sah durch das Okular. »Worauf soll ich achten?«

»Sie können sehen, dass es relativ gerade ist, nicht kraus wie etwa ein Scham- oder Achselhaar.«

»Also müsste es ein Kopfhaar sein?«

»Das dachte ich zunächst auch – dass es sich um ein menschliches Haupthaar handelt. Und jetzt konzentrieren Sie sich auf die Medulla, also das Haarmark. Dieses Haar ist in der Tat äußerst merkwürdig.«

»Könnten Sie etwas genauer sein?«

»Es geht um den Medullarindex. Das ist das Verhältnis des Durchmessers der Medulla zu dem des gesamten Haars. Ich habe schon unzählige menschliche Haare untersucht, aber noch nie habe ich bei einem Haupthaar eine so breite Medulla gesehen. Bei Menschenhaaren liegt der Index normalerweise unter einem Drittel. Aber hier macht die Medulla über die Hälfte des Gesamtdurchmessers aus. Das ist schon kein Kanal mehr, das ist ein regelrechtes Rohr.«

Jane richtete sich auf und sah Erin an. »Könnte es vielleicht irgendeine Krankheit sein? Ein Gendefekt?«

»Mir ist nichts dergleichen bekannt.«

»Und was ist das nun für ein Haar?«, fragte Tam.

Erin holte tief Luft, als suchte sie noch nach den richtigen Worten. »Die übrigen Merkmale deuten fast alle auf ein Menschenhaar hin. Aber es ist keines.«

Janes verblüfftes Lachen durchbrach die Stille. »Und womit haben wir es dann zu tun? Mit einem Yeti?«

»Ich tippe auf irgendeinen Primaten. Eine Art, die ich mittels Lichtmikroskopie nicht identifizieren kann. Es sind keine Epithelzellen vorhanden; wir könnten also allenfalls die Mitochondrien-DNS analysieren.«

»Da müssten wir ja eine Ewigkeit auf die Ergebnisse warten«, meinte Tam.

»Und deshalb überlege ich, es mit einem anderen Test

zu versuchen«, sagte Erin. »Ich bin auf einen wissenschaftlichen Artikel aus Indien gestoßen, in dem es um die elektrophoretische Analyse von Haarkeratin geht. Sie haben dort ein Riesenproblem mit illegalem Pelzhandel, und dieser Test dient dazu, die Felle von exotischen Arten zu identifizieren.«

»Welche Labore können diesen Test durchführen?«

»Es gibt verschiedene wildbiologische Laboratorien in den USA, die ich kontaktieren könnte. Auf diese Weise ließe sich die Art vielleicht am schnellsten identifizieren.« Erins Blick ging zum Mikroskop. »Irgendwie werde ich schon noch herausfinden, was diese haarige Kreatur ist.«

Detective a. D. Hank Buckholz sah aus wie ein Mann, der einen langen und zähen Kampf mit dem Teufel Alkohol ausgefochten und sich schließlich in das Unvermeidliche gefügt hatte. Jane fand ihn an seinem Stammplatz am Tresen von J. P. Doyle's, wo er auf seinem Hocker saß und in sein Whiskyglas starrte. Es war noch nicht fünf Uhr nachmittags, aber wie es aussah, hatte Buckholz für den Abend schon ordentlich Anlauf genommen, und als er aufstand, um sie zu begrüßen, fielen ihr sein zittriger Händedruck und seine wässrigen Augen auf. Doch auch acht Jahre im Ruhestand konnten eingefleischten Gewohnheiten nichts anhaben, und er kleidete sich immer noch wie ein Detective, mit Blazer und Oxford-Hemd, wenngleich Letzteres am Kragen schon leicht ausgefranst war.

Zu dieser frühen Stunde war in der Bar – einem beliebten Treffpunkt der Bostoner Polizeitruppe – noch nicht viel los. Buckholz musste nur die Hand heben, um den Barkeeper auf sich aufmerksam zu machen. »Die Dame ist mein

Gast«, erklärte er und deutete dabei auf Jane. »Was möchten Sie trinken, Detective?«

»Nichts, danke«, antwortete Jane.

»Ach, kommen Sie. Sie werden einen alten Kollegen doch nicht allein trinken lassen.«

Jane nickte dem Barkeeper zu. »Ein Sam Adams Lager.«

»Und für mich noch mal das Gleiche«, fügte Buckholz hinzu.

»Wollen wir uns an einen Tisch setzen, Hank?«, fragte Jane.

»Ach nee, hier gefällt's mir ganz gut. Das hier ist mein Platz. Immer schon gewesen. Und außerdem«, fuhr er fort und sah sich in dem fast leeren Lokal um, »wer soll uns denn schon belauschen? Das ist so ein alter Fall, der interessiert doch keinen mehr. Außer vielleicht die Angehörigen.«

»Und Sie.«

»Tja nun, es ist eben verdammt schwer loszulassen, wissen Sie? Auch nach all den Jahren halten mich die Fälle, die ich nicht habe knacken können, in der Nacht noch wach. Und ganz besonders der Fall Charlotte Dion – ich erinnere mich daran, wie sauer ich war, als ihr Vater einen Privatdetektiv engagiert hat, um der Sache nachzugehen. Womit er mir praktisch zu verstehen gab, ich sei als Ermittler eine Niete.« Er schnaubte und nahm einen kräftigen Schluck Whisky. »All das schöne Geld zum Fenster rausgeworfen, nur um zu beweisen, dass ich nichts übersehen hatte.«

»Der Privatdetektiv hat also auch nichts erreicht?«

»Null. Das Mädchen ist einfach spurlos verschwunden. Keine Zeugen, keine Spuren, bis auf ihren Rucksack, der auf der Straße lag. Vor neunzehn Jahren hatten wir bei Weitem noch nicht so viele Überwachungskameras, die alles festgehalten haben. Wer immer sie gekidnappt hat, muss sehr schnell und sauber gearbeitet haben. Und es muss eine spontane Aktion gewesen sein.«

»Wie kommen Sie zu dem Schluss?«

»Es war ein Schulausflug. Sie ging auf so ein Nobelinternat, die Bolton Academy, draußen hinter Framingham. Dreißig Schüler waren mit einem Privatbus in die Stadt gekommen, um den Freedom Trail abzugehen. Der Zwischenstopp an der Faneuil Hall war gar nicht eingeplant. Die Lehrerin sagte mir, die Schüler hätten plötzlich Hunger bekommen, also seien sie dorthin etwas essen gegangen. Ich schätze, der Täter hat Charlotte gesehen und ganz einfach zugegriffen.« Er schüttelte den Kopf. »Da hatte er wirklich einen Fang gemacht. Patrick Dion arbeitet bei einer Beteiligungsgesellschaft; er war gerade in London, als es passierte. Ist dann mit seinem Privatjet nach Hause geflogen. Angesichts seiner Position und seines Vermögens war ich sicher, dass es eine Lösegeldforderung geben würde. Aber die ist nie gekommen. Charlotte blieb wie vom Erdboden verschluckt. Keine Spuren, keine Leiche. Nichts.«

»Ihre Mutter war nur einen Monat zuvor im Red-Phoenix-Restaurant ermordet worden.«

»Ja, ich weiß. Wirklich ganz übel vom Pech verfolgt, die Familie.« Er nippte an seinem Scotch. »Gegen den Tod ist eben alles Geld der Welt machtlos.«

»Sie glauben, dass es nicht mehr war als das? Einfach nur Pech?«

»Darüber habe ich mit Lou Ingersoll immer wieder gesprochen. Wir haben einfach keinen Zusammenhang zwischen den beiden Ereignissen finden können, aus welchem Winkel wir es auch betrachtet haben. Ein Sorgerechtsstreit um Charlotte? Eine schmutzige Scheidung? Geld?«

»Nichts?«

Buckholz schüttelte den Kopf. »Ich habe selbst eine Scheidung hinter mir, und ich hasse die blöde Kuh immer noch. Aber Patrick Dion und seine Exfrau sind tatsächlich Freunde geblieben. Er hat sich sogar mit ihrem neuen Mann verstanden.«

»Obwohl Arthur Patrick die Frau weggenommen hat?«

Er lachte. »Genau – können Sie sich das vorstellen? Da sind diese zwei glücklichen Familien: Patrick, Dina und Charlotte; Arthur, Barbara und ihr Sohn Mark. Beide Kinder gehen auf die piekfeine Bolton Academy, so haben die beiden Familien sich kennengelernt. Sie gehen gelegentlich zusammen essen. Dann fängt Arthur was mit Patricks Frau an, und beide Paare lassen sich scheiden. Arthur heiratet Dina, Patrick bekommt das Sorgerecht für die zwölfjährige Charlotte, und sie bleiben alle weiterhin befreundet. Das ist doch unnatürlich, wenn Sie mich fragen.« Er stellte sein Glas ab. »Normal wäre gewesen, wenn sie sich alle gehasst hätten.«

»Und Sie sind sicher, dass sie das nicht getan haben?«

»Ich kann mir vorstellen, dass sie es vielleicht nur gut verborgen haben. Schon möglich, dass Patrick Dion fünf Jahre nach der Scheidung seiner Exfrau und ihrem Mann zu diesem Restaurant gefolgt ist und sie in einem Anfall von Raserei erschossen hat. Aber Mark Mallory hat damals geschworen, sie hätten sich alle gut verstanden. Und er hat schließlich bei derselben Schießerei seinen eigenen Vater verloren.«

»Und Marks Mutter? Fand sie es auch völlig in Ordnung, ihren Mann an eine andere Frau zu verlieren?«

»Ich bekam nie die Gelegenheit, mit Barbara Mallory zu sprechen. Ein Jahr nach der Schießerei erlitt sie einen

Schlaganfall. An dem Tag, als Charlotte verschwand, lag sie in der Reha-Klinik. Sie starb einen Monat später. Noch so eine vom Pech verfolgte Familie.« Er winkte dem Barkeeper. »He, ich brauch hier Nachschub!«

»Äh, sind Sie mit dem Auto hier, Hank?«, fragte Jane mit einem kritischen Blick auf sein leeres Glas.

»Ist schon okay, das ist mein letzter, versprochen.«

Der Barkeeper stellte ihm noch einen Scotch auf den Tresen, und Buckholz starrte den Drink nur an, als genügte es ihm vorläufig, ihn in Reichweite zu wissen. »Das ist also die Geschichte in aller Kürze«, sagte er. »Charlotte Dion war siebzehn, blond und verdammt hübsch. Wenn sie nicht auf dem Internat war, wohnte sie bei ihrem reichen Papa. Die ganze Welt stand ihr offen, und dann – *zack*. Sie wird auf der Straße entführt. Und wir haben bloß ihre Leiche noch nicht gefunden.« Er griff nach seinem Scotch; seine Hand zitterte jetzt nicht mehr. »Schon eine merkwürdige Sache, das Leben.«

»Und der Tod auch.«

Er lachte und trank einen Schluck. »Wie wahr.«

»Können Sie mir irgendetwas zu dem anderen verschwundenen Mädchen sagen? Laura Fang?«

»Das war Sedlaks Fall, Gott hab ihn selig. Ich habe mir die Akte noch mal vorgenommen – wegen der Verbindung zum Red Phoenix. Hab aber keinen Hinweis auf irgendeinen Zusammenhang zwischen den Entführungen gefunden. Ich glaube, dass Charlottes Kidnapper ganz impulsiv zugeschlagen hat. Bei Laura lag die Sache ein wenig anders. Es passierte kurz nach Schulschluss, als sie auf dem Heimweg war. Eine Klassenkameradin sah Laura freiwillig in einen Wagen steigen, als ob sie den Fahrer gekannt hätte. Aber niemand hatte das Kennzeichen notiert, und das Mädchen wurde nie wieder gesehen. Also noch eine Leiche, die nie gefunden wurde.« Er starrte die Batterie von Flaschen hinter dem Tresen an. »Da fragt man sich doch, wie viele Skelette eigentlich in unseren Wäldern und auf den Müllkippen herumliegen. Millionen von Menschen, die in diesem Land vermisst werden. All die Knochen. Ich kann die Tatsache akzeptieren, dass ich eines Tages sterben werde, wenn ich nur einen ordentlichen Grabstein kriege, damit alle Welt weiß, dass ich es bin, der da unten liegt. Aber nie gefunden zu werden? Als ein Haufen Knochen irgendwo im Unterholz enden? Das ist ja, als hätte man nie existiert.« Er schauderte. »Na, jedenfalls ist das mehr oder weniger alles, was ich Ihnen zum Fall Charlotte Dion sagen kann. Hilft Ihnen das irgendwie weiter?«

»Ich weiß nicht. Im Moment ist es nur ein Teil von einem sehr verwirrenden Puzzle.« Jane gab dem Barkeeper ein Zeichen. »Ich übernehme die Rechnung.«

»Kommt nicht infrage«, widersprach Buckholz.

»Sie haben mir schließlich einen Gefallen getan – Sie haben mir von Charlotte erzählt.«

»Ich bin sowieso immer hier. Auf diesem Hocker, in dieser Bar. Sie wissen, wo Sie mich finden können.« Er sah auf ihr Handy, das zu klingeln begonnen hatte. »Wie ich sehe, sind Sie eine sehr gefragte Frau. Sie Glückspilz.«

»Kommt drauf an, wer dran ist.« Sie meldete sich. »Detective Rizzoli.«

»Es tut mir leid, dass ich zu diesem Anruf gezwungen bin.« Es war die Stimme eines Mannes, und er klang so, als widerstrebte es ihm tatsächlich, mit ihr zu sprechen. »Gehe ich recht in der Annahme, dass Sie die Vorgesetzte von Detective Tam sind?«

»Ja, wir arbeiten zusammen.«

»Ich rufe im Namen der Familien der Opfer an. Wir wären dankbar, wenn wir in Zukunft von Detective Tam verschont bleiben würden. Er hat es geschafft, uns alle aus der Fassung zu bringen. Besonders die arme Mary Gilmore ist ganz aufgewühlt. Warum quält man uns nach all den Jahren wieder mit diesen Fragen?«

Jane massierte ihre Schläfen, und ihr graute schon vor dem Gespräch, das sie mit ihrem jüngeren Kollegen würde führen müssen. *Sie sind Polizist, Sie haben der Öffentlichkeit zu dienen. Da dürfen Sie die Menschen nicht so vor den Kopf stoßen.* »Es tut mir leid, Sir«, sagte sie. »Entschuldigen Sie, aber ich habe Ihren Namen nicht mitbekommen.«

»Patrick Dion.«

Sie richtete sich auf. Sah Buckholz an, der das Gespräch sehr aufmerksam verfolgte. Einmal ein Cop, immer ein Cop. »Dina Mallory war Ihre Exfrau?«

»Ja. Und es schmerzt, daran erinnert zu werden, wie sie gestorben ist.«

»Ich verstehe, dass es für Sie sehr schwierig ist, Mr. Dion. Aber Detective Tam muss diese Fragen stellen.«

»Dina ist vor neunzehn Jahren gestorben. Es gab nie einen Zweifel daran, wer sie getötet hat. Warum muss man jetzt wieder an diese alten Wunden rühren?«

»Dazu kann ich leider nichts sagen. Es ist …«

»Ja, ich weiß, es ist Teil einer *laufenden Ermittlung*. Das hat Detective Tam gesagt.«

»Ja, weil es stimmt.«

»Mark Mallory ist deswegen außer sich, und Mary Gilmore und ihre Tochter sind vollkommen verstört. Zuerst bekommen wir diese Briefe mit der Post, und dann fängt auch noch Detective Tam an, uns anzurufen. Wir wüssten alle gerne, warum das jetzt geschieht.«

»Entschuldigen Sie«, unterbrach sie ihn. »Was sagten Sie da von Briefen?«

»Das geht jetzt schon sechs oder sieben Jahre so. An jedem dreißigsten März haben wir einen davon im Briefkasten, wie eine Art makabrer Gruß zum Jahrestag.«

»Was steht in diesen Briefen?«

»Ich bekomme jedes Mal eine Kopie von Dinas Todesanzeige. Auf der Rückseite steht immer: *Wollen Sie nicht die Wahrheit wissen?*«

»Haben Sie diese Briefe noch?«

»Ja, und Mary hat ihre auch. Aber Mark war so wütend, dass er seine weggeworfen hat.«

»Wer schickt diese Briefe? Wissen Sie das?«

»Ich muss annehmen, dass sie von derselben Person kommen, die die Anzeige im *Globe* geschaltet hat. Diese Iris Fang.«

»Warum sollte Mrs. Fang so etwas tun?«

Es war lange still. »Ich möchte ungern schlecht über Mrs. Fang reden. Sie hat ihren Mann verloren, ich weiß also, dass sie auch gelitten hat. Sie tut mir leid. Aber für mich ist die Sache vollkommen klar.«

»Was ist klar?«

»Diese Frau«, sagte Patrick, »ist verrückt.«

12

Als die Türglocke ertönte, hatte Maura den Tisch bereits gedeckt, und im Ofen schmorte eine Lammkeule. Heranwachsende Jungs waren bekannt für ihren unersättlichen Appetit, also hatte sie einen Blaubeer- und einen Apfelkuchen besorgt, vier Ofenkartoffeln gebacken und ein halbes Dutzend Maiskolben geschält. Ob der Junge Salat aß? Sie wusste es nicht. In jenen schrecklichen Tagen, als sie und Rat vom Hunger gequält durch die Wildnis von Wyoming geirrt waren, hatten sie von dem gelebt, was sie gerade finden konnten. Sie hatte ihn Hundekuchen hinunterschlingen sehen, Dosenbohnen und sogar Baumrinde. Einen Kopfsalat würde er doch sicher nicht verschmähen, und die Vitamine könnte er wahrscheinlich gut gebrauchen. Als sie ihn im Januar zuletzt gesehen hatte, war er blass und dünn gewesen, und es war dieser unterernährte Junge, für den sie heute Abend kochte. Ganz gleich, wie die Woche verläuft, dachte sie, er wird mein Haus jedenfalls nicht hungrig verlassen. Das war der eine Punkt, in dem sie sich vorbereiten konnte, die eine Variable, die ihrer Kontrolle unterlag.

Denn alles andere an seinem ersten Besuch bei ihr zu Hause war mit Unwägbarkeiten befrachtet.

Sie verdankte Julian Perkins, genannt »Rat«, ihr Leben, und doch kannte sie ihn kaum, ebenso wenig wie er sie. Zusammen hatten sie um ihr Überleben gekämpft, und nichts konnte zwei Menschen so eng aneinander binden wie die Erfahrung, gemeinsam dem Tod ins Auge geblickt zu haben. Und jetzt würden sie herausfinden, ob diese Bindung die Belastungsprobe einer ganzen Woche unter einem Dach, unter zivilisierten Bedingungen, überstehen würde.

Als sie die Klingel hörte, trocknete sie sich die Hände an einem Geschirrtuch ab und merkte, dass ihr Herz plötzlich heftig pochte. Entspann dich, er ist doch nur ein Junge, dachte sie, während sie die Haustür öffnete – und hätte im nächsten Moment fast das Gleichgewicht verloren, als ein riesenhafter schwarzer Hund sich auf die Hinterbeine stellte, um sie zu begrüßen, und die Vorderpfoten auf ihrer Brust parkte.

»Bear! *Platz*, Junge!«, rief Rat.

Sie lachte, als der Hund ihr vor lauter Begeisterung das Gesicht abschleckte. Dann ließ er sich auf alle viere nieder, wedelte mit dem Schwanz und bellte. Maura lächelte den Jungen an, der über das schlechte Benehmen seines Gefährten zutiefst entsetzt schien. »Na?«, fragte sie. »Willst du mich nicht auch begrüßen?«

»Hallo, Ma'am«, sagte er und schlang linkisch die langen Arme um sie. Sie war verblüfft, wie groß er wirkte, wie viel Muskelmasse er zugelegt hatte, seit sie ihn zuletzt gesehen hatte. War es möglich, dass ein Teenager in ein paar Monaten so zulegte?

»Du hast mir gefehlt, Rat«, murmelte sie. »Ihr habt mir beide so gefehlt.«

Schritte knarrten auf den Verandastufen, und der Junge zog sich plötzlich von ihr zurück, als sei es ihm peinlich, dabei gesehen zu werden, wie er sie umarmte. Maura sah den Mann an, der hinter Rat aufgetaucht war. Anthony Sansone war immer eine Respekt einflößende Erscheinung gewesen mit seiner imposanten Statur und seiner verschlossenen Miene, doch an diesem düsteren Nachmittag lächelte er tatsächlich, als er Rats Rucksack auf der Veranda abstellte.

»Bitte sehr, Julian«, sagte er.

»Danke, dass Sie die lange Fahrt auf sich genommen haben, um ihn nach Boston zu bringen«, sagte sie.

»Es war mir ein Vergnügen, Maura. So hatten wir Gelegenheit, uns ausgiebig zu unterhalten.« Er hielt inne und musterte ihr Gesicht, und wie immer schien er mehr zu sehen, als ihr lieb war. »Es ist lange her, dass wir uns zuletzt gesprochen haben. Wie geht es Ihnen?«

»Gut. Ich habe viel zu tun.« Sie lächelte ein wenig gequält. »Über Mangel an Kundschaft kann ich mich nicht beklagen. Möchten Sie kurz hereinkommen?«

Er sah den Jungen an, dessen Blick zwischen ihnen hin- und hergesprungen war, während er ihr Gespräch interessiert verfolgte. »Nein, Sie und Julian haben sich bestimmt viel zu erzählen. Ist es in Ordnung, wenn er die ganze Woche bei Ihnen bleibt?«

»Ich muss Montag und Dienstag arbeiten, aber ab Mittwoch habe ich ein paar Tage frei. Da werden wir uns ein wenig die Stadt anschauen.«

»Dann hole ich dich nächsten Samstag ab, Julian«, sagte Sansone und streckte den Arm aus.

Der Mann und der Junge schüttelten sich die Hand. Es war ein merkwürdig förmlicher Abschied, aber bei den beiden wirkte es vollkommen normal und ganz so, wie es sich gehörte. Rat wartete, bis Sansone zu seinem Wagen gegangen und davongefahren war. Dann erst sah er Maura an.

»Wir haben über Sie geredet«, sagte er. »Auf der Fahrt hierher.«

»Nur Gutes, hoffe ich.«

»Ich glaube, er mag Sie. Sehr sogar.« Rat hob seinen Rucksack auf. »Aber er ist irgendwie seltsam.«

Das würde manch einer auch über dich sagen, dachte sie, als sie den Jungen betrachtete. Über uns beide. Sie legte ihm den Arm um die Schultern und spürte, wie er bei der ungewohnten Berührung zusammenzuckte. Allzu lange hatte der Junge wie ein wildes Tier gelebt, hatte die Bergwälder von Wyoming auf der Suche nach Essbarem durchstreift, und in seinen Augen sah sie immer noch Spuren des verlassenen Kindes, das er einmal gewesen war. Die Welt war nicht gut gewesen zu Julian Perkins, und es würde lange dauern, bis er wieder einem anderen Menschen vertrauen konnte.

Sie gingen hinein, und der Junge sah sich suchend im Wohnzimmer um. »Wo ist denn Bear hin?«

»Ich glaube, er fühlt sich hier schon wie zu Hause. Sicher hat er längst die Leckereien in der Küche entdeckt.«

Und dort fanden sie ihn tatsächlich. Er machte sich gerade über die Lammabfälle her, die sie ihm in eine Keramikschüssel gelegt hatte. Maura hatte nie einen Hund besessen, und die Schüssel war nagelneu, ebenso wie das extragroße Hundebett, die Leine, das Flohpuder und die Dosen mit Hundefutter, die sich in der Speisekammer stapelten. Der Junge machte keinen Schritt ohne Bear, und das bedeutete, dass sie diese Woche ihr Haus mit zwei fremdartigen Wesen teilen musste, einem Hund und einem Teenager. Im Ofen tropfte das Bratenfett zischend von der Lammkeule, und sie sah den Jungen die Nase heben wie ein wildes Tier, das seine Beute wittert.

»Das Essen müsste in einer Stunde fertig sein. Ich zeig euch jetzt erst mal euer Zimmer«, sagte sie und fügte mit einem kritischen Blick auf seinen Rucksack hinzu: »Wo ist denn dein Koffer?«

»Das ist alles, was ich dabeihabe.«

»Dann müssen wir zwei wohl mal Klamotten kaufen gehen.«

»Nein, ich brauche wirklich nichts«, sagte er, als sie den Flur entlanggingen. »In der Schule tragen wir alle Uniformen.«

»Das da ist euer Zimmer.«

Bear trottete zuerst hinein, doch der Junge blieb auf der Schwelle stehen und zögerte, als fragte er sich, ob das Ganze nicht ein Irrtum war. Maura wurde plötzlich bewusst, wie absurd feminin dieses Zimmer als Unterkunft für einen Jungen und einen Hund war. Widerstrebend trat Rat ein und ließ den Blick über die weiße Bettdecke wandern, die Vase mit frischen Schnittblumen auf der Kommode, den blassgrünen Teppich. Er rührte nichts an, als ob das alles Museumsstücke wären und er Angst hätte, etwas zu zerbrechen. Vorsichtig stellte er seinen Rucksack in einer Ecke ab.

»Wie läuft's in der Schule?«, fragte sie.

»Ganz okay.« Er bückte sich, um den Reißverschluss des Rucksacks zu öffnen und zwei Hemden, einen Pulli und eine Hose hervorzuholen, alles sorgfältig zusammengerollt.

»Es gefällt dir also in Evensong? Bist du glücklich dort?«

»Es ist anders als in meiner alten Schule. Die Leute sind nett zu mir.« Es war eine sachliche Feststellung, geäußert ohne eine Spur von Selbstmitleid, und sie verriet, welche Hölle sein Leben einst gewesen sein musste. Sie hatte seine Akten aus Wyoming gelesen und wusste daher von seinen Schlägereien auf dem Schulhof, von dem Spott, den er wegen seiner zerrissenen Kleider und seiner kaputten Familie hatte erdulden müssen. So viele Menschen, von seinem Betreuer bis hin zu seiner Psychologin, hatten sie gewarnt:

Der Junge sei zu sehr mit Problemen belastet, und ihn in ihr Leben aufzunehmen könnte Konsequenzen haben, die sie irgendwann bedauern würde. Jetzt sah sie zu, wie dieser schwierige Junge in aller Ruhe seine Kleider auspackte und sie sorgfältig im Schrank aufhängte, und sie dachte: Gott sei Dank habe ich nie auf diese Leute gehört. Auf keinen von ihnen.

»Hast du an der Schule schon Freunde gefunden?«, fragte sie. »Magst du deine Mitschüler?«

»Sie sind ganz ähnlich wie ich«, sagte er. Er zog eine Kommodenschublade auf und legte Socken und Unterwäsche hinein.

Sie lächelte. »Du meinst, sie sind etwas Besonderes.«

»Sie haben auch keine Eltern.«

Das war ihr neu. Als Sansone ihr erzählt hatte, dass er dem Jungen ein Stipendium am Evensong-Internat anbieten wolle, hatte er die Qualität des Unterrichtsangebots und die idyllische Lage der Schule hervorgehoben, den internationalen Lehrkörper und die hervorragende Bibliothek. Dass es sich um ein Internat für Waisen handelte, hatte er mit keinem Wort erwähnt.

»Bist du dir da sicher?«, fragte sie. »Sicherlich bekommt doch der eine oder andere ab und zu Besuch von seinen Eltern.«

»Manchmal sehe ich eine Tante oder einen Onkel von irgendwem. Aber ich habe noch nie irgendwelche Väter oder Mütter kennengelernt. Er sagt, wir sind jetzt alle eine große Familie.«

»Er?«

»Mr. Sansone.« Rat schloss die Schublade und sah sie an. »Er fragt die ganze Zeit nach Ihnen.«

Maura spürte, wie ihr die Röte ins Gesicht stieg, und sie

heftete den Blick auf Bear, der sich in seinem Hundebett ein ums andere Mal im Kreis drehte, wie um ein Gefühl für diesen ungewohnten Luxus zu bekommen. »Was will er denn wissen?«

»Ob Sie mir in letzter Zeit geschrieben haben. Ob Sie mich auch mal im Internat besuchen kommen. Und ob Sie vielleicht als Gast dort unterrichten wollten.«

»In Evensong?« Sie schüttelte den Kopf. »Ich weiß nicht so recht, ob ein Kurs in Rechtsmedizin das Passende für Oberstufenschüler wäre.«

»Aber wir lernen eine Menge coole Sachen. Letzten Monat hat Mrs. Saul uns gezeigt, wie man ein römisches Katapult baut. Und ich durfte ein Referat über Tierspuren halten, weil ich so viel darüber weiß. Wir haben sogar schon ein Pferd seziert.«

»Tatsächlich?«

»Es hatte sich ein Bein gebrochen und musste eingeschläfert werden. Wir haben es aufgeschnitten und seine Organe untersucht.«

»Und das hat dir gar nichts ausgemacht?«

»Ich habe schon Hirsche zerlegt. Ich weiß, wie so ein toter Körper aussieht.«

Ja, das weißt du allerdings, dachte sie. In Wyoming hatte er mit angesehen, wie ein Mann verblutet war. Sie fragte sich, ob er wie sie manchmal aus dem Schlaf hochschreckte, verfolgt von den Erinnerungen an das, was ihnen beiden dort in den Bergen widerfahren war. Er wirkte so ruhig und beherrscht, als er nun seine Schulbücher auf die Kommode legte, als er seine Zahnbürste ins Bad brachte – alle Gefühle sorgfältig unter Verschluss gehalten. *Er gleicht mir mehr, als ich zugeben mag.*

In der Küche klingelte ihr Handy.

»Kann ich rausgehen und mir den Garten anschauen?«, fragte er.

»Nur zu. Lass mich nur eben diesen Anruf annehmen.«

Sie ging in die Küche und zog das Handy aus ihrer Handtasche. »Dr. Isles«, meldete sie sich.

»Hier ist Detective Tam. Entschuldigen Sie bitte vielmals, dass ich Sie am Wochenende störe.«

»Kein Problem, Detective. Was kann ich für Sie tun?«

»Ich hätte gerne Ihre Meinung zu einem alten Mordfall gehört. Eine Schießerei in einem Chinarestaurant vor neunzehn Jahren. Es gab fünf Todesopfer. Damals war die Rede von einem erweiterten Suizid.«

»Wieso gehen Sie einer Sache nach, die sich vor neunzehn Jahren zugetragen hat?«

»Es könnte eine Verbindung zu unserer unbekannten Toten auf dem Dach geben. Möglicherweise war das der Grund, weshalb sie nach Chinatown gekommen war. Offenbar wollte sie dort Personen aufsuchen, die etwas über die Schießerei in dem Restaurant wussten.«

»Und was soll ich nun genau tun?«

»Ich möchte Sie bitten, die Obduktionsberichte zu diesen fünf Opfern noch einmal zu überprüfen, besonders den des Todesschützen. Sagen Sie uns, ob Sie mit den Schlussfolgerungen konform gehen. Der Rechtsmediziner, der die Obduktionen durchgeführt hat, ist nicht mehr im Dienst, ihn kann ich also nicht fragen.«

Durch das Küchenfenster sah sie Rat und den Hund im Garten umherlaufen, als suchten sie nach einem Ausgang, einem Fluchtweg hinaus in die freie Natur. Er war ein Junge, der für das Leben in der Wildnis geschaffen schien.

»Diese Woche habe ich leider keine Zeit«, sagte sie. »Vielleicht versuchen Sie es einmal bei Dr. Bristol.«

»Aber ich hatte wirklich gehofft …«

»Ja?«

»Ich würde lieber Ihre Meinung hören, Dr. Isles. Ich weiß, dass Sie immer sagen, was Sache ist, und sich durch nichts beirren lassen. Ich vertraue Ihrem Urteil.«

Seine Worte verblüfften sie, denn dies war eine Auffassung, die in den Kreisen des Boston PD in letzter Zeit nicht viele teilten. Sie dachte an die bösen Blicke und das eisige Schweigen, das ihr in der vergangenen Woche von Polizisten entgegengeschlagen war, an die vielfältigen Signale, die ihr das Gefühl gegeben hatten, der Feind zu sein.

»Ich bin heute Abend zu Hause«, sagte sie. »Sie können mir die Akten jederzeit vorbeibringen.«

Es war schon nach neun Uhr, als Bear an der Haustür zu bellen begann. Maura öffnete und sah Detective Tam auf der Schwelle stehen. Er und der Hund beäugten einander eine Weile argwöhnisch, doch nachdem Bear ein paar Mal prüfend geschnuppert hatte, signalisierte er sein Einverständnis, indem er ins Haus zurücktrottete und den Besucher eintreten ließ. Tam bewegte sich mit der gleichen mühsam gebändigten Energie, die ihr schon bei ihrer ersten Begegnung in Chinatown aufgefallen war. In der Diele blieb er stehen und schwenkte wachsam den Kopf in die Richtung, aus der das Geräusch der laufenden Dusche kam. Er stellte die Frage nicht, doch sie konnte sie in seinen Augen lesen.

»Ich habe diese Woche einen Gast im Haus«, sagte sie.

»Tut mir leid, dass ich Sie am Wochenende störe.« Er drückte ihr einen Stapel Fotokopien in die Hand. »Das sind alle vier Obduktionsberichte und dazu die Akte des Boston PD, die damals von Detective Ingersoll und Detective Staines angelegt wurde.«

»Wow. Sie haben sich ja offensichtlich sehr viel Mühe gemacht.«

»Das ist mein erster Mordfall. Der Eifer des Anfängers, verstehen Sie?« Er zog einen USB-Stick aus der Tasche. »Ich durfte keine Originale aus der Rechtsmedizin mitnehmen, also habe ich die Fotos und Röntgenaufnahmen für Sie gescannt. Mir ist klar, dass es enorm viel Arbeit ist, und es tut mir leid, dass ich Sie damit belaste.« Während er ihr den Stick in die Hand drückte, sah er ihr direkt in die Augen, als wollte er betonen, wie wichtig ihm diese Sache war und dass er sein ganzes Vertrauen in sie setzte.

Seine Berührung ließ sie erröten, und sie senkte den Blick auf den USB-Stick. »Warten Sie, ich will mich nur noch eben vergewissern, dass ich die Dateien auch auf meinen Computer laden kann«, sagte sie. Sie gingen in ihr Büro, und während sie ihren Laptop hochfuhr, betrachtete Tam den Hund, der ihnen gefolgt war und nun zu Tams Füßen saß, als wollte er den unbekannten Besucher nicht aus den Augen lassen.

»Was ist das für eine Rasse?«, fragte Tam.

»Ich habe keine Ahnung. Wahrscheinlich Schäferhund mit einem Schuss Wolfshund oder Husky. Er gehört meinem Gast.«

»Sie sind aber eine nette Gastgeberin, wenn Sie Ihrem Gast erlauben, einen Hund mitzubringen.«

»Ich verdanke diesem Hund mein Leben. Von mir aus kann er bleiben, so lange er mag.« Sie steckte den USB-Stick ein, und nach einer Weile erschien eine Reihe von Vorschaubildern auf dem Monitor. Sie klickte das erste an, worauf das grausige Foto eines nackten Frauenkörpers auf dem Seziertisch den Bildschirm füllte. »Lässt sich offenbar problemlos herunterladen. Ich kann Ihnen nicht sagen, wann ich dazu komme, mir das Material vorzunehmen, aber diese Woche schaffe ich es sicher nicht.«

»Das ist wirklich sehr nett von Ihnen, Dr. Isles.«

Sie richtete sich auf und sah ihn an. »Dr. Bristol und Dr. Costas sind beide sehr gute Rechtsmediziner. Auf ihr Urteil können Sie sich verlassen. Gibt es einen bestimmten Grund, warum Sie sich nicht an die beiden gewandt haben?«

Er zögerte und blickte in Richtung Bad, wo die Dusche soeben abgestellt worden war. Bear spitzte die Ohren und tappte zur Bürotür hinaus.

»Detective?«, fragte sie.

Widerstrebend antwortete er: »Ich nehme an, Sie wissen, was so über Sie geredet wird. Wegen dieser Sache mit dem Prozess gegen Wayne Graff.«

Sie presste die Lippen aufeinander. »Alles nicht besonders schmeichelhaft, nehme ich an.«

»Der Korpsgeist bei der Polizei ist, wie Sie wissen, ausgesprochen stark. Kritik ist da nicht willkommen.«

»Auch nicht, wenn es die Wahrheit ist«, entgegnete sie bitter.

»Deswegen bin ich zu Ihnen gekommen. Weil ich weiß, dass Sie die Wahrheit sagen.« Er sah ihr in die Augen, offen und unverwandt. An dem Tag, als sie sich in Chinatown begegnet waren, hatte er so unnahbar gewirkt, und sie hatte nicht erkennen können, ob sie ihm sympathisch war oder nicht. Auch jetzt zeigte sein Gesicht diesen distanzierten Ausdruck, doch es war nur eine Maske, die sie noch nicht zu durchschauen gelernt hatte. Sie konnte nur ahnen, was sich dahinter verbarg, und sie fragte sich, ob er diese Maske jemals in Gegenwart eines anderen Menschen fallen ließ.

»Was hoffen Sie in den Berichten zu finden?«, fragte sie.

»Widersprüche vielleicht. Einzelheiten, die nicht zusammenpassen oder keinen Sinn ergeben.«

»Wieso glauben Sie, dass es so etwas geben könnte?«

»Praktisch von dem Moment an, als Staines und Ingersoll den Tatort das erste Mal betraten, war die Rede von einem erweiterten Selbstmord. Ich habe ihren Bericht gelesen, und sie haben keinerlei alternative Erklärungen geprüft. Es war wohl allzu einfach, das Ganze als Wahnsinnstat eines chinesischen Einwanderers abzutun, der in einem Restaurant um sich ballerte. Und sich am Ende selbst die Kugel gab.«

»Sie glauben nicht, dass es ein erweiterter Selbstmord war?«

»Ich weiß es nicht. Aber heute, neunzehn Jahre später, registrieren wir merkwürdige Echos dieses Falls. Unsere unbekannte Tote vom Dach hatte zwei Adressen in ihrem Navigationsgerät. Die eine war die von Detective Ingersolls Privatwohnung. Die andere gehörte Iris Fang, der Witwe eines der Opfer des Massakers. Diese tote Frau war offenbar sehr interessiert am Fall Red Phoenix. Warum, wissen wir nicht.«

Sie hörten den Hund winseln, und als Maura sich umdrehte, sah sie Rat in der Tür stehen, die Haare noch feucht vom Duschen. Er starrte das Obduktionsfoto auf ihrem Computerbildschirm an. Rasch klickte sie auf Minimieren, und das verstörende Bild schrumpfte zusammen.

»Julian, das ist Detective Tam«, sagte sie. »Und das ist mein Gast, Julian Perkins. Er geht in Maine aufs Internat und verbringt die Frühlingsferien hier in Boston.«

»Du bist also der Besitzer dieses furchterregenden Hundes«, sagte Tam.

Der Junge starrte immer noch auf den Monitor, als könne

er das Foto nach wie vor sehen. »Wer war sie?«, fragte er leise.

»Es ist bloß ein Fall, über den wir gerade sprechen«, antwortete Maura. »Wir sind fast fertig. Warum gehst du nicht ein wenig fernsehen?«

Tam wartete, bis sie hörten, wie im Wohnzimmer der Fernseher eingeschaltet wurde, ehe er sagte: »Es tut mir leid, dass er das Foto gesehen hat. So einen Anblick sollte man einem Jugendlichen nicht zumuten.«

»Ich werde mir die Unterlagen vornehmen, sobald ich die Zeit finde. Es könnte noch ein wenig dauern. Es eilt ja nicht besonders, oder?«

»Es wäre schön, wenn wir mit unserer unbekannten Toten ein wenig von der Stelle kämen.«

»Das Massaker im Red Phoenix geschah vor neunzehn Jahren«, sagte sie und schaltete ihren Laptop aus. »Ich bin sicher, dass das hier noch ein bisschen länger warten kann.«

13

Noch ehe ich ihn sehe, weiß ich bereits, dass er mein Studio betreten hat; ein Schwall feuchter Nachtluft kündigt ihn an, als die Tür aufgeht und wieder ins Schloss fällt. Ich unterbreche meine Übung nicht, um ihn zu begrüßen, sondern wirble weiter im Kreis und lasse meine Klinge durch die Luft sausen. In dem breiten Spiegel kann ich sehen, dass Detective Frost mich fasziniert beobachtet, während ich den Gesang des Säbels aufführe. Heute fühle ich mich stark, meine Arme und Beine sind so gelenkig wie in jungen Jahren. Jede meiner Bewegungen, jede Drehung, jeder Hieb wird von einer Zeile eines alten Gedichts diktiert.

An den sieben Sternen empor, den Tiger zu reiten,
Aufzufliegen, wie Geister fliegen, geschickt und wendig,
Sich zu verwandeln in den weißen Kranich,
Der seine Schwingen breitet, der sein Bein dabei streckt.
Der Wind weht,
Und die Lotusblüte zittert.

Sämtliche Bewegungen sind mir längst in Fleisch und Blut übergegangen, nahtlos verschmelzen sie ineinander. Ich muss nicht darüber nachdenken, denn mein Körper vergisst sie ebenso wenig, wie er das Gehen oder das Atmen vergessen kann. Mein Säbel wirbelt und zerschneidet die

Luft, doch meine Gedanken sind bei dem Polizisten und bei dem, was ich ihm sagen werde.

Ich komme zur dreizehnten und letzten Zeile des Gedichts. *Der Phönix kehrt in sein Nest zurück.* Ich verharre in der Grundstellung, meine Waffe ruht, und Schweißperlen kühlen mein Gesicht. Jetzt erst wende ich mich ihm zu.

»Das war wunderbar, Mrs. Fang«, sagt Detective Frost und schaut mich aus großen Augen bewundernd an. »Wie ein Tanz.«

»Eine Anfängerübung. Sie hilft mir, am Ende des Tages zur Ruhe zu kommen.«

Er senkt den Blick auf den Säbel, den ich in der Hand halte. »Ist das ein echtes Schwert?«

»Es heißt Zheng Yi. Es ist ein Erbstück von meiner Ururgroßmutter.«

»Dann muss es ja richtig alt sein.«

»Und in der Schlacht erprobt. Es wurde für den Kampf gemacht. Wenn Sie nie mit einem echten Kampfschwert üben, dann lernen Sie auch nie, mit seinem Gewicht zu arbeiten, zu spüren, wie es sich in Ihrer Hand anfühlt.« Ich führe zwei blitzschnelle Lufthiebe aus, und er zuckt erschrocken zurück. Lächelnd halte ich ihm den Griff hin. »Nehmen Sie es. Spüren Sie sein Gewicht.«

Er zögert, als könnte es ihm einen Stromschlag versetzen. Vorsichtig packt er den Griff und schwingt die Klinge linkisch durch die Luft. »Es fühlt sich irgendwie nicht natürlich an«, sagt er.

»Nicht?«

»Das Gewicht scheint mir merkwürdig verteilt zu sein.«

»Das liegt daran, dass es nicht bloß ein Zeremonienschwert ist, sondern ein Original-Dao. Ein echter chinesischer Säbel. Diese Form nennt sich ›Weidenblatt‹. Sehen Sie, wie es über die ganze Länge der Klinge gebogen ist? Es war die übliche Handwaffe der Soldaten während der Ming-Dynastie.«

»Wann war das?«

»Vor rund sechshundert Jahren. Zheng Yi wurde in der Provinz Gansu gefertigt, in einer Zeit, als dort Krieg herrschte.« Ich halte inne und füge betrübt hinzu: »Leider war das im alten China allzu oft der Normalzustand.«

»Dieser Säbel wurde also tatsächlich in der Schlacht eingesetzt?«

»Das weiß ich sicher. Wenn ich ihn halte, kann ich noch die Musik der alten Schlachten in der Klinge spüren.«

Er lacht. »Sollte ich jemals in einer dunklen Gasse überfallen werden, Mrs. Fang, würde ich mir Sie an meiner Seite wünschen.«

»Sie sind derjenige mit der Schusswaffe. Sollten Sie nicht *mich* beschützen?«

»Ich bin sicher, dass Sie das ganz gut allein hinbekommen.« Er gibt mir die Waffe zurück. Ich kann sehen, dass es ihn nervös macht, auch nur in der Nähe dieser rasiermesserscharfen Klinge zu sein. Mit einer Verbeugung nehme ich den Säbel wieder an mich und sehe Detective Frost unverwandt an. Meine Direktheit lässt ihn erröten, eine Reaktion, die ich von einem Polizisten nicht erwartet hätte und schon gar nicht von einem erfahrenen Mordermittler. Doch dieser Mann hat etwas überraschend Weiches an sich, eine Verletzlichkeit, die mich plötzlich an meinen Mann erinnert. Detective Frost ist ungefähr so alt, wie James es war, als er starb, und im Gesicht dieses Mannes erkenne ich James' schüchternes Lächeln, seine höfliche und zuvorkommende Art.

»Sie haben noch weitere Fragen an mich, Detective?«

»Ja. Es betrifft eine Sache, von der wir noch nichts wussten, als wir Sie das erste Mal befragten.«

»Und welche Sache wäre das?«

Es scheint ihm zu widerstreben auszusprechen, was er denkt. Schon kann ich die Abbitte in seinen Augen sehen. »Es geht um Ihre Tochter Laura.«

Die Erwähnung von Lauras Namen ist wie ein heftiger Schlag gegen meine Brust. Damit habe ich nicht gerechnet, und ich wanke getroffen.

»Es tut mir so leid, Mrs. Fang«, sagt er und streckt die Hand aus, um mich zu stützen. »Ich weiß, wie sehr Sie das mitnehmen muss. Geht es wieder? Möchten Sie sich setzen?«

»Es ist nur…« Ich schüttle benommen den Kopf. »Ich habe seit heute Morgen nichts mehr gegessen.«

»Möchten Sie jetzt vielleicht etwas essen? Kann ich Sie irgendwo hinbringen?«

»Vielleicht sollten wir uns lieber ein andermal unterhalten.«

»Es wären nur ein paar Fragen.« Er hält inne. Und fügt leise hinzu: »Ich habe auch noch nicht zu Abend gegessen.«

Einen Moment lang hängen seine Worte in der Luft. Sie sind ein Versuchsballon. Meine Finger klammern sich um den Griff meines Säbels, eine instinktive Reaktion in einer Situation, in der es keine Gewissheiten gibt. In jeder Gefahr liegt eine Chance. Er ist Polizist, aber ich kann in ihm nichts erkennen, was meinen Argwohn weckt, nur einen aufmerksamen jungen Mann mit einem freundlichen Gesicht. Und ich muss unbedingt herausfinden, warum er nach Laura fragt.

Ich schiebe Zheng Yi in seine Scheide. »In der Beach Street gibt es ein Dim-Sum-Lokal.«

Er lächelt, und die Veränderung in seinem Gesicht ist verblüffend. Er wirkt plötzlich viel jünger. »Das kenne ich.«

»Warten Sie, ich hole nur schnell meinen Regenmantel. Wir können zu Fuß gehen.«

Draußen schlendern wir zusammen durch das feine Frühlingsnieseln, doch wir wahren einen taktvollen Abstand zwischen uns. Ich habe Zheng Yi mitgenommen, denn der Säbel ist zu kostbar, als dass ich ihn im Studio zurücklassen könnte. Und weil er mich stets beschützt hat vor all den Bedrohungen, die ich nicht sehen kann. Selbst an diesem regnerischen Abend ist Chinatown voller Leben, in den Straßen wimmelt es von hungrigen Touristen, die sich auf ihre gebratene Ente oder ihren geschmorten Fisch mit Ingwer freuen. Während wir gehen, versuche ich, mich auf meine Umgebung zu konzentrieren und unter den Passanten, die uns entgegenkommen, auf jedes unbekannte Gesicht zu achten. Doch Detective Frost lenkt mich mit seiner überschwänglichen Redseligkeit permanent ab.

»Das hier ist mein Lieblingsviertel von Boston«, sagt er und breitet die Arme aus, als wollte er Chinatown und jeden Einzelnen seiner Bewohner an sein Herz drücken. »Es hat das beste Essen, die besten Märkte und die interessantesten kleinen Seitenstraßen. Ich komme immer wieder gerne hierher.«

»Auch wenn der Anlass ein Leichenfund ist?«

»Na ja, das weniger«, antwortet er und lacht verlegen. »Aber dieses Viertel hat einfach etwas. Manchmal habe ich das Gefühl, dass ich eigentlich hierher gehöre. Als ob es reiner Zufall wäre, dass ich nicht als Chinese geboren bin.«

»Ah. Sie glauben, dass Sie wiedergeboren wurden.«

»Ja, genau. Als durch und durch amerikanischer Junge aus South Boston.« Er sieht mich an, und sein Gesicht glänzt in der feuchten Luft. »Sie sagten, dass Sie aus Taiwan stammen?«

»Waren Sie schon einmal dort?«

Er schüttelt bedauernd den Kopf. »Ich bin noch nicht so viel herumgekommen, wie ich es mir wünschen würde. Aber immerhin haben wir unsere Hochzeitsreise nach Frankreich gemacht.«

»Was macht Ihre Frau beruflich?«

Als er mit der Antwort zögert, drehe ich mich zu ihm um und sehe, dass er den Kopf gesenkt hat. »Sie studiert Jura«, sagt er leise. Und fügt nach einer Pause hinzu: »Wir haben uns getrennt. Letzten Sommer.«

»Das tut mir leid.«

»Ich fürchte, es war kein besonders gutes Jahr«, sagt er, und dann scheint er sich plötzlich daran zu erinnern, mit wem er redet. Mit der Frau, die nicht nur ihren Mann, sondern auch ihre Tochter verloren hat. »Aber eigentlich kann ich mich gar nicht beklagen.«

»Die Einsamkeit ist für jeden Menschen schwer zu ertragen. Aber ich bin sicher, dass Sie wieder jemanden finden werden.«

Er schaut mich an, und ich sehe den Schmerz in seinen Augen. »Aber Sie haben nie wieder geheiratet, Mrs. Fang.«

»Nein.«

»Es muss doch Männer gegeben haben, die sich für Sie interessiert haben.«

»Wie kann man die Liebe seines Lebens ersetzen?«, entgegne ich schlicht. »James ist mein Mann. Er wird immer mein Mann sein.«

Er braucht eine Weile, um das zu verarbeiten. Dann sagt er: »Ich habe immer schon gedacht, dass wahre Liebe so sein sollte.«

»Und so ist sie auch.«

Seine Augen leuchten geradezu unnatürlich, als er mich ansieht. »Nur für manche von uns.«

Wir sind an dem Restaurant angelangt, dessen Fenster vom Dampf beschlagen sind. Er eilt rasch voraus, um mir die Tür aufzuhalten, eine ritterliche Geste, die mir ironisch vorkommt, da ja ich diejenige bin, die einen tödlichen Säbel bei sich trägt. Das kleine Lokal ist gut besucht, und wir haben Glück, dass wir den letzten freien Tisch hinten in der Ecke am Fenster ergattern können. Ich hänge die Säbelscheide über die Stuhllehne und ziehe meinen Regenmantel aus. Aus der Küche dringt ein verführerischer Duft nach Knoblauch und frischem Dampfbrot, der mich schmerzlich daran erinnert, dass ich seit dem Frühstück nichts gegessen habe. Tabletts mit glänzenden Teigtaschen, gefüllt mit kleinen Schweinefleisch-, Krabben- oder Fischstückchen, werden aus der Küche getragen; am Nebentisch klappern Essstäbchen in Schalen, und eine Familie unterhält sich so lärmend auf Kantonesisch, dass es wie ein Streit klingt.

Frost studiert mit verwirrter Miene die ellenlange Speisekarte. »Vielleicht sollte ich Sie für uns beide bestellen lassen.«

»Gibt es irgendetwas, was Sie nicht essen?«

»Ich esse alles.«

»Diese Aussage werden Sie vielleicht noch bereuen. Wir Chinesen essen nämlich *wirklich* alles.«

Er nimmt die Herausforderung gut gelaunt an. »Ich lass mich gerne überraschen.«

Als die Kellnerin unseren Vorspeisenteller mit kalten

Quallenstreifen, Hühnerkrallen und marinierten Schweinefüßen bringt, hält er seine Stäbchen zögernd über die fremdartige Auswahl, doch dann beißt er herzhaft in ein Stückchen durchscheinenden Schweineknorpel. Ich sehe zu, wie seine Augen sich vor Entzücken weiten, als hätte er gerade eine Offenbarung erlebt.

»Das ist ja köstlich!«

»Haben Sie das noch nie probiert?«

»Ich war wohl nie besonders experimentierfreudig«, gibt er zu, während er sich das Chiliöl von den Lippen tupft. »Aber das soll sich jetzt alles ändern.«

»Warum?«

Er hält inne und denkt über die Frage nach, einen Streifen Qualle zwischen die Stäbchen geklemmt. »Ich nehme an… ich nehme an, es hat mit dem Älterwerden zu tun, wissen Sie? Mir wird immer mehr bewusst, wie wenig ich eigentlich erlebt habe. Und wie wenig Zeit mir bleibt, das alles nachzuholen.«

Älterwerden. Darüber muss ich einfach lächeln, denn ich bin fast zwei Jahrzehnte älter als er, also muss ich für ihn geradezu uralt sein. Aber so sieht er mich nicht an. Ich ertappe ihn dabei, wie er mein Gesicht betrachtet, und als ich den Blick erwidere, werden seine Wangen plötzlich rot. Genau wie bei meinem Mann damals an unserem ersten Abend, einem Frühlingsabend mit dichtem Nieselregen, genau wie dieser. *O James, ich glaube, du würdest diesen jungen Mann mögen. Er erinnert mich so an dich.*

Die Teigtaschen kommen, kleine weiche Kissen, prall gefüllt mit Schweinefleisch und Krabben. Ich sehe amüsiert zu, wie er sich vergeblich müht, die glitschigen Stückchen zu fassen zu bekommen, und sie schließlich mit den Essstäbchen auf seinem Teller herumschiebt.

»Das war das Lieblingsgericht meines Mannes. Er konnte ein Dutzend davon verdrücken.« Ich lächle über die Erinnerung. »Er hat sich einmal erboten, einen Monat lang ohne Bezahlung hier zu arbeiten, wenn sie ihm nur das Rezept verraten würden.«

»War er in Taiwan auch in der Gastronomie beschäftigt?«

Ich sehe ihm in die Augen. »Mein Mann hat chinesische Literatur studiert. Er stammte aus einer alten Gelehrtenfamilie. Mit anderen Worten, er war nicht im Gastronomiegewerbe. Er hat nur gekellnert, um seinen Lebensunterhalt zu verdienen.«

»Das habe ich nicht gewusst.«

»Man macht es sich zu einfach, wenn man annimmt, dass die Kellner hier alle nur Kellner sind und die Verkäufer in den Läden nur Verkäufer. In Chinatown darf man die Menschen nie nach ihrem Äußeren beurteilen. Sie haben doch diese zerlumpten alten Männer gesehen, die unter dem Löwentor Dame spielen? Manche von ihnen sind Millionäre. Und die Frau da drüben hinter der Kasse, die stammt aus einer Familie von kaiserlichen Generälen. Die Menschen sind hier nicht, was sie scheinen, und deshalb sollten Sie sie niemals unterschätzen. Nicht in Chinatown.«

Er nickt betreten. »Das werde ich nicht. Jetzt nicht mehr. Und es tut mir leid, Mrs. Fang, wenn meine Bemerkung über Ihren Mann in irgendeiner Weise respektlos geklungen haben sollte.« Seine Entschuldigung klingt absolut aufrichtig – noch ein Grund, warum ich diesen Mann so interessant finde.

Ich lege meine Stäbchen hin und betrachte ihn. Jetzt, nachdem ich gegessen habe, fühle ich mich endlich in der

Lage, das Thema anzusprechen, das unsere Mahlzeit die ganze Zeit überschattet hat. Die laute Familie am Nebentisch ist fertig und bricht geräuschvoll auf. Als sie das Restaurant verlassen haben, ist es mit einem Mal auffallend still.

»Sie sind gekommen, um mich nach meiner Tochter zu fragen. Warum?«

Er lässt sich einen Moment Zeit mit der Antwort, während er sich die Hände abwischt und die Serviette sauber zusammenfaltet. »Haben Sie je den Namen Charlotte Dion gehört?«

Ich nicke. »Sie war die Tochter von Dina Mallory.«

»Wissen Sie, was mit Charlotte passiert ist?«

»Detective Frost«, sage ich und seufze, »ich habe das alles durchlebt, und deshalb sind diese Ereignisse für alle Zeiten hier eingebrannt.« Ich tippe mir an den Kopf. »Ich weiß, dass Mrs. Mallory schon einmal verheiratet war, mit einem Mann namens Patrick Dion, und dass sie eine Tochter mit Namen Charlotte hatten. Ein paar Wochen nach der Schießerei verschwand Charlotte. Ja, ich weiß alles über die Opfer und ihre Familien, weil ich auch zu ihnen gehöre.« Ich sehe auf meinen leeren, fettglänzenden Teller. »Ich bin Mr. Dion nie begegnet, aber nach dem Verschwinden seiner Tochter habe ich ihm eine Beileidskarte geschrieben. Ich weiß nicht, ob er noch etwas für seine Exfrau empfand oder ob er um sie trauerte. Aber ich weiß, wie es ist, ein Kind zu verlieren. Ich habe ihm gesagt, wie leid es mir für ihn tut. Dass ich seinen Schmerz verstehe. Er hat nie geantwortet.« Ich blicke wieder zu Frost auf. »Ich weiß also sehr wohl, warum Sie nach Charlotte fragen. Sie stellen sich die gleiche Frage, die alle beschäftigt. Die Frage, die auch ich mir gestellt habe. Wie ist es möglich, dass ein solcher Fluch auf zwei Familien lastet? Zuerst verschwindet meine Laura, und dann, zwei Jahre später, seine Charlotte. Unsere Familien sind sowohl durch das Red-Phoenix-Massaker als auch durch den Verlust unserer Töchter miteinander verbunden. Sie sind gewiss nicht der erste Polizist, der mich darauf anspricht.«

»Detective Buckholz hat Sie auch danach gefragt, nehme ich an.«

Ich nicke. »Nach Charlottes Verschwinden suchte er mich auf, um mich zu fragen, ob die beiden Mädchen sich gekannt hätten. Charlottes Vater ist sehr reich, also wurde ihr sehr viel Aufmerksamkeit zuteil. Weit mehr, als Laura je bekam.«

»Buckholz schrieb in seinem Bericht, dass Laura und Charlotte beide klassischen Musikunterricht hatten.«

»Meine Tochter spielte Geige.«

»Und Charlotte spielte Bratsche in ihrem Schulorchester. Ist es denkbar, dass sie sich begegnet sind? Bei einem Musik-Workshop zum Beispiel?«

Ich schüttle den Kopf. »Das habe ich schon ausgiebigst mit der Polizei durchgesprochen. Bis auf die Musik hatten die Mädchen nichts gemeinsam. Charlotte ging auf eine Privatschule. Und wir leben hier in Chinatown.« Ich verstumme, und mein Blick geht zum Nebentisch, wo ein chinesisches Paar mit seinen Kindern sitzt. Im Hochstuhl thront ein kleines Mädchen mit Zöpfen, die wie kleine Teufelshörner von ihrem Kopf abstehen. Genau so habe ich Laura die Haare gemacht, als sie drei Jahre alt war.

Die Kellnerin bringt uns die Rechnung. Ich greife danach, doch Frost schnappt sie mir weg.

»Bitte«, sagt er, »lassen Sie mich das übernehmen.«

»Fürs Essen sollte immer der Ältere bezahlen.«

»Das ist ein Wort, das ich im Zusammenhang mit Ihnen nie benutzen würde, Mrs. Fang. Und außerdem habe ich neunzig Prozent von diesem Menü gegessen.« Er legt Geld auf den Tisch. »Ich fahre Sie nach Hause.«

»Ich wohne nur ein paar Blocks von hier entfernt, in Tai Tung Village. Es ist einfacher, wenn ich zu Fuß gehe.«

»Dann begleite ich Sie. Nur zur Sicherheit.«

»Zu Ihrem Schutz oder zu meinem?«, frage ich, während ich nach meinem Säbel greife.

Er sieht Zheng Yi an und lacht. »Ich hatte ganz vergessen, dass Sie ja bewaffnet und gefährlich sind.«

»Es ist also nicht nötig, dass Sie mich nach Hause begleiten.«

»Bitte. Es wäre mir wirklich wohler, wenn ich es täte.«

Es nieselt immer noch, als wir aus der Tür treten, und nach der dampfigen Hitze im Restaurant ist es eine Wohltat, die kühle Luft zu atmen. Die feinen Regentröpfchen glitzern in seinen Haaren, und trotz der frischen Witterung spüre ich eine unerwartete Wärme in den Wangen. Er hat das Essen bezahlt, und jetzt besteht er darauf, mich nach Hause zu begleiten. Es ist lange her, dass ein Mann mir gegenüber so aufmerksam gewesen ist, und ich weiß nicht, ob ich mich geschmeichelt fühlen oder mich darüber ärgern soll, dass er mich für so hilflos hält.

Wir gehen die Tyler Street entlang Richtung Süden, auf die alte Enklave Tai Tung City zu, in einen Teil von Chinatown, der ruhiger und weniger belebt ist. Hier gibt es keine Touristen, nur heruntergekommene Gebäude mit staubigen Läden im Erdgeschoss, die um diese Zeit alle mit Eisengittern verrammelt sind. Vorhin, in dem hell erleuchteten Restaurant, konnte ich in meiner Wachsamkeit nachlassen und mich entspannen. Jetzt fühle ich mich schutzlos, obwohl ich einen bewaffneten Detective an meiner Seite weiß. Wir lassen die hell erleuchteten Straßen hinter uns, und die Schatten werden dichter. Ich höre meinen eigenen Herzschlag, das seufzende Geräusch, mit dem der Atem in meine Lunge und wieder hinausströmt. Der Gesang des Säbels geht mir durch den Sinn, Worte, die mich beruhigen und zugleich vorbereiten auf alles, was da kommen mag.

Grüner Drache taucht aus dem Wasser auf.
Der Wind weht durch die Blumen.
Weiße Wolken ziehen am Himmel vorbei.
Schwarzer Tiger durchstreift die Berge.

Meine Hand geht zum Knauf meines Säbels, der in der Scheide ruht, jederzeit bereit. Wir schreiten durch Dunkelheit und Licht und wieder Dunkelheit, und die Nacht selbst scheint zu erzittern, als meine Sinne sich schärfen.

Schlage das Gras zur Linken, die Schlange zu suchen.
Schlage das Gras zur Rechten, die Schlange zu suchen.

Die Dunkelheit erwacht zum Leben. Überall ist Bewegung. Eine Ratte, die durch eine Gasse huscht. Das Plätschern des Wassers, das aus einer Regenrinne fließt. Ich sehe alles, höre alles. Der Mann neben mir nimmt nichts davon wahr; er glaubt, es sei seine Gegenwart, die mich beschützt. Nie käme er auf die Idee, dass es vielleicht umgekehrt sein könnte.

Wir biegen in die Hudson Street ein und stehen vor meinem bescheidenen Reihenhaus, das seinen eigenen ebenerdigen Eingang hat. Während ich meinen Schlüsselbund hervorhole, bleibt er im gelblichen Schein der Außenbeleuchtung stehen, wo Insekten kreisen und mit leisem Ticken gegen die Glühbirne fliegen. Er ist ein Gentleman bis zum Schluss, und er wird warten, bis ich sicher im Haus bin.

»Danke für das Essen und den bewaffneten Geleitschutz«, sage ich und lächele.

»Wir wissen noch nicht, was hier eigentlich vor sich geht. Also seien Sie bitte vorsichtig.«

»Gute Nacht.« Ich stecke den Schlüssel ins Schloss und erstarre plötzlich. Es ist mein erschrockenes Einatmen, das ihn alarmiert.

»Was ist?«

»Sie ist nicht verschlossen«, flüstere ich. Die Tür ist nur angelehnt. Schon ist Zheng Yi aus der Scheide und liegt in meiner Hand; ich kann mich gar nicht erinnern, ihn gezogen zu haben. Mein Herz pocht, als ich die Tür mit dem Fuß anstoße. Sie schwingt ganz auf, und dahinter sehe ich nur Dunkelheit. Ich will hineingehen, doch Detective Frost zieht mich zurück.

»Warten Sie hier«, befiehlt er. Mit gezogener Waffe tritt er ein und schaltet das Licht an.

Von der Tür aus beobachte ich, wie er durch meine bescheidene Wohnung schleicht, vorbei an dem braunen Sofa, an dem gestreiften Sessel, den James und ich vor so vielen Jahren gekauft haben, als wir frisch aus Taiwan gekommen waren. Möbel, die zu ersetzen ich nie übers Herz gebracht habe, weil mein Mann und meine Tochter darauf gesessen haben. Selbst in den Möbeln sind die Geister geliebter Menschen noch präsent. Während Frost weiter in die Küche geht, stelle ich mich in die Mitte des Wohnzimmers, atme die Luft ein und lasse den Blick schweifen. Er bleibt am Bücherregal haften. Auf dem leeren Bilderrahmen. Angst durchzuckt mich.

Jemand ist hier gewesen.

Aus der Küche kommt Frosts Stimme: »Wie sieht es aus – ist alles unverändert?«

Ich gebe keine Antwort, sondern gehe langsam zur Treppe.

»Iris, warten Sie«, sagt er.

Aber ich eile bereits mit lautlosen Schritten die Stufen hinauf. Es ist mein Herzschlag, der wie Donner dröhnt, als das Blut in meine Glieder, in meine Muskeln gepumpt wird. Ich packe meinen Säbel mit beiden Händen, als ich auf meine Schlafzimmertür zugehe.

Vertreibe die Wolken und erblicke die Sonne.

Ich schnuppere und weiß sofort, dass der Eindringling in diesem Zimmer gewesen ist, wo er den Geruch seiner Aggressionen hinterlassen hat. Ich kann mich nicht dazu durchringen, hineinzugehen und meinem Feind gegenüberzutreten. Schon höre ich Detective Frost die Treppe heraufkommen. Er hält mir den Rücken frei, aber es ist das, was vor mir liegt, wovor ich mich fürchte.

Benutze die sieben Sterne, um den Tiger zu reiten.

Ich trete genau in dem Moment über die Schwelle, als Frost das Licht einschaltet. Mit einem Blick erfasse ich die schockierende Wahrheit. Das fehlende Foto liegt auf meinem Kopfkissen, durchbohrt von einer Messerklinge, die es an Ort und Stelle hält. Erst als ich höre, wie Frost eine Nummer in sein Handy tippt, drehe ich mich zu ihm um.

»Was tun Sie da?«, frage ich.

»Ich rufe meine Partnerin an. Das muss sie wissen.«

»Rufen Sie sie nicht an. Bitte. Sie haben ja keine Ahnung.«

Er sieht mich an, und die plötzliche Intensität seines Blicks lässt mich erkennen, dass ich ihn unterschätzt habe. »Und Sie?«

14

Jane stand in Iris Fangs Schlafzimmer und starrte auf das Foto, das mit einem Fleischermesser durchbohrt war. Es zeigte eine wesentlich jüngere Iris, die übers ganze Gesicht strahlte und einen Säugling auf dem Arm hielt.

»Sie sagt, das Messer stammt aus ihrer eigenen Küche«, sagte Frost. »Und das Baby ist ihre Tochter Laura. Das Foto sollte eigentlich im Wohnzimmerregal in einem Rahmen stecken. Der Einbrecher hat es ganz bewusst herausgenommen und hier platziert, wo sie es unmöglich übersehen konnte.«

»Oder vielmehr die Botschaft. Wer ihr ein Messer ins Kopfkissen sticht, will ihr ganz bestimmt nicht angenehme Träume wünschen. Was steckt da wohl dahinter?«

»Sie weiß es nicht.« Er senkte die Stimme, sodass Iris unten im Wohnzimmer ihn nicht hören konnte. »Das behauptet sie jedenfalls.«

»Du glaubst, sie ist uns gegenüber nicht aufrichtig?«

»Ich weiß nicht. Die Sache ist ...«

»Was?«

Er sprach noch leiser. »Sie wollte nicht, dass ich dich anrufe. Sie hat mich sogar gebeten, die ganze Sache zu vergessen. Das ist mir wirklich ein Rätsel.«

Mir auch, dachte Jane und betrachtete stirnrunzelnd das Messer, das bis zum Heft in das Kissen gerammt war und das Foto fest in den Stoff hineindrückte. Es war ein Akt purer Rage, eine gezielte Einschüchterung. »Jeder andere würde nach Polizeischutz schreien.«

»Sie beharrt darauf, dass sie nichts dergleichen braucht. Sie hat keine Angst, sagt sie.«

»Können wir sicher sein, dass wirklich ein Fremder hier im Haus war?«

»Worauf willst du hinaus?«

»Sie könnte das hier selbst inszeniert haben. Sie musste nur ein Messer aus ihrer eigenen Küche nehmen.«

»Warum sollte sie das tun?«

»Es würde erklären, warum sie keine Angst hat.«

»Aber so hat es sich nicht abgespielt.«

»Woher willst du das wissen?«

»Weil ich dabei war, als sie es gefunden hat.«

Jane fuhr zu ihm herum. »Du warst hier oben in ihrem Schlafzimmer?«

»Schau mich nicht so an. Ich habe sie nach Hause begleitet, das ist alles. Dann haben wir bemerkt, dass ihre Haustür offen stand, also bin ich mit rein, um nach dem Rechten zu sehen.«

»Okay.«

»Mehr war da nicht!«

Und warum schaust du dann so schuldbewusst drein? Sie starrte auf das durchbohrte und zerknitterte Foto. »Wenn ich nach Hause käme und so etwas vorfände, würde ich total in Panik geraten. Warum will sie dann nicht, dass wir der Sache nachgehen?«

»Es könnte einfach mit ihrem kulturellen Hintergrund zu tun haben. Tam sagt, die Leute in Chinatown sind sehr misstrauisch gegenüber der Polizei.«

»Ich wäre viel misstrauischer gegenüber dem Typen, der das hier getan hat.« Jane wandte sich zur Tür um. »Unterhalten wir uns doch mal mit Mrs. Fang.«

Als sie ins Wohnzimmer kamen, saß Iris auf dem verblichenen braunen Sofa. Sie wirkte viel zu ruhig und gelassen für eine Frau, in deren Wohnung gerade eingebrochen worden war. Detective Tam ging im Zimmer auf und ab, das Handy ans Ohr gepresst. Der Blick, den er Jane zuwarf, schien zu sagen: *Ich habe auch keine Ahnung, was hier abläuft.*

Jane setzte sich Iris gegenüber und betrachtete sie eine Weile schweigend. Die Frau erwiderte ihren Blick unverwandt, als hätte sie verstanden, dass dies ein Test war, und sich bereits für die Herausforderung gewappnet. Es war nicht der Blick eines Opfers.

»Was glauben Sie, was hier vor sich geht, Mrs. Fang?«, fragte Jane.

»Ich weiß es nicht.«

»Ist bei Ihnen früher schon einmal eingebrochen worden?«

»Nein.«

»Wie lange wohnen Sie schon in diesem Haus?«

»Fast fünfunddreißig Jahre. Seit mein Mann und ich in dieses Land gekommen sind.«

»Kennen Sie irgendjemanden, dem Sie das zutrauen würden? Vielleicht irgendein Mann, mit dem Sie eine Beziehung hatten, jemanden, der wütend ist, weil Sie ihn zurückgewiesen haben?«

»Nein.« Sie schien keine Sekunde nachdenken zu müssen, als sei dies die einzige Antwort, die sie zu geben bereit war. »Es gibt keinen Mann. Und es ist nicht nötig, dass die Polizei sich damit befasst.«

»Jemand bricht in Ihr Haus ein. Jemand sticht ein Fleischermesser durch Ihr Foto und lässt es auf Ihrem Kopfkissen zurück. Die Botschaft könnte nicht klarer sein. Wer bedroht Sie?«

»Ich weiß es nicht.«

»Und trotzdem wollen Sie nicht, dass wir der Sache nachgehen.«

Die Frau hielt Janes Blick unerschrocken stand. Es war, als starrte man in zwei schwarze Seen, die nichts von dem preisgaben, was sich unter ihrer Oberfläche verbarg. Jane lehnte sich zurück und schwieg eine Weile. Sie sah, dass Tam und Frost ein wenig abseits standen und das Gespräch aufmerksam verfolgten. Drei Augenpaare waren auf Iris gerichtet, das Schweigen dehnte sich aus, und doch zeigte die Selbstbeherrschung der Frau keine Risse.

Es wurde Zeit, die Sache etwas anders anzugehen.

»Ich hatte heute ein interessantes Gespräch«, sagte Jane. »Mit Patrick Dion, dem Exmann eines Opfers des Red-Phoenix-Massakers. Von ihm erfuhr ich, dass Sie ihm und den anderen Familien jedes Jahr im März Botschaften mit der Post schicken.«

»Ich habe niemandem Botschaften geschickt.«

»Sie bekommen diese Briefe regelmäßig seit sieben Jahren. Immer am Jahrestag des Red-Phoenix-Massakers. Die Familien sind überzeugt, dass Sie dahinterstecken. Sie schicken ihnen Kopien der Todesanzeigen ihrer Angehörigen. Um sie an das schlimme Geschehen zu erinnern.«

»Um sie zu *erinnern*?« Iris wurde ganz starr. »Was sind das für Familien, die daran *erinnert* werden müssen?« Zum ersten Mal bebte ihre Stimme vor Empörung. »Ich lebe mit meinen Erinnerungen. Sie sind immer da, sogar, wenn ich schlafe.«

»Haben Sie irgendwelche Briefe erhalten?«

»Nein. Aber *mich* muss ja auch niemand erinnern. Von allen Angehörigen scheine ich die Einzige zu sein, die je Fragen gestellt hat. Die Antworten gefordert hat.«

»Wenn Sie die Botschaften nicht schicken, wissen Sie dann vielleicht, wer es sein könnte?«

»Vielleicht jemand, der glaubt, dass die Wahrheit unterdrückt wurde.«

»Wie zum Beispiel Sie.«

»Aber ich habe keine Angst, es auszusprechen.«

»Stimmt, und zwar in aller Öffentlichkeit. Wir wissen, dass Sie letzten Monat diese Anzeige im *Globe* geschaltet haben.«

»Wenn Ihr Mann ermordet worden wäre und Sie wüssten, dass der Mörder nie bestraft wurde, würden Sie etwa nicht alles daransetzen? Ganz egal, wie viele Jahre schon vergangen wären?«

Einige Sekunden verstrichen, während die beiden Frauen einander anstarrten. Jane stellte sich vor, sie würde jeden Morgen in dieser schäbigen Wohnung aufwachen, müsste mit diesem unaussprechlichen Schmerz leben, besessen vom Gedanken an ihr verlorenes Glück. Sie musste nur in diesem Zimmer sitzen, in diesem zerschlissenen Sessel, und schon spürte sie die Verzweiflung wie eine drückende Last auf ihren Schultern, die sie herunterzog und alle Lebensfreude erstickte. Und dabei ist es ja gar nicht mein Leben, dachte sie. Ich kann jederzeit nach Hause gehen und meinen Mann küssen, kann meine Tochter in den Arm nehmen und sie ins Bett bringen. Aber Iris wird immer hier gefangen sein.

»Es ist neunzehn Jahre her, Mrs. Fang«, sagte Jane. »Ich verstehe, dass es nicht leicht ist, die Vergangenheit loszulassen. Aber die anderen Familien wollten genau das. Patrick Dion, Mark Mallory – sie haben keinerlei Zweifel, dass Wu Weimin der Täter war. Vielleicht wird es Zeit, dass auch Sie akzeptieren, was die anderen längst akzeptiert haben.«

Iris reckte das Kinn, und ihre Augen waren hart wie Stahl. »Ich bin nicht bereit, irgendetwas anderes zu akzeptieren als die Wahrheit.«

»Woher wissen Sie, dass es *nicht* die Wahrheit ist? Laut Polizeibericht waren die Beweise gegen Wu Weimin erdrückend.«

»Die Polizei hat ihn nicht gekannt.«

»Können Sie wirklich sicher sagen, dass Sie ihn gekannt haben?«

»Ja, vollkommen sicher. Und dies ist meine letzte Chance, geschehenes Unrecht wiedergutzumachen.«

Jane sah sie an und runzelte die Stirn. »Wie meinen Sie das, Ihre letzte Chance?«

Iris holte tief Luft und hob den Kopf. Der Blick, mit dem sie Jane ansah, war würdevoll und gelassen. »Ich bin krank.«

Es wurde ganz still im Raum. Diese schlichte Aussage hatte sie alle erschüttert. Iris saß vollkommen gefasst da und starrte Jane an, als wollte sie jegliche Mitleidsbekundungen von vornherein abwehren.

»Ich leide an einer chronischen Form von Leukämie«, sagte Iris. »Der Arzt sagt mir, ich könnte noch zehn Jahre leben. Oder vielleicht sogar zwanzig. An manchen Tagen fühle ich mich völlig gesund. An anderen Tagen bin ich so müde, dass ich kaum den Kopf vom Kissen heben kann. Irgendwann wird diese Krankheit mich wahrscheinlich umbringen, aber ich habe keine Angst. Ich weigere mich nur zu sterben, ohne die Wahrheit erfahren zu haben. Ohne die Gewissheit, dass der Gerechtigkeit Genüge getan wurde.« Sie hielt inne, und zum ersten Mal schlich sich ein Unterton von Angst in ihre Stimme ein. »Ich habe das Gefühl, dass mir die Zeit zwischen den Fingern zerrinnt.«

Frost trat hinter Iris und legte ihr die Hand auf die Schulter. Es war einfach nur eine Geste des Mitgefühls, die von jedem hätte kommen können, aber Jane gab diese Berührung zu denken, vor allem in Verbindung mit dem betroffenen Blick in Frosts Augen.

»Sie kann heute Nacht nicht allein hierbleiben«, sagte Frost. »Es ist nicht sicher.«

Tam meldete sich zu Wort. »Ich habe eben mit Bella Li telefoniert. Mrs. Fang kann die Nacht bei ihr verbringen, während die Spurensicherung sich die Wohnung vornimmt.«

»Ich fahre sie hin«, sagte Frost.

»Nein«, widersprach Jane. »Tam wird sie hinbringen. Mrs. Fang, wie wär's, wenn Sie rasch ein paar Sachen einpacken?« Sie erhob sich von ihrem Sessel. »Detective Frost, kommen Sie bitte mit mir nach draußen? Wir müssen die Absperrung überprüfen.«

»Aber …«

»Frost.«

Er blickte zwischen Iris und Jane hin und her, ehe er endlich Jane nach draußen folgte. Ein dichter Nieselschleier hing noch in der Nachtluft.

Kaum war die Tür hinter ihnen zugefallen, sagte sie: »Kannst du mir sagen, was hier los ist?«

»Ich wollte, ich könnte es. Offensichtlich versucht jemand, ihr Angst einzujagen. Damit sie aufhört, Fragen zu stellen.«

»Nein, ich rede von *dir*. Wie es kommt, dass du sie zum Essen eingeladen hast. Und dich zu ihrem ritterlichen Beschützer aufgeschwungen hast.«

»Ich bin hergekommen, um sie zu fragen, was mit ihrer Tochter passiert ist. Das weißt du doch.«

»Und wie ist aus der Zeugenbefragung ein gemeinsames Abendessen geworden?«

»Wir hatten Hunger. Es hat sich einfach so ergeben.«

»Zufälle ergeben sich einfach so. Aber mit einer Zeugin, die du vernimmst, essen gehen? Das ist etwas völlig anderes.«

»Sie ist keine Tatverdächtige.«

»Das wissen wir nicht.«

»Herrgott noch mal, Rizzoli, sie ist ein Opfer! Sie hat ihren Mann bei einer Schießerei verloren, und jetzt ist sie nur noch vom Wunsch nach Gerechtigkeit beseelt.«

»Wir wissen nicht, was sie wirklich will. Und ehrlich gesagt ist mir auch nicht ganz klar, was du willst.«

Im Nieselregen umhüllte der gelbliche Schein der Außenbeleuchtung Frosts Kopf mit einer Art verschwommenem Heiligenschein. Sankt Barry, der Pfadfinder, dachte sie. Der Polizist, auf den man sich in allen Situationen verlassen konnte. Jetzt stand er vor ihr und wich ihrem Blick aus, das schlechte Gewissen in Person.

»Sie tut mir leid«, sagte er.

»Ist das alles, was du empfindest?«

»Und ich wünsche mir nur …« Er seufzte. »Es ist neunzehn Jahre her, dass ihr Mann gestorben ist, und sie liebt ihn immer noch wie am ersten Tag. Alice hat es nicht mal zehn Jahre ausgehalten, ehe sie mich vor die Tür gesetzt hat. Ich sehe Iris an, und ich denke: Warum zum Teufel hab ich nicht eine Frau wie sie geheiratet?«

»Die Frau könnte fast deine Mutter sein.«

»Du verstehst mich falsch. Ich rede doch nicht davon, dass ich eine Beziehung mit ihr anfangen will. Und was hat eigentlich das Alter damit zu tun? Es geht hier um Loyalität. Es geht darum, einen Menschen sein ganzes Leben lang zu lieben, egal, was passiert.« Er wandte sich ab und sagte leise: »Ich werde nie wissen, was das für ein Gefühl ist.«

Die Haustür ging auf, und sie drehten sich beide um, als Iris, von Tam eskortiert, das Haus verließ. Sie nickte Frost mit einem müden Lächeln zu, ehe sie in Tams Wagen stieg. Als die Rücklichter schon im feuchten Dunst verschwanden, starrte Frost ihnen immer noch nach.

»Ich muss zugeben«, sagte Jane nachdenklich, »dass sie jetzt doch gewisse Zweifel in mir geweckt hat.«

Er drehte sich zu ihr um. »Was meinst du?«

»In einem Punkt hast du recht. Sie hat offenbar irgendjemanden sehr nervös gemacht. Jemanden, der so wütend ist oder sich so bedroht fühlt, dass er in ihr Haus einbricht und ein Messer in ihr Kopfkissen sticht.«

»Was, wenn sie recht hat, was das Massaker betrifft? Wenn es gar nicht der Koch war?«

Jane nickte. »Ich glaube, es wird Zeit, dass wir uns das Red Phoenix einmal näher anschauen.«

15

Von hohen Hecken geschützt, lag Patrick Dions Anwesen in Brookline da wie ein privater Garten Eden, mit Wald und Rasenflächen und Wegen, die sich zwischen lauschigen Schattenplätzen und sonnenbeschienenen Blumenbeeten wanden. Das schmiedeeiserne Tor stand offen, und als Jane und Frost hindurchfuhren, sahen sie schon das Haus zwischen einer Gruppe gespenstisch weißer Birken hindurchschimmern. Es war ein wuchtiger Bau im Kolonialstil, der auf einer Anhöhe über dem weitläufigen Dion'schen Besitz thronte.

»Was ist überhaupt eine Beteiligungsgesellschaft?«, fragte Frost, als sie an einem von Bäumen beschatteten Tennisplatz vorbeifuhren. »Das Wort höre ich in letzter Zeit ständig.«

»Ich glaube, das sind Leute, die mit Geld Geld machen.«

»Aber woher kriegt man das nötige Geld, um anzufangen?«

»Von Freunden, die welches haben.«

»Ich glaube, ich muss mir ein paar neue Freunde suchen.«

Jane hielt in der Auffahrt, wo bereits zwei Wagen parkten, und blickte zum Herrenhaus. »Aber überleg doch mal. Du hast dieses viele Geld, dieses tolle Haus. Dann verlässt deine Frau dich wegen eines anderen. Und deine Tochter wird auf der Straße entführt. Also, da bin ich doch lieber arm.« Sie sah ihn an. »Okay, jetzt müssen wir da drin ein bisschen Schadensbegrenzung betreiben. Nach dem, was wir von Mr. Dion gehört haben, waren sie wohl nicht gerade entzückt von Tam.«

Frost schüttelte den Kopf. »Wir müssen dem Jungen sagen, dass er seinen Feuereifer ein bisschen dämpfen muss. Er geht an alles mit Vollgas ran. Es ist, als ob er die Bremse nicht mehr findet.«

»Aber weißt du, an wen Tam mich erinnert?«

»An wen?«

»An mich. Er sagt, er will es ins Morddezernat schaffen, ehe er dreißig ist.« Sie stieß ihre Tür auf. »Und das traue ich ihm sogar zu.«

Sie stiegen die Granitstufen zum Eingang hinauf, doch ehe Jane klingeln konnte, ging die Tür auf, und ein silberhaariger Mann stand vor ihnen. Obwohl schon Ende sechzig, sah er immer noch fit und attraktiv aus, doch sein Gesicht wirkte eingefallen, und die zu weite Hose verriet Jane, dass er in letzter Zeit abgenommen hatte.

»Ich habe Sie die Auffahrt heraufkommen sehen«, sagte er. »Ich bin Patrick Dion.«

»Detective Rizzoli«, stellte sie sich vor. »Und das ist mein Partner, Detective Frost.« Sie gaben sich die Hand. Dions Händedruck war fest, sein Blick ruhig.

»Treten Sie bitte ein. Wir sind alle im Wohnzimmer.«

»Ist Mr. Mallory bei Ihnen?«

»Ja. Und ich habe Mary Gilmore ebenfalls dazugebeten. Wir sollten geschlossen auftreten, denn wir sind alle sehr bestürzt über diese Sache und wollen wissen, wie man dem Einhalt gebieten kann.«

Als sie das Haus betraten, sah Jane glänzende Parkettböden und ein elegantes Geländer, das sich im Bogen zu einer hohen Galerie emporschwang. Aber es blieb ihr kaum Zeit, das Treppenhaus zu bewundern, denn Patrick führte sie direkt in den vorderen Salon, wo die beiden anderen Besucher bereits warteten.

Mark Mallory erhob sich mit athletischer Behändigkeit vom Sofa. Er war Mitte dreißig, durchtrainiert und braun, ohne eine Spur von Grau in seinen dunklen Haaren. Jane registrierte seinen Gürtel aus Alligatorleder, seine Segelschuhe Marke Sperry Top-Siders und seine Breitling-Armbanduhr – alles kleine Signale, die höhnisch verkündeten: *Ich habe mehr Geld, als du je besitzen wirst.* Sein Händedruck war flüchtig; offenbar konnte er es kaum erwarten, zur Sache zu kommen.

Die dritte Person im Raum hätte Jane glatt übersehen können, wenn sie nicht schon über ihre Anwesenheit informiert gewesen wäre. Mary Gilmore war ungefähr in Patricks Alter, aber so klein und gebeugt, dass sie fast in dem riesigen Sessel am Fenster verschwand. Als die Frau sich mühsam aufzurichten suchte, eilte Frost sogleich an ihre Seite.

»Bitte bemühen Sie sich nicht, Mrs. Gilmore. Setzen Sie sich einfach wieder hin, ja?«, sagte er, während er ihr half, es sich wieder im Sessel bequem zu machen. Jane sah, wie die Frau strahlend zu ihm aufschaute, und sie dachte: Frost hat irgendwie ein Händchen für ältere Damen. Er mag sie alle, und sie alle mögen ihn.

»Meine Tochter wollte auch dabei sein«, sagte Mrs. Gilmore. »Aber sie hat nicht freibekommen, deshalb habe ich den Brief mitgebracht, den sie bekommen hat.« Sie wies mit einer arthritischen Hand auf den Couchtisch. »Er kam am gleichen Tag wie meiner mit der Post. Jedes Jahr am dreißigsten März bekommen wir sie, am Todestag von meinem Joey. Sie ist wie einer von diesen Stalkern. Das ist Psychoterror. Kann die Polizei denn nichts tun, um sie daran zu hindern?«

Auf dem Couchtisch lagen drei Umschläge. Ehe Jane sie anfasste, griff sie in ihre Tasche und nahm ein Paar Handschuhe heraus.

»Das mit den Handschuhen können Sie sich sparen«, sagte Mark. »Es sind nie irgendwelche Fingerabdrücke auf den Briefen oder den Umschlägen.«

Jane sah ihn an und runzelte die Stirn. »Woher wollen Sie das denn wissen?«

»Detective Ingersoll hat sie im Labor überprüfen lassen.«

»Er weiß von diesen Briefen?«

»Er bekommt sie auch. Wie jeder, der irgendetwas mit den Opfern zu tun hat; sogar die Geschäftspartner meines Vaters. Es sind bis zu ein Dutzend Personen, von denen wir wissen. Das geht nun schon seit Jahren so, und nie findet das Labor irgendwelche Spuren auf den Briefumschlägen oder den Botschaften. Sie muss Handschuhe tragen, wenn sie sie verschickt.«

»Mrs. Fang leugnet, irgendwelche Briefe verschickt zu haben.«

Mark schnaubte verächtlich. »Wer soll denn sonst dahinterstecken? Sie ist diejenige, die die Anzeige im *Globe* geschaltet hat. Sie ist besessen von diesem Thema.«

»Aber sie leugnet, irgendwelche Botschaften geschickt zu haben.« Mit behandschuhten Händen hob Jane den ersten Umschlag auf, adressiert an Mrs. Mary Gilmore. Der Brief war in Boston abgestempelt, der Absender fehlte. Jane schüttelte den Inhalt heraus – ein einzelnes Blatt Papier. Es war eine Kopie der Todesanzeige von Joseph S. Gilmore, 25, umgekommen bei dem Blutbad, das ein Selbstmörder in einem Restaurant in Chinatown angerichtet hatte. Hinterlässt seine Mutter Mary und seine Schwester Phoebe Morrison. Totenmesse in St. Monica. Jane drehte das Blatt um und sah einen einzigen Satz, geschrieben in Blockbuchstaben.

Ich weiß, was wirklich passiert ist.

»Es ist die gleiche verdammte Botschaft, die ich bekommen habe«, sagte Mark. »Der gleiche Mist, den wir jedes Jahr bekommen. Nur dass es bei mir die Todesanzeige meines Vaters ist.«

»Und ich bekomme die von Dina«, fügte Patrick leise hinzu.

Jane griff nach dem Umschlag, der an Patrick Dion adressiert war. Darin fand sie eine Kopie der Todesanzeige von Dina Mallory, 40, umgekommen zusammen mit ihrem Ehemann Arthur bei der Schießerei im Red Phoenix. Hinterlässt eine Tochter aus erster Ehe, Charlotte Dion. Auf der Rückseite stand derselbe Satz wie in Mary Gilmores Brief.

Ich weiß, was wirklich passiert ist.

»Detective Ingersoll hat uns gesagt, dass der Briefumschlag eine Standardausführung ist, wie sie millionenfach in Schreibwarenläden verkauft wird«, erklärte Mark. »Die Tinte ist die gleiche, die man in jedem Billigkugelschreiber findet. Das Labor hat in den Umschlägen mikroskopisch kleine Stärkepartikel gefunden, ein Hinweis darauf, dass der Absender Latexhandschuhe trug, und die Briefmarken wie auch die Umschläge sind selbstklebend, sodass es keine DNS gibt. Jedes Jahr habe ich so ein Ding im Briefkasten, immer am gleichen Tag. Am dreißigsten März.«

»Dem Tag des Massakers«, sagte Jane.

Mark nickte. »Als ob irgendjemand uns an dieses Datum erinnern müsste.«

»Und die Handschrift?«, fragte Jane. »Ist sie immer gleich?«

»Immer dieselben Blockbuchstaben. Dieselbe schwarze Tinte.«

»Aber die Botschaft ist dieses Jahr anders«, sagte Mrs. Gilmore. Sie sprach so leise, dass ihre Bemerkung fast unterging.

Frost, der ihr am nächsten stand, fasste sie behutsam an der Schulter. »Was meinen Sie damit, Ma'am?«

»All die Jahre stand da immer: *Wollen Sie nicht die Wahrheit wissen?* Aber dieses Jahr ist es anders. Dieses Jahr heißt es: *Ich weiß, was wirklich passiert ist.*«

»Letzten Endes ist es doch derselbe Quatsch«, meinte Mark. »Bloß ein bisschen anders formuliert.«

»Nein, der Sinn ist dieses Jahr ein ganz anderer.« Mrs. Gilmore sah Jane an. »Wenn sie etwas weiß, warum lässt sie dann nicht die Heimlichtuerei sein und verrät uns, was die Wahrheit ist?«

»Wir alle kennen die Wahrheit, Mrs. Gilmore«, sagte Patrick geduldig. »Wir kennen sie seit neunzehn Jahren. Ich vertraue voll darauf, dass das Boston PD wusste, was es tat, als es den Fall zu den Akten legte.«

»Aber wenn die Polizei sich nun geirrt hat?«

»Mrs. Gilmore«, sagte Mark, »diese Briefe haben nur einen einzigen Zweck: unsere Aufmerksamkeit auf diese Frau zu lenken. Wir wissen alle, dass sie nicht ganz richtig im Kopf ist.«

»Wie meinen Sie das?«, fragte Frost.

»Patrick, erzähl ihnen, was du über Mrs. Fang herausgefunden hast.«

Der ältere Mann schien mit der Antwort zu zögern. »Ich weiß nicht, ob es nötig ist, darauf näher einzugehen.«

»Wir würden es gerne hören, Mr. Dion«, sagte Jane.

Patrick sah auf seine Hände, die in seinem Schoß ruhten. »Vor einigen Jahren, als Detective Ingersoll sich zum ersten Mal mit diesen Briefen befasste, sagte er mir, dass Mrs. Fang an – nun ja, an Größenwahn leide. Sie glaubt, dass sie von einem alten Kriegergeschlecht abstammt. Sie glaubt, es sei ihre heilige Pflicht als Kriegerin, den Mörder ihres Mannes ausfindig zu machen und Rache zu üben.«

»Können Sie sich das vorstellen?« Mark lachte. »Das klingt wie etwas aus einer chinesischen Seifenoper. Diese Frau ist vollkommen meschugge.«

»Sie ist eine Kampfkunstmeisterin«, sagte Frost. »Ihre Schüler glauben jedenfalls an sie, und man sollte doch meinen, dass die merken würden, wenn sie es mit einer Schwindlerin zu tun hätten.«

»Detective Frost«, sagte Patrick, »wir behaupten ja nicht, dass sie eine Schwindlerin ist. Aber Sie müssen doch zugeben, dass ihre Behauptungen mehr als nur ein bisschen absurd klingen. Ich weiß, dass die Kampfkünste tief in uralten Traditionen verwurzelt sind, aber vieles davon ist auch reine Fantasie. Stoff für Legenden und Jackie-Chan-Filme. Was ich glaube und was auch Detective Ingersoll glaubt, ist, dass Mrs. Fang durch den Tod ihres Mannes zutiefst traumatisiert ist. Sie hat es nie akzeptiert. Und ihre Art, mit der Trauer umzugehen, besteht darin, nach tieferen Bedeutungen zu suchen, nach etwas, das seinem Tod einen Sinn gibt, über die willkürliche Tat eines Wahnsinnigen hinaus. Sie muss beweisen, dass irgendetwas Größeres ihren Mann getötet hat, und sie wird nie aufhören, nach diesem namenlosen Feind zu suchen, weil es das Einzige ist, was ihrem Leben noch einen Sinn gibt.« Sein trauriger Blick fand zuerst Mark, dann Mary Gilmore. »Aber wir kennen die Wahrheit. Wir wissen, dass es nur ein sinnloses Verbrechen war, begangen von einem psychisch labilen Mann. Arthur, Dina und Joey sind vollkommen grundlos gestorben. Das ist nicht leicht zu verkraften, aber wir akzeptieren es. Mrs. Fang kann das nicht.«

»Das heißt, dass wir uns diesen Psychoterror einfach gefallen lassen müssen«, sagte Mark und deutete auf die Briefe auf dem Couchtisch. »Und wir können sie nicht daran hindern, uns weiter damit zu belästigen.«

»Aber es gibt keinerlei Beweise, dass sie die Briefe schickt«, sagte Frost.

»Ja, aber wir wissen, dass sie hinter *dem hier* steckt«, erwiderte Mark und zog einen zusammengefalteten Ausschnitt aus dem *Boston Globe* aus der Tasche. Es war die viertelseitige Anzeige, die Detective Tam Jane bereits beschrieben hatte: ein schlichter, schwarz umrandeter Kasten, darin das Wort *Unschuldig* über einem Foto des lächelnden Wu Weimin, Koch im Red Phoenix. Unter dem Porträt stand das Datum des Massakers, gefolgt von dem Satz: *Die Wahrheit ist nie ans Licht gekommen.*

»Mit dieser Anzeige ist alles nur noch schlimmer geworden«, sagte Mark. »Jetzt hat sie es geschafft, dass die ganze Stadt auf ihre Wahnvorstellungen aufmerksam wird. Wo soll das alles enden? Wann ist endlich Schluss damit?«

»Hat eigentlich jemand von Ihnen Mrs. Fang einmal darauf angesprochen?« Jane sah sich im Zimmer um, und ihr Blick blieb an Mark Mallory hängen.

Er schnaubte. »Also, ich würde jedenfalls meine Zeit nicht damit vergeuden, mit der Frau zu reden.«

»Dann sind Sie also nicht bei ihr zu Hause gewesen? Sie haben nicht versucht, sie zur Rede zu stellen?«

»Wieso fragen Sie *mich*?«

»Sie scheinen mir am wütendsten darüber zu sein, Mr. Mallory«, stellte sie fest. Aber war er wütend genug, um in Iris' Haus einzubrechen? Und eine Warnung an ihr Kopfkissen zu heften? Sie kannte Mark nicht gut genug, um einschätzen zu können, wozu er fähig war.

»Hören Sie, wir sind alle aufgebracht«, sagte Patrick, wenngleich seine Stimme eher müde als erzürnt klang. »Aber wir wissen auch, dass es nicht sehr klug wäre, mit dieser Frau in irgendeiner Weise Kontakt aufzunehmen. Ich habe letzte Woche Detective Ingersoll angerufen, weil ich dachte, er könnte sich vielleicht für uns einsetzen. Aber er hat noch nicht zurückgerufen.«

»Er ist diese Woche verreist«, sagte Jane. Sie sammelte die Briefe ein und steckte sie in Beweismittelbeutel. »Wir werden mit ihm darüber sprechen, wenn er wieder da ist. Bis dahin möchte ich Sie bitten, mich zu informieren, falls Sie noch weitere solche Briefe erhalten.«

»Und wir wären dankbar, wenn Sie uns auf dem Laufenden halten könnten«, sagte Patrick.

Wieder schüttelte sie allen die Hand. Wieder war Marks Händedruck eine brüske Abfertigung, als wäre ihm längst klar, dass er von der Polizei keine Hilfe zu erwarten hatte. Aber Patrick hielt ihre Hand auffallend lange umfasst, und er begleitete die beiden zur Tür, als ob er sie gar nicht gehen lassen wollte.

»Bitte rufen Sie mich jederzeit an«, sagte er. »Egal, ob es wegen dieser Sache ist oder …« Er hielt inne, und ein Schatten schien über seine Augen zu fallen. »Oder wegen irgendetwas anderem.«

»Es tut uns leid, dass wir das Thema wieder aufbringen mussten, Mr. Dion«, sagte Jane. »Ich kann sehen, wie schwer es für Sie ist.«

»Zumal, weil es so eng verknüpft ist mit … mit dem anderen Vorfall.« Er machte eine Pause und ließ die Schultern hängen. »Ich nehme an, Sie wissen Bescheid über meine Tochter.«

Jane nickte. »Ich habe mit Detective Buckholz über Charlotte gesprochen.«

Allein die Erwähnung des Namens seiner Tochter ließ seine Züge vor Schmerz entgleisen. »Dinas Tod war schwer für mich. Aber ein Kind zu verlieren, das ist mit nichts zu vergleichen. Mein einziges Kind. Diese Briefe und diese Anzeige in der Zeitung, das bringt alles wieder hoch. Das ist es, was wirklich wehtut, Detective. Und deswegen will ich, dass das aufhört.«

»Ich werde tun, was ich kann, Mr. Dion.«

Obwohl sie sich schon die Hand gegeben hatten, fasste er noch einmal die ihre; ein Abschied, der sie deprimiert und schweigsam zurückließ, als sie und Frost zu Janes Wagen zurückgingen. Sie entriegelte die Türen, stieg aber nicht gleich ein. Stattdessen starrte sie über den Rasen hinweg, hinüber zu den Bäumen, über die Gartenwege, die sich in den länger werdenden Nachmittagsschatten verloren. Das alles hier gehört ihm, dachte sie, und doch hat er nichts – und das kann man an seinem Gesicht ablesen. An den hängenden Mundwinkeln, den Ringen unter seinen Augen. Neunzehn Jahre danach ließ ihm der Geist seiner Tochter immer noch keine Ruhe, und das war auch nur natürlich. Allen Eltern würde es so gehen. Ein Kind zu haben bedeutete stets, sein Glück in die Hände des Schicksals zu legen.

»Detective?«

Jane drehte sich um und sah Mrs. Gilmore die Vortreppe hinunterkommen. Grimmig entschlossen marschierte sie auf Jane und Frost zu, tief vornübergebeugt von ihrem Witwenbuckel.

»Das muss ich Ihnen noch sagen, bevor Sie gehen. Ich weiß, Patrick und Mark sind überzeugt, dass die Sache geklärt ist. Dass es keine Zweifel daran gibt, was in dem Restaurant passiert ist. Aber was ist, wenn sie sich irren? Wenn wir die Wahrheit tatsächlich *nicht* kennen?«

»Sie haben also Zweifel«, sagte Jane.

Die Züge der Frau verhärteten sich. »Mein Sohn Joey war kein Heiliger, das gebe ich gerne zu. Ich habe versucht, ihn zu einem guten Jungen zu erziehen, das können Sie mir glauben. Aber es gab so viele Versuchungen, und es ist nur zu leicht, in schlechte Gesellschaft zu geraten.« Sie starrte Jane an. »Sie wissen wahrscheinlich, dass Joey in Schwierigkeiten geraten ist.«

»Ich weiß, dass er für Kevin Donohue gearbeitet hat.«

Bei der Erwähnung dieses Namens spuckte Mrs. Gilmore aus. »Ein mieses Dreckstück! Wie der ganze Donohue-Clan. Aber Joey hat Macht stets bewundert, und er war immer auf das schnelle Geld aus. Er dachte, Donohue wäre derjenige, der ihm zeigen kann, wie's läuft. Als ihm dann endlich klar wurde, worauf er sich eingelassen hatte, konnte er nicht mehr aussteigen. Donohue hat es nicht zugelassen.«

»Sie glauben, dass Donohue Ihren Sohn ermorden ließ?«

»Den Verdacht hatte ich von Anfang an.«

»Dafür gab es aber keinerlei Indizien, Mrs. Gilmore.«

Die Frau hustete rasselnd und geräuschvoll. »Meinen Sie, Donohue könnte nicht mal eben ein paar Cops schmieren? Er könnte jede Ermittlung sabotieren.«

»Das ist eine ernste Anschuldigung.«

»Ich bin in South Boston aufgewachsen. Ich weiß, was in dieser Stadt läuft, und ich weiß, was man mit Geld alles kaufen kann.« Ihre Augen verengten sich, als sie Jane fixierte. »Und Sie wissen das sicher auch, Detective.«

Der unausgesprochene Vorwurf ließ Jane erstarren. »Ich werde Ihrem Anliegen die Aufmerksamkeit widmen, die es verdient, Mrs. Gilmore«, sagte sie ruhig und stieg in ihren Wagen. Als sie davonfuhren, sah sie die Frau im Rückspiegel. Sie war in der Auffahrt stehen geblieben und schickte ihnen finstere Blicke hinterher.

»Das ist aber gar keine nette alte Dame«, murmelte Jane.

Frost lachte ungläubig. »Hat sie uns gerade vorgeworfen, dass wir uns bestechen lassen?«

»Genau das hat sie getan.«

»Und dabei wirkte sie so reizend.«

»In deinen Augen sind sie alle reizend. Du hast noch nie eine getroffen, die du nicht gemocht hast.« *Oder eine, die dich nicht gemocht hat.*

Frosts Handy klingelte. Während er den Anruf annahm, dachte sie darüber nach, wie mühelos Frost es immer wieder schaffte, ältere Damen mit seinem Charme zu umgarnen. Zumindest bei Iris Fang hatte er offensichtlich gute Fortschritte gemacht – einer Frau, die noch jung genug war, um sowohl mit ihrem Aussehen als auch mit ihrem Charakter zu beeindrucken. Sie erinnerte sich an das, was Patrick über sie gesagt hatte: *Schwer traumatisiert. Größenwahn. Glaubt, dass sie aus einem Kriegergeschlecht stammt.* Iris mochte Wahnvorstellungen haben, aber ein Mensch aus Fleisch und Blut war in ihre Wohnung eingebrochen und hatte ein Messer in ihr Kopfkissen gesteckt. *Wem bist du auf die Füße getreten, Iris?*

Mit einem Seufzer beendete Frost das Gespräch. »Ich fürchte, wir können noch nicht Feierabend machen.«

»Wer war das?«

»Der Makler, der für das Haus in der Knapp Street zuständig ist. Ich habe den ganzen Tag versucht, ihn zu erreichen. Er sagt, er verreist heute Abend noch, aber wenn wir das Haus sehen wollen, können wir uns in einer Stunde mit ihm treffen.«

»Dann heißt es wohl: zurück nach Chinatown?«

Frost nickte. »Zurück nach Chinatown.«

16

Im schwindenden Zwielicht war die Knapp Street eine düstere Schlucht zwischen vierstöckigen Backsteinhäusern. Jane und Frost standen vor dem ehemaligen Red Phoenix und versuchten, einen Blick ins Innere zu erhaschen, doch hinter den vergitterten Fenstern sah Jane nur dünne Vorhänge, vom Alter zerschlissen und beinahe durchscheinend.

Frost blickte auf seine Uhr. »Mr. Kwan hätte schon vor einer Viertelstunde hier sein sollen.«

»Hast du keine Handynummer von ihm?«

»Ich glaube nicht, dass er ein Handy hat. Ich telefoniere schon den ganzen Tag über sein Büro hinter ihm her.«

»Ein Makler, der kein Handy besitzt?«

»Ich hoffe bloß, dass wir uns richtig verstanden haben. Er hat einen ziemlich starken chinesischen Akzent.«

»Da könnten wir Tam jetzt gut gebrauchen. Wo ist er denn?«

»Er sagte, er würde hier sein.«

Jane trat von dem Gebäude zurück und blickte an der Fassade mit der rostigen Feuertreppe und den vernagelten Fenstern empor. Erst letzte Woche hatte sie zusammen mit der Spurensicherung die Dächer dieses Häuserblocks nach Patronenhülsen abgesucht. Gleich um die Ecke war die Gasse, in der die abgetrennte Hand der Frau in Schwarz gefunden worden war. Diese Straße, dieses Gebäude schien der Ausgangspunkt des ganzen Geschehens zu sein. »Sieht aus, als ob es schon sehr lange leer steht. Und das mitten in der City – das ist doch bestimmt ein Filetstück hier.«

»Bis auf die Tatsache, dass es der Tatort eines Verbrechens ist. Tam sagt, in dem Viertel hier glauben die Leute wirklich noch an Geister. Und ein Haus, in dem es spukt, bringt nur Unglück.« Er hielt inne und blickte die Straße hinauf. »Ob das wohl unser Freund ist, der da kommt?«

Der alte Chinese humpelte, als ob er es mit der Hüfte hätte, doch er bewegte sich erstaunlich flink in seinen weißen Reeboks, als er über den schiefen Gehsteig auf sie zukam und dabei gewandt über einen Müllsack hinwegstieg. Seine Jacke war mehrere Nummern zu groß, doch er trug sie mit Stil, wie ein zerstreuter Professor, der sich für einen Abendspaziergang in Schale geworfen hat.

»Mr. Kwan?«

»Hallo, hallo. Sie Detective Frost?«

»Ja, Sir. Und das ist meine Partnerin, Detective Rizzoli.«

Der Mann lächelte und ließ dabei zwei glänzende Goldzähne sehen. »Ich Ihnen gleich sagen, ich immer halten an Gesetz, okay? Okay? Immer alles legal.«

»Sir, deswegen habe ich Sie nicht angerufen.«

»Sehr gute Lage hier, Knapp Street. Drei Apartments oben. Unten, sehr gut für Geschäft. Vielleicht Restaurant oder Laden.«

»Mr. Kwan, wir wollen uns nur ein wenig im Haus umsehen.«

»Hinten noch zwei Stellplätze für Auto von Mieter ...«

»Will er es uns nun zeigen oder verkaufen?«, murmelte Jane.

»... Immobiliengesellschaft in Hongkong will nicht mehr vermieten. Also verkaufen zu sehr gute Preis.«

»Und warum ist es dann noch nicht verkauft?«

Mit dieser Frage schien er nicht gerechnet zu haben, denn seine Werbesprüche verstummten jäh. Er beäugte Jane im Halbdunkel, und sein faltiges Gesicht verfinsterte sich. »Schlimme Sache hier passiert«, gab er schließlich zu. »Niemand wollen mieten oder kaufen.«

»Sir, wir sind nur gekommen, um uns die Räume anzusehen«, erklärte Frost.

»Warum? Drinnen alles leer, nichts zu sehen.«

»Es handelt sich um eine polizeiliche Ermittlung. Bitte öffnen Sie einfach nur die Tür.«

Widerstrebend zog Kwan einen riesigen Schlüsselbund aus der Tasche, der klirrte wie der Ring eines Kerkermeisters. In der dunklen Gasse brauchte er entsetzlich lange, um den passenden Schlüssel zu finden und ihn in das Vorhängeschloss zu stecken. Das Tor schwang mit ohrenbetäubendem Kreischen auf, und sie traten über die Schwelle des ehemaligen Red Phoenix. Mr. Kwan betätigte den Lichtschalter, worauf eine einsame Glühbirne an der Decke aufleuchtete.

»Ist das die einzige Beleuchtung hier drin?«, fragte Jane.

Der Makler warf einen Blick zur Decke und zuckte mit den Achseln. »Zeit zu kaufen Glühbirnen.«

Jane trat in die Mitte des düsteren Raums und blickte sich um. Wie Kwan bereits gesagt hatte, stand das Gebäude leer, und sie sah nur den nackten Linoleumboden, rissig und vergilbt vom Alter. Nur die fest eingebaute Kassentheke ließ erkennen, dass dies einmal der Speisesaal eines Restaurants gewesen war.

»Wir lassen putzen, lassen streichen«, sagte Mr. Kwan. »Alles gemacht genau wie vorher, aber immer noch niemand wollen kaufen.« Er schüttelte angewidert den Kopf. »Chinesen viel zu abergläubisch. Wollen gar nicht erst reingehen.«

Ich kann es ihnen nicht verdenken, dachte Jane, als ein kalter Lufthauch ihre Haut zu streifen schien. Gewalt hinterlässt ihre Spuren, einen Makel, der sich mit noch so viel Seife und Bleichmittel nicht auslöschen lässt. In einem Viertel wie Chinatown, das quasi ein Dorf inmitten der Großstadt war, hatte wohl niemand vergessen, was in diesem Gebäude passiert war. Niemand würde an dem Haus in der Knapp Street vorbeigehen können, ohne eine Gänsehaut zu bekommen. Selbst wenn man das Gebäude abreißen und an gleicher Stelle ein neues errichten sollte, würde diese Blutstätte in den Augen derjenigen, die um ihre hässliche Vergangenheit wussten, für alle Zeiten verflucht bleiben. Jane sah auf das Linoleum hinunter – denselben Boden, auf dem damals das Blut geflossen war. Obwohl die Wände neu gestrichen und die Einschusslöcher zugegipst waren, würden sich in den Nahtstellen und Ritzen dieses Bodens immer noch chemische Spuren des Bluts finden. Plötzlich erschien vor ihrem inneren Auge ein Tatortfoto, das sie beim Studium der Akten gesehen hatte. Es zeigte einen leblosen Körper, der inmitten von Essenskartons am Boden lag.

Das ist die Stelle, wo Joey Gilmore gestorben ist.

Ihr Blick ging zur Kassentheke, und die Erinnerung an ein anderes Tatortfoto legte sich über diese Stelle am Boden: die Leiche von James Fang, mit verrutschter Brille, bekleidet mit seiner adretten Kellnerweste und schwarzer Hose. Er war in der Nische hinter der Kasse zusammengebrochen, zwischen verstreuten Dollarscheinen.

Jane drehte sich um und starrte in die Ecke, wo einmal ein Vierertisch gestanden hatte. Sie stellte sich vor, wie Dina und Arthur Mallory an diesem Tisch saßen, wie sie Tee tranken, um sich nach der kühlen Luft des Märzabends zu wärmen. Dieses Bild verschwand plötzlich, ersetzt durch die Polizeifotos, die ein paar Stunden später entstanden waren. Arthur Mallory saß noch auf seinem Stuhl, er war über den umgefallenen Teetassen zusammengesackt. Und ein paar Schritte entfernt lag Dina, seine Frau, mit dem Gesicht nach unten auf dem Boden, neben ihr der Stuhl, den sie bei ihrem panischen Fluchtversuch umgestoßen hatte. Jane stand in diesem leeren Raum, und sie konnte das Echo der Schüsse hören, das Klirren von zerbrechendem Geschirr.

Sie wandte sich zur Küche um, wo der Koch gestorben war. Mit einem Mal sträubte sich alles in ihr dagegen, durch diese Tür zu gehen. Es war Frost, der als Erster eintrat, der das Licht einschaltete. Wieder leuchtete nur eine einzige Birne auf. Jane folgte ihm, und im schwachen Licht erkannte sie den geschwärzten Herd, einen Kühlschrank und Arbeitsflächen aus Edelstahl. Der Betonboden war ausgetreten und mit kleinen Kratern und Rissen übersät.

Sie ging auf die Kellertür zu. Hier hatte Wu Weimin seinen letzten Atemzug getan, hier hatte seine Leiche den Kellereingang blockiert. Sie starrte auf den Boden und hatte fast den Eindruck, dass er hier ein wenig dunkler war, dass der Beton immer noch von altem Blut verfärbt war. Sie erinnerte sich, wie verstörend unversehrt sein Gesicht gewirkt hatte, bis auf das eine Einschussloch, das die Kugel in seine Schläfe gestanzt hatte. Das Geschoss war von der Innenseite des Schädels abgeprallt und hatte die graue Substanz zerfetzt, doch es hatte ihn nicht auf der Stelle getötet. Das wussten sie, weil sein Herz mit seinen letzten Schlägen noch solche Mengen Blut aus der Wunde gepumpt hatte, dass es wie ein Wasserfall die Kellertreppe hinuntergelaufen war.

Jane öffnete die Tür und erblickte eine Holztreppe, die unten in der Dunkelheit verschwand. Von der Decke hing eine Kordel, doch als sie daran zog, passierte nichts. Hier war offenbar die Birne durchgebrannt.

Frost ging durch die Küche zu einer weiteren Tür. »Führt die nach draußen?«

»Geht zu Rückseite von Haus«, antwortete Mr. Kwan. »Parkplätze.«

Frost öffnete die Tür und stand vor einem weiteren verschlossenen Gittertor. »Das ist die Gasse. Im Bericht heißt es, die Frau des Kochs habe die Küche durch diese Tür betreten. Sie hörte einen Schuss, ging hinunter, um nach ihrem Mann zu sehen, und fand ihn tot in der Küche.«

»Wenn diese Tür unverschlossen war«, meinte Jane, »dann könnte theoretisch auch ein Eindringling auf diesem Wege hineingelangt sein.«

Kwans Blick ging zwischen den beiden Detectives hin und her; er wirkte verwirrt. »Was für Eindringling? Koch hat sich selbst getötet.«

»Wir überprüfen den Vorfall noch einmal, Mr. Kwan«, sagte Frost. »Nur um sicherzustellen, dass nichts übersehen wurde.«

Der Makler schüttelte bestürzt den Kopf. »Das war sehr schlimme Sache für Chinatown«, murmelte er. Zweifellos sah er nun auch seine letzte Hoffnung schwinden, dieses fluchbeladene Haus endlich loszuwerden. »Besser, ganze Sache zu vergessen.« Er sah auf seine Uhr. »Wenn Sie hier fertig, wir gehen, okay? Ich schließen ab.«

Jane sah nach oben. »Wu Weimin und seine Familie haben im ersten Stock gewohnt. Könnten Sie uns in die Wohnung führen?«

»Nichts zu sehen«, erwiderte Kwan.

»Wir müssen trotzdem einen Blick hineinwerfen.«

Er seufzte tief, als ob sie von ihm einen Gefallen verlangten, der jedes menschliche Maß überstieg. Wieder holte er seinen schweren Schlüsselring hervor und machte sich an die mühselige Prozedur, den richtigen zu finden. Nach der Anzahl der Schlüssel zu urteilen, die an dem riesigen Ring baumelten, war dieser Mann der Herr über mindestens die Hälfte aller Immobilien in Chinatown. Endlich wurde er fündig und führte sie zur Hintertür hinaus in die Gasse.

Wie der Vordereingang des Red Phoenix war auch die Tür zu den Wohngeschossen mit einem Stahlgitter gesichert. Inzwischen war die Nacht hereingebrochen, und Frost musste das Schloss mit seiner Taschenlampe anleuchten, damit Kwan den Schlüssel einführen konnte. Rostige Scharniere quietschten, als er das Tor aufdrückte, dann musste er noch einen zweiten Schlüssel in ein anderes Schloss stecken, um die innere Tür zu öffnen.

Drinnen herrschte schwärzeste Finsternis. Das Treppenhauslicht war kaputt, also schaltete Jane ihre Taschenlampe ein und erblickte Stufen, die nach oben führten; ein Treppengeländer, glatt poliert vom Fett unzähliger Hände, die über das Holz geglitten waren. Die Dunkelheit schien das Knarren ihrer Schritte zu verstärken, und hinter sich hörte Jane, wie Mr. Kwan sich schwer atmend von Stufe zu Stufe schleppte.

Am oberen Treppenabsatz blieb sie vor der Wohnungstür stehen. Sie war nicht verschlossen, dennoch zögerte Jane, scheute vor dem Anblick dessen zurück, was sie dahinter erwartete. Sie stand da wie erstarrt, die Hand auf dem Knauf, und spürte das eiskalte Metall an ihrer Haut. Erst als sie hörte, dass Mr. Kwan ebenfalls die letzte Stufe erklommen hatte und keuchend hinter sie trat, stieß sie endlich die Tür auf.

Zusammen mit Frost betrat sie die Räume, in denen einst Wu Weimin mit seiner Familie gewohnt hatte.

Die Fenster waren mit Brettern vernagelt, sodass kein Licht von draußen hereinfiel. Obwohl die Wohnung schon seit Jahren leer stand, konnten sie noch die Gerüche wahrnehmen, die ihre Bewohner hinterlassen hatten. Ein Hauch von Räucherwerk und Orangen hing in der Luft, gefangen in der Dunkelheit wie in einer Gruft. Als der Strahl ihrer Taschenlampe über die Dielen huschte, sah sie Dellen und Kratzer, Spuren von hundert Jahren der Abnutzung; Narben, hinterlassen von scharrenden Stuhlbeinen und verschobenen Möbeln.

Sie ging weiter zu einer Tür am anderen Ende des Zimmers, und als sie über die Schwelle trat, schien der Räucherduft stärker zu werden, schienen die Geister zum Greifen nahe. Auch hier waren die Fenster mit Brettern verdeckt, und die Taschenlampe schien zu schwach, um den Vorhang der Dunkelheit zu durchdringen. Jane leuchtete die Wand an, sah alte Nagellöcher und ein Rorschachmuster aus Schimmelflecken.

Ein Gesicht starrte ihr entgegen.

Ihr stockte der Atem, sie prallte zurück und stieß gegen Frost.

»Was ist?«, fragte er.

Der Schreck hatte ihr die Sprache verschlagen; sie konnte nur mit ihrer Lampe das gerahmte Porträt anleuchten, das an der Wand hing. Als sie darauf zuging, wurde der Geruch nach Räucherwerk überwältigend. Unter dem Bildnis stand ein niedriger Tisch, auf dem sie Reste von Räucherstäbchen erblickte, heruntergebrannt bis auf kurze Stummel inmitten von Aschehaufen. Auf einem Porzellanteller lagen fünf Orangen.

»Das ist er«, murmelte Frost. »Das ist ein Foto des Kochs.«

Jane brauchte einen Moment, um es zu erkennen, doch als sie das Gesicht näher betrachtete, wurde ihr klar, dass Frost recht hatte. Der Mann auf dem Foto war in der Tat Wu Weimin, doch es war kein blutrünstiger Irrer, der sie anstarrte. Auf diesem Bild lachte er fröhlich, in der Hand eine Angelrute, eine Boston-Red-Sox-Kappe schief auf den Kopf gesetzt. *Ein glücklicher Mann an einem glücklichen Tag.*

»Das sieht aus wie eine Art Altar zu seinem Gedenken«, sagte Frost.

Jane nahm eine Orange von dem Teller und schnupperte daran. Sie sah, dass das Stielende grünlich gefärbt war. Die Frucht war echt. Sie drehte sich zu Mr. Kwan um, den sie nur schemenhaft in der Tür erkennen konnte. »Wer hat sonst noch einen Schlüssel für dieses Gebäude?«

»Niemand«, antwortete er und rasselte mit seinem Kerkermeisterring. »Ich haben einzige Schlüssel.«

»Aber diese Orangen sind frisch. Jemand war vor Kurzem hier. Jemand hat diese Opfergaben hingelegt und diese Räucherstäbchen angezündet.«

»Diese Schlüssel *immer* bei mir«, beharrte er und unterstrich seine Worte erneut mit lautem Klirren.

»Das Tor unten ist mit einem Stangenschloss versehen«, bemerkte Frost. »Unmöglich zu knacken.«

»Aber wie konnte dann jemand …« Sie verstummte schlagartig. Drehte sich zur Tür um.

Polternde Schritte kamen die Treppe herauf.

Blitzschnell zog sie ihre Waffe und packte sie mit beiden Händen. Sie stieß Mr. Kwan zur Seite und schlüpfte rasch zur Schlafzimmertür hinaus. Während sie langsam durch das Wohnzimmer vorrückte, spürte sie, wie ihr Herz pochte, und sie hörte Frosts knarrende Schritte an ihrer Seite. Sie roch Räucherwerk, Schimmel und Schweiß; Dutzende von Details bestürmten gleichzeitig ihre Sinne. Doch es war die Tür zum Treppenhaus, auf die sie ihre Aufmerksamkeit richtete, ein schwarzes Loch, hinter dem der unbekannte Eindringling sich jeden Moment zeigen würde. Da tauchte auch schon die Silhouette eines Mannes in der Tür auf.

»Keine Bewegung!«, rief Frost. »Boston PD!«

»Immer mit der Ruhe, Frost!« Johnny Tam lachte verblüfft auf. »Ich bin's doch nur.«

Hinter sich hörte Jane Mr. Kwan ängstlich quieken. »Wer ist er? Wer ist er?«

»Mensch, Tam«, sagte Frost und schnaufte erleichtert durch, während er seine Waffe wieder einsteckte. »Ich hätte Ihnen um ein Haar den Schädel weggepustet.«

»Sie haben doch gesagt, dass wir uns hier treffen sollen, oder nicht? Ich wäre ja eher gekommen, aber ich bin auf der Rückfahrt von Springfield im Stau stecken geblieben.«

»Haben Sie mit dem Besitzer dieses Honda gesprochen?«

»Ja. Er sagt, der Wagen wurde ihm aus seiner Einfahrt gestohlen.« Er schwenkte seine Taschenlampe durch den Raum. »Also, was haben wir denn hier?«

»Mr. Kwan zeigt uns gerade das Haus.«

»Es ist seit Jahren verriegelt und verrammelt. Was gibt es da zu sehen?«

»Mehr, als wir erwartet haben. Das hier ist Wu Weimins Wohnung.«

Tam leuchtete die Schimmelflecken an der Wand an, den

bröckelnden Putz an der Decke. »Die Bude sieht aus, als ob sie noch aus der Bleifarben-Ära stammt.«

»Nix Bleifarben in diese Haus«, sagte Kwan gereizt. »Und nix Asbest.«

»Aber sehen Sie mal, was wir gefunden haben«, sagte Jane und wandte sich zum Schlafzimmer um. »Jemand ist in dieser Wohnung gewesen. Und er hat etwas dagelassen…« Sie erstarrte, den Strahl der Lampe auf die leere Wand gerichtet.

»Was hat er dagelassen?«

Ich muss die falsche Stelle angeleuchtet haben, dachte sie und ließ den Lichtfleck weiterwandern. Wieder sah sie nur die leere Wand. Sie drehte sich einmal ganz im Kreis, bis die Taschenlampe wieder den kleinen Tisch mit den Räucherstäbchen und den Orangen anstrahlte. Die Wand darüber war kahl.

»Was zum Teufel…«, zischte Frost.

Halb übertönt vom Pochen ihres eigenen Herzens, hörte Jane ein dreifaches Klicken, als sie alle ihre Pistolentaschen aufknöpften. Während sie ihre Waffe zog, flüsterte sie: »Tam, gehen Sie mit Mr. Kwan raus ins Treppenhaus, und bleiben Sie bei ihm. Frost, du kommst mit mir.«

»Warum?«, protestierte Mr. Kwan, als Tam ihn aus dem Zimmer zerrte. »Was ist los?«

»Die Tür da«, murmelte Jane und richtete ihre Lampe auf ein schwarzes Rechteck.

Zusammen mit Frost ging sie ganz langsam darauf zu. Die Lichtkegel ihrer Taschenlampen sprangen wild hin und her, als sie jede dunkle Ecke ausleuchteten. Janes Atem war wie ein Dröhnen in ihren Ohren, alle ihre Sinne aufs Äußerste geschärft. Sie registrierte die Gerüche in der Dunkelheit, das nervöse Flackern der Lichtflecken. Das beruhigende Gewicht der Waffe in ihrer Hand. *Die Frau in Schwarz dort oben auf dem Dach hatte auch eine Pistole, aber die hat sie nicht retten können.*

Sie dachte an Klingen, die Handwurzelknochen durchtrennten, die Hälse und Luftröhren zerschnitten, und ihr graute vor dem, was sie hinter dieser Tür erwartete.

Eins, zwei, drei. Los, mach schon.

Sie trat als Erste über die Schwelle und ließ sich in die Hocke fallen, während sie die Lampe im Halbkreis schwenkte. Hinter sich hörte sie Frosts keuchenden Atem, während vor ihr eine Toilettenschüssel auftauchte, ein Waschbecken, eine rostfleckige Badewanne. Kein Monster mit einem Schwert.

Die nächste Tür.

Diesmal ging Frost voran, und sie schlichen durch ein Schlafzimmer, in dem die Tapeten in Fetzen von den Wänden hingen, als ob der Raum sich häutete. Keine Möbel, nichts, wo sich jemand verstecken könnte.

Noch eine Tür, und sie fanden sich wieder im Wohnzimmer, in vertrauter Umgebung. Jane ging hinaus ins Treppenhaus, wo Tam mit Mr. Kwan wartete.

»Nichts?«, fragte Tam.

»Dieses Foto hat sich nicht von selbst davongemacht.«

»Wir haben die ganze Zeit hier im Treppenhaus gestanden. Niemand ist an uns vorbeigekommen.«

Jane steckte ihre Waffe wieder ein. »Aber wie um alles in der Welt …«

»Rizzoli!«, rief Frost. »Schau dir das an!«

Sie fanden ihn im Schlafzimmer, wo das Porträt gehangen hatte. Er stand am Fenster, das wie alle anderen vernagelt war, doch als er das Brett leicht anstieß, schwang es locker zur Seite – es war nur mit einem einzigen Nagel oberhalb des Rahmens befestigt. Jane spähte durch die Öffnung und sah, dass das Fenster auf die Knapp Street ging.

»Hier ist die Feuertreppe«, sagte Frost. Er steckte den Kopf hinaus und verdrehte den Hals, um zum Dach hinaufzuschauen. »He, da oben bewegt sich was!«

»Los, hinterher!«, rief Jane.

Frost kletterte über den Sims, zwängte mühsam seine langen Arme und Beine durch die Öffnung und landete mit einem metallischen Scheppern auf dem Absatz der Feuertreppe. Tam stieg ihm mit den geschmeidigen Bewegungen eines Akrobaten nach. Jane bildete die Nachhut. Während sie auf das Metallgitter sprang, erhaschte sie einen Blick auf die Straße unter ihnen. Sie sah zersplitterte Holzkisten, zerbrochene Flaschen. Es wäre auf jeden Fall ein übler Sturz mit schlimmen Folgen. Sie zwang sich, nur auf die Leiter nach oben zu schauen, die Frost gerade so geräuschvoll erklomm, dass das ganze Viertel ihre Verfolgungsjagd mitbekam.

Sie kletterte hinter Tam hinauf, packte das glitschige Metall mit beiden Händen, während der Wind den Schweiß auf ihrem Gesicht kühlte. Sie hörte Frost ächzen, sah die Umrisse seiner Beine vor dem Nachthimmel zappeln, als er sich über die Kante aufs Dach hievte. Seine Bewegungen übertrugen sich durch das Metall, und Jane spürte, wie die ganze Feuertreppe vibrierte. Einen panischen Moment lang fürchtete sie, die Halterungen könnten nachgeben, die ganze klapprige Konstruktion könnte unter dem Gewicht von drei Menschen einknicken – schon hörte sie das verbogene Metall kreischen, sah sie alle drei auf den Asphalt hinunterstürzen. Sie erstarrte, die Leiter fest umklammert, voller Angst, dass schon der leiseste Windstoß die Katastrophe auslösen könnte.

Ein schriller Schrei über ihr ließ sie zusammenfahren. *Frost.*

Sie blickte nach oben, sah im Geiste schon seinen Körper im freien Fall auf sich zukommen, doch da war nur Tam, der gerade die letzten Stufen erklommen hatte und über die Dachkante verschwand. Sie stieg ihm nach. Ihr war schlecht vor Angst. Als sie die Dachrinne erreichte, brach ein Stück von einer Asphaltschindel ab, an der sie sich festhalten wollte, und fiel hinab in die Dunkelheit. Mit zitternden Händen zog sie sich über die Kante aufs Dach. Ein paar Schritte vor sich erspähte sie Tam.

Frost. Wo ist Frost?

Sie sprang auf und suchte das Dach ab. Aus dem Augenwinkel sah sie einen Schatten davonhuschen, so schnell, dass Jane zuerst an eine Katze dachte, die mit geschmeidigen Bewegungen in die Dunkelheit glitt. Unter dem Nachthimmel sah sie Dächer, die nahtlos ineinander überzugehen schienen, eine luftige Landschaft aus Schrägen und Senken, hoch aufragenden Kaminen und Lüftungsschächten. Aber keine Spur von Frost.

Mein Gott, er ist abgestürzt. Er liegt irgendwo unten am Boden, tot oder sterbend.

»Frost?«, schrie Tam, der das Dach im Kreis abging. »*Frost?*«

Jane zog ihr Handy heraus. »Hier ist Detective Rizzoli. Standort: Ecke Beach und Knapp Street. Wir haben einen Verletzten …«

»Er ist hier!«, rief Tam. »Helfen Sie mir, ihn hochzuziehen!«

Sie wirbelte herum und sah Tam an der Dachkante knien, als sei er im Begriff, sich kopfüber in die Tiefe zu stürzen. Hastig stopfte sie das Handy wieder in die Tasche und rannte zu ihm hin. Da sah sie Frost, der sich mit beiden Händen an der Regenrinne festhielt, unter seinen Füßen nur vier Stockwerke Luft. Tam legte sich auf den Bauch und streckte den Arm aus, um Frosts linkes Handgelenk zu packen. Das Dach fiel hier leicht ab, und jeder Fehltritt konnte einen Sturz über die Kante zur Folge haben. Jane warf sich neben Tam auf den Bauch und ergriff Frosts Handgelenk. Mit vereinten Kräften zogen sie ihn hoch, zerrten ihn über die rauen Schindeln, die sich in Janes Jacke verhakten und ihre Haut aufschürften. Mit lautem Ächzen ließ sich Frost neben ihnen auf das Dach fallen, wo er schwer atmend liegen blieb.

»Mein Gott!«, hauchte er. »Ich dachte, ich wäre tot!«

»Mensch, was war denn los? Bist du gestolpert und gefallen?«, fragte Jane.

»Ich habe es gejagt, aber ich schwöre es, das Ding ist über dieses Dach *geflogen* wie eine verdammte Monster-Fledermaus.«

»Wovon redest du?«

»Habt ihr es nicht gesehen?« Frost setzte sich auf; trotz der Dunkelheit konnte Jane sehen, dass er kreidebleich war und zitterte.

»Ich habe nichts gesehen«, sagte Tam.

»Es war genau hier, wo ihr jetzt steht. Es hat sich umgedreht und zu mir herübergeschaut. Ich bin zurückgewichen und habe den Halt verloren.«

»Es?«, wiederholte Jane. »Reden wir hier von einem Menschen, oder was?«

Frost atmete stockend aus. Er drehte sich um und blickte über die Dächer von Chinatown hinweg. »Ich weiß es nicht.«

»Wie kann das sein?«

Langsam stand Frost auf und sah in die Richtung, in die das Ding – was immer es war – entflohen war. »Für einen Menschen hat es sich zu schnell bewegt. Das ist alles, was ich euch sagen kann.«

»Es ist dunkel hier oben, Frost«, sagte Tam. »Wenn man so mit Adrenalin vollgepumpt ist, kann man sich nicht immer so sicher sein, was man gesehen hat.«

»Ich weiß, dass es verrückt klingt, aber *irgendetwas* war hier, und zwar etwas, das ich noch nie im Leben gesehen habe. Ihr müsst mir glauben!«

»Okay«, sagte Jane und klopfte ihm auf die Schulter. »Ich glaube dir.«

Frost sah Tam an. »Aber Sie glauben mir nicht, oder?«

Im Halbdunkel konnten sie sehen, wie Tam die Schultern hob. »Wir sind hier in Chinatown. Da passieren die merkwürdigsten Sachen.« Er lachte. »Vielleicht ist an dieser Geistertour mehr dran, als wir geglaubt haben.«

»Es war kein Geist«, sagte Frost. »Ich sag's euch, es war aus Fleisch und Blut, und es hat genau da gestanden. Es war *echt.*«

»Niemand außer Ihnen hat es gesehen«, wandte Tam ein.

Frost ging mit unsicheren Schritten zur Dachkante und starrte auf die Straße hinunter. »Vielleicht doch.«

Jane folgte ihm zur Kante und sah die Feuertreppe, über die sie hinaufgestiegen waren. Unter ihnen lag die Knapp Street, schwach erhellt vom Schein einer Straßenlaterne.

»Siehst du sie?«, fragte Frost und deutete zur Hausecke, wo etwas an der Wand befestigt war.

Eine Überwachungskamera.

17

Um halb zehn war für die Mitarbeiter von Dedham Security, die mit der Bewachung von Gebäuden im gesamten Großraum Boston betraut waren, längst noch nicht Feierabend.

»Die Kriminellen sind schließlich in der Regel eher Nachtarbeiter«, meinte Gus Gilliam, während er die drei Detectives an einer Reihe von Überwachungsmonitoren vorbeiführte. »Also müssen wir auch wach bleiben. Wenn irgendwo jemand einen Alarm auslöst – *zack*«, er schnippte mit den Fingern, »schon greifen wir zum Hörer und melden es dem Boston PD. Übrigens, wenn Sie mal eine Alarmanlage brauchen sollten, wenden Sie sich einfach an uns.«

Tam ließ den Blick über die Live-Videobilder auf den Monitoren schweifen. »Wow, Sie haben Ihre Augen ja wirklich überall in der Stadt.«

»Sogar in ganz Suffolk County. Und *unsere* Kameras sind tatsächlich funktionsfähig. Die Hälfte der Überwachungskameras, die Sie in der Stadt sehen, sind bloß Attrappen, die gar nichts aufzeichnen. Für die bösen Buben ist es also das reinste Hütchenspiel. Man weiß nie, welche Kamera einen gerade filmt und welche nicht. Aber die meisten machen lieber einen Bogen um jede Kamera, also haben die Dinger doch eine gewisse abschreckende Wirkung.«

»Da haben wir ja Glück, dass die Kamera in der Knapp Street echt ist«, sagte Jane.

»Stimmt. Wir haben rund achtundvierzig Stunden Material von dort gespeichert.« Er führte sie in ein Hinterzimmer, wo bereits vier Stühle um den Monitor herum aufgestellt waren. »Das reicht in der Regel aus, um die relevanten Aufnahmen noch auf Lager zu haben, wenn wir über einen Vorfall informiert werden. Diese Kamera wurde vor ungefähr fünf Jahren installiert. Das letzte Mal, als wir um Aufnahmen von dort gebeten wurden, haben wir einen jungen Kerl erwischt, der ein Fenster eingeschlagen hatte.« Er setzte sich vor den Monitor. »Sie sagten, Sie interessieren sich für die Feuertreppe im Bereich des ersten Stocks?«

»Ich hoffe, Ihre Kamera hat die Stelle erfasst«, sagte Jane. »Das Gebäude, um das es geht, ist rund zwanzig Meter entfernt.«

»Ich weiß nicht. Könnte zu weit sein, um irgendwelche Details zu erkennen, und der erste Stock ist vielleicht nicht mehr im Bild. Und die Auflösung ist auch relativ niedrig. Aber schauen wir mal.«

Während die drei Detectives sich um den Monitor drängten, klickte Gilliam auf *Play*, worauf ein Livebild der Knapp Street erschien. Man sah zwei Passanten, die in Richtung Kneeland Street gingen, mit dem Rücken zur Kamera.

»Da«, sagte Frost. »Man kann gerade noch eine Ecke der Feuertreppe sehen.«

»Aber leider nicht das Fenster selbst«, stellte Jane fest.

»Es könnte trotzdem reichen.« Frost beugte sich weiter vor, um das Datum und die Uhrzeit vom Monitor abzulesen. »Gehen Sie ungefähr zwei Stunden zurück. Auf halb acht. Mal sehen, ob die Kamera unseren Eindringling erwischt hat.«

Gilliam spulte zurück auf 19:30 Uhr.

Um 19:35 Uhr ging eine ältere Frau die Knapp Street entlang, schwer beladen mit Einkaufstaschen.

Um 19:50 Uhr tauchte Johnny Tam vor dem Red Phoenix auf. Er spähte durchs Fenster, sah auf seine Uhr und trat dann durch die unverschlossene Eingangstür ein. Kurz darauf kam er wieder heraus und blickte zu den Fenstern der Wohnung im ersten Stock hinauf. Dann verschwand er um die Hausecke.

Um 20:06 Uhr war eine ruckartige Bewegung an der Feuertreppe zu sehen. Es war Frost, der ein wenig unbeholfen aus dem Fenster purzelte. Er rappelte sich schnell auf und verschwand aus dem Bild.

»Das ist doch …«, murmelte Frost. »Wieso sieht man da vor mir nichts rauskommen? Ich weiß doch, dass ich das Ding die Treppe hochgejagt habe.«

»Es taucht aber nicht auf«, sagte Jane.

»Und da bist du, Rizzoli. Wieso ist Tam denn nicht zu sehen? Er war doch direkt hinter mir.«

Tam schnaubte. »Vielleicht bin ich ja ein Geist.«

»Das Problem ist der Bildausschnitt«, meinte Gilliam. »Wir haben nur eine Ecke der Feuertreppe drauf, und deshalb wird jemand, der sich beim Ein- oder Aussteigen ein wenig … äh, geschmeidiger bewegt, von der Kamera nicht erfasst.«

»Mit anderen Worten, Frost und ich würden ziemlich miserable Fassadenkletterer abgeben«, sagte Jane.

Gilliam grinste. »Während Ihr Kollege Detective Tam ein ziemlich guter wäre.«

Jane seufzte. »Die Kamera hat den Eindringling also nicht erfasst.«

»Ja, wenn wir davon ausgehen, dass er nur dieses eine Mal eingestiegen ist.«

Jane erinnerte sich an den Räucherduft, an die frischen Orangen auf dem Teller. Irgendjemand besuchte regelmäßig diese Wohnung und hinterließ Opfergaben zum Andenken an Wu Weimin. »Gehen Sie zwei Tage zurück«, sagte sie. »Und dann lassen Sie es ab da vorlaufen.«

Gilliam nickte. »Einen Versuch ist's wert.«

Auf dem Monitor lief die Zeitanzeige rückwärts bis 21:38 Uhr, achtundvierzig Stunden zuvor. Gilliam schaltete wieder auf schnellen Vorlauf, und in der Zeit bis gegen Mitternacht sah man mehrfach Passanten mit ruckartigen Bewegungen vorüberhuschen. Doch um zwei Uhr früh lag die Knapp Street verlassen, und der Bildausschnitt blieb unverändert; nur dann und wann wehte der Wind einen Fetzen Papier über den Asphalt.

Um 3:02 Uhr sah Jane es.

Es war nur ein zuckender Schatten auf dem Absatz der Feuertreppe, doch es genügte, um sie aufgeregt auf ihrem Stuhl vorrücken zu lassen. »Stopp! Gehen Sie zurück!«, kommandierte sie.

Gilliam spulte das Video zurück und hielt es an, als ein Schatten die Feuertreppe verdunkelte.

»Viel ist da ja nicht zu sehen«, sagte Tam. »Könnte auch bloß eine Katze sein, die diesen Schatten wirft.«

»Wenn jemand in dieses Gebäude eingestiegen ist«, sagte Frost, »dann muss er auch wieder rauskommen, hab ich recht?«

»Dann wollen wir mal sehen, was als Nächstes passiert«, sagte Gilliam und ließ den Film weiterlaufen. Sie beobachteten aufmerksam den Monitor, während die Minuten verstrichen. Zwei offensichtlich betrunkene Männer wankten die Knapp Street entlang und verschwanden um die Ecke.

Sekunden später stieß Jane atemlos hervor: *»Da!«*

Gilliam hielt das Bild an und starrte auf einen geduckten Schatten, der auf der Feuertreppe hockte. Leise sagte er: »Was zum Teufel ist das?«

»Ich hab doch *gesagt*, dass ich etwas gesehen habe«, rief Frost. »Das ist es!«

»Ich habe keine Ahnung, was wir da vor uns haben«, sagte Tam. »Man kann kein Gesicht erkennen. Ich könnte noch nicht mal sicher sagen, ob es ein Mensch ist.«

»Aber es ist ein Zweibeiner«, meinte Frost. »Seht ihr, wie es dahockt? Als ob es zum Sprung ansetzt.«

Janes Handy klingelte. Das Geräusch erschreckte sie so, dass sie erst einmal durchatmen und ihre Stimme wiederfinden musste, ehe sie sich meldete. »Detective Rizzoli.«

»Sie haben eine Nachricht auf meinem Anrufbeantworter hinterlassen«, sagte ein Mann. »Deshalb rufe ich Sie jetzt zurück. Hier ist Lou Ingersoll.«

Sie setzte sich auf ihrem Stuhl auf. »Detective Ingersoll, wir versuchen schon die ganze Woche, Sie zu erreichen. Wir müssen dringend mit Ihnen reden.«

»Worüber?«

»Über einen Mord in Chinatown, begangen am vergangenen Mittwochabend. Das Opfer ist eine unbekannte Frau in den Dreißigern.«

»Sie wissen schon, dass ich vor sechzehn Jahren beim Boston PD aufgehört habe? Wieso fragen Sie mich danach?«

»Wir glauben, dass dieser Mord mit einem Ihrer alten Fälle in Zusammenhang stehen könnte – mit dem Massaker im Red Phoenix.«

Es war lange still. »Ich möchte lieber nicht am Telefon darüber sprechen«, sagte er schließlich.

»Wie wär's dann, wenn wir uns treffen?«

Sie hörte ihn im Zimmer umhergehen, hörte ihn schwer atmen. »Okay, ich glaube, der Wagen ist jetzt weg. Ich wünschte nur, ich hätte das verdammte Kennzeichen notieren können.«

»Was für ein Wagen?«

»Der Minibus, der die ganze Zeit auf der anderen Straßenseite gestanden hat, seit ich nach Hause gekommen bin. Wahrscheinlich derselbe Mistkerl, der bei mir eingebrochen ist, als ich oben im Norden war.«

»Was geht da eigentlich vor?«

»Kommen Sie doch gleich her, dann sage ich Ihnen, was meine Theorie ist.«

»Wir sind gerade in Dedham. Wir brauchen bestimmt eine halbe Stunde, wenn nicht länger. Sind Sie sicher, dass wir nicht jetzt darüber reden können?«

Wieder hörte sie seine Schritte. »Ich will am Telefon nichts sagen. Ich weiß nicht, wer mithört, und ich habe ihr versprochen, sie da rauszuhalten. Also werde ich einfach warten, bis Sie hier sind.«

»Sagen Sie mir vielleicht mal, worum es überhaupt geht?«

»Die Mädchen, Detective. Es geht darum, was mit diesen Mädchen passiert ist.«

»Jetzt glaubt ihr mir wenigstens«, sagte Frost, als er mit Jane nach Boston zurückfuhr. »Jetzt, wo ihr es mit eigenen Augen gesehen habt.«

»Wir wissen nicht, was wir auf diesem Video gesehen haben«, erwiderte sie. »Ich bin sicher, dass es eine logische Erklärung gibt.«

»Ich habe noch nie einen Menschen sich so schnell bewegen sehen.«

»Und was glaubst du, was es war?«

Frost starrte aus dem Fenster. »Weißt du, Rizzoli, es gibt

eine Menge Dinge auf dieser Welt, die wir nicht verstehen. Dinge, die so alt und so fremdartig sind, dass wir sie gar nicht für möglich halten würden.« Er hielt einen Moment inne. »Ich hatte mal eine chinesische Freundin.«

»Echt? Wann war das?«

»Damals auf der Highschool. Sie war gerade erst mit ihrer Familie aus Schanghai gekommen. Ein richtig liebes Mädchen, ganz schüchtern. Und sehr altmodisch.«

»Vielleicht hättest du sie anstelle von Alice heiraten sollen.«

»Tja, hinterher ist man immer schlauer. Hätte aber sowieso nicht funktioniert, weil ihre Eltern strikt dagegen waren, dass sie sich mit weißen Jungen einließ. Aber ihre Urgroßmutter, die hatte keine Probleme mit mir. Ich glaube, sie mochte mich, weil ich der Einzige war, der ihr Aufmerksamkeit schenkte.«

»Also weißt du, Frost, gibt es eigentlich irgendeine alte Dame, die dich nicht mag?«

»Ich habe mir gerne ihre Geschichten angehört. Sie hat geredet, und Jade hat für mich übersetzt. Die Sachen, die sie mir über China erzählt hat – Mann, wenn auch nur ein Bruchteil davon wahr war …«

»Was denn zum Beispiel?«

Er sah sie an. »Glaubst du an Geister?«

»Mit wie vielen Toten hatten wir es in unserem Job schon zu tun? Wenn es Geister wirklich gäbe, müssten gerade wir doch irgendwann schon mal einen gesehen haben.«

»Jades Urgroßmutter hat gesagt, in China gäbe es überall Geister. Sie meinte, das läge daran, dass China schon so alt ist, dass Millionen und Abermillionen Seelen von Verstorbenen dort herumschwirren. Und die müssten ja irgendwo bleiben. Wenn sie nicht im Himmel sind, dann müssen sie hier auf der Erde sein, überall um uns herum.«

Jane bremste an einer Ampel. Während sie auf Grün wartete, überlegte sie, wie viele Seelen von Verstorbenen wohl diese Stadt bevölkerten. Wie viele wohl gerade an dieser Stelle hier weilten, wo die zwei Straßen sich kreuzten. Wenn man sämtliche Toten zusammenzählte, Jahrhundert für Jahrhundert, dann war Boston gewiss die reinste Geisterstadt.

»Die alte Mrs. Chang hat mir Sachen erzählt, die vollkommen verrückt klangen, aber *sie* hat daran geglaubt. Geschichten von heiligen Männern, die übers Wasser gehen konnten. Von kämpfenden Mönchen, die durch die Luft fliegen und sich unsichtbar machen konnten.«

»Klingt, als hätte sie zu viele Kung-Fu-Filme gesehen.«

»Aber jede Legende muss doch irgendeinen wahren Kern haben, meinst du nicht? Vielleicht sind wir hier im Westen einfach zu voreingenommen, um zu akzeptieren, was wir nicht verstehen können. Dabei gibt es auf dieser Welt so viel mehr, als wir alle ahnen. Hast du nicht auch dieses Gefühl, wenn du in Chinatown bist? Dort frage ich mich die ganze Zeit, was ich alles *nicht* sehe – die ganzen verborgenen Hinweise, für die ich blind bin. Ich gehe in einen von diesen verstaubten Kräuterheiler-Läden und sehe dieses komische getrocknete Zeugs in Gläsern. Für uns ist das alles fauler Zauber, aber was ist, wenn diese Mittelchen tatsächlich Krebs heilen können oder machen, dass man hundert Jahre alt wird? Die chinesische Kultur ist fünftausend Jahre alt. Da muss sich doch einiges an Wissen angesammelt haben. Geheimnisse, die sie uns nie verraten werden.«

Im Rückspiegel konnte Jane sehen, dass Tams Wagen direkt hinter ihnen war. Sie fragte sich, was er wohl von diesem Gespräch halten würde; ob ihn dieses Gerede von den exotischen und mysteriösen Chinesen beleidigen würde. Die Ampel sprang auf Grün.

Während sie über die Kreuzung fuhr, sagte sie: »Ich würde das Tam gegenüber lieber nicht erwähnen.«

Frost schüttelte den Kopf. »Ja, er wäre vermutlich sauer. Dabei ist es ja nicht so, als ob ich ein Rassist wäre, oder? Ich bin schließlich mal mit einem chinesischen Mädchen gegangen.«

»Genau das würde er wahrscheinlich gar nicht so toll finden.«

»Ich versuche doch nur zu verstehen – mich zu öffnen für die Dinge, die wir nicht sehen können.«

»Was *ich* nicht sehen kann, ist, wie das alles zusammenhängt. Eine tote Frau auf dem Dach. Ein Amoklauf, der Jahre zurückliegt. Und jetzt Ingersoll, der etwas von einem Minibus faselt, der davon redet, dass sein Haus observiert wird. Und von irgendwelchen Mädchen.«

»Warum wollte er es dir nicht am Telefon sagen? Was denkt er, wer da mithören könnte?«

»Das wollte er nicht verraten.«

»Wenn jemand schon davon spricht, dass sein Telefon angezapft wird, dann blinken bei mir immer gleich die Paranoiker-Warnleuchten auf. Hattest du den Eindruck, dass er unter Verfolgungswahn leidet?«

»Er klang besorgt. Und er hat eine ›sie‹ erwähnt. Er sagte, er habe versprochen, *sie* da rauszuhalten.«

»Iris Fang?«

»Ich weiß es nicht.«

Frost blickte auf die Straße hinaus. »Ein ehemaliger alter Cop wie er ist doch bestimmt bewaffnet. Wir sollten da lieber ganz behutsam rangehen. Damit wir ihn nicht erschrecken.«

Fünfzehn Minuten später hielt Jane vor Ingersolls Haus, und Tam parkte direkt hinter ihr. Sie stiegen aus, und man hörte drei Wagentüren gleichzeitig zuschlagen. In dem dreistöckigen Wohnhaus brannten die Lichter, doch als Frost an der Tür klingelte, machte niemand auf. Er klingelte noch einmal und klopfte ans Fenster.

»Ich rufe ihn an«, sagte Jane und tippte Ingersolls Nummer in ihr Handy ein. Sie konnten sein Telefon irgendwo in der Wohnung läuten hören. Vier Mal, dann sprang der Anrufbeantworter an, und sie hörte die knappe Ansage: *Bin nicht zu Hause. Bitte Nachricht hinterlassen.*

»Ich kann da drin nichts erkennen«, sagte Tam, der durch die Fenstervorhänge zu lugen versuchte.

Jane legte auf und sagte zu Frost: »Versuch du es weiter hier. Tam, wir gehen zum Hintereingang. Vielleicht kann er uns ja nicht hören.«

Während sie mit Tam um das Haus herumging, konnte sie vernehmen, wie Frost mit den Fäusten an die Haustür hämmerte. Der schmale Durchgang zwischen den Häusern war unbeleuchtet und mit Unkraut überwuchert. Aus einem Fenster fiel der bläuliche Schein von Ingersolls Fernseher, und Jane blieb stehen, um einen Blick ins Wohnzimmer zu werfen. Bilder flackerten über die Mattscheibe, auf dem Couchtisch lag ein Handy, daneben ein angefangenes Sandwich.

»Das Fenster ist nicht verriegelt«, sagte Tam. »Ich kann da reinklettern. Soll ich?«

Im Halbdunkel sahen sie einander an, während beide an die Konsequenzen eines unerlaubten Eindringens ohne Durchsuchungsbeschluss dachten.

»Er hat uns schließlich zu sich eingeladen«, sagte sie. »Vielleicht sitzt er auf dem Klo und kann uns nicht hören.«

Tam schob das Fenster hoch. Sekunden später hatte er sich schon über den Sims geschwungen und war lautlos ins Zimmer geglitten. Wie zum Teufel hat er das gemacht?, fragte sie sich, während sie den brusthohen Sims betrachtete. Der Mann würde wirklich einen erstklassigen Einbrecher abgeben.

»Detective Ingersoll?«, rief Tam, während er ins Nebenzimmer ging. »Wir sind's – Boston PD. Sind Sie hier?«

Jane überlegte gerade, ob sie sich auch irgendwie durch das Fenster wursteln sollte, und kam zu dem Schluss, dass Tam wahrscheinlich längst die Haustür aufgesperrt hätte, ehe sie drin wäre.

»Rizzoli, er ist hier! Er ist verletzt!«

Tams Ruf wischte alle ihre Zweifel beiseite. Sie packte den Sims und wollte sich eben mit dem Kopf voran durch das Fenster schwingen, als sie ein Rascheln im Gebüsch hörte, dann stampfende Schritte in der Dunkelheit.

Das war hinter dem Haus. Täter auf der Flucht.

Sie nahm sofort die Verfolgung auf und erreichte die Rückseite des Hauses gerade rechtzeitig, um zu sehen, wie eine dunkle Gestalt über den Zaun kletterte und sich auf der anderen Seite fallen ließ.

»Frost! Ich brauche Verstärkung!«, schrie sie und sprintete durch den Garten. Getrieben von purem Adrenalin, erklomm sie den Zaun und schwang sich darüber. Splitter bohrten sich in ihre Handfläche, sie landete hart auf dem Asphalt und spürte die Erschütterung durch die Schuhsohlen bis in die Schienbeine.

Ihre Beute war noch in Sichtweite. *Ein Mann.*

Sie hörte, wie jemand hinter ihr über den Zaun kletterte, drehte sich aber nicht um, um zu sehen, ob es Frost oder Tam war. Sie konzentrierte sich nur auf die Gestalt vor ihr.

Schon hatte sie den Abstand verringert, kam ihm nahe genug, um sehen zu können, dass er ganz in Schwarz gekleidet war. Eindeutig eine Einbrechermontur. *Aber für mich bist du leider nicht schnell genug, Freundchen.*

Die Schritte ihrer Verstärkung fielen zurück, doch Jane behielt ihr Tempo bei, gab dem Fliehenden keine Chance zu entkommen. Jetzt war sie bis auf ein paar Dutzend Meter an ihn herangekommen.

»Polizei!«, rief sie. »Keine Bewegung!«

Er schlug einen Haken nach rechts und verschwand zwischen den Häusern.

Jetzt war sie richtig sauer. Von Wut getrieben, sprintete sie um die Ecke und fand sich in einem schmalen Durchgang. Es war dunkel hier, zu dunkel. Sie hörte das Echo ihrer Schritte, während sie noch ein paar Meter weiterlief. Dann wurde sie langsamer, blieb stehen.

Wo ist er? Wohin ist er verschwunden?

Ihr Herz pochte, als sie mit gezogener Waffe die Umgebung absuchte. Sie sah Mülleimer herumstehen, hörte das Klirren von Glas zu ihren Füßen.

Die Kugel schlug mit ungeheurer Wucht zwischen ihren Schulterblättern ein. Sie wurde umgeworfen und landete auf dem Bauch, schrammte mit den Handflächen über das Pflaster. Die Waffe flog ihr aus der Hand. Die Kevlar-Schutzweste hatte sie gerettet, doch der heftige Schlag raubte ihr den Atem, und sie lag benommen da, ihre Waffe irgendwo außer Reichweite.

Schritte kamen langsam näher. Sie stemmte sich auf die Knie hoch, tastete den Boden nach ihrer Waffe ab.

Die Schritte stoppten direkt hinter ihr.

Sie verdrehte den Hals und sah die Silhouette eines Mannes über sich aufragen. Sein Gesicht lag im Schatten, doch im Schein einer fernen Straßenlaterne konnte sie gerade eben erkennen, wie er den Arm hob. Sah das schwache Schimmern der Waffe, die er auf ihren Kopf richtete. Es würde ein schnelles Ende sein, eine kaltblütige Hinrichtung, Mörder und Opfer Auge in Auge. Gabriel, dachte sie. Regina. Ich werde euch nie mehr sagen können, wie sehr ich euch beide liebe.

Sie hörte das Flüstern des Todes in der Nacht, hörte es wie einen Windstoß an ihrem Ohr vorbeistreichen. Etwas spritzte ihr ins Gesicht, und sie blinzelte. Als sie die Augen wieder aufschlug, kippte die Silhouette bereits vornüber. Der Mann landete wie ein gefällter Baum quer über ihren Beinen. Eingeklemmt von seinem Gewicht, spürte sie, wie eine warme Flüssigkeit ihre Kleider tränkte. Und da war dieser metallische Geruch, den sie nur zu gut kannte.

Etwas atmete geräuschvoll in der Dunkelheit, eine Gestalt, die jetzt dort stand, wo der Mann mit der Pistole noch Sekunden vorher gestanden hatte. Sie sah kein Gesicht, nur ein schwarzes Oval und einen silbrigen Haarkranz. Das Wesen sprach kein Wort, doch als es sich abwandte, blitzte etwas in seiner Hand auf, ein heller Lichtreflex, der im nächsten Sekundenbruchteil wieder erloschen war. Sie glaubte, das Rauschen von Wind zu hören, sah einen Schatten durch das Halbdunkel auffliegen. Dann war sie allein, immer noch auf dem harten Asphalt, niedergedrückt von einem Mann, dessen Blut ihre Kleider durchnässte.

»Rizzoli? *Rizzoli?*«

Mit aller Kraft versuchte sie, sich von dem Gewicht zu befreien, das ihre Beine einklemmte. »Ich bin hier. Frost!«

Der Strahl einer Taschenlampe zuckte in der Ferne. Kam näher, schwenkte zwischen den Häuserwänden hin und her.

Ächzend vor Anstrengung gelang es Jane endlich, die Leiche abzuwälzen. Die Berührung des toten Fleischs ließ sie erschaudern, und sie wich in Panik zurück. »Frost«, sagte sie.

Der Lichtstrahl traf genau ihre Augen, und sie hob geblendet die Hand.

»Mein Gott«, rief Frost. »Bist du …«

»Ich bin okay. Mir fehlt nichts!« Sie holte tief Luft, und erneut durchzuckte sie der Schmerz an der Stelle, wo die Kugel in ihre Kevlar-Weste eingeschlagen war. »Glaube ich jedenfalls.«

»Das viele Blut …«

»Nicht meins. Seins.«

Frost richtete seine Taschenlampe auf die Leiche, und Jane schnappte erschrocken nach Luft, so heftig, dass ihr die Rippen schmerzten. Der Tote lag auf dem Bauch, und der abgetrennte Kopf war ein ganzes Stück davongerollt. Die Augen starrten zu ihnen auf, der Mund offen, wie in einem letzten Schreckensschrei erstarrt. Jane konnte den Blick nicht von dem sauber abgetrennten Hals wenden, und ihr wurde plötzlich bewusst, dass ihre Hose völlig durchnässt war und der Stoff an ihrer Haut klebte. Die nächtliche Gasse begann sich um sie zu drehen, sie wankte davon und lehnte sich kraftlos gegen eine Hauswand, wo sie den Kopf senkte und verzweifelt gegen den Drang ankämpfte, sich zu übergeben.

»Was ist passiert?«, fragte Frost.

»Ich habe es gesehen«, flüsterte sie. »Das Ding. Dein Phantom vom Dach.« Ihre Beine waren wie Pudding, und sie rutschte ab, bis sie zusammengesunken dasaß, mit dem Rücken an der Wand. »Es hat mir gerade das Leben gerettet.«

Dann schwiegen sie beide lange. Der Wind fegte durch die Gasse und wirbelte Sandkörnchen auf, die ihr in den Augen brannten und in ihrem Gesicht prickelten. Ich müsste eigentlich tot sein, dachte sie. Ich müsste hier liegen, mit einer Kugel im Kopf. Stattdessen werde ich heute Abend nach Hause fahren, werde meinen Mann umarmen und mein kleines Mädchen küssen. Und dieses Wunder verdanke ich diesem unbekannten Wesen, das da aus der Dunkelheit herangerauscht ist.

Sie hob den Kopf und sah Frost an. »Du musst es doch gesehen haben. Gerade vorhin.«

»Ich habe nichts gesehen.«

»Es müsste direkt an dir vorbeigekommen sein, als du in den Durchgang eingebogen bist.«

Er schüttelte den Kopf. »Es ist wie neulich auf dem Dach. Da war ich derjenige, der es gesehen hat, und ihr habt mir nicht geglaubt.«

Ihr Blick ging wieder zu der Leiche. Zu der Pistole, die der Enthauptete immer noch in der Hand hielt. »Jetzt glaube ich dir.«

18

Von dort, wo sie ihren Wagen geparkt hatte, konnte Maura drei Streifenpolizisten an der Absperrung stehen sehen. Sie blickten alle in ihre Richtung und hatten mit ziemlicher Sicherheit ihren schwarzen Lexus bereits erkannt. Sie wussten also, dass die Rechtsmedizinerin am Tatort eingetroffen war, doch als sie ausstieg und auf die Gruppe zuging, kehrten sie ihr den Rücken zu und setzten ihre Unterhaltung einfach fort. Erst als sie sich offiziell ankündigte, ließen sie sich endlich dazu herab, ihren Blick zu erwidern.

»Ist Detective Rizzoli im Haus?«, fragte sie.

»Ich weiß es nicht, Ma'am«, antwortete einer der Streifenpolizisten. »Sie können ja selbst nachsehen.«

War er absichtlich so wenig hilfsbereit? Seine neutral distanzierte Miene verriet nichts. Als sie unter dem Plastikband hindurchschlüpfte und auf die Haustür zuging, hörte sie die Männer lachen und fragte sich, ob es ihr galt. Ob es ihr in Zukunft an jedem Tatort so ergehen würde, ob man ihr von nun an überall mit diesen Blicken, diesem Getuschel und dieser kaum verhohlenen Feindseligkeit begegnen würde. An der Haustür blieb sie stehen, um sich Überschuhe anzulegen, und achtete dabei sorgfältig darauf, nicht das Gleichgewicht zu verlieren, um ihnen nicht noch mehr Anlass für höhnisches Gelächter zu liefern. Als sie sich wieder aufrichtete, ging die Tür auf, und Detective Tam stand vor ihr.

»Dr. Isles. Tut mir leid, dass wir Sie zu dieser späten Stunde herausklingeln mussten.«

»Sind beide Opfer im Haus?«

»Der eine liegt in der Küche. Das zweite Opfer befindet sich ein paar Blocks weiter in einer Gasse.«

»Wie kommt es, dass die zweite Leiche so weit von der ersten entfernt ist?«

»Der Mann wollte flüchten, und Rizzoli hat ihn verfolgt. Ganz offensichtlich ist sie nicht so leicht abzuschütteln.«

Tam führte sie durch den Hausflur. Ihre Überschuhe raschelten bei jedem Schritt, als sie ihm in die Küche folgte, wo sie zu ihrer Überraschung den Leiter des Bostoner Morddezernats neben Barry Frost stehen sah. Es kam nicht oft vor, dass Lieutenant Marquette sich an einem Tatort blicken ließ, und sein Erscheinen verriet ihr, dass dies kein gewöhnlicher Mordfall war – falls man bei einem Mord überhaupt von »gewöhnlich« sprechen konnte.

Das Opfer lag auf der Seite auf dem Fliesenboden, mit dem Gesicht in einer halb getrockneten Blutlache. Es war ein korpulenter weißer Mann in den Siebzigern, bekleidet mit hellbrauner Hose, Strickhemd und dunklen Socken. Ein Fuß steckte noch in einem Hausschuh. Die Schusswunde in seiner linken Schläfe ließ kaum einen Zweifel an der Todesursache. Maura ging nicht sofort auf den Leichnam zu, sondern blieb einen Moment in der Tür stehen und suchte den Fußboden nach einer Waffe ab. Sie sah keine Pistole in der Nähe der Leiche. *Kein Selbstmord.*

»Er war Polizist«, sagte Jane leise.

Maura hatte sie nicht kommen hören. Sie drehte sich um und starrte Janes blutbespritzte Bluse an. Statt ihres gewohnten dunklen Hosenanzugs trug Jane eine ausgebeulte Jogginghose – offenbar eine spontane Notlösung.

»Mein Gott, Jane.«

»Hier ist es ziemlich zur Sache gegangen.«

»Bist du unverletzt?«

Jane nickte und sah auf den Toten hinunter. »Aber ihn hat's erwischt.«

»Wer ist er?«

Es war Lieutenant Marquette, der antwortete. »Detective Lou Ingersoll. Er war beim Morddezernat und ist vor sechzehn Jahren in Rente gegangen. Er war einer der unseren, Dr. Isles. Er hat es verdient, dass wir unser Bestes geben.«

Wollte er etwa andeuten, dass sie bei diesem Opfer nicht ihr Bestes geben würde? Dass eine Rechtsmedizinerin, die gegen den Korpsgeist der Polizei verstoßen hatte, auch diesen Cop verraten würde? Mit glühenden Wangen ging sie neben der Leiche in die Hocke. Es dauerte ein paar Sekunden, bis ihr einfiel, woher sie den Namen kannte. Lou Ingersoll.

Sie sah zu Tam auf. »Das war doch der Mann, der in dem Massaker im Red Phoenix ermittelt hat.«

»Du hast schon von ihm gehört?«, fragte Jane.

»Detective Tam und ich haben uns darüber unterhalten, als er mir die Obduktionsberichte vorbeibrachte.«

Jane wandte sich zu Tam um. »Ich wusste gar nicht, dass Sie sich an Dr. Isles gewandt hatten.«

Tam zuckte mit den Achseln. »Ich wollte nur ihre Meinung hören. Ich wollte wissen, ob nicht vor neunzehn Jahren irgendetwas übersehen wurde.«

»Detective Rizzoli?« Einer der Kriminaltechniker stand in der Küchentür, einen Kopfhörer um den Hals gehängt. »Wir sind mit einem Frequenzscanner durch das Zimmer gegangen, und Sie hatten recht. Da kommt eindeutig ein Signal von seinem Festnetzanschluss.«

»Ein Signal?« Marquette sah Jane fragend an.

»Ingersoll glaubte, dass jemand seine Telefonate abhörte«, erklärte Jane. »Ehrlich gesagt, ich bin ein bisschen überrascht, dass wir tatsächlich etwas gefunden haben.«

»Warum sollte jemand sein Telefon anzapfen?«

»Sicher nicht aus den üblichen Gründen. Er war seit achtzehn Jahren verwitwet, also gab es keinen Scheidungskrieg. Er hat eine Tochter, und die weiß von gar nichts.« Jane starrte auf den Toten. »Das wird immer merkwürdiger. Er hat sich beklagt, dass jemand aus einem Minibus sein Haus observierte. Und er meinte, es sei bei ihm eingebrochen worden, während er verreist war. Für mich hat sich das alles ziemlich paranoid angehört.«

»Wohl doch nicht so paranoid.« Marquette wandte sich an den Kriminaltechniker. »Haben Sie schon sein Mobiltelefon überprüft?«

»Da haben wir kein Signal feststellen können. Der Akku ist leer. Sobald wir ihn aufgeladen haben, werden wir uns seine Anrufliste anschauen.«

»Besorgen Sie seine kompletten Verbindungsdaten, sowohl vom Handy als auch vom Festnetz. Wir müssen wissen, mit wem er in letzter Zeit gesprochen hat.«

Maura richtete sich auf. »Ich habe gehört, es gibt noch ein zweites Opfer.«

»Ja, der Mann, der den Schuss abgefeuert hat«, sagte Jane. »Zumindest gehen wir davon aus, dass er es war. Ich habe ihn ein paar Blocks weit verfolgt.«

»Hast du ihn selbst überwältigt?«

»Nein.«

»Wer denn?«

Jane atmete tief durch, als müsse sie sich für das wappnen, was nun folgte. »Es ist nicht leicht zu erklären. Ich muss es dir zeigen.«

Sie gingen hinaus auf die Straße, wo sich bereits eine Menge von Schaulustigen versammelt hatte, magisch angezogen von dem Polizeiaufmarsch in ihrer Nachbarschaft. Jane bahnte sich einen Weg durch die Gaffer und führte Maura um die Ecke zu einer ruhigen Seitenstraße. Obwohl Jane ihr gewohntes flottes Tempo vorlegte, war von ihrer forschen, selbstsicheren Art nichts mehr zu spüren, und sie ließ die Schultern hängen, als hätten die Ereignisse dieses Abends sie niedergedrückt und ihr jegliches Selbstbewusstsein geraubt.

»Ist wirklich alles in Ordnung mit dir?«, fragte Maura.

»Abgesehen davon, dass ich meinen guten Hosenanzug wegschmeißen kann? Doch, mir geht's gut.«

»So siehst du aber nicht aus. Jane, rede mit mir.«

Jane verlangsamte ihren Schritt und blieb stehen. Sie starrte die Straße entlang, als scheute sie sich, Maura anzusehen, ihr zu zeigen, wie verletzlich sie sich in diesem Moment fühlte. »Ich sollte eigentlich gar nicht hier stehen«, murmelte sie. »Ich sollte tot sein wie Ingersoll. Und dort auf der Straße liegen, mit einer Kugel im Kopf.« Mit gerunzelter Stirn betrachtete sie ihre Hände, als ob sie jemand anderem gehörten. »Sieh dir das an. Ich zittere wie Espenlaub.«

»Du sagtest, du hättest den Täter gestellt.«

»Ich habe ihn verfolgt, ja. Aber dann bin ich übermütig geworden. Ich bin ihm in einen Durchgang gefolgt. Und schon hatte er *mich* gestellt.« Sie schlang die Arme um die Brust, als sei ihr plötzlich kalt. »Mein Geburtstagsgeschenk hat mich gerettet. Erinnerst du dich daran, wie Gabriel mir diese Kevlar-Weste mitgebracht hat? Wie wir darüber gelacht haben, du und ich? Sehr romantisch – genau das, was sich jede Frau wünscht. Als ich sie nicht tragen wollte, ist er stinksauer geworden, also habe ich sie um des lieben Friedens willen angelegt, bevor ich heute Morgen das Haus verließ. Jetzt wird er mir ewig Vorträge halten, dass er doch recht gehabt hat.«

»Weiß er, was passiert ist?«

»Ich habe ihn noch nicht angerufen.« Jane wischte sich mit dem Ärmel übers Gesicht. »Bin noch nicht dazu gekommen.«

»Du musst nach Hause, und zwar sofort.«

»Wo wir gerade mitten in der Tatortarbeit sind?«

»Jane, du bist doch sichtlich mit den Nerven am Ende. Überlass den Rest deinem Team.«

»Ach ja, und das vor Marquettes Augen? Damit er sieht, dass ich nicht mal mit so einer Lappalie wie einer Kugel im Rücken fertigwerde? Vergiss es.« Jane machte kehrt und ging davon, als hätte sie es eilig, diese Sache hinter sich zu bringen. Und zu beweisen, dass sie der Aufgabe gewachsen war.

O Jane, dachte Maura. Du hast dich doch wieder und wieder bewährt, aber in deinen Augen wird es nie genug sein. Du wirst immer die junge Anfängerin sein, die um Anerkennung kämpft. Und Angst hat, Schwäche zu zeigen.

Sie kamen zu einem weiteren Absperrband an der Einmündung eines Durchgangs, bewacht von einem Polizeiposten. Wieder wurde Maura mit kühler Gleichgültigkeit begrüßt. Während sie neue Überschuhe anzog und unter dem Band hindurchschlüpfte, spürte sie den Blick des Streifenpolizisten im Rücken, und sie atmete erleichtert auf, als sie Jane in die dunkle Passage folgte, wo er sie nicht mehr sehen konnte.

»Und hier ist Kandidat Nummer zwei«, verkündete Jane und leuchtete mit ihrer Taschenlampe auf den Asphalt. Die etwas unpassende flapsige Bemerkung hatte den Effekt, dass Maura auf den grausigen Anblick dessen, was da vor ihren Füßen lag, nicht vorbereitet war.

Der Mann war glatt enthauptet worden. Der Kopf, auf dem eine dunkle Strickmütze saß, befand sich rund einen Meter neben dem Rumpf. Bei dem Opfer handelte es sich um einen Weißen von etwa vierzig Jahren. Der ganz in Schwarz gekleidete Körper lag auf dem Bauch wie ein Brustschwimmer in einem Meer seines eigenen Bluts. Seine im Tod erstarrte Hand hielt immer noch eine Pistole umklammert. Maura schwenkte ihre Taschenlampe und sah die gezackten Bögen der Blutspritzer an der Wand, die schwärzlichen Lachen auf dem Asphalt.

»Darf ich vorstellen – das ist der Mistkerl, der mir meinen besten Hosenanzug ruiniert hat«, sagte Jane.

Maura betrachtete nachdenklich die kopflose Leiche, die Waffe in der Hand des Mannes. »Das ist der Mann, den du vom Haus bis hierher verfolgt hast?«

»Genau. Er ist durch Ingersolls Garten geflüchtet. Hat einen Schuss abgefeuert und mich in den Rücken getroffen. Tut immer noch tierisch weh.«

»Aber wie kommt es dann, dass er …«

»Ein Dritter hat eingegriffen. Falls du irgendwelche Fragen zur Todesart hast, frag einfach mich, denn ich war dabei. Ich habe hier auf dem Boden gelegen, und dieser Typ wollte mir gerade eine Kugel in den Kopf jagen. Ich dachte, ich wäre tot. Ich dachte …« Sie schluckte. »Dann habe ich ein Geräusch gehört, so ein Zischen in der Luft. Und dann ist er einfach so über mir zusammengebrochen.« Den Blick gesenkt, flüsterte Jane kaum hörbar: »Und ich bin noch am Leben.«

»Hast du gesehen, wer das getan hat?«

»Nur einen Schatten. Silberne Haare.«

»Das ist alles?«

Jane zögerte. »Ein Schwert. Ich glaube, er hatte ein Schwert.«

Maura blickte auf die Leiche. Sie spürte den leichten Windstoß, der durch die Gasse wehte, und fragte sich, ob der tödliche Streich sich so ähnlich angehört hatte wie dieser Windhauch. Sie erinnerte sich an die amputierte Hand der Frau in Schwarz, mit den so sauber durchtrennten Gelenkknochen und Sehnen. Dann nahm sie die Waffe in der Hand des Toten genauer in Augenschein. »Die Pistole hat einen Schalldämpfer.«

»Ja. Er ist schwarz angezogen und bewaffnet wie ein Profikiller. Genau wie die Frau auf dem Dach.«

»Das ist kein gewöhnlicher Einbrecher.« Maura blickte auf. »Warum wurde Ingersolls Telefon angezapft?«

»Er ist nicht mehr dazu gekommen, es mir zu sagen, aber es war klar zu erkennen, dass er beunruhigt war und reden wollte. Es ging um irgendwelche Mädchen. *Was mit diesen Mädchen passiert ist*, hat er gesagt.«

»Welche Mädchen?«

»Ich glaube, es hat mit dem Red Phoenix zu tun. Wusstest du, dass die Töchter von zweien der Opfer verschwunden sind?«

Maura hörte Stimmen und das Schlagen von Autotüren. Sie blickte zur Einmündung der Gasse und sah das Blaulicht eines Fahrzeugs der Spurensicherung. »Jetzt werde ich auf jeden Fall die Akten lesen, die Tam mir gebracht hat.«

»Warum hat er das gemacht? Ich war überrascht, als ich hörte, dass er dir das aufs Auge gedrückt hat.«

»Er wollte eine unvoreingenommene Stellungnahme. Ich

nehme an, er glaubt nicht, dass der Koch ein Selbstmörder war.«

»Was glaubst du?«

»Ich bin noch nicht dazu gekommen, mir die Akten anzusehen. Rat ist diese Woche zu Besuch, und ich will möglichst viel Zeit mit ihm verbringen.« Maura wandte sich zum Gehen. »Ich werde die Obduktionen gleich morgen früh vornehmen. Falls du dabei sein willst.«

»Wirst du sie alle beide machen?«

Die Frage kam Maura merkwürdig vor, und sie drehte sich noch einmal um. »Warum denn nicht?«

»Ingersoll war Polizist. Ich meine nur, es ist doch gerade eine ziemlich kritische Zeit. Mit dem Graff-Prozess und so …«

Maura hörte das Unbehagen in Janes Stimme, und sie kannte den Grund. »Darf ich jetzt etwa keine Polizisten mehr obduzieren?«

»Das wollte ich damit nicht sagen.«

»Glaub mir, es ist nicht nötig, dass du es aussprichst. Mir ist durchaus bewusst, was über mich geredet wird. Es wird mir jedes Mal aufs Neue bewusst, wenn ein Polizist mich anschaut – oder sich weigert, mich anzuschauen. Für sie bin ich der Feind.«

»Das legt sich auch wieder, Maura. Es braucht nur seine Zeit.«

So lange, bis ich gegen den nächsten Polizisten aussage. »Ich will ja nicht politisch inkorrekt sein«, sagte Maura. »Ich werde Dr. Bristol bitten, die Obduktion von Ingersoll zu übernehmen.« Sie schlüpfte unter dem Absperrband hindurch und ging davon, vorbei an dem Team der Spurensicherung. Erst als sie einen Block vom Tatort entfernt war, spürte sie, wie ihre verkrampften Nackenmuskeln sich allmählich lockerten. *Das legt sich wieder, Maura,* hatte Jane gesagt, aber würde es das? Polizisten hatten ein gutes Gedächtnis. Sie erinnerten sich an Details von Fällen, die Jahrzehnte zurücklagen, und sie waren nachtragend, vergaßen nie, wer auf ihrer Seite oder auf der Gegenseite gestanden hatte. Ich werde immer zur zweiten Kategorie gezählt werden, dachte sie. Noch in zwanzig Jahren werden sie sich daran erinnern, dass ich geholfen habe, einen Polizisten ins Gefängnis zu bringen.

Als sie wieder bei Ingersolls Haus ankam, waren inzwischen noch weitere Einsatzfahrzeuge eingetroffen. Sie blieb stehen, geblendet von den grellen Lichtern und verwirrt von der Hektik um sie herum. Plötzlich übertönte das Schluchzen einer Frau das Geschnatter der Polizeifunkgeräte.

»Lassen Sie mich zu ihm! Ich muss meinen Vater sehen!«

»Ma'am, bitte. Sie können da nicht rein«, sagte ein Streifenpolizist und hielt die Frau zurück. »Es wird so bald wie möglich jemand rauskommen und mit Ihnen sprechen.«

»Aber er ist mein *Vater*! Ich habe ein Recht zu erfahren, was mit ihm passiert ist.«

»Pater Brophy!«, rief der Polizist. »Könnten Sie bitte dieser Dame helfen?«

Ein hochgewachsener Mann mit einem Priesterkragen bewegte sich ruhig durch die Menge. Als Polizeigeistlicher des Boston PD wurde Daniel Brophy häufig zu Schauplätzen von Tragödien gerufen, und so war Maura nicht überrascht, ihn hier zu sehen. Dennoch machte sein Anblick sie betroffen. Sie beobachtete mit gierigen Blicken, wie Daniel Ingersolls Tochter von der Polizeiabsperrung wegführte. Sah er dünner aus? War sein Gesicht gezeichnet, sein Haar grauer als früher? *Fehle ich dir auch so sehr, wie du mir fehlst?*

Er geleitete die schluchzende Frau zu einem Streifenwagen, und dann entdeckte er plötzlich Maura. Ihre Blicke trafen sich, und sie nahm nichts mehr wahr außer Daniel, spürte das Trommeln ihres eigenen Herzens, wild und verzweifelt wie das Flattern eines sterbenden Vogels.

Sie starrte ihm immer noch nach, als er weiterging und den Kopf der weinenden Frau an seiner Schulter barg.

19

Jane stand vor dem Leuchtkasten im Sektionssaal und betrachtete die Röntgenaufnahmen des toten Mannes. Die Skelettstrukturen wirkten völlig normal, bis auf ein Detail, das sofort ins Auge sprang: Der Schädel war nicht mehr mit dem Rest des Körpers verbunden – sauber abgetrennt zwischen dem dritten und vierten Halswirbel. Tam und Frost standen bereits am Tisch und warteten auf den Beginn der Obduktion, doch Jane rührte sich nicht von der Stelle; sie war noch nicht bereit, sich dem Anblick dessen zu stellen, was dort unter dem Tuch lag. Röntgenaufnahmen waren etwas Abstraktes, eine Art Zeichentrick-Anatomie in Schwarz-Weiß. Sie sahen nicht aus wie Fleisch und rochen auch nicht so; sie hatten kein Gesicht. Und so hielt sie sich länger als nötig damit auf, studierte eingehend die Schatten von Lunge und Herz. Es war dieses Herz, das am Abend zuvor ihre Kleider mit Blut bespritzt hatte. Hätte mein namenloser Retter nicht eingegriffen, dachte sie, dann würden jetzt meine Röntgenaufnahmen hier hängen. Es wäre meine Leiche, die dort auf dem Tisch läge.

»Jane?«, sagte Maura.

»Eine Klinge, die scharf genug ist, um so etwas mit einem einzigen Hieb zu bewerkstelligen – das ist wirklich schwer vorstellbar«, entgegnete Jane, den Blick immer noch auf den Röntgenfilm gerichtet.

»Es ist eine Frage der Anatomie«, sagte Maura. »Es geht um den Winkel, in dem die Klinge auf das Gelenk trifft. Im

Mittelalter konnte ein geschickter Scharfrichter einen Verurteilten mit einem einzigen Streich enthaupten. Wenn er mehrfach auf den Nacken einhacken musste, war das ein deutliches Zeichen dafür, dass er das Handwerk nicht beherrschte. Oder betrunken war.«

»Ein angenehmes Bild so früh am Morgen«, meinte Tam.

Maura zog mit einer raschen Handbewegung das Tuch weg. »Wir haben ihn noch nicht entkleidet. Ich bin davon ausgegangen, dass ihr dabei sein wollt.«

Nein, ich will nicht hier sein, dachte Jane. Ich will das nicht sehen. Unter Aufbietung all ihrer Willenskraft drehte sie sich zum Tisch um. Und obwohl das, was dort lag, für sie keine Überraschung mehr war, hielt sie beim Anblick des abgetrennten Kopfs erschrocken die Luft an. Noch wusste sie nichts über diesen Mann, kannte weder seinen Namen noch seine Herkunft. Die einzigen Hinweise, die ihnen bislang vorlagen, lieferten die Gegenstände, die man in seinen Taschen gefunden hatte: ein Munitionsclip, ein Bündel Bargeld und die Schlüssel eines gestohlenen Ford-Minivans, der zwei Blocks von Ingersolls Haus entfernt abgestellt war. Der Mann hatte keinerlei Ausweispapiere dabeigehabt.

Tam beugte sich über den Tisch und inspizierte mit ungerührter Miene den abgetrennten Kopf. Er zuckte nicht mit der Wimper, als Maura dem Toten die Wollmütze abstreifte, unter der braunes, kurz geschnittenes Haar zum Vorschein kam. Das Gesicht des Mannes war unauffällig – Nase, Mund und Kinn, alles absolut durchschnittlich. Ein Mann, den man im nächsten Moment wieder vergessen hätte, wenn man ihm auf der Straße begegnet wäre.

Von den Händen waren bereits am Abend zuvor Abstriche sowie Fingerabdrücke genommen worden. Die Fingerkuppen waren noch mit lila Tinte verfärbt. Maura und Yoshima entkleideten gemeinsam den Toten, streiften ihm Sweatshirt und Hose ab, Unterhose und Socken. Der kopflose Körper war untersetzt und muskulös. Ein verheilter Schnitt zog sich diagonal über das rechte Knie – ein Andenken an eine alte Operation. Jane starrte die Narbe an und dachte: Jetzt weiß ich, warum ich ihn gestern Abend so mühelos einholen konnte.

Maura betrachtete die Einschnitte im weichen Gewebe durch das Vergrößerungsglas und suchte sie nach Unregelmäßigkeiten und Quetschungen ab. »Ich kann keine Spuren eines gezahnten Messers erkennen«, sagte sie. »Die Wunde ist homogen, ohne Sekundärschnitte. Das war ein einzelner Schnitt.«

»Das habe ich dir doch schon gesagt«, bemerkte Jane. »Es war ein Schwert. Ein einziger Hieb.«

Maura blickte auf. »Ganz gleich, für wie verlässlich ich einen Zeugen halte, ich muss immer alles nachprüfen.« Sie konzentrierte sich wieder auf die Wunde. »Dieser Schnitt wurde in einem merkwürdigen Winkel geführt. Welche Hand hat das Schwert gehalten, die rechte oder die linke?«

Jane zögerte. »Den eigentlichen Hieb habe ich nicht gesehen. Aber als er wegging, war es… da war es in seiner rechten Hand.«

»Bist du sicher?«

»Ja, warum?«

»Weil dieser Schnitt rechts unten am Hals ansetzt und schräg nach oben führt.«

»Und?«

»Das Opfer ist ungefähr eins achtzig groß. Wenn der Täter von hinten angegriffen hat und den Hieb von rechts nach links führte, dann war er wahrscheinlich kleiner.« Maura sah Jane an. »Kannst du das bestätigen?«

»Ich lag auf dem Rücken. Aus der Perspektive sieht jeder groß aus, vor allem, wenn er so ein Riesenteil von Schwert in der Hand hält.« Sie atmete durch, und ihr wurde plötzlich bewusst, dass Maura sie mit diesem forschenden Blick ansah, der sie so nervös machte. Es war ein Blick, der in ihre Privatsphäre eindrang und ihr das Gefühl gab, ein in Formalin konserviertes Präparat zu sein.

Abrupt wandte Jane sich vom Tisch ab. »Ich glaube, den Rest kann ich mir sparen. Was soll uns diese Obduktion noch groß verraten? Überraschung – jemand hat ihm den Kopf abgehauen?« Sie warf ihren Kittel in den Korb für kontaminierte Wäsche. »Macht ihr hier weiter, ich frage inzwischen im Labor nach, ob sie bei Ingersolls Handy irgendetwas herausgefunden haben.«

Da schwang plötzlich die Tür zum Vorraum auf, und Jane staunte nicht schlecht, als sie ihren Mann den Sektionssaal betreten sah.

Special Agent Gabriel Dean war schon öfter bei Obduktionen zugegen gewesen. Jane hatte ihren Mann bei den Ermittlungen zu einer Mordserie kennengelernt, und damals hatten sie so manche Stunde zusammen hier verbracht, über übel riechende Leichen in unterschiedlichen Stadien der Verwesung gebeugt. Gabriel trug bereits Kittel und Überschuhe, als er nun mit ernster, konzentrierter Miene auf den Tisch zutrat und sich dabei Handschuhe überstreifte.

»Ist das der Mann vom Ingersoll-Tatort?«, fragte er ohne Umschweife. »Der, der dich fast umgebracht hätte?«

»Danke, und wie geht's dir, Schatz?«, erwiderte Jane. Sie sah Tam an. »Falls Sie sich fragen, wer dieser ungebetene

Gast ist – das ist mein Mann Gabriel. Und ich habe keine Ahnung, warum er hier ist.«

Gabriel wandte den Blick nicht von der Leiche. »Was wissen wir bis jetzt über ihn?«

»Wir? Seit wann gehörst du zum Team?«, fragte Jane.

»Seit dieser Mann auf dich geschossen hat.«

»Gabriel …« Sie seufzte. »Darüber können wir später reden.«

»Die Zeit, darüber zu reden, ist jetzt.«

Sie starrte ihren Mann an, versuchte zu begreifen, was hier vorging. Versuchte, seine Miene zu lesen, die im grellen Licht des Obduktionssaals wie versteinert wirkte. »Kannst du mir erklären, was das alles soll?«

»Es geht um Fingerabdrücke.«

»In der AFIS-Datenbank war er nicht registriert.«

»Ich spreche von den Fingerabdrücken der unbekannten Toten. Der Frau vom Dach.«

»Bei ihr hatten wir auch keinen Treffer«, sagte Maura. »Sie ist nicht in der FBI-Datei.«

»Ich habe eine Anfrage an Interpol geschickt«, sagte er. »Denn für mich steht fest, dass dies alles auf eine größere Sache hinausläuft. Eine sehr viel größere. Denkt daran, wie die Frau gekleidet war. An die Waffe, die sie bei sich trug. Die Tatsache, dass sie keine Papiere hatte und ein gestohlenes Fahrzeug fuhr.« Er sah die Leiche an. »Wie dieser Mann.«

»Hat Interpol schon geantwortet?«, fragte Jane.

Er nickte. »Vor einer Stunde. Die Frau ist in ihrer Datenbank. Nicht ihr Name, aber die Fingerabdrücke. Sie wurden auf Bauteilen einer Autobombe sichergestellt, die vor zwei Jahren in London explodiert ist. Dabei kam der Fahrer ums Leben, ein amerikanischer Geschäftsmann.«

»Reden wir hier von *Terrorismus?*«, fragte Tam.

»Interpol glaubt, dass es sich bei dem Bombenanschlag um einen Auftragsmord aus den Kreisen des organisierten Verbrechens handelte. Eure Frau vom Dach war ganz eindeutig ein Profi, und dieser Mann hier vermutlich auch.« Er sah Jane an. »Eine Kevlar-Weste wird dich nicht retten, Jane. Nicht vor Leuten wie diesen.«

Jane lachte nervös. »Mann, da haben wir wirklich einen Volltreffer gelandet, was?«

»Du hast eine Tochter«, sagte Gabriel. »*Wir* haben eine Tochter. Überleg dir das gut.«

»Was gibt es da zu überlegen?«

»Ob dieser Fall nicht eine Nummer zu groß für das Boston PD ist.«

»Moment mal. Können wir uns vielleicht nebenan weiter unterhalten?« Sie drehte sich zu ihren Kollegen um. »Entschuldigt mich bitte«, murmelte sie und stieß die Schwingtür auf. Erst als sie und Gabriel im Flur und damit außer Hörweite waren, platzte sie heraus: »Was glaubst du eigentlich, was du hier tust?«

»Ich versuche, meine Frau am Leben zu halten.«

»Das hier ist mein Revier, okay? Ich entscheide, was hier passiert.«

»Hast du irgendeine Vorstellung, womit du es zu tun hast?«

»Das werde ich schon noch herausfinden.«

»Und bis dahin fängst du dir Kugeln ein und sammelst Leichen, wie?«

»Stimmt. Ist inzwischen schon eine ziemliche Kollektion.«

»Darunter auch ein Polizist. Ingersoll wusste sich sehr wohl zu verteidigen. Jetzt steckt er in einem Leichensack.«

»Du willst also, dass ich aussteige? Dass ich nach Hause renne und mich unterm Bett verstecke?« Sie schnaubte. »Da kannst du lange warten.«

»Wer engagiert solche Profikiller, Jane? Jemand, der einen Auftragsmörder auf einen ehemaligen Cop ansetzt, hat keine Angst vor dem Boston PD. Er hat keine Angst vor dir. Da muss das organisierte Verbrechen dahinterstecken. Die Russenmafia. Oder die chinesischen ...«

»Kevin Donohue«, unterbrach sie ihn.

Gabriel stutzte. »Die irische Mafia?«

»Wir sind schon dabei, ihn unter die Lupe zu nehmen. Einer seiner Leute, ein gewisser Joey Gilmore, ist bei dem Massaker in Chinatown umgekommen. Gilmores Mutter glaubt, dass es in Wirklichkeit ein Auftragsmord an ihrem Sohn war, bezahlt von Donohue. Ingersoll hat die Ermittlungen zu dem Massaker geleitet.«

»Wenn es Donohue ist, dann musst du wissen, dass sein Einfluss sehr weit reicht. Vielleicht sogar bis ins Boston PD hinein.«

Sie starrte ihren Mann entgeistert an. »Kann das FBI diese Behauptung belegen?«

»Es gibt nicht genug Beweise für eine hieb- und stichfeste Anklage. Aber ich sag's dir, Jane, das ist ein Typ, dem man besser nicht in die Quere kommt. Wenn er einen Maulwurf beim Boston PD hat, dann weiß er schon ganz genau, was ihr vorhabt. Er weiß, dass ihr es auf ihn abgesehen habt.«

Sie dachte an all die Polizisten, die am Abend zuvor bei Ingersoll aufgekreuzt waren, nicht zuletzt Lieutenant Marquette selbst. Wie viele Cops hatten sie beobachtet, hatten mitbekommen, was sie gesagt hatte, was sie plante? Wie viel von diesen Informationen war zu Donohue durchgesickert?

»Gestern Abend, das war ein Geschenk«, sagte Gabriel. »Du hast überlebt. Vielleicht solltest du dieses Geschenk mit nach Hause nehmen und dich eine Weile daran freuen.«

»Ich soll aus diesem Fall aussteigen? Ist es das, was du von mir verlangst?«

»Lass dich beurlauben. Du brauchst Zeit, um dich zu erholen.«

»Lass das.« Sie trat so dicht an ihn heran, dass sie den Kopf in den Nacken legen musste, um ihm in die Augen zu sehen. Gabriel wich keinen Millimeter zurück. »Das muss ich mir von dir nicht sagen lassen«, fauchte sie. »Nicht jetzt.«

»Und wann soll ich es dann sagen? Bei deiner Beerdigung?«

Das Klingeln ihres Handys durchbrach das Schweigen zwischen ihnen. Sie riss es aus der Tasche und meldete sich mit einem schroffen »Rizzoli«.

»Äh, passt es gerade nicht, Detective?«

»Wer ist denn da?«

»Erin vom Labor.«

Jane schnaufte verlegen. »Tut mir leid. Was haben Sie für mich?«

»Sie erinnern sich doch an diese merkwürdigen Haare an den Kleidern der unbekannten weiblichen Leiche? Die ich nicht identifizieren konnte?«

»Genau, diese grauen.«

»Ich kann es kaum erwarten, Ihnen zu sagen, worum es sich handelt.«

Der Wortwechsel mit Gabriel beschäftigte Jane immer noch, als sie mit Frost zum Präsidium zurückfuhr. Er kannte ihre Stimmungen gut genug, um während der Fahrt rücksichtsvoll zu schweigen, doch als Jane in die Tiefgarage einbog, sagte er wehmütig: »Das ist es, was mir am Verheiratetsein so fehlt.«

»Was denn?«

»Dass es da jemanden gibt, der um dich besorgt ist. Der dir Standpauken hält, wenn du zu große Risiken eingehst.«

»Und das soll etwas Gutes sein?«

»Ist es das denn nicht? Es heißt, dass er dich nicht verlieren will.«

»Vor allem heißt es, dass ich an zwei Fronten kämpfen muss. Ich muss meinen Job erledigen, während Gabriel versucht, mich in eine Zwangsjacke zu stecken.«

»Was wäre denn, wenn er das nicht täte? Hast du dir das mal überlegt? Wie es wäre, wenn du ihm so gleichgültig wärst, dass er *nichts* sagt? Wie es wäre, gar nicht verheiratet zu sein?«

Sie bog auf einen Stellplatz ein und stellte den Motor ab. »Er will nicht, dass ich weiter an dem Fall arbeite.«

»Ich bin mir auch nicht so sicher, ob ich weiter daran arbeiten will. Nach allem, was wir beide so durchgemacht haben.«

Sie sah ihn an. »Hast du etwa Angst?«

»Ich habe kein Problem damit, das zuzugeben.«

Sie hörten eine Autotür und drehten sich beide um, als Tam ein paar Plätze weiter aus seinem Wagen stieg. »Ich wette, der da hat keine Angst«, murmelte sie. »Unseren Bruce Lee bringt so schnell nichts aus der Fassung.«

»Das ist bestimmt nur Show. Er wäre ja verrückt, wenn er vor Donohue und seinen Jungs keine Angst hätte.«

Jane stieß ihre Tür auf. »Komm jetzt, bevor noch jemand denkt, dass wir hier drin rumknutschen.«

Als sie im kriminaltechnischen Labor ankamen, saß

Tam bereits an Erin Volchkos Mikroskop und studierte einen Objektträger.

»Da sind Sie ja«, begrüßte Erin sie. »Detective Tam und ich haben uns gerade einige exemplarische Primatenhaare angeschaut.«

»Und sind welche darunter, die denen von der Kleidung des Opfers gleichen?«

»Ja, aber allein mit der Mikroskopie lässt sich die genaue Art nicht bestimmen. Dafür musste ich eine andere Technik anwenden.« Auf der Arbeitsfläche breitete Erin ein Blatt aus, das mit Säulen in verschiedenen Grauschattierungen bedruckt war. »Das da sind Keratinmuster. Ein Haar weist verschiedene Eiweißkomponenten auf, die sich mittels Elektrophorese trennen lassen. Dazu muss man das Haar waschen und trocknen, es in einer Chemikalienbrühe auflösen und dann die herausgelösten Eiweißmoleküle auf einer dünnen Gelschicht verteilen. Dann leitet man Strom hindurch, worauf die einzelnen Moleküle mit unterschiedlicher Geschwindigkeit über das Gel wandern.«

»Und so bekommt man dann diese grauen Säulen?«

»Genau. Nachdem man die Eiweiße erst noch zur Erhöhung des Kontrasts mit Silber gefärbt und ausgewaschen hat.«

Frost zuckte mit den Achseln. »Sieht eigentlich nicht so furchtbar aufregend aus.«

»Ja, aber dann habe ich dieses Muster an das Labor für Forensische Wildbiologie in Oregon geschickt, das es mit seiner Datenbank von Keratinmustern abgleichen konnte.«

»Es gibt dafür eine Datenbank?«, fragte Tam verwundert.

»Aber sicher. Wildbiologen aus aller Welt tragen dazu bei. Wenn der amerikanische Zoll eine Lieferung von Tierfellen konfisziert, muss festgestellt werden, ob diese von einer gefährdeten Art stammen. Die Datenbank kann bei der Identifizierung helfen.« Erin öffnete eine Mappe und nahm einen weiteren Bogen mit Keratinmustern heraus. »Hier sind die Muster, mit denen sie unsere Probe abgeglichen haben. Wie Sie sehen, stimmen die Eiweißbanden fast perfekt mit einem bestimmten Exemplar überein.«

Jane betrachtete abwechselnd die beiden Blätter. »Säule Nummer vier«, sagte sie.

»Richtig.«

»Und was ist Nummer vier?«

»Es ist ein nichtmenschlicher Primat, wie ich bereits vermutet hatte. Ein Altweltaffe der Gattung *Semnopithecus*. Die Art nennt sich Hanuman-Langur oder Grauer Langur.«

»Grau?«, wiederholte Jane und hob den Kopf.

Erin nickte. »Dieselbe Farbe wie diese Haare an der Kleidung Ihrer unbekannten Toten. Es sind recht große Affen mit schwarzen Gesichtern und grauen oder blonden Haaren. Man findet sie in ganz Südasien, von China bis Indien, wo sie sowohl am Boden als auch auf Bäumen leben.« Sie wandte sich zu ihrem Computer um und startete eine Bildsuche im Internet. »Hier ist ein Foto. So sehen diese Affen aus.«

Jane starrte auf den Bildschirm, und ihre Hände waren plötzlich eiskalt. *Schwarzes Gesicht. Graue Haare.* Sie spürte wieder den Schmerz zwischen den Schultern, wo die Kugel in ihre Kevlar-Weste eingeschlagen war; erinnerte sich daran, wie das warme Blut in ihr Gesicht gespritzt war, an die Silhouette, die dort in der Gasse vor ihr aufgetaucht war, mit dem silbernen Haarkranz um den Kopf. »Wie groß sind diese Affen?«, fragte sie leise.

»Die Männchen werden bis zu achtzig Zentimeter groß.«

»Sind Sie sicher, dass sie nicht größer werden?«

»Ja. Es sind schließlich keine Menschenaffen.«

Jane sah Frost an. Sah sein bleiches Gesicht, den Schock in seinen Augen. »Das ist es, was du gesehen hast, nicht wahr?«, fragte sie. »Dort auf dem Dach?«

Erin runzelte die Stirn. »Was haben Sie gesehen?«

Frost schüttelte den Kopf. »Das Ding war wesentlich größer als achtzig Zentimeter.«

Jane nickte. »Würde ich auch sagen.«

Erin blickte zwischen den beiden hin und her. »Sie haben *beide* dieses Wesen gesehen?«

»Es hatte ein solches Gesicht«, sagte Frost. »Und graue Haare. Aber es kann kein Affe gewesen sein. Und welcher Affe ist denn mit einem Schwert bewaffnet?«

»Also, jetzt läuft es mir wirklich eiskalt den Rücken herunter«, sagte Erin leise. »Wenn ich bedenke, um welche Art von Affen es sich handelt. Ich sagte doch, dass sie auch Hanuman-Languren genannt werden. Hanuman ist ein indischer Gott, der auch als der Affenkrieger bekannt ist.«

Jetzt spürte auch Jane diesen eisigen Lufthauch im Nacken. Sie dachte an das Wesen dort in der Gasse. An das Aufblitzen seines Schwerts, als es sich umgedreht hatte und in die Dunkelheit davongeglitten war.

»Ist das die gleiche Gestalt wie der Affenkönig?«, fragte Tam. »Diese Legende kenne ich nämlich. Es gibt davon auch eine chinesische Version. Meine Großmutter hat mir immer die Geschichten erzählt.«

»Wer ist der Affenkönig?«, fragte Jane.

»In China lautet sein Name Sun Wukong. Er wird aus einem heiligen Felsen geboren und ist anfangs nur ein steinerner Affe. Dann verwandelt er sich in ein Wesen aus

Fleisch und Blut und wird zum König der Affen gekrönt. Er wird zum Krieger und reist in den Himmel, um dort die Weisheit der Götter zu lernen. Aber dort oben richtet er allerlei Unheil an.«

»Er ist also ein schlechter Charakter?«, fragte Frost.

»Nein, er ist nicht böse. Bloß impulsiv und zu Streichen aufgelegt wie ein richtiger Affe. Es gibt ein ganzes Buch mit Geschichten über ihn. Wie er alle Pfirsiche im himmlischen Obstgarten aufisst. Wie er zu viel trinkt und einen Zaubertrank stiehlt. Wie er sich mit den Unsterblichen anlegt, die nicht wissen, was sie mit ihm machen sollen. Also verbannen sie ihn aus dem Himmel und halten ihn eine Zeit lang in einem Berg gefangen.«

Frost lachte. »Erinnert mich an gewisse Typen, mit denen ich zur Schule gegangen bin.«

»Und was passiert dann mit ihm?«, wollte Jane wissen.

»Sun Wukong erlebt eine Reihe von Abenteuern auf der Erde. Manchmal macht er nur Ärger, manchmal vollbringt er aber auch gute Werke. Ich kann mich nicht an alle Geschichten erinnern, aber ich weiß, dass es irgendwie um Zauberwettkämpfe und Flussungeheuer und sprechende Tiere ging. Eben ganz typische Märchenmotive.«

»Märchen werden aber nicht plötzlich Wirklichkeit«, sagte Jane. »Und Sagengestalten hinterlassen keine Haare an der Kleidung echter Mordopfer.«

»Ich sage Ihnen ja nur, was die Legenden über ihn erzählen. Er ist eine komplexe Gestalt, manchmal hilfreich und manchmal zerstörerisch. Aber wenn er vor die Wahl zwischen Gut und Böse gestellt wird, entscheidet sich der Affenkönig fast immer für das, was gut und richtig ist.«

Jane starrte das Foto auf Erins Computerbildschirm an. Das Gesicht, das ihr noch vor wenigen Augenblicken einen

Schauer über den Rücken gejagt hatte. »Dann ist er also gar nicht böse«, sagte sie.

»Nein«, bestätigte Tam. »Trotz seiner Fehler, trotz des Chaos, das er manchmal verursacht, steht der Affenkönig auf der Seite der Gerechtigkeit.«

20

Der würzige Duft von Brathähnchen und Rosmarin drang aus Angela Rizzolis Küche, und aus dem Esszimmer, wo der ehemalige Detective Vince Korsak gerade den Tisch deckte, war das Klappern von Besteck und Geschirr zu hören. Draußen im Garten lachte und kreischte Janes Tochter Regina auf der Schaukel, angeschubst von Gabriel. Aber Jane nahm von alledem nichts wahr – sie saß auf dem Sofa ihrer Mutter und brütete über einem halben Dutzend Bänden aus der Leihbücherei, die aufgeschlagen vor ihr auf dem Couchtisch lagen. Literatur über asiatische Primaten und Hanuman-Languren – und über Sun Wukong, den Affenkönig. Sie fand heraus, dass die Abenteuer des Sun Wukong nicht nur in Büchern auftauchten, sondern auch den Stoff für Spielfilme, chinesische Opern, Ballette und sogar eine Fernsehserie für Kinder bildeten.

In einer Sammlung chinesischer Märchen fand Jane eine Einführung in die Legende. Zwar waren die Geschichten im sechzehnten Jahrhundert von einem chinesischen Schriftsteller namens Wu Cheng'en aufgeschrieben worden, doch die Erzählungen selbst waren uralt und gingen angeblich auf ein Zeitalter der Geister und der Magie zurück; ein Zeitalter, in dem Götter und Ungeheuer sich im Himmel und auf der Erde bekriegten.

Und einer der Felsen jener Erde, ein Felsen, der seit Anbeginn der Schöpfung vom milden Hauch des Windes umweht war, beglänzt vom Mondschein, der Gunst des Göttlichen, gebar einst ein steinernes Ei. Und aus diesem steinernen Ei wurde ein steinerner Affe. Er konnte laufen und springen und klettern, ein Affe mit Augen, aus denen Lichtstrahlen entsprangen, so leuchtend hell, dass selbst der Jadekaiser im Himmel erschrak.

Der steinerne Affe, der weder Vater noch Mutter hatte, wurde bald König aller Affen. Sie lebten in vollkommener Eintracht, bis der Affenkönig eines Tages begriff, dass der Tod sie alle erwartete. Und so zog er aus, das Geheimnis der Unsterblichkeit zu lernen; eine Reise, die ihn in den Himmel führte, in Versuchungen und Missetaten und schließlich in Gefangenschaft. Während er zu seiner eigenen Hinrichtung schritt, wo er in einem Schmelztiegel mit alchemischen Flammen verbrannt werden sollte, entsprang der Affenkönig, und in seinem Kampf ums Überleben stellte er den ganzen Himmel auf den Kopf, bis die Götter gezwungen waren, ihn im Berg der Fünf Elemente einzuschließen.

Dort harrt er in steinerner Dunkelheit durch die Jahrhunderte aus, bis zu dem Tag, an dem er gebraucht wird. Einem Tag, an dem das Böse in der Welt ist und der Affenkönig sein Gefängnis verlassen muss, um sich in die Schlacht zu werfen.

Jane blätterte um und erblickte eine Darstellung von Sun Wukong mit einem langen Kampfstab in der Hand. Obwohl es nur eine Zeichnung war, stellten sich beim Anblick des Affenkönigs die Härchen an ihren Armen auf. Sie starrte den schwarzen Mund mit den spitzen Zähnen an, den Kranz aus silbernen Haaren, und sie konnte den Blick nicht abwenden.

Sie erinnerte sich an einen Nachmittag im Zoo, als sie sechs Jahre alt gewesen war. Ihr Vater hatte sie hochgehoben, damit sie die Klammeraffen sehen konnte. Kaum hatten die Affen sie erblickt, als im Käfig ein fürchterliches Chaos ausbrach und die Affen kreischend von Ast zu Ast sprangen, als hätten sie den Teufel selbst gesehen. Sogleich kam ein Zoowärter angerannt und rief den Leuten zu: »Zurück, treten Sie zurück! Ich weiß nicht, was sie so erschreckt!« Aber als Janes Vater sie von diesem Käfig voller kreischender Affen wegtrug, wusste sie genau, dass sie selbst es war, vor der die Tiere solche panische Angst hatten. Was hatten sie gesehen? Doch nur ein sechsjähriges Mädchen mit dunklen Locken. Oder war da noch etwas anderes, was diese Affen damals schon erkannt hatten? Etwas, was damit zu tun hatte, wer und was sie eines Tages sein würde?

»Na, wie kommst du voran mit deinen Affenbüchern?«

Beim Klang von Korsaks Stimme fuhr sie erschrocken hoch. Er hatte sich richtig in Schale geworfen für das Dinner bei Angela Rizzoli – jedenfalls im Rahmen seiner Möglichkeiten. Wenigstens waren sein weißes Golfhemd und die Kakihose frei von Ketchupflecken. Nach einem Herzinfarkt vor einigen Jahren hatte er dank einer Herz-Kreislauf-Diät fast fünfzehn Kilo abgenommen, doch inzwischen zeigte seine Gewichtskurve wieder langsam, aber stetig nach oben, und trotz des neu gestanzten Lochs konnte der Gürtel seine Leibesfülle kaum noch bändigen.

»Es ist für eine Ermittlung«, sagte Jane. Sie klappte das Buch zu, in dem sie gelesen hatte, heilfroh, das Bild von Sun Wukong nicht länger ansehen zu müssen.

»Ja, hab davon gehört. Schon wieder so eine bizarre Geschichte. Angefangen hat's mit der toten Frau auf dem Dach, stimmt's? Ha, da würd ich am liebsten selbst wieder im Sattel sitzen.«

Jane sah seinen Bauch an und dachte nur: Das arme Pferd, das dich tragen muss.

Korsak ließ sich in den Sessel plumpsen – den Sessel, der immer für Janes Vater reserviert gewesen war. Es war ein komisches Gefühl, ihn auf Frank Rizzolis altem Stammplatz thronen zu sehen, doch ihr Vater hatte jegliches Anrecht auf diesen Platz verwirkt, als er Angela verlassen hatte und mit seiner Tussi zusammengezogen war. So wurde sie inzwischen von allen genannt, obwohl sie genau wussten, wie die Frau hieß. Sandie Huffington – Sandie mit »ie«. Jane wusste alles über die Tussi, und sie wusste auch, wie viele Strafmandate sie in den vergangenen zehn Jahren kassiert hatte: drei Stück. Wegen der Tussi saß Vince Korsak jetzt in diesem Sessel, dick und zufrieden dank Angelas Kochkünsten.

Auf welche Weise Angela ihn sonst noch glücklich machte, darüber mochte Jane gar nicht erst nachdenken.

»Chinatown«, grunzte Korsak. »Seltsame Gegend. Aber gutes Essen.«

Typisch, dass er zuerst ans Essen dachte. »Was ist dir noch von der Schießerei im Red Phoenix in Erinnerung?«, fragte sie. »Du musst doch damals die Gerüchte mitbekommen haben.«

»Das war echt eine üble Geschichte. Warum sollte ein Kerl mit einer süßen kleinen Tochter vier Leute erschießen und sich dann selbst das Gehirn wegpusten? Ich hab's nie verstanden.« Er schüttelte den Kopf. »Und so ein liebes Mädchen. Ein richtiges Papakind.«

Das überraschte sie. »Du hast die Familie des Kochs gekannt?«

»Nicht so richtig, aber ich habe öfter dort gegessen. Diese Chinesen, die wissen ja gar nicht, was Urlaub ist, also war das Restaurant immer geöffnet, zu jeder Tages- und Nachtzeit. Da konnte man auch nach der Spätschicht noch was zu essen bekommen. Einmal war ich am Sonntagabend um zehn dort, und das kleine Mädchen hat mir meine Glückskekse gebracht. Das grenzt ja schon an Kinderarbeit. Aber sie machte den Eindruck, dass sie froh war, bei ihrem Papa sein zu dürfen.«

»Bist du sicher, dass sie die Tochter des Kochs war? Sie muss damals noch sehr klein gewesen sein.«

»War sie auch. Vielleicht fünf Jahre, würde ich schätzen. Ein richtig süßer Fratz.« Er seufzte betrübt. »Ich kann mir einfach nicht vorstellen, dass ein Vater so etwas tun würde – eine Frau und ein kleines Kind zurückzulassen. Ganz zu schweigen von den ganzen anderen Familien, die er zerstört hat. Ein paar Wochen später wurde die Tochter eines der Opfer entführt.«

»Charlotte Dion?«

»Hieß sie so? Ich weiß nur noch, dass es wie in einer griechischen Tragödie war. So nach dem Motto: Ein Unglück kommt selten allein.«

»Aber weißt du, was wirklich merkwürdig ist?«, sagte Jane. »Zwei Jahre zuvor war auch ein Kind eines anderen Opfers entführt worden – die Tochter des Kellners. Sie verschwand spurlos auf dem Heimweg von der Schule.«

»Ohne Scheiß? Das hab ich nicht gewusst.« Korsak dachte eine Weile darüber nach. »Das ist ja richtig unheimlich. Da fragt man sich doch, ob das wirklich nur Zufall sein kann.«

»Als ich mit Detective Ingersoll telefonierte, sagte er ganz am Schluss noch etwas von irgendwelchen Mädchen. *Was mit diesen Mädchen passiert ist.* Das waren seine Worte.«

»Meinte er diese zwei Mädchen? Oder andere?«

»Ich weiß es nicht.«

Er schüttelte den Kopf. »Jetzt sind seitdem schon so viele Jahre vergangen, und wir zerbrechen uns noch immer den Kopf darüber. Komische Vorstellung, dass sie inzwischen wahrscheinlich nur noch Skelette sind.« Er hielt inne. »Aber über so was will ich heute Abend eigentlich gar nicht nachdenken. Schenken wir uns ein Glas Wein ein.«

»Ich dachte, du trinkst nur Bier.«

»Deine Mutter hat mich bekehrt. Wein ist sowieso besser für die olle Pumpe, weißt du?« Er wuchtete sich aus dem Sessel hoch. »Wird Zeit, dass wir über angenehmere Dinge reden, okay?«

Nicht über Tote, dachte Jane. Nicht über Massaker und entführte Mädchen. Doch als Gabriel mit der kleinen Regina an der Hand ins Haus kam, musste Jane unwillkürlich an Charlotte Dion und Laura Fang denken. Sie half ihrer Mutter, die Platten hereinzutragen, eine Köstlichkeit nach der anderen. Krosse Kartoffelecken. Grüne Bohnen, beträufelt mit Olivenöl. Und schließlich zwei üppige, nach Rosmarin duftende Brathähnchen. Doch während sie sich zu Tisch setzten, während Jane Regina ihr Lätzchen umband und ihr das Fleisch in mundgerechte Häppchen schnitt, musste sie über vermisste Mädchen und verzweifelte Eltern nachdenken. Wie konnte eine Mutter so einen Verlust ertragen? Sie fragte sich, ob Iris Fang je darüber nachgedacht hatte, ihrem Elend ein Ende zu machen. Ein Sprung vom Dach, eine Handvoll Schlaftabletten. Wie viel leichter war das doch, als tagaus, tagein mit dem Kummer zu leben und sich vor Sehnsucht nach den geliebten Menschen zu verzehren, die man nie wiedersehen würde.

»Stimmt etwas nicht mit dem Essen, Janie?«, fragte Angela.

Jane sah ihre Mutter an, die über die unerklärliche Fähigkeit verfügte, stets genau zu wissen, was und wie viel jeder der Gäste an ihrem Tisch gegessen hatte. »Es schmeckt fantastisch, Ma. Du hast dich heute Abend selbst übertroffen.«

»Und warum isst du dann nicht?«

»Tu ich doch.«

»Du hast einen Bissen Hähnchen gegessen, und dann hast du angefangen, das Essen auf deinem Teller hin und her zu schieben. Ich hoffe, du machst keine Diät, denn du hast es wirklich nicht nötig abzunehmen, Schätzchen.«

»Ich mache keine Diät.«

»Diese Mädchen heutzutage, die sind doch ständig auf Diät. Hungern sich aus mit Salaten, und wozu das Ganze?«

»Für die Männer tun sie's jedenfalls nicht«, brummte Korsak, den Mund voller Kartoffeln. »Jeder Mann mag es, wenn die Mädels ein bisschen Fleisch auf den Knochen haben.« Er zwinkerte Angela zu. »Sieh dir deine Mutter an. Die ist so gebaut, wie eine Frau gebaut sein sollte.«

Jane konnte nicht sehen, was unter dem Tisch vor sich ging, doch ihre Mutter richtete sich plötzlich kerzengerade in ihrem Stuhl auf und lachte schrill. »Vincent! Benimm dich!«

Ja, bitte benimm dich. Denn ich kann das nicht länger mit ansehen.

»Also«, meinte Korsak, während er sich ein Stück Hähnchen abschnitt, »das ist doch jetzt ein guter Zeitpunkt, um auf ›Du weißt schon was‹ zu sprechen zu kommen.«

Nie hatten vier Worte so ominös geklungen. Janes Kinn ruckte in die Höhe, und sie sah ihre Mutter an. »Was ist ›*Du weißt schon was*‹?«

»Das ist etwas, worüber wir schon länger nachdenken«, antwortete Angela. »Vince und ich.«

Jane warf ihrem Mann einen Seitenblick zu, doch wie üblich trug Gabriel sein FBI-Gesicht zur Schau, das nichts von seinem Inneren preisgab, wenngleich er wohl schon ahnte, worauf das Gespräch hinauslief.

»Na ja, du weißt ja, dass Vince und ich jetzt schon eine ganze Weile zusammen sind«, sagte Angela.

»Eine ganze Weile? Wie lange ist das jetzt her – doch gerade mal anderthalb Jahre, oder?«

»Das ist reichlich Zeit, um einen Menschen kennenzulernen, Janie. Und zu sehen, dass er ein gutes Herz hat.« Angela strahlte Korsak an, worauf er sich zu ihr herüberbeugte und ihr einen geräuschvollen Schmatz gab.

»Mit Dad warst du drei volle Jahre zusammen, ehe du ihn geheiratet hast«, gab Jane zu bedenken. »Und was ist daraus geworden?«

»Ich war fünfzehn, als ich deinen Vater kennengelernt habe. Er war erst mein zweiter Freund.«

»Du warst fünfzehn und hattest schon einen Freund gehabt?«

»Worum es geht, ist, dass ich noch ein halbes Kind war und nicht wusste, was die Welt zu bieten hatte. Ich habe zu jung geheiratet, habe zu früh Kinder gekriegt. Heute weiß ich erst, was ich wirklich will.«

Jane sah Korsak an und dachte: Du kannst doch nicht ernsthaft *ihn* damit meinen.

»Deswegen wollten wir, dass ihr heute Abend zu uns zum Essen kommt, Schätzchen. Du und Gabriel, ihr sollt es als Erste erfahren. Frankie und Mike habe ich es noch nicht gesagt, weil – na ja, du weißt ja, wie sie sind. Hängen noch so an ihrem Vater, und das, obwohl sie wissen, dass er mit der Tussi schläft.« Angela hielt inne, um durchzuatmen und sich ein wenig zu beruhigen. Allein die Erwähnung der Tussi ließ ihre Stimme um eine Oktave in die Höhe schnellen. »Deine Brüder werden das einfach nicht verstehen. Aber du bist meine Tochter; du weißt, was wir Frauen in dieser Welt erdulden müssen. Du weißt, wie ungerecht es zugeht.«

»Ma, deshalb musst du doch noch lange nichts überstürzen.«

»Oh, wir werden nichts überstürzen. Wir werden es auf die altmodische Art machen, mit einer langen Verlobungszeit. Wir lassen uns richtige Einladungen drucken. Dann mieten wir einen großen Saal für den Empfang und beauftragen eine Catering-Firma. Und wir können zusammen nach Kleidern schauen, Janie! Das wär doch was, nur du und ich! Ich neige ja zu Pfirsich oder Lavendel, da ich schließlich nicht – na, du weißt schon.«

Jane streifte Korsak mit einem Blick, um zu sehen, wie er auf diese weibliche Checkliste reagierte, doch er grinste nur breit.

»Diesmal werde ich es langsam angehen und jede Minute von meiner Hochzeit genießen«, sagte Angela. »Und ich werde deinen Brüdern die Gelegenheit geben, sich mit der neuen Situation anzufreunden.«

»Und was ist mit Dad?«

»Was soll mit ihm sein?«

»Wie soll er sich damit anfreunden?«

»Das ist sein Problem.« Angelas Miene verfinsterte sich. »Und wehe, er versucht, als Erster wieder vor den Traualtar zu treten. Oh, das traue ich ihm durchaus zu, weißt du? Dass er die Tussi heiratet, nur um mich zu ärgern.« Sie sah Korsak an. »Wenn ich's mir recht überlege, sollten wir den Termin vielleicht vorverlegen.«

»Nein! Ma, hör zu, vergiss einfach, dass ich Dad überhaupt erwähnt habe.«

»Ich wünschte, ich könnte ihn vergessen, aber er wird immer da sein wie ein Splitter in meinem Fuß. Ich kann ihn weder rausziehen, noch kann ich so tun, als wäre er gar nicht da. Bei jedem Schritt werde ich an ihn erinnert. Ich hoffe, du wirst nie erleben müssen, wie das ist, Janie.« Sie hielt inne und sah Gabriel an. »Natürlich wirst du das nicht. Du hast ja so einen guten Mann an deiner Seite.«

Einen guten Mann, der immer noch ein Problem damit hat, dass ich Polizistin bin.

Gabriel hielt sich klugerweise aus der Diskussion heraus und konzentrierte sich stattdessen darauf, Regina winzige Kartoffelwürfel in den Mund zu schieben.

»Jetzt habt ihr also die große Neuigkeit vernommen«, sagte Korsak und hob sein Weinglas. »Auf die Familie!«

»Komm schon, Jane! Gabriel!«, forderte Angela sie auf. »Stoßt alle mit uns an.«

Mit stoischer Miene hob Jane ihr Glas und murmelte: »Auf die Familie.«

»Stell dir vor«, meinte Korsak und knuffte Jane gut gelaunt in den Arm. »Jetzt kannst du Dad zu mir sagen.«

»Es ist ja nicht so, als hättest du das nicht kommen sehen«, meinte Gabriel, als er und Jane nach Hause fuhren, mit der schlafenden Regina auf dem Rücksitz. »Sie waren beide einsam, und jetzt schau sie dir an, wie glücklich sie sind. Sie passen perfekt zusammen.«

»Klar doch. Sie kocht, und er isst.«

»Sie hätten es beide sehr viel schlechter treffen können.«

»Sie haben beide ihre gescheiterten Beziehungen noch nicht verarbeitet. Fürs Heiraten ist es definitiv noch zu früh.«

»Das Leben ist kurz, Jane. Das solltest du besser wissen als irgendjemand sonst. In einer Sekunde kann alles vorbei sein. Es braucht nur eine vereiste Straße, einen betrunkenen Autofahrer.«

Oder eine Kugel in einer dunklen Gasse. Ja, das wusste sie, denn nur zu oft musste sie miterleben, wie ein Leben jäh ausgelöscht wurde. Wie jeder Todesfall seine Spuren bei den Überlebenden hinterließ. Sie erinnerte sich an das vom Kummer gezeichnete Gesicht von Joey Gilmores Mutter, an den Schatten, der über Patrick Dions Augen gefallen war, als er über seine Tochter Charlotte gesprochen hatte. Auch neunzehn Jahre später litten die Hinterbliebenen noch unter den Folgen einer solchen Katastrophe.

»Mir graut davor, meinen Brüdern die frohe Botschaft zu überbringen«, sagte sie.

»Du denkst, sie werden es nicht gut aufnehmen?«

»Frankie wird einen Anfall kriegen. Für ihn ist das der Horror – die Vorstellung, dass Ma mit einem anderen Mann, du weißt schon …«

»Ins Bett geht?«

Jane zuckte zusammen. »Ich gebe zu, bei dem Gedanken wird mir auch ganz anders. Ich mag Korsak. Er ist ein anständiger Kerl, und er wird sie gut behandeln. Aber verdammt, sie ist meine Mutter.«

Gabriel lachte. »Und deine Mutter hat immer noch Sex. Das musst du akzeptieren. Ruf einfach Frankie an und bring's hinter dich.«

Doch als sie zu Hause ankamen, schob sie die unangenehme Pflicht auf und machte einen großen Bogen ums Telefon. Stattdessen setzte sie Teewasser auf und nahm am Küchentisch Platz, um noch einen Blick in ihre ausgeliehenen Bücher zu werfen. Die Abbildung des Affenkönigs starrte ihr entgegen; bedrohlich schwenkte er seinen Stab in der Faust, und fast scheute sie davor zurück, das Buch anzufassen, um die nächste Seite aufzuschlagen.

Neuntes Kapitel: Die Geschichte von Chen O.
Die große Stadt Chang'an war lange Zeit die Hauptstadt von ganz China. In jenen Tagen saß Tai Tsing aus der Tang-Dynastie auf dem Thron. Im ganzen Land herrschte Frieden.

Mit dieser einnehmenden Idylle begann die Geschichte über einen tugendhaften und gelehrten jungen Mann namens Chen O. Nachdem er eine wunderschöne junge Frau geheiratet hatte, wurde er zum Statthalter einer entlegenen Region ernannt. Zusammen mit seiner schwangeren Braut und ihren Dienern trat er die Reise durch üppig blühende Landschaften zu seinem neuen Posten an. Doch als die Reisegruppe einen Flussübergang erreichte, wurde sie von Banditen überfallen, und hier schlug die reizende Erzählung unvermittelt in den blutrünstigen Bericht von einem Massaker um. Vorbei war es mit der lieblichen Legende; stattdessen las Jane von Panik und Todesschreien, von den Leichen der Hingemetzelten, die in den reißenden Fluss geworfen wurden. Nur ein Mensch wurde in dieser Nacht nicht abgeschlachtet: die schwangere junge Frau, die von den Räubern ihrer Schönheit wegen entführt und gefangen gehalten wurde, während sie die Geburt ihres dem Tode geweihten Kindes erwartete.

Das Pfeifen des Teekessels riss Jane aus ihrer Lektüre. Sie blickte auf und sah, wie Gabriel das Gas abdrehte und das kochende Wasser in die Teekanne goss. Sie hatte ihn gar nicht hereinkommen hören.

»Na, ist es spannend?«, fragte er.

»Mann, das ist ein richtig gruseliges Buch«, sagte sie und schüttelte sich. »Diese Geschichten würde ich ganz bestimmt nie meinem Kind vorlesen. Zum Beispiel die hier, ›Die Geschichte des Chen O‹. Da geht es um ein Massaker an einem Flussübergang, wo die einzige Überlebende eine schwangere Frau ist, die von den Mördern gefangen genommen wird.«

Er brachte die Teekanne an den Tisch und setzte sich ihr gegenüber. Den ganzen Abend war er schon auffallend still gewesen, und jetzt, im hellen Licht der Küchenlampe, bemerkte sie auch die tiefe Falte zwischen seinen Augenbrauen.

»Ich weiß, ich kann dich nicht umstimmen, was diesen Fall betrifft«, sagte er. »Ich will nur noch einmal meine Bedenken zum Ausdruck bringen.«

Sie seufzte. »Ist angekommen.«

»Jane, ich kriege dieses Bild einfach nicht aus dem Kopf. Wie du ausgesehen hast, als du neulich abends nach Hause kamst. Vollkommen verstört, deine Kleider über und über mit Blut bespritzt. So geschockt habe ich dich nicht mehr erlebt, seit …«

Er sprach den Namen nicht aus, doch sie wussten beide, dass er an das Monster dachte, das sie damals zusammengebracht hatte. An den Mann, der die Narben an ihren Händen hinterlassen hatte, und dessen blutige Fußspuren sich immer noch durch ihre Albträume zogen.

»Du hast aber nicht vergessen, womit ich mein Geld verdiene?«, sagte sie.

Er nickte. »Und ich habe gewusst, dass es Tage wie diesen geben würde. Mir war nur nicht klar, wie schwer es sein würde, damit zu leben.«

»Hast du es schon einmal bereut?«, fragte sie leise.

»Dass ich eine Polizistin geheiratet habe?«

»Dass du mich geheiratet hast.«

»Also …« Er rieb sich das Kinn und machte übertrieben: »Hmmmmmm. Da muss ich mal scharf nachdenken.«

»Gabriel!«

Er drehte sich um, als das Telefon klingelte. »Warum musst du diese Frage stellen?«, sagte er, während er aufstand und zum Apparat ging. »Ich bereue gar nichts. Ich sag dir nur, dass es mir gar nicht gefällt, was da abläuft – und womit du es zu tun bekommen wirst.«

»Mir gefällt das auch nicht besonders«, erwiderte sie, und ihr Blick fiel wieder auf das Buch. Auf die Geschichte von Chen O. Wie beim Red Phoenix ging es hier um ein Massaker. Und um eine entführte Frau, dachte sie, als ihr Charlotte Dion einfiel.

»Jane, es ist für dich.« Gabriel stand da mit dem Hörer in der Hand, und seine Miene war besorgt. »Er will mir seinen Namen nicht nennen.«

Sie griff nach dem Hörer und spürte, wie ihr Mann sie beobachtete, als sie sich meldete. »Detective Rizzoli.«

»Ich weiß, dass Sie Fragen über mich gestellt haben, also habe ich mir gedacht, wir kommen besser gleich zur Sache. Lassen Sie uns miteinander reden, unter vier Augen. Morgen Nachmittag um vier, bei mir zu Hause. Nur Sie und sonst niemand. Sie können Ihrem Mann sagen, dass er sich keine Sorgen machen muss.«

»Wer ist denn da?«, fragte sie scharf.

»Kevin Donohue.«

Sie fuhr zusammen und starrte Gabriel an. Mit Mühe gelang es ihr, ihre Stimme neutral zu halten, als sie fragte: »Worum handelt es sich, Mr. Donohue?«

»Um das Red Phoenix. Ihre Ermittlungen gehen in die völlig falsche Richtung. Ich denke, es wird allmählich Zeit, ein paar Dinge klarzustellen.«

21

Obwohl Frost und Tam sie von ihren geparkten Wagen aus beobachteten, fühlte Jane sich bedrohlich allein und ausgesetzt, als sie am Tor von Kevin Donohues Anwesen klingelte. Wenig später kamen zwei muskelbepackte Kerle die Auffahrt hinunter auf sie zumarschiert, beide bewaffnet, wie die auffälligen Ausbeulungen ihrer Jacken verrieten. Sie stellten keine Fragen, sondern öffneten ihr nur wortlos das Tor und schlossen es hinter ihr wieder ab. Als sie unter dem Torbogen hindurchging, entdeckte sie eine Überwachungskamera, die dort oben angebracht war. Jeder ihrer Schritte wurde aufgezeichnet.

Während sie den Männern die Auffahrt hinauf folgte, fiel ihr das Fehlen von Bäumen und Sträuchern auf. Es gab nur eine breite Rasenfläche und einen betonierten Fahrweg, gesäumt von hässlichen Laternenpfählen, an denen weitere Überwachungskameras befestigt waren. Hier war der Beweis, dass es auch seine Nachteile hatte, einer der führenden Köpfe der irischen Mafia zu sein. Ein Mann wie Donohue konnte sich niemals sicher fühlen, weil er genau wusste, dass irgendwo eine Kugel seinen Namen trug.

Bei all seinem Reichtum hatte Donohue einen deprimierend gewöhnlichen Geschmack, der sich zeigte, als Jane das Haus betrat und die nichtssagenden Pastellgemälde an den Wänden erblickte. Sie sahen aus wie die in Massen produzierten Landschaftsbilder, die in jedem Einkaufszentrum feilgeboten wurden. Ihre Eskorte führte sie in das Wohnzimmer, wo ein riesenhafter Mann, aufgedunsen wie eine Kröte, in einem übergroßen Sessel saß. Er war in den Sechzigern, glatt rasiert und mit schütterem Haupthaar, und musterte sie mit blauen Augen, die unter schweren Lidern hervorstarrten. Jane hatte keine Vorstellung nötig – sie wusste sofort, dass es sich um Kevin Donohue handelte, berüchtigt für seinen beeindruckenden Appetit und seine nicht minder beeindruckenden Wutausbrüche.

»Überprüf sie, Sean«, sagte jemand. Jane hatte nicht bemerkt, dass noch jemand im Zimmer war – ein dürrer, nervös wirkender Mann in Anzug und Krawatte.

Einer ihrer Bewacher trat mit einem Frequenzscanner in der Hand auf sie zu. Jane fuhr ihn an: »Was soll dieses Theater?«

»Ich bin Mr. Donohues Anwalt«, sagte der Dürre. »Bevor er mit Ihnen spricht, müssen wir uns vergewissern, dass Sie nicht verwanzt sind. Und Sie müssen uns Ihr Mobiltelefon aushändigen.«

»Das war so nicht abgemacht.«

»Detective Rizzoli«, knurrte Donohue, »ich gewähre Ihnen das Privileg, Ihre Waffe zu behalten, da Sie schließlich freiwillig gekommen sind. Aber ich möchte nicht, dass unser Gespräch aufgezeichnet wird. Sollten Sie um Ihre Sicherheit besorgt sein, kann ich Sie beruhigen. Ihre Mitarbeiter, die draußen vor dem Haus parken, werden Ihnen sicher beim ersten Anzeichen von Problemen zu Hilfe eilen.«

Ein paar Sekunden lang bekriegten Jane und Donohue sich mit Blicken. Dann übergab sie ihr Handy dem Anwalt und blieb regungslos stehen, während der Bodyguard sie nach Funksignalen abscannte. Erst als Sean sie für sauber erklärte, bedeutete Donohue ihr, auf dem Sofa Platz zu nehmen. Sie entschied sich stattdessen für einen Sessel, um mit ihm auf Augenhöhe zu sein.

»Ihr Ruf eilt Ihnen voraus«, sagte Donohue.

»Das gilt auch für Sie.«

Er lachte. »Ich merke schon, die Gerüchte treffen zu.«

»Gerüchte?«

Er faltete die Hände auf der Wölbung seines Bauchs. »Detective Jane Rizzoli, die mit dem vorlauten Mundwerk. Eine Bulldogge auf zwei Beinen.«

»Ich betrachte das als Kompliment.«

»Und deshalb sage ich Ihnen jetzt, dass Sie lieber woanders nach Ihren Knochen graben sollen. Mit mir vergeuden Sie nur Ihre Zeit.«

»Wirklich?«

»Sie haben eine Menge Fragen über mich gestellt. Und Ihr Gatte auch. O ja, ich weiß alles über Ihren Mann, Mr. Special Agent Gabriel Dean. Ein schönes Gesetzeshüter-Pärchen. Nicht dass Sie denken, ich hätte Angst, dass Sie irgendetwas Brauchbares herausfinden könnten. Aber wenn so viele Fragen gestellt werden, lässt mich das in den Augen meiner Konkurrenten schwach aussehen. Als ob ich mich nicht mehr lange halten könnte. Und wenn ich Schwäche zeige, ruft das die Geier auf den Plan.« Er beugte sich vor, wobei seine Wampe über seinen Gürtel quoll. »Sie werden nichts finden, okay? *Nichts*, was mich mit dem Red Phoenix in Verbindung bringt.«

»Was ist mit Joey Gilmore?«

Er seufzte. »Sie haben mit seiner Mutter geredet, der alten Hexe.«

»Sie sagt, es hätte vor neunzehn Jahren ein Zerwürfnis zwischen Ihnen und Joey gegeben.«

»Kleinkram. Nicht wert, dass man dafür eine Kugel vergeudet.«

»So unwichtig kann es ja wohl nicht gewesen sein, wenn Sie jetzt Leute von außerhalb für eine Säuberungsaktion engagieren.«

»Was?«

Jane wandte sich zu Donohues Leibwächtern um. »Ich werde jetzt in meine Tasche greifen, um Fotos herauszunehmen, okay? Also keine Panik, Jungs.« Sie zog die beiden Leichenfotos heraus und schob sie Donohue über den Couchtisch zu. »Ihre gedungenen Helfer neigen offenbar dazu, den Kopf zu verlieren.«

Donohue riss die Augen auf. Von allen Fotos aus der Rechtsmedizin, die Jane hätte mitbringen können, waren dies die drastischsten und schockierendsten. Die Frau in Schwarz mit der klaffenden Schnittwunde im Hals. Der abgetrennte Kopf des Killers, der neben seinem Rumpf auf dem Obduktionstisch lag. Die Bilder hatten den gewünschten Effekt: Donohues Gesicht war ebenso kreidebleich geworden wie die beiden Leichen.

»Warum zum Teufel zeigen Sie mir das?«, fragte er.

»Warum haben Sie diese beiden Killer angeheuert?«

Der Anwalt schaltete sich ein. »Diese Unterredung ist hiermit beendet. Sean, Colin, geleiten Sie Detective Rizzoli zum Ausgang.«

»Halten Sie den Mund«, sagte Donohue.

»Mr. Donohue, es ist nicht in Ihrem Interesse …«

»Ich werde Ihre Frage beantworten, okay?« Donohue sah Jane an. »Ich hab die zwei nicht engagiert. Ich weiß nicht mal, wer die Frau da ist.« Er betrachtete das Foto der Frau mit neuem Interesse und schnaubte. »Hübsches Mädel. Wirklich jammerschade.«

»Und der Mann? Kennen Sie ihn?«

»Kann sein. Kommt mir bekannt vor. Was meinst du, Sean?«

Sein Handlanger Sean beäugte das Foto. »Ich glaub, den hab ich schon mal gesehen. Keine Ahnung, wie er heißt, aber er war hier in der Gegend aktiv. Ukrainer oder Russe.«

Donohue schüttelte den Kopf. »Diese Burschen bedeuten nichts als Ärger. Haben keinen Funken Moral im Leib. Eins kann ich Ihnen sagen: Dieser Kerl hat niemals für mich gearbeitet.« Er blickte Jane in die Augen. »Und ich schätze mal, das wird auch in Zukunft so bleiben.«

»Wieso glaube ich Ihnen nicht?«, fragte sie.

»Weil Sie schon entschieden haben, dass ich schuldig bin. Auch wenn ich auf die Bibel meiner Mutter schwöre, dass ich diese beiden nicht angeheuert habe.« Nach dem anfänglichen Schrecken, den ihm der Anblick der Leichenfotos versetzt hatte, war die Farbe in sein Gesicht zurückgekehrt, und er hatte seine überhebliche Art wiedergefunden. »Ich würde Ihnen also raten, die Finger von der Sache zu lassen.«

»Drohen Sie mir etwa, Mr. Donohue?«

»Sie sind ein kluges Mädel. Was glauben Sie denn?«

»Ich glaube, dass Sie Angst haben. Ich glaube, dass Sie sich in die Enge getrieben fühlen.«

»Von Ihnen?« Er lachte. »*Sie* sind die geringste meiner Sorgen.«

»Sie haben mich eine Bulldogge genannt, erinnern Sie sich? Nun, ich werde weiter in Ihrem Garten buddeln, denn genau dort werde ich Joey Gilmores Knochen finden.«

»Ach, hören Sie doch auf. Der Koch hat diese Leute umgelegt und sich dann selbst die Kugel gegeben. Jeder weiß, dass es Selbstmord war, aber Joeys Mutter, die alte Hexe, kann sich einfach nicht damit abfinden. Deswegen hat sie mir diesen blöden Wisch mit der Post geschickt.«

Jane erstarrte. »Sie haben so etwas bekommen?«

»Vor ein paar Wochen – war 'ne Kopie von Joeys Todesanzeige drin. Und dann hat sie noch so eine alberne Botschaft auf die Rückseite gekritzelt. *Ich weiß, was wirklich passiert ist.* Was zum Henker soll das heißen?«

»Wenn Mrs. Gilmore der Grund für Ihre Ermittlungen gegen Mr. Donohue ist«, meldete sich der Anwalt zu Wort, »dann vergeuden Sie hier nur Ihre Zeit.«

»Woher wissen Sie, dass Mary Gilmore diese Briefe schickt?«, fragte Jane. »Hat sie den an Sie unterschrieben? Stand da ein Absender?«

Der Anwalt runzelte die Stirn, als er plötzlich registrierte, was Jane gesagt hatte. »*Briefe?* Im Plural? Soll das etwa heißen, dass sie mehr als den einen geschickt hat?«

»Es gab noch andere. Sämtliche Angehörigen der Opfer aus dem Red Phoenix haben solche Post bekommen. Ähnlich wie der Brief, den Mr. Donohue erhalten hat.«

Der Anwalt schien verwirrt. »Das ergibt keinen Sinn. Warum sollte Mrs. Gilmore andere Leute mit diesen Briefen schikanieren?«

»Vielleicht kommen sie ja gar nicht von ihr«, sagte Jane.

Der Anwalt und Donohue wechselten einen Blick. »Wir müssen die Sache noch einmal überdenken«, sagte der Anwalt. »Ganz offensichtlich geht hier noch etwas ganz anderes vor sich. Wenn Mary Gilmore nicht dahintersteckt …«

Donohues Finger formten sich zu zwei fleischigen Fäusten. »Dann will ich verdammt noch mal wissen, wer es ist.«

22

Maura erwachte bald nach der Morgendämmerung und stellte erfreut fest, dass die Sonne schien. Sie würde dem Jungen Pfannkuchen und Würstchen zum Frühstück machen, und dann würde sie ihm Boston zeigen. Als Erstes standen der Freedom Trail und das North End auf dem Programm; anschließend würden sie in der Blue Hill Reservation picknicken und mit dem Hund laufen. Sie hatte den Tag so mit Aktivitäten vollgestopft, dass kaum Zeit für Momente des verlegenen Schweigens bleiben würde für all das, was sie daran erinnerte, wie fremd sie einander immer noch waren. Vor sechs Monaten hatte sie Julian Perkins, genannt »Rat«, in den Bergen von Wyoming ihr Leben anvertraut. Jetzt musste sie sich eingestehen, dass ihr dieser hünenhafte Teenager mit den riesigen Füßen nach wie vor ein Rätsel war. Sie fragte sich, ob es ihm mit ihr ähnlich ging. Hatte er Sorge, dass sie ihn im Stich lassen würde, wie es all die anderen Menschen in seinem Leben getan hatten?

Sie zog eine Jeans und ein T-Shirt an, das passende Outfit, wenn man vorhatte, mit einem Hund herumzutollen. Dabei dachte sie an die Sandwiches mit Avocado und Huhn, die sie machen wollte, und fragte sich, ob Rat wohl Avocados mochte. Hatte er überhaupt je Avocados oder Luzernensprossen oder Estragon probiert? Ich weiß so wenig über ihn, dachte sie. Aber er ist nun mal hier, und er ist ein Teil meines Lebens.

Sie ging den Flur entlang und sah, dass seine Schlafzimmertür offen stand. »Rat?«, sagte sie. Sie warf einen Blick ins Zimmer, doch er war nicht da.

Schließlich fand sie ihn in der Küche, wo er vor dem Laptop saß, den sie am Abend zuvor auf dem Tisch hatte stehen lassen. Der Hund lag zu seinen Füßen und stellte die Ohren auf, als er Maura kommen sah, als ob er dachte: Endlich jemand, der mich beachtet. Als sie dem Jungen über die Schulter schaute, erblickte sie zu ihrem Entsetzen ein Obduktionsfoto auf dem Monitor.

»Schau dir das nicht an«, sagte sie. »Ich hätte das alles gestern Abend wegräumen sollen.« Sie drückte eine Taste, und das Leichenfoto verschwand. Dann raffte sie hastig die ganzen Red-Phoenix-Unterlagen zusammen und legte sie auf die Arbeitsplatte. »Wie wär's, wenn du mir hilfst, das Frühstück zu machen?«

»Warum hat er es getan?«, fragte der Junge. »Warum sollte einer Menschen umbringen, die er überhaupt nicht kennt?«

Maura blickte in seine verstörten Augen. »Hast du den Polizeibericht gelesen?«

»Er lag auf dem Tisch, und da hab ich einfach reinschauen müssen. Aber ich kapier das echt nicht. Warum jemand so was tun sollte.«

Sie zog sich einen Stuhl heran und setzte sich ihm gegenüber. »Manchmal lässt sich so etwas einfach nicht erklären, Rat. Es tut mir leid, das sagen zu müssen, aber allzu oft habe ich nicht die geringste Ahnung, warum Menschen so etwas tun. Warum sie ihre Babys ertränken, ihre Frauen erdrosseln oder ihre Kollegen erschießen. Ich sehe die Ergebnisse ihres Tuns, aber ich kann dir nicht sagen, was ihre Taten auslöst. Ich weiß nur, dass es eben passiert. Und dass Menschen zu schrecklichen Dingen fähig sind.«

»Ich weiß«, murmelte er und sah auf den Hund hinunter, der seinen mächtigen Kopf in Rats Schoß bettete, als wüsste er, dass der Junge in diesem Moment Trost brauchte. »Und das ist also Ihr Job?«

»Ja.«

»Macht Ihnen Ihre Arbeit Spaß?«

»Ich denke, *Spaß* ist nicht das richtige Wort.«

»Was ist denn das passende Wort?«

»Die Arbeit ist herausfordernd. Interessant.«

»Und es macht Ihnen nichts aus, solche Sachen zu sehen?«

»Irgendjemand muss für die Toten sprechen. Und ich kann dieser Jemand sein. Sie – also ihre Körper – verraten mir, wie sie gestorben sind. Ob es ein natürlicher oder ein gewaltsamer Tod war. Ja, es kann manchmal schlimm sein. So schlimm, dass man sich fragt, was es überhaupt bedeutet, ein Mensch zu sein, wenn man sieht, was Menschen einander antun. Aber das ist nun mal die Arbeit, zu der ich mich schon immer berufen gefühlt habe – den Toten eine Stimme zu geben.«

»Meinen Sie, ich könnte das auch?« Er betrachtete den Aktenstapel auf dem Tisch. »Die Arbeit, die Sie machen?«

»Du willst Rechtsmediziner werden?«

»Ich will auch die Antworten kennen.« Er sah sie an. »Ich will so sein wie Sie.«

»Also, das«, erwiderte sie mit einem Lächeln, »ist das größte Kompliment, das ich je gehört habe.«

»Meine Lehrer in Evensong sagen, ich bin wirklich gut darin, Dinge zu bemerken, die andere übersehen. Also denke ich schon, dass ich es schaffen könnte.«

»Wenn du Rechtsmediziner werden willst«, sagte sie, »musst du in der Schule sehr gute Noten haben.«

»Ich weiß.«

»Du musst aufs College gehen und anschließend vier Jahre lang Medizin studieren. Danach musst du eine Assistenzzeit absolvieren und dazu noch eine Spezialausbildung in forensischer Pathologie. Das ist eine lange Zeit, und es verlangt eine Menge Disziplin, Rat.«

»Wollen Sie damit sagen, dass ich das nicht schaffen kann?«

»Ich sage nur, dass du es wirklich wollen musst.« Sie sah in die dunklen Augen des Jungen und glaubte, etwas von dem Mann zu erkennen, zu dem er einmal heranwachsen würde. Entschlossen und von unbedingter Loyalität. Ein Mann, der nicht nur für die Toten sprechen, sondern auch für sie kämpfen würde. »Du brauchst eine wissenschaftliche Ausbildung, denn nur mit wissenschaftlichen Argumenten kannst du deinen Standpunkt im Zeugenstand vertreten. Mit Bauchgefühl kommst du da nicht weit.«

»Und was ist, wenn das Bauchgefühl wirklich stark ist?«

»Es ist niemals so überzeugend wie das, was ein Tropfen Blut dir verraten kann.«

»Aber das Bauchgefühl sagt einem, wenn etwas nicht stimmt. Wie auf diesem Foto.«

»Welches Foto?«

»Das von dem Chinesen, der sich umgebracht hat. Ich zeig's Ihnen.« Er stand auf, um den Laptop und die Akten wieder an den Tisch zu holen. Mit wenigen Mausklicks rief er noch einmal die Digitalaufnahme von Wu Weimins Leiche auf, die in der Küche des Red Phoenix lag. »Die Polizei sagt, er hätte sich mit einem einzigen Kopfschuss getötet.«

»Ja.«

»Schauen Sie mal, was da neben ihm am Boden liegt.«

Am Abend zuvor hatte sie die Bilder nur flüchtig betrachtet. Es war schon spät gewesen, sie hatte einen langen Tag mit dem Jungen hinter sich, und nach dem zweiten Glas Wein waren ihr die Augen zugefallen. Jetzt nahm sie die Leiche des Kochs genauer in Augenschein, ebenso wie die Waffe, die er noch in der Hand hielt. Neben seiner Schulter lag eine leere Patronenhülse.

Rat zeigte auf das Detail, das sie übersehen hatte, ganz am Rand des Bildes. Eine zweite Hülse. »Da steht, er hätte eine Kugel im Kopf gehabt«, sagte Rat. »Aber wenn er zweimal geschossen hat, wo ist dann die andere Kugel geblieben?«

»Sie könnte irgendwo in der Küche gelandet sein. Unter den vorliegenden Umständen sah die Polizei wahrscheinlich keine Veranlassung, danach zu suchen.«

»Und warum hat er zweimal geschossen?«

»Das habe ich schon öfter bei Selbstmördern erlebt. Sie müssen all ihren Mut zusammennehmen, um sich zu töten, und schießen beim ersten Mal vielleicht daneben. Oder die Pistole hat Ladehemmung. Ich habe sogar schon einen Selbstmörder gesehen, der sich mehr als zweimal in den Kopf geschossen hatte. Und einen anderen, der sich mit seiner nicht-dominanten Hand erschossen hatte. Und da war dieser eine Mann, der…« Sie hielt inne, plötzlich erschrocken über sich selbst, weil sie ein solches Gespräch mit einem sechzehnjährigen Jungen führte. Aber er sah sie nur vollkommen ruhig an, als wären sie Kollegen bei einer Fachtagung.

»Es ist auf jeden Fall ein berechtigter Einwand«, sagte sie. »Ich bin sicher, dass die Polizei das berücksichtigt hat.«

»Aber es hat sie nicht von ihrer Meinung abgebracht.

Sie behaupten immer noch, er hätte diese vier Leute umgebracht, obwohl sie nicht erklären können, wieso.«

»Wie sollten sie das? Wo nur so wenige Menschen den Koch wirklich gekannt haben.«

»So, wie mich niemand wirklich gekannt hat«, sagte er leise.

Jetzt begriff sie, was den Jungen so beschäftigte. Auch ihn hatte man einen Mörder genannt; auch er war von Menschen verurteilt worden, die ihn kaum kannten. Wenn Rat Wu Weimin anschaute, sah er in Wahrheit sich selbst.

»Also gut«, räumte sie ein. »Nehmen wir vorläufig einmal an, dass er sich nicht umgebracht hat. Sagen wir, das Ganze war nur so inszeniert, dass es wie ein Selbstmord aussah. Das bedeutet, dass jemand anderes diese vier anderen Menschen erschossen haben muss und anschließend den Koch.«

Rat nickte.

»Denk mal darüber nach. Stell dir vor, du bist der Koch. Du stehst in der Küche, und dann fängt jemand im Nebenraum an, um sich zu schießen. Die Waffe hatte keinen Schalldämpfer, also musst du die Schüsse hören.«

»Und wie kommt es dann, dass niemand sonst sie gehört hat? Im Bericht steht, dass in den drei Wohnungen über dem Restaurant Leute waren, aber die haben alle nur einen Schuss gehört. Deswegen hat zunächst niemand die Polizei gerufen. Dann ist die Frau des Kochs nach unten gegangen und hat die Leiche ihres Mannes gefunden.«

»Wie viel von diesen Unterlagen hast du gelesen?«

»Das meiste.«

»Was ich von mir nicht behaupten kann«, gab sie zu. Sie schlug den Bericht auf, den Staines und Ingersoll eingereicht hatten. Als Detective Tam ihr die Unterlagen gebracht hatte, war sie über die zusätzliche Arbeit nicht gerade begeistert gewesen. Sie hatte sie bis zum gestrigen Abend vor sich hergeschoben, und auch dann hatte sie nur einen flüchtigen Blick auf die Fotos geworfen. Jetzt las sie den Polizeibericht von Anfang bis Ende durch und fand bestätigt, was Rat ihr gerade gesagt hatte. Sieben verschiedene Zeugen hatten angegeben, nur einen Schuss gehört zu haben, und dennoch waren im Red Phoenix insgesamt neun Patronenhülsen gefunden worden.

Ihr sechster Sinn begann sich zu melden. Dieses kribbelnde Gefühl, dass irgendetwas nicht stimmen konnte, genau, wie der Junge es gesagt hatte.

Sie nahm sich Wu Weimins Obduktionsbericht vor. Laut Aussage des Rechtsmediziners war der Koch auf der Seite liegend gefunden worden, mit dem Rücken an der geschlossenen Kellertür. Von seiner rechten Hand, die noch die Waffe hielt, war später ein Abstrich genommen worden, der einen positiven Befund für Schmauchspuren ergab. Sie hatte schon wieder völlig vergessen, dass Rat zusah, als sie sich durch die Obduktionsfotos des Kochs klickte. Die tödliche Kugel war in die rechte Schläfe abgefeuert worden, und eine Detailaufnahme zeigte, dass es sich um einen absoluten Nahschuss handelte: Die Wundränder waren durch die Pulvergase ringförmig versengt und geschwärzt. Es gab keine Austrittswunde. Sie klickte die Röntgenaufnahme des Kopfs an und sah winzige Metallsplitter, die sich im ganzen Schädel verstreut hatten. Ein Hohlspitzgeschoss, dachte sie; so konstruiert, dass es sich beim Aufprall pilzförmig weitete und die kinetische Energie direkt in das Gewebe gelenkt wurde. Maximale Zerstörungswirkung bei minimaler Durchschlagskraft.

Sie wandte sich den anderen Akten zu.

Der zweite Obduktionsbericht betraf James Fang, 37, der zusammengesunken hinter der Kassentheke gefunden worden war. Er hatte eine Kugel in den Kopf bekommen, die über der linken Augenbraue eingetreten war.

Der dritte Bericht war der zu Joey Gilmore, 25, der inmitten von Essenskartons vor der Theke gelegen hatte. Er war durch einen Schuss in den Hinterkopf getötet worden.

Die beiden letzten Opfer waren Arthur und Dina Mallory; beide hatte man an dem Ecktisch gefunden, an dem sie gesessen hatten. Arthur war von zwei Schüssen in den Hinterkopf und in die Wirbelsäule getroffen worden. Seine Frau wies drei Schussverletzungen auf: in der Wange, im Rücken und im Schädel. Maura überflog die Seite, bis sie die Zusammenfassung des Rechtsmediziners fand, und sie sah, dass er zu dem gleichen Schluss gekommen war wie sie: Dina Mallory hatte sich bewegt, als sie von den beiden ersten Schüssen getroffen worden war; wahrscheinlich hatte sie vor dem Schützen zu fliehen versucht. Maura wollte den Bericht soeben zur Seite legen, als ihr ein Satz ins Auge fiel, der die Sektion des Magens und des Zwölffingerdarms beschrieb.

Aufgrund des Volumens des Mageninhalts, bei dem es sich um Spaghettistücke und eine Soße auf Tomatenbasis zu handeln scheint, ist davon auszugehen, dass die letzte Mahlzeit 1–2 Stunden zurücklag.

Maura schlug Arthur Mallorys Obduktionsbericht auf und überflog ihn, bis sie auf die Magenuntersuchung stieß. Das Organ war, wie bei der Leichenschau üblich, eröffnet und der Inhalt aufgefangen worden.

Mageninhalt scheint aus Käse und Fleisch zu bestehen, mit teilweise verdauten Blattsalatresten. Zeit nach Einnahme der letzten Mahlzeit wird auf 1–2 Stunden geschätzt.

Das ergab keinen Sinn. Wieso sollten die Mallorys wenige Stunden, nachdem sie allem Anschein nach italienisch gegessen hatten, in einem chinesischen Restaurant sitzen?

Die Beschreibung des Mageninhalts, mit dem halb verdauten Blattsalat und der Tomatensoße, hatte ihr den Appetit verdorben. »Das ist keine Art, ein Frühstück zu beginnen«, sagte sie, indem sie die Akte zuklappte. »Es ist ein wunderschöner Tag, und ich mache uns jetzt Pfannkuchen, was sagst du dazu? Lass uns nicht mehr an diese Sache denken.«

»Und was ist mit der fehlenden Kugel?«, fragte Rat.

»Selbst wenn wir sie jetzt noch finden könnten, würde es an den Schlussfolgerungen nichts ändern. Die Leichen sind längst beerdigt oder verbrannt, und der Tatort wurde gereinigt. Um einen Fall wieder aufzunehmen, braucht man neue gerichtsverwertbare Spuren. Nach so vielen Jahren dürfte nichts mehr übrig sein.«

»Aber irgendetwas stimmt doch an der ganzen Sache nicht, oder? Das denken Sie doch auch.«

»Okay.« Sie seufzte. »Nehmen wir einmal an, dass der Koch sich nicht umgebracht hat. Nehmen wir an, dass jemand anderes, eine unbekannte Person, das Restaurant betreten und das Feuer eröffnet hat. Warum ist der Koch nicht einfach davongelaufen?«

»Vielleicht konnte er nicht raus.«

»Die Küche hat einen zweiten Ausgang. Im Bericht heißt es, dass die Tür auf eine Gasse führt.«

»Vielleicht war die Tür von außen abgeschlossen.«

Sie öffnete die Tatortfotos auf ihrem Laptop. Es war absolut unangemessen, den Jungen diese Bilder sehen zu lassen, doch er hatte gute Fragen gestellt, und bisher schien ihn nichts von dem, was er gesehen und gehört hatte, aus der Fassung gebracht zu haben. »Hier«, sagte sie und deutete auf den Hinterausgang. »Es sieht so aus, als sei die Tür nur angelehnt. Es gibt also keinen Grund, warum er nicht hätte davonlaufen sollen. Jeder vernünftige Mensch wäre durch diese Küchentür geflohen, wenn er aus dem Restaurant Schüsse gehört hätte.«

»Was ist mit der Tür da?« Er zeigte auf die Kellertür, die von der Leiche des Kochs versperrt wurde. »Vielleicht wollte er sich da unten verstecken.«

»Der Keller hat keinen Ausgang. Es wäre nicht sinnvoll, in diese Richtung zu fliehen. Schau dir doch die gesamte Spurenlage an, Rat. Er wird mit der Pistole in der Hand gefunden. An seiner Hand sind Schmauchspuren, was bedeutet, dass er in Kontakt mit der Waffe war, als sie abgefeuert wurde.« Sie hielt inne, als ihr die zweite Patronenhülse wieder einfiel. Die Pistole war in der Küche zweimal abgefeuert worden, doch die Zeugen hatten nur einen Schuss gehört. Und die Glock hatte einen Gewindelauf, konnte also mit einem Schalldämpfer versehen werden. Sie versuchte, sich eine andere Abfolge der Ereignisse vorzustellen. Ein unbekannter Täter erschießt kaltblütig Wu Weimin. Er schraubt den Schalldämpfer ab und legt die Waffe in die Hand des Toten. Feuert sie noch einmal ab, um Schmauchspuren auf der Haut des Opfers zu hinterlassen. Das würde erklären, warum nur ein Schuss zu hören gewesen war und warum zwei Patronenhülsen in der Küche lagen. Aber es gab da ein Detail, das sie mit diesem Szenario nicht erklären konnte: warum Wu Weimin, obwohl er die Gelegenheit gehabt hätte, durch den Hinterausgang zu fliehen, freiwillig in der Küche geblieben war.

Ihr Blick fiel auf die Kellertür. Auf die Leiche des Kochs, die davor lag und sie versperrte. Plötzlich dachte sie: Vielleicht konnte er ja nicht fliehen.

Weil er einen sehr guten Grund hatte zu bleiben.

23

»Das Luminol wird wahrscheinlich die ganze Bude aufleuchten lassen wie einen Weihnachtsbaum«, meinte Jane. »Der Makler sagt, nach dem Massaker hätten sie lediglich die Wände abgewaschen und den Boden gewischt. Das Linoleum wurde nie erneuert. Ich bin mir also nicht so sicher, was diese Aktion beweisen soll.«

»Das werden wir erst wissen, wenn wir es uns anschauen, oder?«, erwiderte Maura.

Sie standen vor dem ehemaligen Red Phoenix und warteten auf die Spurensicherung. Für die Untersuchung der Innenräume musste es völlig dunkel sein, und die Abenddämmerung ging gerade erst in die Nacht über. Die feuchte Kälte, die zugleich aufkam, ließ Maura wünschen, sie hätte mehr als nur ihre Regenjacke mitgenommen. Am anderen Ende der Knapp Street leuchtete eine Lampe, doch hier war alles finster, und das Gebäude mit seinen vergitterten Fenstern und dem Metalltor vor dem Eingang wirkte wie ein Gefängnis, in dem die Geister der Vergangenheit eingesperrt waren.

Jane spähte durch das Fenster des Restaurants und schüttelte sich sichtlich. »Wir waren ja schon mal da drin. Ist ein gruseliger Ort, und wahrscheinlich wimmelt es von Kakerlaken. Nichts als kahle Wände und leere Räume. Da gibt es wirklich nichts mehr zu sehen.«

»Das Blut ist mit Sicherheit noch da«, sagte Maura. Mit Putzmittel und Schrubber ließen sich nur die sichtbaren

Spuren beseitigen; das chemische Echo des Bluts blieb an Böden und Wänden zurück. Mit Luminol konnten alte Flecken und Fußabdrücke sichtbar gemacht werden, die bei der ursprünglichen Tatortuntersuchung vielleicht übersehen worden waren.

Maura drehte sich um und kniff die Augen zusammen, als grelles Scheinwerferlicht die Gasse erhellte. Ein Wagen bog um die Ecke und rollte vor ihnen langsam aus. Frost und Tam stiegen aus.

»Habt ihr den Schlüssel?«, rief Jane.

Frost zog ihn aus der Tasche. »Ich musste alles Mögliche unterschreiben, ehe Mr. Kwan bereit war, ihn auszuhändigen.«

»Wozu das Theater? Da drin ist doch gar nichts mehr, was man stehlen könnte.«

»Er sagt, wenn wir irgendetwas kaputt machen, würde das den Wiederverkaufswert beeinträchtigen.«

Jane schnaubte. »Gib mir 'ne Stange Dynamit, dann kann ich den Wiederverkaufswert ganz schnell steigern.«

Frost schloss die Eingangstür auf und tastete nach dem Lichtschalter. Nichts passierte. »Jetzt ist die Birne wohl endgültig durchgebrannt«, sagte er.

In der Dunkelheit hinter der Schwelle bewegte sich etwas, aufgeschreckt durch die plötzliche Invasion. Als Maura ihre Taschenlampe anknipste, sahen sie ein halbes Dutzend Kakerlaken aus dem Lichtkegel davonhuschen und unter der Kassentheke verschwinden.

»Iiih«, sagte Frost. »Ich wette, da drunter wuseln Tausende von den Viechern rum.«

»Vielen Dank«, murmelte Jane. »Das Bild werde ich jetzt nicht mehr aus dem Kopf kriegen.«

Die Strahlen ihrer vier Taschenlampen zuckten hin und

her und durchschnitten die Dunkelheit. Der Raum war, wie Jane ihn beschrieben hatte – Wände und Boden völlig kahl –, doch als Maura sich umblickte, wurde das, was sie sah, von der Erinnerung an die Tatortfotos überlagert. Sie sah Joey Gilmore vor der Theke am Boden liegen. Sah James Fang zusammengebrochen hinter seiner Kasse. Sie ging weiter in die Ecke, wo die Mallorys gestorben waren, und sah vor ihrem inneren Auge die Leichen, wie sie dort gelegen hatten: Arthur mit dem Gesicht nach unten am Tisch zusammengesunken, Dina auf dem Boden ausgestreckt.

»Hallo?«, ertönte eine Stimme von der Straße. »Detective Rizzoli?«

»Wir sind hier drin«, antwortete Jane.

Ein weiteres Paar sich überkreuzender Lichtstrahlen gesellte sich zu den ihren, als zwei Männer von der Spurensicherung den Raum betraten. »Es ist auf jeden Fall dunkel genug hier drin«, sagte einer der beiden. »Und wir müssen auch keine Möbel verrücken, das spart Zeit.« Er ging in die Hocke und nahm den Boden in Augenschein. »Ist das das alte Linoleum?«

»Das hat man uns jedenfalls gesagt«, antwortete Tam.

»So sieht's auch aus. Geprägtes Linoleum, voller Dellen und Kratzer. Dürfte ziemlich hell aufleuchten.« Er ächzte, als er sich aufrichtete; kein Wunder bei seinem Bauch, der aussah, als sei er im neunten Monat schwanger.

Sein wesentlich schlankerer Kollege, der ihn deutlich überragte, fragte: »Was hoffen Sie, hier drin zu finden?«

»Das wissen wir nicht so genau«, erwiderte Jane.

»Es muss doch einen Grund geben, warum Sie sich die Bude nach neunzehn Jahren noch mal vornehmen wollen.«

In der folgenden Stille spürte Maura, wie ihr Gesicht ganz heiß wurde, und sie fragte sich, ob die ganze Verantwortung für diese Aktion auf ihren Schultern abgeladen würde. Dann sagte Jane: »Wir haben Grund zu der Annahme, dass es kein erweiterter Selbstmord war.«

»Wir suchen also nach ungeklärten Fußabdrücken? Spuren eines unbekannten Eindringlings, ja?«

»Das wäre ein Anfang.«

Sein fülliger Kollege seufzte. »Okay, dann kriegen Sie von uns das volle Programm. Ihr Wunsch ist uns Befehl.«

»Ich helfe Ihnen, den Transporter auszuladen«, erbot sich Tam.

Die Männer trugen Scheinwerfer und Videoausrüstung, Kabel und Behälter mit Chemikalien herein. Obwohl alle Glühbirnen in dem Restaurant durchgebrannt waren, war auf den Steckdosen noch Strom, und als sie den Scheinwerfer anschlossen, um den Speisesaal zu beleuchten, wurde es mit einem Schlag blendend hell. Während einer der Kriminaltechniker den Raum mit der Videokamera filmte, nahm sein Partner die Behälter mit Chemikalien aus einer Kühlbox. Jetzt, da es hell war, erkannte Maura die beiden Männer vom Tatorttrupp auf dem Dach wieder.

Der Mann mit der Kamera machte einen langsamen Schwenk durch den Saal und blickte dann auf. »Okay, Ed? Können wir loslegen?«

»Sobald alle ihre Ausrüstung angelegt haben«, erwiderte Ed. »Die Masken sind in der Kiste dort. Müssten eigentlich genug für alle da sein.«

Tam reichte Maura eine Schutzbrille und eine Atemmaske, die sie übers Gesicht zog, um sich vor den Luminoldämpfen zu schützen. Erst als alle ihre Masken angelegt hatten, begann Ed – wenigstens kannte sie jetzt den Namen des großen Dünnen –, die Chemikalien zu mischen. Er rührte die Lösung in einem Glas an und füllte sie dann in eine Sprühflasche um. »Möchte jemand den Beleuchter machen?«

»Ich kann das übernehmen«, sagte Frost.

»Es wird stockfinster sein hier drin, also bleiben Sie neben der Lampe stehen, sonst müssen Sie ständig nach dem Schalter tasten.« Ed sah sich im Raum um. »Wo wollen Sie denn anfangen?«

»Hier«, antwortete Jane und deutete auf den Bereich vor der Kassentheke.

Ed nahm seine Position ein und sah dann zu Frost herüber. »Licht aus!«

Alles wurde schwarz, und die Dunkelheit schien das Geräusch von Mauras Atem unter der Schutzmaske zu verstärken. Nur ganz leise hörte sie das Zischen des Zerstäubers, als Ed einen feinen Nebel aus Luminol versprühte. Plötzlich leuchtete auf dem Boden ein bläuliches geometrisches Muster auf, als das Luminol mit den Resten von altem Hämoglobin reagierte. Wo immer Blut auf einen Fußboden tropft oder spritzt oder fließt, hinterlässt es einen solchen Widerschein. Vor neunzehn Jahren war Blut in dieses Linoleum gesickert und hatte sich so hartnäckig in Spalten und Ritzen festgesetzt, dass es sich nie vollständig würde entfernen lassen, auch nicht durch noch so gründliches Wischen und Scheuern.

»Licht an!«

Frost betätigte den Schalter, und sie standen alle blinzelnd im grellen Schein. Das bläuliche Leuchten war verschwunden; stattdessen war da nur das gleiche Stück Boden, das sie zuvor gesehen hatten.

Tam blickte von den Tatortfotos aus dem Red Phoenix

auf, die er auf seinen Laptop geladen hatte. »Stimmt mit dem überein, was ich hier sehe«, sagte er. »Keine Überraschungen. Das ist genau die Stelle, wo Joey Gilmores Leiche gefunden wurde.«

Nun trugen sie die Kamera mit dem Stativ zu der Nische hinter der Theke, und alle nahmen ihre Positionen ein. Wieder ging das Licht aus, wieder hörten sie das Zischen der Sprühflasche, und ein anderes Stück Boden leuchtete in einer Art Schachbrettmuster auf. Hier war James Fang gestorben. Auch die Wand erstrahlte in gespenstischem Blau, bespritzt mit dem Blut des Kellners, die Flecken wie das verhallende Echo eines Schreis.

In diesem Haus warteten noch mehr Schreie darauf, endlich gehört zu werden.

Sie gingen weiter in die Ecke, wo die Mallorys ihren Verletzungen erlegen waren. Zwei Leichen, das bedeutete die doppelte Anzahl von Blutspritzern, und hier waren die Schreie am lautesten, ein grausiges Schauspiel aus Spritzern und Flecken, die in der Dunkelheit aufleuchteten und langsam wieder verblassten.

Frost schaltete das Licht ein, und eine Weile standen sie alle schweigend da, die Blicke auf das Stück ausgetretenen Linoleums gesenkt, das noch vor Sekunden so hell aufgeleuchtet hatte. Nichts hatte sie bisher überrascht, und doch war das, was sie gesehen hatten, verstörend genug.

»Gehen wir weiter in die Küche«, sagte Jane.

Sie traten durch die Tür. In diesem Raum schien es kälter zu sein, so kalt, dass Maura eine Gänsehaut bekam. Sie blickte sich um, sah einen Kühlschrank, eine alte Dunstabzugshaube und einen Herd. Hier war der Boden aus Beton, eine praktische Lösung für einen Raum, in dem immer wieder Fett- und Soßenspritzer aufgewischt werden mussten. *Und auch Blut.* Sie stand fröstelnd neben der Kellertür, während das Team Scheinwerfer, Kameras und Chemikalien aus dem Speisesaal hereintrug.

Nachdem der Raum hell erleuchtet war, blickten Ed und sein Partner sich stirnrunzelnd um.

»Die Küchengeräte da drüben sehen ganz schön verrostet aus«, meinte Ed. »Das Zeug wird mit dem Luminol reagieren und aufleuchten.«

»Uns geht es um den Fußboden«, erklärte Maura. »Genau an dieser Stelle wurde der Koch gefunden.«

»Dann werden wir da also noch mehr Blut finden. Welche Überraschung.« Der Sarkasmus in seiner Stimme war nicht zu überhören.

»Hören Sie, wenn Sie meinen, dass Sie hier nur Ihre Zeit vergeuden, dann geben Sie mir doch einfach die Flasche, und ich mach's selbst«, fuhr Maura ihn an.

In der plötzlichen Stille wechselten die beiden Kriminaltechniker einen Blick. Ed sagte: »Wollen Sie uns vielleicht sagen, wonach Sie genau suchen, Dr. Isles? Damit wir's auch kapieren.«

»Ich werde es Ihnen sagen, wenn ich es sehe. Fangen wir mit der Tür an, die in den Speisesaal führt.«

Ed nickte Frost zu. »Licht aus.«

Die plötzliche Schwärze war so vollkommen, dass Maura spürte, wie sie leicht ins Schwanken geriet, so jäh aller visuellen Orientierung beraubt, ohne jedes Gefühl dafür, wer oder was sich in ihrer Nähe befand. In dieser Dunkelheit hätte weiß Gott wer neben ihr stehen können, ohne dass sie seine Anwesenheit bemerkt hätte. Die Sprühflasche zischte, und als die leuchtend blauen Streifen sich wie durch Zauberei auf dem Boden ausbreiteten, spürte sie erneut ein Frösteln auf der Haut, als sei ein Phantom an ihr vorübergeglitten. Ja, in diesem Raum sind tatsächlich Geister, dachte sie; die Geister des vergossenen Bluts, die immer noch an diesem Boden haften. Sie hörte das Zischen eines weiteren Luminolstoßes, und weitere Stellen leuchteten hell auf.

»Ich sehe hier Fußabdrücke«, sagte Ed. »Vielleicht von einem Damenschuh, Größe 36 oder 37.«

»Die sind auch auf den Tatortfotos zu sehen«, sagte Tam. »Die Frau des Kochs war die Erste, die den Tatort betrat. Sie wohnte direkt über dem Restaurant. Als sie den Schuss hörte, kam sie durch die Hintertür herein und fand ihren Mann. Sein Blut klebte an ihren Schuhsohlen, als sie in den Speisesaal ging und die anderen Opfer fand.«

»Tja, genau so sieht das hier auch aus. Schuhabdrücke, die in Richtung Speisesaal führen.«

»Der Koch lag genau hier, wo ich jetzt stehe«, sagte Maura. »Wir sollten uns auf diese Stelle konzentrieren.«

»Immer schön eins nach dem anderen, Doc«, sagte der Kriminaltechniker, und Maura konnte hören, dass er verärgert war. »Wir kommen schon noch dazu.«

»Ich habe diesen Abschnitt im Kasten«, meldete sein Kollege.

»Okay, gehen wir weiter.«

Maura hörte wieder die Sprühflasche zischen, und neue Fußabdrücke tauchten auf, ein leuchtendes Protokoll der Bewegungen der Frau an jenem Abend. Sie folgten den Spuren rückwärts, bis plötzlich ein großer, heller Fleck aufschien. Hier war die Stelle, wo sich das Blut aus Wu Weimins Kopfwunde gesammelt hatte. Maura hatte den Obduktionsbericht gelesen, sie hatte die Nahaufnahme der Wunde gesehen – äußerlich betrachtet nur ein kleines, durch Haut und Knochen gestanztes Loch, das über die massiven Zerstörungen des Gehirns hinwegtäuschte. Und doch hatte sein Herz noch einige Sekunden lang das Blut aus der Wunde gepumpt, bis sich diese riesige Lache um seinen Kopf herum gebildet hatte. Hier hatte seine Frau neben ihm gekniet, hier hatte sie ihren Schuhabdruck hinterlassen. *Sein Körper muss noch warm gewesen sein.*

»Licht an.«

Maura blinzelte und starrte auf den Boden, wo jetzt scheinbar nur noch nackter Beton war. Doch während Ed die Flasche wieder mit Luminol auffüllte, konnte sie immer noch diese Lache sehen und die Fußspuren, die die Frau hinterlassen hatte.

»Da drüben noch, und dann sind wir fertig«, sagte Ed und wies auf den Hinterausgang. »Hat die Frau die Küche auf demselben Weg verlassen, wie sie hereingekommen ist?«

»Nein«, antwortete Tam. »Laut Ingersolls Bericht ist sie zum Vorderausgang hinausgerannt und die Knapp Street entlang zur Beach Street gelaufen, um Hilfe zu holen.«

»An diesem Ende dürfte es also kein Blut geben.«

Tam warf einen Blick auf seinen Laptop. »Auf dem Tatortfoto kann ich jedenfalls keins sehen.«

Maura registrierte, wie Ed auf seine Uhr sah. Ja, es wurde allmählich spät, und was sie bisher auf Video festgehalten hatten, war genau das, was sie erwartet hatten. Sie dachte daran, was diese beiden Männer später über sie sagen würden – Bemerkungen, die sicherlich im ganzen Boston PD die Runde machen würden. *Dr. Isles hat uns diesen alten Tatort beackern lassen für nichts und wieder nichts.*

War das Ganze ein Fehler?, fragte sie sich. Habe ich allen hier den Feierabend verdorben, nur weil ich auf die Zweifel eines sechzehnjährigen Jungen gehört habe? Aber sie selbst hatte Rats Zweifel geteilt. Nachdem er in sein Internat zurückgekehrt war und sie in einem Haus zurückgelassen hatte, das ihr plötzlich bedrückend still und leer vorkam, hatte sie viele Stunden damit zugebracht, die ganzen Berichte und Fotos aus den Red-Phoenix-Akten zu studieren. Die verwirrenden Details, die der Junge so prompt erkannt hatte, beunruhigten sie selbst mehr und mehr.

»Bringen wir's hinter uns, dann können wir alle nach Hause fahren«, sagte Jane. Sie klang erschöpft und auch ein wenig verärgert.

Wieder ging das Licht aus, und Maura stand da, die Hände zu Fäusten geballt, froh, dass im Dunkeln niemand ihr Gesicht sehen konnte. Sie hörte, wie die Flasche aufs Neue ihren Luminolnebel versprühte.

Plötzlich stieß Ed hervor: »He, seht ihr das auch?«

»Licht an!«, rief Jane, und Frost knipste die Lampe an.

Im grellen Schein standen sie alle einen Moment schweigend da und starrten auf den kahlen Betonboden.

»Das war auf den Tatortfotos nicht zu sehen«, sagte Tam.

Ed runzelte die Stirn. »Moment, ich spule den Film noch mal zurück«, sagte er. Während sich alle um die Kamera scharten, ließ er die Aufnahme noch einmal von vorn laufen. In der Dunkelheit tauchten drei bläuliche Flecken auf, die in einer Reihe zum Hinterausgang führten. Zwei waren verschmiert und unregelmäßig geformt, doch bei dem dritten handelte es sich unverkennbar um einen winzigen Fußabdruck.

»Vielleicht stehen diese Spuren gar nicht in Zusammenhang mit der Schießerei«, meinte Jane. »Diese Flecken könnten sich über Jahre hinweg angesammelt haben.«

»*Zwei* blutige Zwischenfälle in ein und derselben Küche?«, fragte Tam.

»Wie wollen wir die Tatsache erklären, dass diese Fußabdrücke auf keinem der Tatortfotos auftauchen?«

»Weil jemand sie aufgewischt hat«, sagte Maura leise. »Bevor die Polizei eintraf.« Und doch sind diese Spuren noch vorhanden, dachte sie. Für das menschliche Auge nicht zu erkennen – außer mit Luminol.

Den anderen schien das, was sich da eben gezeigt hatte, die Sprache verschlagen zu haben. Ein Kind war in dieser Küche gewesen, ein Kind, das in das Blut getreten war und eine Spur hinterlassen hatte, die zur Hintertür hinaus auf die Gasse führte.

»Der Keller«, sagte Jane. Sie ging auf die Kellertür zu und riss sie auf. Während Maura neben sie trat, leuchtete Jane mit ihrer Taschenlampe die Holztreppe hinunter. Aus der Dunkelheit stieg ein Geruch nach feuchten Steinen und Schimmel auf. Im Lichtkegel der Lampe erblickte Maura große Fässer und riesige Dosen mit Speiseöl, alles sicherlich verdorben, nachdem es fast zwei Jahrzehnte hier gelagert hatte.

»Der Koch ist hier gestorben; er hat mit seinem Körper die Tür blockiert«, sagte Jane. Sie drehte sich zu Ed um. »Sehen wir uns mal die obersten Stufen an.«

Diesmal gab es keine ungeduldigen Blicke, niemand seufzte oder sah auf seine Uhr. Rasch brachten die Kriminaltechniker das Stativ in Stellung und richteten die Kamera auf die Kellertreppe aus. Alle rückten näher, als das Licht ausging und Ed ein letztes Mal Luminol aus der Flasche sprühte. Jetzt erst sahen sie, dass Blut aus der Küche über die Türschwelle gelaufen und auf die oberste Stufe getropft war.

Eine Stufe, auf der sie den Abdruck einer kleinen Schuhsohle erkennen konnten.

24

»Jemand war an diesem Abend im Vorratskeller, Mrs. Fang. Ein Kind, das möglicherweise weiß, was wirklich passiert ist«, sagt Detective Rizzoli. »Wissen Sie, wer dieses Kind war?«

Die Polizistin beobachtet mich, lauert auf meine Reaktion, während ich verarbeite, was sie soeben gesagt hat. Durch die geschlossene Tür kann ich das scharfe Klacken der Stäbe und die rhythmischen Rufe meiner Schüler bei ihren Kampfübungen hören. Aber hier in meinem Büro herrscht Stille, während ich die möglichen Antworten abwäge. Schon mein Schweigen ist eine Reaktion, und Detective Rizzoli versucht herauszufinden, was es bedeutet. Doch ich lasse nicht zu, dass meine Miene irgendeine Gefühlsregung verrät. Das hier ist zu einer Art Schachspiel zwischen uns beiden geworden, einem Spiel innerhalb des Spiels, von dessen raffinierten Manövern Detective Frost, der ebenfalls dabeisteht und zuschaut, wahrscheinlich gar nichts ahnt.

Die Frau ist meine wahre Widersacherin. Ich sehe ihr unverwandt in die Augen, als ich erwidere: »Woher wissen Sie, dass jemand im Keller war?«

»In der Küche wurden Fußspuren gefunden und auch auf der Kellertreppe. Sie stammen von einem Kind.«

»Aber das war vor neunzehn Jahren.«

»Blut hinterlässt auch nach vielen Jahren noch Spuren, Mrs. Fang«, erklärt Frost. Seine Stimme ist sanfter, die

Stimme eines Freundes, der geduldig erläutert, was ich, wie er glaubt, nicht verstehe. »Mithilfe bestimmter Chemikalien können wir Blutspuren sichtbar machen. Und wir wissen, dass ein Kind aus dem Keller gekommen und in Wu Weimins Blut getreten ist, ehe es dann die Küche durch die Hintertür verließ.«

»Das höre ich jetzt zum ersten Mal. Detective Ingersoll hat das nie erwähnt.«

»Weil er diese Fußabdrücke nicht gesehen hatte«, sagt Detective Rizzoli. »Als die Polizei am Abend der Tat eintraf, waren die Spuren schon verschwunden. Jemand hatte sie aufgewischt.« Sie rückt näher, so nahe, dass ich ihre Pupillen sehen kann, zwei schwarze Löcher inmitten der schokoladenbraunen Iris. »Wer könnte das getan haben, Mrs. Fang? Wer wollte die Tatsache vertuschen, dass ein Kind im Keller war?«

»Warum fragen Sie mich das? Ich war ja nicht einmal im Lande. Ich war zu Besuch bei meiner Familie in Taiwan, als es passierte.«

»Aber Sie kannten Wu Weimin und seine Frau. Sie sprechen Mandarin, genau wie sie. Das Kind im Keller war die Tochter der beiden, nicht wahr?« Sie zieht ein Notizbuch aus der Tasche und liest daraus vor. »Mei Mei, fünf Jahre alt.« Sie sieht mich an. »Was ist aus ihnen geworden, aus der Mutter und der Tochter?«

»Woher soll ich das wissen? Ich konnte erst drei Tage später einen Rückflug bekommen. Da waren sie schon verschwunden. Sie hatten ihre Kleider gepackt, ihr ganzes Hab und Gut. Ich habe keine Ahnung, wohin sie gegangen sind.«

»Warum sind sie geflohen? Vielleicht, weil die Frau eine Illegale war?«

Meine Kiefermuskeln verhärten sich, und ich starre sie erbost an. »Wundert es Sie, dass sie davongelaufen ist? Wenn ich eine Illegale wäre und Sie davon überzeugt wären, dass mein Mann gerade vier Menschen umgebracht hat, wie schnell würden Sie dann *mir* Handschellen anlegen und *mich* abschieben lassen? Das Mädchen mag hier geboren sein, aber Li Hua war es nicht. Sie wollte, dass ihre Tochter in Amerika aufwächst; kann man es ihr da verdenken, dass sie nichts mit der Polizei zu tun haben wollte? Dass sie untergetaucht ist?«

»Wenn sie diese Fußabdrücke weggewischt hat, dann hat sie wichtige Beweise vernichtet.«

»Vielleicht hat sie es getan, um ihre Tochter zu schützen.«

»Das Mädchen war eine Zeugin. Sie hätte die Ermittlungen in eine andere Richtung lenken können.«

»Und würden Sie wirklich eine Fünfjährige in den Zeugenstand setzen und vor Gericht aussagen lassen? Meinen Sie, die Geschworenen würden dem Kind illegaler Einwanderer Glauben schenken, nachdem die ganze Stadt bereits entschieden hat, dass der Vater ein Ungeheuer war?«

Meine Antwort bringt sie aus dem Konzept. Sie schweigt, während sie über die Logik meiner Ausführungen nachdenkt. Während ihr klar wird, dass Li Huas Handlungsweise in Wirklichkeit vernünftig war. Es war die Logik einer Mutter, die alles tat, um ihr Kind vor Behörden zu schützen, denen sie nicht vertraute.

Mit sanfter Stimme sagt Frost: »Wir sind nicht der Feind, Mrs. Fang. Wir versuchen einfach nur, die Wahrheit herauszufinden.«

»Ich habe vor neunzehn Jahren die Wahrheit gesagt«, entgegne ich. »Ich habe der Polizei gesagt, dass Wu Weimin keiner Fliege etwas zuleide tun würde, aber das war es nicht, was sie hören wollten. Für sie war es viel einfacher zu glauben, dass er ein verrückter Chinese war – und wen interessiert es schon, was im Kopf eines Chinesen vor sich geht?« Ich höre die Verbitterung in meiner eigenen Stimme, doch ich unternehme keinen Versuch, sie zu unterdrücken. Die Worte sprudeln aus mir heraus, harsch und unverblümt. »Nach der *Wahrheit* zu suchen, ist viel zu mühsam. So hat die Polizei damals gedacht.«

»Ich denke nicht so«, bemerkt Frost ruhig.

Ich erwidere seinen Blick und sehe die Aufrichtigkeit in seinen Augen. Nebenan ist die Trainingsstunde zu Ende, und ich höre, wie die Schüler den Saal verlassen, höre immer wieder das Zischen, mit dem die Tür sich schließt.

»Wenn Mei Mei in diesem Keller war«, sagt Detective Rizzoli, »dann müssen wir sie finden. Wir müssen wissen, woran sie sich erinnert.«

»Und Sie würden ihr glauben?«

»Das hängt davon ab, was für ein Mädchen sie ist. Was können Sie mir über sie sagen?«

Ich denke eine Weile über die Frage nach, während ich durch den Nebel von neunzehn Jahren zurückblicke. »Ich weiß noch, dass sie vor nichts Angst hatte. Sie konnte keinen Augenblick still sitzen, musste immer herumrennen und -springen. *Kleine Tigerin*, so nannte ihr Vater sie. Wenn meine Tochter Laura vom Babysitten zurückkam, war sie immer völlig erschöpft. Sie sagte mir, sie wollte nie Kinder haben, wenn die so wild wären wie Mei Mei.«

»Ein intelligentes Mädchen?«

Ich sehe sie mit einem traurigen Lächeln an. »Haben Sie Kinder, Detective?«

»Ich habe eine zweijährige Tochter.«

»Und Sie denken wahrscheinlich, dass sie das klügste Kind ist, das je geboren wurde.«

Jetzt ist es an Rizzoli, zu lächeln. »Ich weiß, dass sie das ist.«

»Weil wir das von Kindern immer denken, nicht wahr? Die kleine Mei Mei war so hellwach, so neugierig…« Meine Stimme versagt, und ich schlucke krampfhaft. »Als sie verschwanden, war es, als würde ich meine Tochter noch einmal verlieren.«

»Wohin sind sie gegangen?«

Ich schüttle den Kopf. »Es gab da eine Cousine in Kalifornien, glaube ich. Li Hua war erst Mitte zwanzig und so wunderschön. Sie hat vielleicht wieder geheiratet. Möglich, dass sie einen anderen Namen angenommen hat.«

»Und Sie haben keine Ahnung, wo sie jetzt ist?«

Ich zögere, gerade lange genug, um Zweifel in ihr aufkommen zu lassen. Sie soll sich fragen, ob ich wahrheitsgemäß geantwortet habe. Unsere Schachpartie geht weiter, jeder Zug gefolgt von einem Gegenzug.

»Nein«, antworte ich schließlich. »Ich weiß nicht einmal, ob sie noch lebt.«

Es klopft an der Tür, und Bella betritt das Büro. Ihr Gesicht ist gerötet von der anstrengenden Trainingsstunde, die sie geleitet hat, und ihr kurzes schwarzes Haar steht in die Höhe, feucht vom Schweiß. Sie senkt den Kopf zu einer leichten Verbeugung.

»Sifu, die letzten Schüler für heute sind gerade gegangen. Brauchst du mich noch?«

»Warte einen Moment. Wir sind hier gleich fertig.«

Den beiden Detectives ist klar, dass sie von mir nichts mehr zu erwarten haben, und sie wenden sich zum Gehen. Auf dem Weg zur Tür bleibt Rizzoli kurz stehen und sieht

Bella an. Es ist ein langer, grüblerischer Blick, und ich kann fast sehen, wie die Gedanken in ihrem Kopf sich überschlagen. *Mei Mei war fünf Jahre alt, als sie verschwand. Wie alt ist diese junge Frau? Wäre es möglich?* Aber Rizzoli sagt nichts, sondern nickt uns nur zum Abschied zu und verlässt das Studio.

Als die Tür hinter ihnen ins Schloss gefallen ist, sage ich zu Bella: »Uns bleibt nicht mehr viel Zeit.«

»Wissen sie Bescheid?«

»Sie sind der Wahrheit näher gekommen.« Ich atme tief ein, und es bereitet mir Sorgen, dass ich die neuerliche Müdigkeit nicht abschütteln kann, die mich jetzt zu Boden zieht. Ich kämpfe an zwei Fronten zugleich, und einer meiner beiden Feinde wütet in meinem Knochenmark. Ich weiß: Einer dieser Feinde wird mich mit Sicherheit umbringen.

Die Frage ist nur: Welcher der beiden wird mich zuerst besiegen?

25

Jetzt hatten sie es mit drei vermissten Mädchen zu tun.

Jane trank lauwarmen Kaffee und aß ein Hühnersalat-Sandwich, während sie den wachsenden Papierstapel auf ihrem Schreibtisch durchging. Da waren die Akten über die unbekannte Frau vom Dach, über das Massaker im Red Phoenix und über die Vermisstenfälle Laura Fang und Charlotte Dion. Und sie hatte eine neue Akte zu einem weiteren vermissten Mädchen angelegt: Mei Mei, die Tochter des Kochs, die zusammen mit ihrer Mutter vor neunzehn Jahren spurlos verschwunden war. Mei Mei müsste heute vierundzwanzig Jahre alt sein; vielleicht war sie verheiratet und hatte einen anderen Namen angenommen. Sie hatten keine Fotos von ihr, keine Fingerabdrücke, keinerlei Vorstellung von ihrem Aussehen. Möglicherweise lebte sie gar nicht mehr in den USA. *Oder sie ist direkt vor unserer Nase und arbeitet als Kampfkunstlehrerin in einem Studio in Chinatown,* dachte Jane, und vor ihrem inneren Auge sah sie die unbewegte Miene von Iris' Assistentin Bella Li, deren Vergangenheit sie bereits durchleuchteten.

Von diesen drei Mädchen war nur Mei Mei mit einiger Wahrscheinlichkeit noch am Leben. Die beiden anderen waren ziemlich sicher tot.

Jane wandte ihre Aufmerksamkeit wieder Laura Fang und Charlotte Dion zu – und der erstaunlichen Tatsache, dass es überhaupt eine Verbindung zwischen ihnen gab, trotz der Welten, die sie trennten. Charlotte war weiß und stammte aus einer reichen Familie. Laura war die Tochter chinesischer Einwanderer, die sich nur mit Mühe durchschlugen. Charlotte war in einer Villa in Brookline aufgewachsen, Laura in einer beengten Wohnung in Chinatown. Zwei so verschiedene Mädchen, und doch hatten beide einen Elternteil bei der Schießerei im Restaurant verloren, und jetzt lagen ihre Akten nebeneinander auf einem Schreibtisch im Morddezernat – ein Ort, wo niemand gerne enden würde. Während Jane ihre Akten durchblätterte, gingen ihr die letzten Worte durch den Kopf, die Ingersoll zu ihr gesagt hatte: *Es geht darum, was mit diesen Mädchen passiert ist.*

Waren das die Mädchen, die er gemeint hatte?

Patrick Dions Anwesen wirkte auf Jane nicht minder beeindruckend als bei ihrem ersten Besuch.

Sie fuhr zwischen den beiden Steinsäulen hindurch auf die Privatstraße, vorbei an Birken und Fliederbüschen und hinauf zu dem großen Haus im Kolonialstil, das auf einem Hügel inmitten weiter Rasenflächen thronte. Als sie in der Auffahrt hielt, trat Patrick aus der Haustür, um sie zu begrüßen.

»Danke, dass Sie sich noch einmal Zeit für mich nehmen«, sagte sie, während sie sich die Hand gaben.

»Gibt es etwas Neues über Charlotte?«, fragte er, und es tat weh, die Hoffnung in seinen Augen zu sehen, das Zittern in seiner Stimme zu hören.

»Es tut mir leid, wenn ich mich nicht klar ausgedrückt habe, was den Grund meines Besuchs betrifft«, sagte sie. »Ich fürchte, ich kann Ihnen nichts Neues berichten.«

»Aber Sie sagten doch am Telefon, dass Sie mit mir über Charlotte sprechen wollten.«

»Ja, aber im Zusammenhang mit unserer laufenden Ermittlung. Es geht um den Mord in Chinatown.«

»Was hat das mit meiner Tochter zu tun?«

»Das weiß ich nicht genau, Mr. Dion. Aber uns liegen inzwischen bestimmte Erkenntnisse vor, die mich vermuten lassen, dass Charlottes Verschwinden mit dem Fall eines anderen vermissten Mädchens in Zusammenhang steht.«

»Dieser Spur ist Detective Buckholz doch schon vor Jahren nachgegangen.«

»Ich möchte es trotzdem noch einmal überprüfen. Auch wenn es neunzehn Jahre her ist; ich werde nicht zulassen, dass Ihre Tochter vergessen wird. Das hat Charlotte nicht verdient.«

Sie sah ihn ein paar Tränen wegblinzeln, und sie wusste, dass der Verlust ihn noch schmerzte wie am ersten Tag. Eltern vergessen niemals.

Mit einem müden Nicken sagte er: »Kommen Sie herein. Ich habe ihre Sachen vom Dachboden heruntergeholt, wie Sie es gewünscht haben. Bitte nehmen Sie sich so viel Zeit damit, wie Sie brauchen.«

Sie folgte ihm in die Eingangshalle und bestaunte aufs Neue die glänzenden Parkettböden und die Ölporträts, die aussahen, als wären sie alle mindestens zweihundert Jahre alt. Unwillkürlich musste sie dieses Haus mit Kevin Donohues Villa vergleichen, mit ihren geschmacklosen Möbeln und der Kunst von der Stange. Der Kontrast zwischen altem und neuem Geld hätte nicht deutlicher sein können. Patrick führte sie in das Speisezimmer, wo hohe Bogenfenster den Blick auf einen Seerosenteich freigaben. Auf dem Esstisch aus Palisander, der einem Dutzend Gästen Platz bot, standen verschiedene Pappkartons.

»Das ist alles, was ich aufgehoben habe«, sagte er mit

traurariger Stimme. »Die meisten ihrer Kleider habe ich irgendwann gespendet. Ich denke, das war in Charlottes Sinn. Solche Dinge lagen ihr immer am Herzen – Lebensmittel für die Armen, Wohnungen für Bedürftige.« Er sah sich im Zimmer um und lachte sarkastisch. »Sie denken wahrscheinlich, dass sich das ziemlich heuchlerisch anhört, nicht wahr? So etwas aus dem Mund eines Mannes, der in einem solchen Haus lebt, auf einem solchen Anwesen. Aber meine Tochter hatte *wirklich* ein gutes Herz. Ein großzügiges Herz.« Er griff in einen der Kartons und zog eine zerschlissene Bluejeans heraus, die er anstarrte, als sähe er sie immer noch an den schmalen Hüften seiner Tochter sitzen. »Komisch, aber ich habe es nie übers Herz gebracht, die hier wegzugeben. Bluejeans kommen nie aus der Mode. Wenn sie je zurückkommt, wird sie sich darüber freuen, da bin ich sicher.« Behutsam legte er die Hose in den Karton zurück und seufzte tief.

»Es tut mir so leid, Mr. Dion, dass ich diesen ganzen Kummer in Ihnen wieder aufwühle. Wäre es leichter für Sie, wenn ich die Kartons allein durchsehen würde?«

»Nein, ich muss Ihnen doch alles erklären. Sie würden sonst bei einigen Dingen nicht wissen, was sie bedeuten.« Er griff in eine andere Kiste und entnahm ihr ein Fotoalbum. Einen Moment lang hielt er es an die Brust gepresst, als wollte er sich gar nicht davon trennen. Schließlich bot er es Jane mit beiden Händen dar wie eine kostbare Opfergabe, und sie nahm es mit ebensolcher Ehrfurcht entgegen. »Das ist es wahrscheinlich, was Sie sehen wollen.«

Sie schlug das Album auf. Auf der ersten Seite war das Foto einer jungen blonden Frau zu sehen, die ein rotgesichtiges Neugeborenes im Arm hielt. Das Baby war in eine weiße Decke eingewickelt wie eine winzige Mumie. UNsere Charlotte, 8 Stunden alt, stand in der extravaganten, verschlungenen Schreibschrift einer Frau unter dem Bild. Das also war Dina, als sie noch Patricks blutjunge Braut gewesen war. Bevor Arthur Mallory in ihr Leben getreten war und ihre Ehe zerstört hatte.

»Charlotte war Ihr einziges Kind?«, fragte Jane.

»Dina bestand darauf, dass wir nur eines haben sollten. Damals hatte ich damit kein Problem. Aber jetzt …«

Jetzt bedauert er es, dachte sie. Bedauert, dass er seine ganze Liebe und seine ganzen Hoffnungen auf ein Kind verschwendet hatte, das er eines Tages verlieren würde. Sie blätterte weiter und betrachtete weitere Fotos, die Charlotte als kleines Mädchen mit blauen Augen und blonden Haaren zeigten. Gelegentlich tauchte auch Dina auf, doch Patrick war auf keinem der Bilder zu sehen, außer bisweilen als flüchtiger Schatten am Bildrand, der die Kamera hielt. Jane kam zur letzten Seite des Albums, mit Fotos aus dem Jahr, als Charlotte vier geworden war.

Patrick reichte ihr den nächsten Band.

Im zweiten Album schienen die Jahre schneller zu vergehen; das Mädchen wuchs heran, schien sich alle paar Seiten zu verändern. In den ersten Jahren steht das Kind noch im Mittelpunkt der Aufmerksamkeit, doch wenn die Elternschaft einmal den Reiz des Neuen verliert, tritt das Fotografieren in den Hintergrund, und die Kamera wird nur noch bei besonderen Anlässen hervorgeholt. Die Party zum fünften Geburtstag. Die erste Ballettvorführung. Ein Besuch in New York. Plötzlich war aus dem pausbäckigen kleinen Engel eine grimmig dreinblickende Jugendliche geworden, die in ihrer Schuluniform vor dem Eingang der Bolton Academy posierte.

»Auf diesem Foto ist sie zwölf Jahre alt«, erklärte Patrick. »Ich weiß noch, wie sie diese Uniform gehasst hat. In diesem karierten Stoff würde jedes Mädchen fett aussehen, meinte sie, und deswegen würde die Schule sie zwingen, sie zu tragen. Um die Mädchen hässlich aussehen zu lassen, weil sie dann keinen Ärger mit den Jungs bekämen.«

»Ist sie nicht gerne nach Bolton gegangen?«

»O doch, durchaus. Aber ich gebe zu, dass ich nicht gerade begeistert war, sie ziehen zu lassen. Es ist mir wirklich verdammt schwergefallen, mein kleines Mädchen ans Internat zu verlieren. Dina bestand darauf, weil es die Schule war, die sie selbst absolviert hatte – ein Ort, wo ein Mädchen *die richtigen Leute kennenlernen* konnte. So hat Dina es formuliert.« Er hielt inne. »Mein Gott, das hört sich jetzt wahrscheinlich total oberflächlich an, aber Dina waren solche Dinge nun einmal extrem wichtig. Dass Charlotte sich mit den richtigen Leuten anfreundete und den richtigen Mann heiratete.« Nach einer Pause fügte er ironisch hinzu: »Aber dann kam alles ganz anders, und es war Dina, die ihren künftigen Ehemann in Bolton kennenlernte.«

»Es muss sehr schwer für Sie gewesen sein, als Dina Sie verließ.«

Patrick zuckte resigniert mit den Achseln. »Ich habe es akzeptiert. Was hätte ich sonst tun sollen? Und komischerweise habe ich Arthur Mallory sogar gemocht. Wie überhaupt die ganze Familie – Barbara und auch Mark, ihren Sohn. Das waren alles anständige Leute. Aber gegen die Hormone ist kein Kraut gewachsen. Ich glaube, ich habe meine Frau an Arthur verloren, als die beiden sich das erste Mal begegnet sind. Ich konnte nur danebenstehen und zusehen, wie meine Ehe in die Brüche ging.«

Jane schlug die letzte Seite auf und betrachtete das Bild, mit dem das Album schloss. Es war ein Hochzeitsfoto, und in der Mitte stand das frischgebackene Brautpaar, Dina und Arthur Mallory, beide in festlicher Garderobe. Flankiert wurden sie von ihren Kindern, Mark an der Seite seines Vaters, Charlotte an der ihrer Mutter. Während Bräutigam und Braut übers ganze Gesicht strahlten, wirkte Charlotte irgendwie benommen, als wüsste sie nicht recht, wie sie eigentlich dazu kam, neben diesen Leuten zu stehen.

»Wie alt ist Charlotte auf diesem Foto?«, fragte Jane.

»Da muss sie dreizehn gewesen sein.«

»Sie wirkt ein bisschen verloren.«

»Es ging alles so schnell; ich glaube, wir waren alle ziemlich vor den Kopf gestoßen. Wir hatten die Mallorys erst ein Jahr zuvor kennengelernt, als sowohl Charlotte als auch Mark beim Weihnachtskonzert der Bolton Academy auftraten. Ein Jahr später waren wir alle wieder zu Weihnachten in Bolton, aber da hatte Dina mich schon wegen Arthur verlassen. Und ich war plötzlich alleinerziehender Vater einer Tochter.«

»Charlotte ist nach der Scheidung bei Ihnen geblieben?«

»Ich habe mit Dina darüber gesprochen, und wir hielten es beide für das Beste, wenn ich das Sorgerecht bekäme, sodass Charlotte in dem Haus bleiben konnte, in dem sie aufgewachsen war. Charlotte sollte alle paar Monate ein Wochenende bei Dina und Arthur verbringen, aber sie reisten so viel, dass sie kaum einmal zu Hause waren.«

»Und es gab keinen Rechtsstreit, kein Tauziehen um Ihre Tochter?«

»Wenn zwei Menschen sich scheiden lassen, bedeutet das noch nicht, dass sie einander gleichgültig sind. Wir mochten uns immer noch. Und wir gehörten jetzt alle miteinander zu einer großen Familie. Nur Arthurs Exfrau, Barbara, hatte leider Probleme damit, die Scheidung zu akzeptieren, und sie blieb bis zum Schluss verbittert. Aber ich sah keinen Sinn darin, einen alten Groll mit mir herumzuschleppen. Wir sind schließlich zivilisierte Menschen.«

Das hatte auch Ingersoll in seinem Bericht geschrieben: dass das Verhältnis zwischen Patrick Dion und seiner Exfrau auch nach der Scheidung herzlich geblieben sei. Jetzt, da sie es aus Patricks eigenem Mund hörte, konnte sie es tatsächlich glauben.

»Sie haben sogar ihr letztes Weihnachtsfest hier bei mir verbracht«, sagte er. »Arthur, Dina und Mark. Wir saßen hier an diesem Tisch beisammen und haben gegessen. Und Geschenke ausgepackt.« Er blickte sich am Tisch um, als könnte er immer noch ihre Geister dort sitzen sehen. »Ich weiß noch, dass Charlotte dort gesessen hat, am Kopfende. Sie hat Mark nach Harvard gefragt, wollte wissen, ob es ihm dort gefiel. Dina schenkte ihr eine Perlenkette. Zum Nachtisch gab es Kürbiskuchen. Und hinterher bin ich mit Mark nach unten in meine Schreinerwerkstatt gegangen, weil er so gerne mit den Händen arbeitet. Ein Harvard-Student, der am liebsten schöne Möbel bauen würde.« Patrick blinzelte und sah Jane an, als wäre ihm gerade erst wieder eingefallen, dass sie da war. »Jetzt sind sie alle tot, und nur noch Mark und ich sind übrig.«

»Sie beide scheinen sich gut zu verstehen.«

»Oh, er ist ein prächtiger junger Mann.« Patrick hielt inne, und plötzlich lächelte er. »Mark ist schon neununddreißig, aber für jemanden in meinem Alter ist jeder ein junger Mann, der die vierzig noch nicht überschritten hat.«

Jane zog ein weiteres Buch aus dem Karton – diesmal kein Familienalbum, sondern ein Jahrbuch der Bolton Academy. Das Siegel der Schule war in Gold auf den rotbraunen Ledereinband geprägt.

»Da war sie in der zehnten Klasse«, sagte Patrick mit einem Blick auf den Einband. »Das war das Jahr, bevor sie …« Er brach ab, und seine Miene verfinsterte sich. »Ich habe mit dem Gedanken gespielt, die Schule wegen Vernachlässigung der Aufsichtspflicht zu verklagen. Sie haben meine Tochter ohne angemessene Betreuung auf einen Ausflug mitgenommen. Sie waren schließlich an einem öffentlichen Ort, in der Faneuil Hall! Sie hätten damit rechnen müssen, dass einige der Schüler sich von der Gruppe entfernten oder dass ein Fremder sie ansprechen könnte. Aber die Lehrer haben einfach nicht aufgepasst, und plötzlich war mein Mädchen verschwunden. Und ich war auf der anderen Seite des Teichs und konnte nichts, aber auch gar nichts tun, um sie zu retten.«

»Soviel ich weiß, waren Sie damals in London?«

Er nickte. »Zu einem Meeting mit potenziellen Investoren, um mein verdammtes Vermögen noch zu mehren. Ich würde alles auf der Stelle hergeben, wenn ich nur …« Er stand unvermittelt auf. »Ich glaube, ich könnte jetzt einen Drink gebrauchen. Darf ich Ihnen auch ein Gläschen anbieten?«

»Danke, nein. Ich muss noch fahren.«

»Ah, die verantwortungsbewusste Polizistin. Wenn Sie mich bitte entschuldigen würden«, sagte er und verließ das Zimmer.

Jane schlug das Jahrbuch auf und blätterte, bis sie auf die Seiten stieß, die der zehnten Klasse gewidmet waren. Sie entdeckte Charlottes Foto in der untersten Reihe. Das blonde Haar fiel ihr lose über die Schultern, und ihre Lippen waren ganz leicht zu einem wehmütigen Lächeln verzogen. Sie war ein hübsches Mädchen, doch die Tragödie schien sich bereits in ihren Zügen abzuzeichnen, als wüsste sie schon, dass die Zukunft nur Kummer und Leid für sie bereithielt. Unter dem Foto war eine Liste ihrer Hobbys und Aktivitäten abgedruckt. THEATERGRUPPE. KUNST. ORCHESTER. TENNISTEAM.

Orchester. Sie erinnerte sich, dass Charlotte Bratsche gespielt hatte. Und sie wusste auch, dass Laura Fang Geige gespielt hatte. Die Mädchen mochten in verschiedenen Welten aufgewachsen sein, aber ihr gemeinsames Interesse hatte der Musik gegolten.

Sie blätterte das Jahrbuch durch, bis sie zur Rubrik »Aktivitäten« kam. Dort entdeckte sie wiederum Charlotte, abgelichtet zusammen mit zwei Dutzend anderen Musikschülerinnen und -schülern. Das Mädchen saß in der zweiten Reihe der Streichergruppe, mit ihrem Instrument auf dem Schoß. Die Bildunterschrift lautete: MUSIKDIREKTORIN CANDACE FORSYTH MIT DEM ORCHESTER DER BOLTON ACADEMY.

Sie hörte, wie Patrick ins Esszimmer zurückkam, in der Hand ein Glas, in dem Eiswürfel klirrten. »Kannte Ihre Tochter ein Mädchen namens Laura Fang?«, fragte Jane ihn.

»Detective Buckholz hat mir dieselbe Frage gestellt, nachdem Charlotte verschwunden war. Ich sagte ihm, dass ich den Namen noch nie gehört hatte. Erst später erfuhr ich, dass Laura Fang ein Mädchen war, das zwei Jahre vor Charlotte verschwunden war. Da erst wurde mir klar, warum er mich nach ihr gefragt hatte.«

»Sie wissen also von keiner Verbindung zwischen den Mädchen? Charlotte hat Lauras Namen nie erwähnt?«

Er betrachtete das Foto des Schulorchesters. »Ihr Kind kommt nach Hause und erzählt von diesem Mädchen oder jenem Jungen. Wie soll man sich als Vater die ganzen Namen merken?«

Er hatte recht – das konnte man von Eltern unmöglich verlangen.

Jane blätterte zum Ende des Jahrbuchs, zu den Seiten über die Schüler des Abschlussjahrgangs. Sie ließ den Blick über die Fotos der properen Burschen in ihren Bolton-Uniformen aus blauem Blazer und rotem Halstuch wandern. Da war Mark Mallory – sein Gesicht ein wenig schmaler, sein Haar länger und lockiger als heute. Schon damals war er ein gut aussehender junger Mann gewesen, ein Kandidat für Harvard. Unter seinem Foto waren seine Hobbys aufgezählt: LACROSSE, ORCHESTER, SCHACH, FECHTEN, THEATER.

Wieder Orchester. So hatten die Dions und die Mallorys sich schließlich kennengelernt – über ihre musikalischen Kinder, die am Weihnachtskonzert teilgenommen hatten.

»Ich kann mir nicht recht vorstellen, wie irgendetwas davon Ihnen weiterhelfen soll«, sagte Patrick. »Detective Buckholz hat mir all diese Fragen schon vor neunzehn Jahren gestellt.«

Sie sah ihn an. »Vielleicht sind die Antworten heute andere.«

Als Jane Brookline verließ und auf dem Massachusetts Turnpike Richtung Westen fuhr, hatte sie die Nachmittagssonne in den Augen. Bis Worcester kam sie zügig voran, doch der Verkehr von dort nach Norden war zäh und führte über Nebenstraßen, die zum Teil wegen Asphaltierungsarbeiten nur einspurig befahrbar waren. Als sie endlich an der Bolton Academy ankam, war es fast fünf Uhr. Sie fuhr durch das Tor in eine geschwungene Auffahrt, beschattet von uralten Eichen. Vor dem Hauptgebäude saßen drei Mädchen auf den Steinstufen und unterhielten sich. Sie blickten nicht einmal auf, als Jane ihren Wagen parkte und ausstieg. Die Schülerinnen waren vielleicht fünfzehn oder sechzehn, alle drei schlank und hübsch, von der Natur perfekt ausgestattet für ihren biologischen Zweck auf Erden – nämlich den, junge Männer anzulocken.

»Entschuldigen Sie. Ich möchte zu Mrs. Forsyth, der Musikdirektorin«, sagte Jane.

Die drei Grazien starrten sie teilnahmslos an. Selbst in ihren karierten Röcken und weißen Baumwollblusen brachten sie es fertig, dass Jane sich in ihrer Gegenwart hoffnungslos unmodisch vorkam.

»Sie ist in der Bennett Hall«, sagte eines der Mädchen schließlich.

»Und wo ist die?«

Das Mädchen streckte seinen schlanken Arm aus und deutete auf ein herrschaftliches Gebäude auf der anderen Seite des Rasens. »Da drüben.«

»Danke.« Während Jane den Rasen überquerte, spürte sie, wie die Blicke der Mädchen ihr folgten – diesem fremdartigen Wesen aus der Welt der gewöhnlichen Leute. Die Internatswirklichkeit schien wenig mit Harry Potters Zauberschule Hogwarts gemein zu haben – es war eher ein Tummelplatz für arrogante Elite-Sprösslinge. Jane erreichte die Vortreppe der Bennett Hall und blickte zu den weißen Säulen auf, zu dem kunstvoll gestalteten Ziergiebel. Das ist, als ob man den Olymp erklimmt, dachte sie, als sie die Stufen hinaufstieg und die Halle betrat.

Aus dem Gang zu ihrer Linken waren kratzige Geigentöne zu vernehmen. Sie folgte ihnen zu einem Klassenzimmer, wo ein junges Mädchen auf einem Stuhl saß und mit grimmiger Konzentration den Bogen schwang, kritisch beobachtet von einer silberhaarigen Frau.

»Mein Gott, Amanda, dein Vibrato hört sich an wie eine

Hochspannungsleitung! Ich werde ganz nervös, wenn ich dir nur zuhöre. Und du drückst der armen Geige ja schier den Hals ab. Du musst dein Handgelenk entspannen.« Die Frau ergriff die linke Hand des Mädchens und schüttelte sie kräftig. »Komm schon, lass locker!«

Plötzlich bemerkte die Schülerin Jane und erstarrte. Die Frau drehte sich um und sagte: »Ja, bitte?«

»Mrs. Forsyth? Wir haben telefoniert. Ich bin Detective Rizzoli.«

»Wir sind hier gleich fertig.« Die Lehrerin wandte sich zu ihrer Schülerin um und seufzte. »Du bist heute total verspannt, da hat es gar keinen Sinn, mit der Stunde fortzufahren. Geh zurück auf dein Zimmer und mach deine Lockerungsübungen. Beide Hände. Geschmeidige Handgelenke sind das A und O für eine Geigerin.«

Resigniert packte das Mädchen ihr Instrument ein. Sie war schon im Begriff, das Zimmer zu verlassen, als sie abrupt stehen blieb und sich an Jane wandte. »Sie sagten, Sie sind Detective. Sind Sie bei der Polizei oder so was?«

Jane nickte. »Boston PD.«

»Das ist ja voll cool. Ich will mal FBI-Agentin werden.«

»Nur zu. Die können durchaus mehr Frauen gebrauchen.«

»Tja, erzählen Sie das mal meinen Eltern. Die sagen, Polizeiarbeit ist was für *andere* Leute«, murmelte sie und schlurfte zur Tür hinaus.

»Ich fürchte, aus diesem Mädchen wird nie eine gute Musikerin«, meinte Mrs. Forsyth.

»Soviel ich weiß, gehört Geigespielen nicht zu den Einstellungsvoraussetzungen beim FBI«, sagte Jane.

Mit dieser ironischen Bemerkung erntete sie bei dieser Frau keine Punkte. Mrs. Forsyth bedachte sie mit einem kühlen Blick. »Sie sagten, Sie hätten einige Fragen, Detective?«

»Ja, über ein Mädchen, das vor neunzehn Jahren Ihre Schülerin war. Sie spielte Bratsche im Schulorchester.«

»Sie kommen wegen Charlotte Dion, habe ich recht?« Als Jane nickte, seufzte sie. »Natürlich ist es wegen Charlotte. Die eine Schülerin, die man uns einfach nicht vergessen lässt. Selbst nach so vielen Jahren macht Mr. Dion uns immer noch Vorwürfe, nicht wahr? Wir sind angeblich schuld, dass er seine Tochter verloren hat.«

»So etwas ist für Eltern immer schwer zu akzeptieren. Das verstehen Sie doch sicher.«

»Das Boston PD hat den Fall untersucht, und es war nie die Rede von Fahrlässigkeit seitens unserer Schule. Wir hatten mehr als genug Aufsichtspersonen bei diesem Ausflug, ein Verhältnis von eins zu sechs. Und das war schließlich kein Kindergartenausflug; es handelte sich um Teenager. Die brauchen ja nun wirklich keinen Babysitter mehr.« Halblaut fügte sie hinzu: »Obwohl das bei Charlotte vielleicht wirklich besser gewesen wäre.«

»Wieso?«

Mrs. Forsyth zögerte. »Es tut mir leid, das hätte ich nicht sagen sollen.«

»War Charlotte schwierig?«

»Ich spreche nicht gern schlecht über die Toten.«

»Ich glaube, die Toten würden wollen, dass der Gerechtigkeit Genüge getan wird.«

Nach einer Weile nickte die Frau. »Ich will nur das eine über sie sagen: Sie gehörte nicht zu unseren Spitzenschülerinnen. Oh, es mangelte ihr nicht an Intelligenz, das sah man an den Noten ihres Eingangstests. Und im ersten Jahr an unserer Schule zeigte sie auch gute Leistungen. Aber nach der Scheidung ihrer Eltern ließ sie stark nach, und in den meisten Fächern schaffte sie nur mit Müh und Not die Prüfungen. Natürlich hatten wir Mitleid mit ihr, aber bei uns kommt jeder zweite Schüler aus einer Scheidungsfamilie. Die meisten schaffen es, sich mit der Situation abzufinden und nach vorn zu blicken. Aber nicht Charlotte. Sie war immer so mürrisch und verdrießlich. Es schien fast, als würde sie allein schon durch ihr permanentes Selbstmitleid das Unglück regelrecht anziehen.«

Für eine Frau, die angeblich nicht schlecht von den Toten reden wollte, hatte Mrs. Forsyth erstaunlich wenig Hemmungen, vom Leder zu ziehen.

»Man kann es ihr ja kaum zum Vorwurf machen, dass sie ihre Mutter verloren hat«, wandte Jane ein.

»Nein, natürlich nicht. Das war ganz furchtbar, diese Schießerei in Chinatown. Aber ist Ihnen nicht auch schon aufgefallen, dass manche Menschen geradezu vom Pech verfolgt werden? Sie verlieren ihren Ehepartner und ihre Arbeit und bekommen dann auch noch Krebs, alles im selben Jahr. So ein Mensch war Charlotte, immer trübsinnig, immer vom Unglück verfolgt. Das mag ein Grund sein, weshalb sie offenbar kaum Freunde hatte.«

Das war so ganz und gar nicht der Eindruck, den Jane nach dem Gespräch mit Patrick von Charlotte gewonnen hatte. Es überraschte sie, von dieser Seite ihres Charakters zu hören.

»Laut Schuljahrbuch scheint sie aber eine gesunde Mischung von Interessen gehabt zu haben«, sagte Jane. »Musik zum Beispiel.«

Mrs. Forsyth nickte. »Sie war eine ganz ordentliche Bratschistin, aber ich hatte nie den Eindruck, dass sie mit dem Herzen bei der Sache war. Erst in der neunten Klasse war sie so weit, dass sie das Vorspielen für den Workshop des Boston Summer Orchestra bestand. Aber es half ihr, dass sie Bratsche spielte. Bratschen sind immer gefragt.«

»Wie viele Schüler haben an diesem Workshop teilgenommen?«

»Das waren jedes Jahr einige von hier. Es ist der beste Workshop in ganz Neuengland, geleitet von Mitgliedern des Bostoner Symphonieorchesters. Ein sehr erlesener Kreis.« Mrs. Forsyth machte eine Pause. »Ich weiß, wonach Sie als Nächstes fragen werden. Nach diesem chinesischen Mädchen, das auch verschwunden ist, nicht wahr?«

Jane nickte. »Sie haben meine Gedanken gelesen. Ihr Name war Laura Fang.«

»Sie soll ja ein talentiertes Mädchen gewesen sein. Das habe ich gehört, nachdem sie verschwunden war. Einige meiner Schüler waren mit ihr zusammen beim Workshop.«

»Aber nicht Charlotte?«

»Nein. Charlotte bestand das Vorspielen erst im Jahr nach Lauras Verschwinden, also können sie sich dort nicht begegnet sein – um die nächste Frage zu beantworten, die Sie mir sicher gestellt hätten.«

»Sie erinnern sich noch an all diese Einzelheiten, obwohl es schon neunzehn Jahre her ist?«

»Ja, weil ich erst kürzlich wieder mit diesem Detective darüber gesprochen habe.«

»Mit welchem Detective?«

»An seinen Namen kann ich mich nicht erinnern. Es ist ein paar Wochen her. Da müsste ich in meinem Terminkalender nachsehen.«

»Ich wäre Ihnen dankbar, wenn Sie das jetzt gleich tun könnten.«

Verärgerung blitzte in den Augen der Frau auf, als wäre

ihr diese Mühe schon zu viel. Dennoch ging sie zu ihrem Schreibtisch und kramte dort in einer Schublade, bis sie den Terminkalender gefunden hatte. Sie blätterte darin und nickte. »Hier. Er rief mich am zweiten April an, um einen Termin zu vereinbaren. Ich fand, dass er für einen Detective ein bisschen alt aussah, aber Erfahrung ist in diesem Beruf wohl auch etwas wert.«

Ein bisschen alt. Und er hatte Fragen über vermisste Mädchen gestellt. »War sein Name Ingersoll?«

Mrs. Forsyth blickte auf. »Sie kennen ihn also.«

»Haben Sie denn nicht in den Nachrichten davon gehört? Detective Ingersoll ist tot. Er wurde letzte Woche erschossen.«

Der Terminkalender fiel Mrs. Forsyth aus der Hand und klatschte auf ihren Schreibtisch. »Mein Gott. Nein, das habe ich nicht gewusst.«

»Warum war er hier, Mrs. Forsyth? Warum hat er nach Charlotte gefragt?«

»Meine Vermutung war, dass ihr Vater Druck gemacht hatte, weil er immer noch auf Antworten hoffte. Ich habe es Mark Mallory gegenüber erwähnt, bei dem Empfang für die Ehemaligen vor ein paar Wochen, aber er wusste nichts davon.«

»Haben Sie Mr. Dion selbst gefragt?«

Sie errötete. »Die Bolton Academy vermeidet jeglichen Kontakt mit Mr. Dion. Um … keine alten Ressentiments aufzuwühlen.«

»Erzählen Sie mir ganz genau, was Detective Ingersoll zu Ihnen gesagt hat.«

Die Frau sank auf den Stuhl hinter ihrem Schreibtisch. Plötzlich wirkte sie kleiner und längst nicht mehr so einschüchternd, offensichtlich geschockt über diesen Einbruch der brutalen Wirklichkeit da draußen in ihren Elfenbeinturm aus Büchern und Partituren. »Entschuldigen Sie, ich muss einen Moment nachdenken …« Sie schluckte. »Er hat eigentlich gar nicht so viel nach Charlotte gefragt. Mehr nach dem anderen Mädchen.«

»Laura Fang.«

»Unter anderem.«

»Unter anderem?«

»Er hatte eine Liste. Eine lange Liste mit vielleicht einem Dutzend Namen. Er fragte mich, ob ich welche davon kenne. Ob ehemalige Schülerinnen von Bolton darunter seien. Ich verneinte.«

»Erinnern Sie sich an irgendwelche Namen von dieser Liste?«

»Nein. Wie gesagt, ich kannte keinen davon. Er sagte mir, das seien alles Mädchen, die wie Laura verschwunden waren.« Mrs. Forsyth richtete sich auf und sah Jane an. »Mädchen, die nie wieder aufgetaucht sind.«

26

»Das hier sind die Verbindungsdaten der letzten dreißig Tage von Detective Ingersolls Mobiltelefon und seinem Festnetzanschluss«, sagte Tam und breitete die Blätter so auf dem Tisch des Besprechungsraums aus, dass Jane und Frost sie sehen konnten. »Eine Liste sämtlicher Anrufe, die er im Lauf des vergangenen Monats getätigt und erhalten hat. Auf den ersten Blick springt einem nichts ins Auge. Das meiste ist Alltagskram. Telefonate mit seiner Tochter, seinem Zahnarzt, seiner Kabelgesellschaft, seiner Kreditkartenfirma. Ein Anruf bei dem Angelcamp in Maine, wo er Urlaub gemacht hat. Und mehrere Anrufe beim Pizzaservice um die Ecke.«

»Mann, der hat aber ganz schön viel Pizza gegessen«, bemerkte Frost.

»Sie werden auch feststellen, dass er Angehörige der Opfer aus dem Red Phoenix angerufen hat. Das war am dreißigsten März sowie am ersten April. Also am Jahrestag des Massakers und kurz danach.«

»Ich habe sowohl mit Mrs. Gilmore als auch mit Mark Mallory gesprochen«, sagte Frost. »Beide haben bestätigt, dass Ingersoll sie angerufen hat, um herauszufinden, ob sie wieder diesen anonymen Brief erhalten hatten wie er selbst auch. Den gleichen, den sie Jahr für Jahr in der Post haben.«

»Aber dann sind da noch ein paar Anrufe auf der Liste, aus denen ich anfangs nicht schlau wurde«, fuhr Tam fort.

»Die ließen sich überhaupt nicht einordnen.« Er tippte mit dem Finger auf eine der Telefonnummern. »Hier zum Beispiel. Sechster April, Lowell. Hundesalon ›My Best Friend‹.« Tam sah seine Kollegen an. »Soweit wir wissen, hat Ingersoll nie einen Hund besessen.«

»Vielleicht hatte er was mit der Hundefriseurin«, meinte Jane.

»Ich habe die Nummer angerufen«, sagte Tam. »Dort hat man nie von ihm gehört, und sie hatten ihn auch nicht in ihrer Kundenkartei. Ich dachte mir, er hätte sich vielleicht verwählt.« Er zeigte auf einen anderen Eintrag. »Dann ist da dieser Anruf am achten April, eine Nummer in Worcester. Sie gehört einem Dessousgeschäft namens ›Shady Lady‹.«

Jane zog eine Grimasse. »Ich bin mir nicht sicher, ob ich die Details dazu hören möchte.«

»Als ich in dem Laden anrief«, sagte Tam, »konnte dort niemand etwas mit dem Namen Ingersoll anfangen. Also ging ich davon aus, dass er auch hier eine falsche Nummer gewählt hatte.«

»Eine plausible Annahme.«

»Aber falsch. Er hat diese Nummer bewusst gewählt.«

»Bitte sagen Sie mir, dass er die sexy Unterwäsche für eine Freundin gekauft hat und nicht für sich selbst«, stöhnte Jane.

»Es ging gar nicht um sexy Unterwäsche. Sein Anruf galt nicht dem Dessousgeschäft, sondern dem Teilnehmer, dem diese Nummer *früher* gehört hatte.«

Jane runzelte die Stirn. »Wie haben Sie das herausbekommen?«

»Nach Ihrem Besuch in der Bolton Academy habe ich mir die Vermisstendatei von Massachusetts vorgenommen, wie

Sie es mir aufgetragen hatten. Ich stellte eine Liste sämtlicher Mädchen zusammen, die in den vergangenen fünfundzwanzig Jahren in diesem Staat verschwunden sind.«

»So weit sind Sie zurückgegangen?«, fragte Frost.

»Charlotte ist vor neunzehn Jahren verschwunden, Laura Fang vor einundzwanzig Jahren. Ich habe mehr oder weniger willkürlich den Schnitt bei fünfundzwanzig Jahren gesetzt, um auf der sicheren Seite zu sein, und ich bin froh, dass ich es getan habe.« Tam zog ein Blatt aus einer prallvollen Mappe und schob sie Jane über den Tisch zu. Ungefähr in der Mitte der Seite war eine Telefonnummer rot eingekringelt. »Das ist die Nummer, die Ingersoll angerufen hat; die Nummer, die jetzt Shady Lady gehört. Vor zweiundzwanzig Jahren war dieselbe Nummer einem Mr. Gregory Boles in Worcester zugewiesen. Vor zwölf Jahren wurde sie an einen anderen Teilnehmer neu vergeben. Und seit vier Jahren ist es die Nummer von Shady Lady Dessous. Telefonnummern wechseln immer wieder, und seit mehr und mehr Leute ihren Festnetzanschluss aufgeben, ist die Fluktuation noch größer. Ich glaube, dass das der Teilnehmer ist, den Detective Ingersoll eigentlich erreichen wollte. Aber Boles ist vor zwölf Jahren aus Massachusetts weggezogen.«

»Wer ist Gregory Boles?«, fragte Frost.

Jane ließ den Blick über die Liste mit Telefonnummern wandern, da durchzuckte sie plötzlich die Erkenntnis. »Das sind die Kontaktnummern aus der Kinder-Vermisstendatei.« Sie blickte auf.

Tam nickte. »Gregory Boles ist der Vater eines vermissten Mädchens. Ich hatte mir eigentlich vorgenommen, sämtliche offenen Fälle in diesem Staat noch einmal zu sichten. Jedes Mädchen unter achtzehn Jahren, das in den vergangenen fünfundzwanzig Jahren verschwunden ist.« Er deutete auf die dicke Mappe, die er mitgebracht hatte. »Aber dann wurde mir klar, was für eine Herkulesarbeit es wäre, diesen ganzen Aktenberg durchzugehen, um nach eventuellen Verbindungen zu Charlotte oder Laura zu suchen. Und ehrlich gesagt war ich auch ein bisschen sauer, dass Sie mir diesen Job aufs Auge gedrückt hatten, weil ich dachte, es wäre reine Beschäftigungstherapie.«

»Aber dann sind Sie doch noch auf etwas gestoßen«, sagte Jane.

»Allerdings. Mir kam die Idee, dass ich die Telefonnummern von Ingersolls Verbindungsnachweis mit denen aus den Akten abgleichen könnte. Jede einzelne Nummer, die er entweder mit seinem Handy oder von seinem Festnetzanschluss aus angerufen hatte. Nach den Verbindungsdaten zu schließen, hatte er Anfang April damit begonnen, bestimmte Familien ausfindig zu machen. Dann brechen die Anrufe abrupt ab. Sowohl vom Handy als auch vom Festnetz.«

»Weil er glaubte, er würde abgehört«, sagte Jane. Ein Verdacht, der sich bestätigt hatte: Die Kriminaltechniker hatten in der Tat in Ingersolls Festnetztelefon eine Wanze gefunden.

»Aber aufgrund der Anrufe, die er bis zu diesem Zeitpunkt getätigt hatte, können wir davon ausgehen, dass dies die vermissten Mädchen sind, auf die er sich konzentriert hat.« Tam schob ihr ein einzelnes Blatt zu.

Jane sah nur drei Namen. »Was wissen wir über diese Mädchen?«

»Sie waren verschieden alt. Dreizehn, fünfzehn und sechzehn. Sie verschwanden alle drei in einem Umkreis von hundertfünfzig Meilen um Boston. Zwei waren weiß, eine asiatisch.«

»Wie Laura Fang«, bemerkte Frost.

»Und wie Laura waren es alles ›brave‹ Mädchen, wenn man so will«, sagte Tam. »Einser- oder Zweierschülerinnen, nie mit dem Gesetz in Konflikt geraten, kein Grund zu der Annahme, dass sie von zu Hause weglaufen würden. Vielleicht hat Ingersoll sie deswegen in dieser Liste zusammengefasst. Er glaubte, das sei der gemeinsame Nenner.«

»Wie alt sind diese Fälle?«, fragte Frost.

»Diese Mädchen sind vor über zwanzig Jahren verschwunden.«

»Er hat sich also nur alte Fälle angesehen? Warum nicht auch neuere?«

»Das weiß ich nicht. Vielleicht hatte er gerade erst angefangen. Wenn er nicht ermordet worden wäre, hätte er vielleicht noch mehr Namen herausgefunden. Was ich nicht verstehe, ist, warum er sich eigentlich so in diese Geschichte reingehängt hat. Er war gar nicht mit diesen Vermisstenfällen befasst, als er noch beim Boston PD war. Was hat ihn also jetzt daran so fasziniert? War ihm der Ruhestand vielleicht zu langweilig?«

»Vielleicht hatte ihn jemand als Privatdetektiv engagiert. Etwa eine der Familien.«

»Das war auch mein erster Gedanke«, pflichtete Tam ihr bei. »Ich habe alle drei Familien erreicht, aber keine hat Ingersoll engagiert. Und wir wissen auch, dass Patrick Dion es nicht getan hat.«

»Dann ist er vielleicht aus eigenem Antrieb aktiv geworden«, meinte Frost. »Er wäre nicht der erste Cop, der mit dem Ruhestand nicht klarkommt.«

»Keines dieser drei Mädchen dürfte ein Fall für das Boston PD gewesen sein«, sagte Jane. »Sie sind alle aus anderen Polizeibezirken.«

»Aber Charlotte Dion ist in Boston verschwunden. Und auch Laura Fang. Vielleicht waren die beiden für Ingersoll der Ausgangspunkt – der Grund, warum er sich mit der Sache befasst hat.«

Jane sah auf die Namen der drei neuen Mädchen. »Und jetzt ist er tot«, sagte sie leise. »Verdammt, in was für ein Minenfeld hat er sich da begeben?«

»In Kevin Donohues Revier«, sagte Tam trocken.

Jane und Frost blickten zu ihm auf. Obwohl Tam noch keine zwei Wochen in ihrem Team mitarbeitete, hatte er sich schon einen ziemlich arroganten Ton angewöhnt. Mit seinem Anzug und seiner Krawatte, der akkuraten Kurzhaarfrisur und dem eisigen Blick hätte er als Geheimagent oder eine Figur aus einem Men-in-Black-Comic durchgehen können. Kein Typ, mit dem man schnell Freundschaft schloss – Jane jedenfalls konnte sich nicht vorstellen, je mit ihm beim Bier in der Kneipe zu hocken.

»Auf der Straße erzählt man sich, dass Donohue seit Jahren die Finger im Mädchenhandel hat. Prostitution ist nur einer seiner verschiedenen Geschäftszweige.«

Jane nickte. »Tja, das gibt dem Namen *Donohues Fleischgroßhandel* eine ganz neue Bedeutung.«

»Was ist, wenn er sich die Mädchen auf diese Weise beschafft?«

»Indem er Einserschülerinnen kidnappt?« Jane schüttelte den Kopf. »Scheint mir doch eine ziemlich riskante Methode, um an minderjährige Prostituierte ranzukommen. Das kann man auch einfacher haben.«

»Aber das wäre die Verbindung zwischen allem. Joey Gilmore, den vermissten Mädchen und dem Red Phoenix. Vielleicht war Ingersoll auf die Spur zu Donohue gestoßen, und da bekam er es mit der Angst zu tun. In diesem Moment hörte er auf, seine Telefone zu benutzen. Denn er wusste, wenn Donohue Wind davon bekäme, wäre er ein toter Mann.«

»Ingersoll *ist* ein toter Mann«, stellte Jane fest. »Was wir nicht wissen, ist, *warum* er angefangen hat, Fragen zu stellen. Er war schon seit Jahren im Ruhestand – woher dann dieses plötzliche Interesse an vermissten Mädchen?«

»Vielleicht«, erwiderte Tam, »müssen wir die Frage anders stellen: Für wen hat er gearbeitet?«

Jetzt waren es also sechs.

Jane saß an ihrem Schreibtisch und ging noch einmal durch, was sie über die drei neuen Namen auf der Liste wusste. Der erste Vermisstenfall war der von Deborah Schiffer, 13, aus Lowell in Massachusetts. Die Tochter eines Arztes und einer Lehrerin wurde beschrieben als eins siebenundfünfzig groß, fünfundvierzig Kilo schwer, mit braunen Haaren und braunen Augen. Vor fünfundzwanzig Jahren war sie irgendwo zwischen ihrer Schule und dem Haus ihrer Klavierlehrerin verschwunden. Deborah war eine hervorragende Schülerin, galt als schüchterner Bücherwurm und hatte, soweit bekannt, nie einen Freund gehabt. Wäre sie im Zeitalter des Internets aufgewachsen, dann wüssten sie jetzt wohl wesentlich mehr über sie, doch damals waren Facebook, MySpace und Chatrooms noch nicht erfunden.

Anderthalb Jahre später verschwand das zweite Mädchen auf der Liste. Die fünfzehnjährige Patricia Boles war zuletzt in einem Einkaufszentrum gesehen worden, wo ihre Mutter sie abgesetzt hatte. Drei Stunden später war Patricia nicht am vereinbarten Treffpunkt erschienen. Sie war eins sechzig groß und siebenundvierzig Kilo schwer, hatte blondes Haar und blaue Augen. Wie Deborah Schiffer war sie eine überdurchschnittlich gute Schülerin, die nie Ärger gemacht hatte. Ihr Verschwinden hatte zweifellos mit dazu beigetragen, dass die Ehe ihrer Eltern bald darauf zerbrach. Die Mutter starb sieben Jahre später; der Vater, den Jane endlich an seinem jetzigen Wohnsitz in Florida erreichen konnte, wollte am liebsten gar nicht über seine Tochter sprechen, die er vor so langer Zeit verloren hatte. »Ich bin wieder verheiratet und habe jetzt drei Kinder. Es tut zu weh, auch nur Pattys Namen zu hören«, sagte er zu Jane am Telefon. Ja, er hatte im Lauf der Jahre öfter Anrufe von der Polizei wegen des Falls bekommen. Ja, er hatte vor Kurzem mit Detective Ingersoll gesprochen. Aber aus diesen Telefonaten hatte sich nie irgendetwas ergeben.

Nach Patty Boles' Verschwinden verging über ein Jahr, ehe das nächste Mädchen vermisst wurde. Sherry Tanaka war sechzehn, klein und zierlich, und besuchte die elfte Klasse der Highschool in Attleboro. Sie verschwand eines Nachmittags aus ihrem Elternhaus. Die Haustür war nur angelehnt, ihre Hausaufgaben lagen noch auf dem Esszimmertisch. Ihre Mutter, die heute in Connecticut lebte, hatte kürzlich einen Brief von Detective Ingersoll erhalten, in dem er sie um ein Gespräch über Sherry bat. Der Brief war auf den vierten April datiert und über eine Reihe älterer Adressen weitergeleitet worden. Erst gestern hatte sie ihn unter der angegebenen Nummer zu erreichen versucht, doch es hatte sich niemand gemeldet.

Weil Ingersoll da schon tot war.

Mrs. Tanaka kannte keines der Mädchen auf der Liste, und sie hatte auch noch nie von Charlotte Dion gehört. Doch der Name Laura Fang war ihr bekannt, weil Laura wie Sherry asiatischer Herkunft war, und dieses Detail war Mrs. Tanaka im Gedächtnis geblieben. Sie hatte sich gefragt, ob es da vielleicht eine Verbindung gebe. Vor Jahren hatte sie deswegen die Polizei in Attleboro angerufen, aber sie hatte bis heute nichts von dort gehört.

Dass in Massachusetts in einem Zeitraum von sechs Jahren drei Mädchen verschwanden, war an sich keine Überraschung. Jahr für Jahr verschwanden im ganzen Land Tausende von Kindern im Alter zwischen zwölf und siebzehn, von denen viele zweifellos von Fremden entführt worden waren. In Massachusetts waren im gleichen Zeitraum Dutzende von Mädchen verschwunden, Mädchen aus derselben Altersgruppe, die aber nicht auf Ingersolls Liste gelandet waren. Warum hatte er sich auf genau diese drei Opfer konzentriert? Weil sie im gleichen Alter und von ähnlicher Statur waren? Oder weil sie alle an Orten entführt worden waren, die vom Highway 495, dem Autobahnring um den Großraum Boston, leicht zu erreichen waren?

Und dann war da die siebzehnjährige Charlotte Dion. Sie war älter gewesen als die anderen Mädchen und im Gegensatz zu den beiden eine eher schlechte und unmotivierte Schülerin. Wie passte sie in das Muster?

Vielleicht gab es ja kein Muster. Vielleicht hatte Ingersoll nach Verbindungen gesucht, die gar nicht existierten.

Jane schob die Unterlagen zu den drei Mädchen beiseite und wandte sich der Akte über Charlotte zu, die Detective Buckholz angelegt hatte. Sie war wesentlich dicker als die von Laura Fang, und Jane musste annehmen, dass es wegen des Namens Dion war. Geld spielte sehr wohl eine Rolle, auch wenn es um Recht und Gerechtigkeit ging. Oder vielleicht gerade dann. Das Verschwinden eines Kindes verfolgte die Eltern bis an ihr Lebensende, und auch viele Jahre später fragten sie sich vielleicht noch, ob diese junge Frau, die gerade auf der Straße an ihnen vorübergegangen war, ihre verlorene, inzwischen längst erwachsene Tochter sein könnte. Oder war es doch nur eine Fremde wie all die anderen, deren Lächeln, deren Gesichtszüge ihnen einen Sekundenbruchteil lang quälend vertraut vorgekommen waren?

Jane öffnete den Umschlag, der die wahrscheinlich letzten Fotos von Charlotte enthielt. Sie hatten sie aus dem Bildarchiv des *Boston Globe* bekommen. Es waren ein Dutzend Fotos, aufgenommen bei der gemeinsamen Trauerfeier für Arthur und Dina Mallory. Die schrecklichen Umstände ihres Todes und die ausführliche Berichterstattung in den Medien über das Massaker im Red Phoenix hatten an diesem Tag fast zweihundert Menschen auf den Friedhof gelockt, so der Artikel im *Globe*, und der Fotograf hatte in mehreren Totalen die dunkel gekleidete Gruppe festgehalten, die an den zwei offenen Gräbern stand.

Doch die fesselndsten Bilder waren die Nahaufnahmen der Familie. Charlotte stand genau in der Mitte, der dramatische Blickpunkt der Komposition – kein Wunder, war sie doch mit ihrem blassen Gesicht, ihrem langen blonden Haar und ihrer grazilen Gestalt geradezu die Verkörperung der Trauer. Sie hatte die Hand zum Mund gehoben, wie um ein Schluchzen zu unterdrücken, und ihre Züge waren verzerrt, fast so, als empfände sie körperliche Schmerzen. Zu ihrer Rechten stand ihr Vater Patrick, der sie mit besorgter Miene beobachtete. Doch sie hielt den Körper von ihm abgewandt, als ob er nicht sehen sollte, wie sie litt.

Am Bildrand stand Mark Mallory. Sein dunkles Haar war damals länger und wirrer gewesen, doch mit seinen zwanzig Jahren hatte er bereits den muskulösen Körperbau und die breiten Schultern eines Mannes. Er stand neben einer hageren Frau mittleren Alters, die im Rollstuhl saß, und hatte ihr die Hand auf die Schulter gelegt. Jane nahm an, dass es sich bei der Frau um Marks Mutter Barbara handelte, Arthurs Exfrau. Barbara saß da und starrte die Särge an, wohl ohne sich bewusst zu sein, dass das Klicken eines Kameraverschlusses für alle Zeiten ihren Gesichtsausdruck festhalten würde – einen Ausdruck nicht etwa der Trauer, sondern einer verstörenden Kälte und Distanziertheit. Als ob der Mann dort in dem Sarg ihr nichts bedeutete. Oder weniger als nichts – schließlich hatte Arthur sie wegen Dina verlassen, und wenngleich Mark behauptete, es habe keinen Groll zwischen seinen Eltern gegeben, erzählte diese Aufnahme von Barbaras Gesicht doch eine ganz andere Geschichte. Hier war die verlassene Frau, an den Gräbern ihres Exmanns und der Frau, die ihn ihr weggenommen hatte. Hatte sie in diesem Moment einen Anflug von Befriedigung empfunden? Einen Hauch von Triumph, weil sie beide überlebt hatte?

Jane nahm sich das nächste Foto vor. Es war aus dem gleichen Blickwinkel aufgenommen, doch hier war Charlottes Gesicht verschwommen, da sie sich noch weiter von ihrem Vater abwandte, ihr ganzer Körper in der Bewegung vornübergebeugt. Auf dem nächsten Bild sah Patrick ihr mit gerunzelter Stirn nach, während sie weiterging, die Hand immer noch an den Mund gepresst, das Gesicht verzerrt. In der nächsten Aufnahme war sie schon fast aus dem Bildausschnitt verschwunden, und nur noch ihr Rücken war zu sehen, ihr Rock ein verschwommener schwarzer Fleck. Ein weiteres Klicken des Verschlusses, und von Charlotte war nichts mehr zu sehen, ebenso wenig Mark. Patrick Dion und Barbara Mallory blieben zurück, und ihre Mienen verrieten Verwirrung darüber, dass ihre Kinder die Trauergesellschaft verlassen hatten.

Was lief da zwischen Mark und Charlotte ab? War er ihr gefolgt, um ihr seine Hilfe anzubieten?

Auf dem nächsten Foto beugte sich Patrick linkisch herab, um Barbara zu umarmen – die beiden verlassenen Ehegatten, die einander Trost spendeten. Es war ein kunstvoll komponiertes Bild; die Umarmung spiegelte sich im glänzenden Holz eines der Särge.

Die letzte Aufnahme zeigte, wie die Trauergesellschaft sich auflöste; die meisten wandten dem Doppelgrab bereits den Rücken zu. Vielleicht ein Sinnbild dafür, dass für die Hinterbliebenen das Leben immer weitergeht. Auf diesem letzten Foto war Charlotte erneut zu sehen. Sie ging neben ihrem Vater, und Patrick hatte den Arm fest um ihre Taille gelegt. Aber Charlotte verrenkte den Hals, um einen letzten Blick zurück zum Grab ihrer Mutter zu werfen, und auf ihrem Gesicht lag ein sehnsüchtiger und verzweifelter Ausdruck, als ob sie sich am liebsten auf den Sarg ihrer Mutter geworfen hätte. Der Mutter, die ihre Tochter fünf Jahre zuvor im Stich gelassen hatte.

Jane legte das Foto auf den Tisch, überwältigt von Trauer um Charlottes Schicksal. Sie dachte an ihre eigene Mutter, dachte an die vielen kleinen Dinge, die sie an Angela nervten. Und dennoch zweifelte Jane nicht einen Moment daran, dass ihre Mutter sie liebte und ihr Leben für sie opfern würde, genau wie Jane ohne Zögern ihr eigenes Leben für Regina hingeben würde. Als Dina die Scheidung eingereicht und die Familie verlassen hatte, war Charlotte erst zwölf gewesen, in jenem heiklen Alter am Ende der Kindheit. Zwar hatte sie noch einen Vater, der sie von Herzen liebte, doch gab es Geheimnisse, die ein Mädchen nur von seiner Mutter lernen konnte, die Geheimnisse des Frauseins. *Wer war da, um dich in diese Geheimnisse einzuweihen, Charlotte?*

Gegen zwölf ging Jane hinunter in die Cafeteria, um sich einen Kaffee und ein Schinkensandwich zu holen. Sie nahm beides mit nach oben und aß und trank an ihrem Schreibtisch; nicht, weil es ihr schmeckte, sondern aus purer Notwendigkeit. Dann wischte sie sich die Mayonnaise von den Fingern und schaltete ihren Computer ein, um sich die Datei mit den Tatortfotos des Ingersoll-Mords anzusehen. Während sie sich durch die Bilder seiner Wohnung klickte und sich an den Geruch der Sträucher erinnerte, die den Gartenweg säumten, an den Schein seines Fernsehapparats, der durch das Fenster fiel, spürte sie, wie ihr Herz lauter pochte. *Das war der Abend, an dem ich hätte sterben sollen.* Sie atmete tief durch und zwang sich, die Fotos ruhig und mit kritischer Distanz zu studieren. Sie sah sich das Bild der Küche an, wo Ingersoll mit dem Kopf in einer Lache seines eigenen Bluts lag. Klickte weiter zu dem Foto seines Arbeitszimmers, mit den durchwühlten Schubladen, der leeren Stelle auf dem Schreibtisch, wo ein Computer gestanden haben musste. Bei ihrem letzten Telefonat hatte Ingersoll Jane erzählt, dass in seinem Haus eingebrochen worden sei. Dies war das Chaos, das er bei der Rückkehr von seinem Angelausflug vorgefunden hatte – ganz offensichtlich hatte es diesen Einbruch tatsächlich gegeben. Schließlich klickte sie noch ein Foto des Schlafzimmers an, wo Ingersolls geschlossener Koffer noch auf dem Boden stand. Er war nicht einmal mehr zum Auspacken gekommen.

Dann sah sie sich die Fotos seines Ford Taurus an, der vor dem Haus auf der Straße parkte. Im Wagen lagen noch die typischen Hinterlassenschaften einer langen Autofahrt herum: leere Kaffeebecher, eine zusammengeknüllte Fast-Food-Tüte, eine Tageszeitung – die *Bangor Daily*. An diesem Abend, über und über mit Blut befleckt und aufgewühlt von dem Vorfall in der Gasse, hatte Jane den Wagen nicht selbst durchsucht, sondern Frost und Tam diese Aufgabe überlassen. Frost schrieb in seinem Bericht, dass sie im Handschuhfach eine Quittung von einer Tankstelle in Greenville, Maine, gefunden hatten, die eine Woche zuvor ausgestellt worden war. Das bestätigte die Aussage der Tochter, wonach Ingersoll zu einem Angeltrip in den Norden gefahren war.

Noch einmal ging sie die Fotos durch, klickte eins nach dem anderen an. Wohnzimmer, Esszimmer, Küche, Schlafzimmer. Als sie das, was sie suchte, nirgends finden konnte, rief sie Frost an.

»Habt ihr irgendwo im Haus einen Angelkasten gefunden?«, fragte sie.

»Äh, nein. Kann mich nicht erinnern, einen gesehen zu haben.«

»Wer fährt denn ohne Angelkasten zum Angeln?«

»Vielleicht hat er alles dort in dem Camp gemietet, wo er auch gewohnt hat.«

»Hast du mit dem Geschäftsführer da oben gesprochen?«

»Schon. Aber nach dem Angelzeug habe ich ihn nicht gefragt.«

»Ich ruf ihn an.«

»Wieso?«

»Kommt mir einfach merkwürdig vor, das ist alles.« Sie legte auf und nahm das Blatt mit Ingersolls Verbindungsdaten aus der Mappe. Sie überflog die Nummern, bis sie eine mit der Vorwahl 207 gefunden hatte. Ingersoll hatte von seinem Festnetzanschluss aus angerufen.

Sie wählte die Nummer. Es läutete fünfmal, dann meldete sich eine männliche Stimme mit einem knappen »Loon Point«.

»Hier Detective Rizzoli vom Boston PD. Dürfte ich fragen, mit wem ich spreche?«

»Joe. Haben Sie etwa noch eine Frage?«

»Wie bitte?«

»Na, gestern hat schon mal jemand vom Boston PD angerufen. Mein Sohn Will war dran.«

»Das muss Detective Frost gewesen sein. Wo ist Loon Point eigentlich genau?«

»Wir sind direkt am Moosehead Lake. Haben ein Dutzend nette Ferienhäuschen hier oben.«

»Sie hatten kürzlich einen Gast namens Ingersoll.«

»Ja, Will hat schon gesagt, dass Ihre Kollegen nach ihm gefragt haben. Meine Frau hat ihn damals eingecheckt, aber sie ist heute nicht da. Ich kann Ihnen nicht mehr sagen, als dass er fünf Tage geblieben ist und dass wir kaum was von ihm gesehen haben.« Er brach ab, um seinem Sohn zuzurufen: »Will, hilfst du vielleicht mal den Leuten da, ihre Sachen aus dem Boot zu laden? Sie haben schon am Anleger festgemacht!« Dann wandte er sich wieder Jane zu: »Tut mir leid, Ma'am. Hier geht's gerade ziemlich zu. Ich würde Ihnen ja wirklich gern helfen, aber viel mehr kann ich Ihnen nicht sagen. Hat uns sehr leidgetan, als wir gehört haben, dass er tot ist.«

»War das Mr. Ingersolls erster Aufenthalt in Loon Point?«

»Kann mich nicht erinnern, ihn schon mal hier gesehen zu haben.«

»Seit wann arbeiten Sie dort?«

»Von Anfang an. Der Laden gehört mir. Hören Sie, ich muss jetzt los und meinen Gästen zur Hand gehen.«

»Eine letzte Frage noch. Hat Mr. Ingersoll eine Angelausrüstung gemietet, als er bei Ihnen war?«

»Ja, hat er. Will hat ihm geholfen, eine Rute und eine Rolle auszusuchen. Aber viel gefangen hat er, glaube ich, nicht.«

Janes Blick ging zu ihrem klingelnden Handy. »Vielen Dank, Mr. …«

»Patten. Wenn Sie noch Fragen haben, rufen Sie einfach noch mal an.«

Sie legte ihr Bürotelefon auf, griff nach dem Handy und sah, dass der Anruf aus dem Labor kam. »Rizzoli.«

Am anderen Ende meldete sich Erin Volchko, die Kriminaltechnikerin. »Ich habe ja im Lauf der Zeit schon die erstaunlichsten Dinge gesehen, aber das da ist wirklich der Hammer.«

»Worum geht es?«

»Um dieses Metallfragment, das die Rechtsmedizin uns geschickt hat. Es steckte in der Halswirbelsäule der unbekannten Toten vom Dach.«

»Genau. Ein Splitter von der Klinge.«

»Und es ist anders als jedes Metall, das mir je untergekommen ist.«

27

Als Jane das Labor betrat, warteten Frost und Tam bereits auf sie. Bei ihnen war ein Mann, den sie noch nie gesehen hatte – ein freundlicher, dunkelhäutiger Herr, den Erin als Dr. Calvin Napoleon Cherry vom Arthur M. Sackler Museum der Harvard-Universität vorstellte.

»Als mir klar wurde, worum es sich bei diesem Metall handeln könnte, bat ich Dr. Cherry, einen Blick darauf zu werfen«, sagte Erin. »Wenn irgendjemand die Antwort weiß, dann er.«

Dr. Cherry reagierte mit einem verlegenen Lachen. »Nun übertreiben Sie mal nicht.«

»Nun ja, Ihr Name taucht in jedem zweiten Artikel auf, der zu diesem Thema veröffentlicht wird. Ich wüsste keinen besseren Experten, an den man sich um Rat wenden könnte.«

»Was ist Ihre Aufgabe im Sackler Museum, Dr. Cherry?«, fragte Jane.

Er hob bescheiden die Schultern. »Ich bin Kurator der dortigen Waffensammlung. Ich habe meine Doktorarbeit über die metallurgische Analyse von Klingen geschrieben, und zwar speziell über chinesische und japanische. Beide sind eng miteinander verwandt, wenn auch die handwerklichen Traditionen sich bereits vor Jahrhunderten auseinanderentwickelt haben.«

»Sie glauben also, dass diese Klinge in Asien hergestellt wurde?«

»Da bin ich mir fast sicher.«

»Und das können Sie an einem so kleinen Splitter erkennen?«

»Schauen Sie mal her«, sagte Erin und setzte sich an ihren Computer. »Ich zeige Ihnen die Bilder, die ich Dr. Cherry Anfang der Woche geschickt habe. Das hier sind Mikrofotografien des Fragments.« Sie drückte ein paar Tasten, worauf ein Muster aus grauen Wirbeln und Wellen auf dem Bildschirm erschien.

»Was Sie hier sehen«, erklärte Dr. Cherry, »nennt sich Damaszener-Stahl oder auch Damast. Dieses Wellenmuster entsteht dadurch, dass verschiedene Schichten von Metall wieder und wieder gefaltet und gehämmert werden, sodass weicherer und gehärteter Stahl sich abwechseln. Je mehr solcher Schichten vorliegen, desto besser und robuster ist das Schwert. In China wird der beste Stahl *bailian jinggang* genannt, das heißt ›hundertmal geschmiedeter Stahl‹. Und dabei entstehen die Muster, die Sie hier sehen. Wir sprechen von den Adern der Klinge.«

»Wenn das eine chinesische Waffe ist«, meinte Frost, »wieso heißt es dann ›Damaszenerstahl‹?«

»Um das zu erklären, muss ich Ihnen etwas über die Geschichte der chinesischen Waffentechnik erzählen. Natürlich nur, wenn es Sie interessiert.« Er hielt inne und sah die drei Detectives an.

»Fahren Sie fort«, sagte Jane.

Dr. Cherrys Augen leuchteten, als gäbe es kein Thema, das ihn mehr begeisterte. »Gehen wir zurück zu den Anfängen der Schwertherstellung. Vor Tausenden von Jahren begannen die Chinesen, Klingen aus Stein zu fertigen. Die nächste Stufe war dann Bronze; ein weiches, schweres Metall, das als Waffenmaterial seine Grenzen hat. Dann ging man zu Eisen über, doch von solchen Schwertern sind nicht viele erhalten, da Eisen rostet und nur sehr wenig davon übrig bleibt. Ironischerweise haben Sie größere Chancen, ein Bronzeschwert zu finden als eines aus Eisen, obwohl die Bronze viele Jahrhunderte älter ist.«

»Aber wir sprechen doch hier von Stahl«, meinte Tam. »Nicht von Eisen.«

»Und kennen Sie den Unterschied zwischen Stahl und Eisen?«

Tam zögerte. »Wenn ich mich richtig erinnere, hat es etwas mit dem Hinzufügen von Kohlenstoff zu tun.«

»Sehr gut!« Dr. Cherry strahlte. »Das weiß nicht jeder – nicht einmal alle meine Erstsemesterstudenten in Harvard. Wir haben jetzt also die mittlere Han-Dynastie erreicht, vor rund zweitausend Jahren, als die Schwertmacher lernten, Stahl zu schmieden, zu falten und ihn in Streifen und Bahnen zu hämmern. Die Technik wurde wahrscheinlich in Indien entwickelt und breitete sich später nach China und in den Mittleren Osten aus. Und so kam es auch zu dem Namen Damaszenerstahl.«

»Aber er stammt gar nicht aus Damaskus«, sagte Frost.

»Nein, er kommt ursprünglich aus Indien. Aber eine gute Idee wird sich früher oder später immer verbreiten, und nachdem die Technik China erreicht hatte, entwickelte sich das Schwertschmieden erst zu einer wahren Kunst. Im Lauf der Jahrhunderte wechselte die technische Qualität der Schwerter je nach dem Stand der kriegerischen Auseinandersetzungen. Jeder neue Konflikt bringt in der Regel die Entwicklung neuer Waffen mit sich. Als während der Song-Dynastie die Mongolen einfielen, führten sie den Säbel nach China ein. Die Chinesen übernahmen diesen Säbel und passten die Form ihrem eigenen geschwungenen

Schwert an. Das Ergebnis ist unter dem Namen *Dao* bekannt, und er wurde von der Kavallerie als Hiebwaffe benutzt. Wir sprechen hier von Klingen, die wirklich rasiermesserscharf waren, und Sie können sich vorstellen, was das auf dem Schlachtfeld für ein Gemetzel gab. Es muss zu massenhaften Verstümmelungen und Enthauptungen gekommen sein.«

Es war ein grausiges Bild, das Jane sich nur allzu lebhaft vorstellen konnte. Sie erinnerte sich an die Begegnung in der Passage. Das Zischen der Klinge, das warme Blut, das ihr ins Gesicht spritzte. Dr. Cherrys sanfte Stimme stand in krassem Kontrast zu den Gräueln, die er schilderte.

»Wer würde denn da freiwillig Soldat werden? Ich jedenfalls nicht«, meinte Frost.

»Vielleicht hätten Sie ja keine Wahl gehabt«, entgegnete Dr. Cherry. »Im alten China waren bewaffnete Konflikte fast an der Tagesordnung. Verschiedene Kriegsherren befehdeten einander, dazu kamen Invasionen von Mongolen und Piraten.«

»Piraten? In China?«

Dr. Cherry nickte. »Während der Ming-Dynastie terrorisierten japanische Piraten die chinesische Küste. Bis ein Held namens General Qi Jiguang mit seinen Truppen eingriff und die Piraten besiegte.«

»Ich kann mich erinnern, von ihm gehört zu haben«, sagte Tam. »Meine Großmutter erzählte mir, General Qi habe fünftausend Piraten den Kopf abgeschlagen. Seine Abenteuer gaben wunderbare Gutenachtgeschichten ab.«

»Pah«, murmelte Jane. »Und mich haben sie mit Schneewittchen und den sieben Zwergen abgespeist.«

»General Qis Elitesoldaten waren für ihre ausgeklügelte Taktik berühmt«, fuhr Dr. Cherry fort. »Und ihre bevorzugte Waffe war der Dao. Der chinesische Säbel.« Er deutete auf das vergrößerte Bild auf Erins Monitor und sagte mit Ehrfurcht in der Stimme: »Allein die Vorstellung, dass dieses Fragment wahrscheinlich aus dieser Zeit stammt …«

»Von einem chinesischen Säbel?«, fragte Jane.

»Ja.«

»Wie können Sie das anhand eines so kleinen Bruchstücks sagen? Könnte es nicht auch von einem japanischen Samuraischwert stammen?«

»Ich denke, möglich wäre es, da die Japaner die Technik des Schwertschmiedens schließlich von den Chinesen gelernt haben.«

»Und an Samuraischwerter kommt man leicht heran«, sagte Tam. »Die sieht man öfter im Schaufenster von Messer-Spezialgeschäften.«

»Ah, aber die verkaufen keine Schwerter wie dieses.«

»Was ist denn daran so besonders?«, fragte Jane.

»Sein Alter, bestimmt mit der C14-Methode.«

Jane runzelte die Stirn. »Ich dachte, die C14-Methode könnte man nur bei organischem Material anwenden. Und hier geht es um Stahl.«

»Kommen wir noch einmal auf die Technik der Schwertherstellung im Altertum zurück«, sagte Dr. Cherry. »Die traditionelle Methode bestand darin, Eisensand in einer Esse zu schmelzen. Dieses Eisen wurde dann mit Kohlenstoff versetzt, um Stahl zu gewinnen. Aber woher bekam man den Kohlenstoff? Nun, man nahm einfach Holzasche.«

»Und Holz ist organisch«, sagte Tam.

»Genau. Wir haben den Kohlenstoffanteil aus dieser Probe mittels Verbrennung nach der Sealed-Tube-Methode extrahiert«, sagte Erin. »Und dann wurde der Kohlenstoff analysiert.«

»Das Fragment musste also zerstört werden?«

»Leider ja. Um das Alter des Kohlenstoffs zu bestimmen, musste die Probe geopfert werden. Nur so konnten wir genau ermitteln, wie alt das Objekt ist.«

»Und da erlebten wir dann die große Überraschung«, warf Dr. Cherry ein. Seine Stimme bebte vor Aufregung.

»Ich nehme an, diese Waffe wurde nicht in irgendeinem Messergeschäft um die Ecke gekauft«, sagte Jane.

»Es sei denn, dieser Laden würde mit sehr alten Antiquitäten handeln.«

»Und was heißt ›alt‹ in diesem speziellen Fall?«

Dr. Cherry deutete auf die Mikroaufnahme. »Der Stahl, den Sie hier sehen, wurde in der Ming-Dynastie geschmiedet. Mit der C14-Methode lässt sich der Zeitraum auf die Jahre zwischen 1540 und 1590 eingrenzen.« Er sah Jane an, und seine Augen leuchteten. »Und das ist zufällig die Zeit von General Qis legendärer Armee. Ein so kunstvoll gefertigter Säbel könnte von einem seiner Elitesoldaten geführt worden sein. Vielleicht hat er sogar einige Piraten einen Kopf kürzer gemacht.«

Jane starrte den Computerbildschirm an. »Diese Waffe ist fast fünfhundert Jahre alt? Und sie ist noch funktionsfähig?«

»Es ist möglich, ein solches Schwert sehr, sehr lange zu erhalten, aber es braucht besondere Pflege, insbesondere, wenn diese Waffe tatsächlich auf dem Schlachtfeld eingesetzt wurde. Blut greift Stahl an, auch wenn es noch so gründlich abgewischt wird. Wenn die Klinge der Luft ausgesetzt ist, sind Rost und Lochfraß die Folge. Sie müsste über Jahrhunderte regelmäßig gereinigt und poliert worden sein, und das allein verschleißt das Metall und macht die Schneide brüchig. Das könnte der Grund sein, warum ein Splitter von der Klinge im Hals des Opfers abgebrochen ist. Die Waffe hat schlicht und einfach das Ende ihrer Lebensdauer als brauchbares Tötungswerkzeug erreicht.« Er seufzte. »Was würde ich darum geben, es untersuchen zu können! Ein Dao aus General Qis Zeit wäre unbezahlbar, wenn man ihn nur finden könnte.« Er hielt inne, sah Frost an, der plötzlich blass geworden war, und runzelte die Stirn. »Stimmt etwas nicht, Detective?«

Leise antwortete Frost: »Ich weiß, wo wir dieses Schwert finden können.«

28

Wieder einmal überfallen die Detectives Rizzoli und Frost mich in meinem Studio, und diesmal haben sie einen elegant gekleideten, dunkelhäutigen Herrn mitgebracht, dessen leise, zurückhaltende Art darauf schließen lässt, dass er nicht wie sie Polizist ist. Die plötzliche Unterbrechung erschreckt meine Schüler, und sie stehen wie angewurzelt da, jäh aus ihren Kampfübungen gerissen. Nur Bella wird sofort aktiv; sie schiebt sich an den Schülern vorbei und baut sich neben mir auf – meine grimmige, zu allem entschlossene Beschützerin, mit ihren gerade einmal eins zweiundsechzig, inklusive der schwarzen Stachelfrisur. Doch ich bin nicht überrascht, die Besucher zu sehen, und gebe Bella mit einem Blick zu verstehen: *Zieh dich zurück. Lass mich das machen.*

Sie nickt fast unmerklich, bleibt aber unbeirrt an meiner Seite stehen.

Detective Rizzoli übernimmt die Initiative. Natürlich tut sie das – sie trägt ihre Autorität mit sich herum wie eine Rüstung. »Wir haben Grund zu der Annahme, dass Sie im Besitz eines antiken Schwerts sind, Mrs. Fang«, sagt sie. »Und wir fordern Sie auf, es uns auf der Stelle zu übergeben.«

Ich sehe Detective Frost an. Es ist ein kalter, anklagender Blick, und er schlägt beschämt die Augen nieder. An dem Abend, als wir zusammen essen gingen, an jenem Abend, als eine Freundschaft zwischen uns zu knospen schien, ließ ich ihn Zheng Yi halten, und ich vertraute ihm die Geschichte des Säbels an. An jenem Abend sah ich Güte und Freundlichkeit in seiner Miene. Nun aber verzieht sich dieses Gesicht zu einer Maske, die keine Andeutung unserer früheren Verbundenheit zulässt. Es ist offensichtlich, dass er in erster Linie Polizist ist, und das erstickt jede Möglichkeit einer Freundschaft zwischen uns im Keim.

»Für den Fall, dass Sie uns die Waffe nicht freiwillig aushändigen wollen«, sagt Detective Rizzoli, »haben wir auch einen Durchsuchungsbeschluss.«

»Und wenn ich Ihnen meinen Säbel gebe, was werden Sie damit anstellen?«, frage ich.

»Ihn untersuchen.«

»Warum?«

»Um zu klären, ob damit ein Verbrechen begangen wurde.«

»Werde ich ihn unversehrt wiederbekommen?«

»Mrs. Fang, wir sind nicht gekommen, um mit Ihnen zu verhandeln. Wo ist der Säbel?«

Bella tritt vor, vibrierend vor Zorn wie eine Hochspannungsleitung. »Sie können ihn nicht einfach konfiszieren!«

»Das Gesetz sagt, dass wir es können.«

»Zheng Yi ist seit Generationen im Besitz meiner Familie«, sage ich. »Ich gebe ihn nie aus der Hand.«

Detective Rizzoli sieht mich verwirrt an. »Was ist Zheng Yi?«

»Der Name, den der Säbel bekam, als er geschmiedet wurde. Er bedeutet ›Gerechtigkeit‹.«

»Das Ding hat einen Namen?«

»Wieso überrascht Sie das? Haben Sie nicht in der westlichen Kultur eine Legende über ein Schwert namens Excalibur?«

»Madam Fang«, meldet sich der dunkelhäutige Mann mit ruhiger, respektvoller Stimme zu Wort. »Glauben Sie mir, ich möchte nicht, dass der Säbel in irgendeiner Weise beschädigt wird. Ich bin mir seines Wertes bewusst, und ich verspreche, achtsam damit umzugehen.«

»Und warum sollte ich Ihnen glauben?«, frage ich.

»Weil es mein Beruf ist, solche Waffen zu pflegen und zu erhalten. Ich bin Dr. Calvin Cherry vom Arthur M. Sackler Museum, und ich habe schon viele antike Schwerter untersucht. Ich kenne ihre Geschichte. Ich kenne die Schlachten, die sie geschlagen haben.« Er neigt den Kopf, eine Geste der Hochachtung, die mich beeindruckt. »Ich würde mich geehrt fühlen, wenn Sie mir gestatten würden, einen Blick auf Zheng Yi zu werfen«, sagt er leise.

Ich blicke in seine sanften braunen Augen, und ich sehe eine Aufrichtigkeit, die ich nicht erwartet hatte. Dieser Mann spricht den Namen vollkommen akzentfrei aus, was mir verrät, dass er Mandarin beherrscht. Und was noch wichtiger ist: Ihm ist bewusst, dass eine so kostbare Waffe Respekt verdient, um der Kunst des Handwerkers willen, der sie gefertigt hat, und um der Jahrhunderte willen, die sie überdauert hat.

»Kommen Sie mit«, sage ich. »Bella, übernimm bitte den Kurs.«

Ich führe die Besucher ins Hinterzimmer und schließe die Tür. Dann nehme ich einen Schlüssel aus meiner Tasche, öffne den Schrank und hole das in Seide gehüllte Bündel hervor, das dort auf dem Regalbrett liegt. Mit beiden Händen überreiche ich es Dr. Cherry.

Er nimmt es mit einer Verbeugung entgegen und legt es

vorsichtig auf meinem Schreibtisch ab. Rizzoli und Frost sehen zu, wie er die Lagen roter Seide zurückschlägt und die Waffe freilegt, die in ihrer Scheide steckt. Er hält einen Moment inne, um Letztere in Augenschein zu nehmen. Sie ist aus lackiertem Holz gefertigt, mit Beschlägen aus Bronze. Auch der Griff besteht aus lackiertem Holz, allerdings mit einem Überzug aus Stachelrochenleder, der sich grünlich verfärbt hat. Als er das Schwert herauszieht, gibt die Klinge ein singendes Geräusch von sich, das mich erschauern lässt.

»*Liuye*«, sagt er leise.

Ich nicke. »Ein Weidenblatt-Säbel.«

»Und Sie sagen, er ist ein Familienerbstück?«

»Er gehörte meiner Mutter und davor der Mutter meiner Mutter.«

»Wie viele Generationen reicht es zurück?«

»Bis zu General Washi.«

Er blickt auf, offenbar verblüfft. »Tatsächlich?«

»So sagt es unser Familienstammbaum.«

Detective Rizzoli fragt: »Wer war dieser General?«

»Dieses historische Detail dürfte Ihnen gefallen, Detective«, sagt Dr. Cherry. »General Washi war eine Frau, und sie war die berühmteste unter den Meistern des doppelten Dao. Eine Kriegerin, die mit zwei Säbeln kämpfte, eines in jeder Hand. Sie befehligte Tausende von Soldaten in der Ming-Dynastie und führte sie in Feldzügen gegen die japanischen Piraten, von denen ich Ihnen erzählt habe.« Er betrachtet mich staunend. »Und Sie sind ihre Nachfahrin.«

Ich lächle ihn an und nicke. »Es freut mich, dass Sie sie kennen.«

»Aber das ist ja wirklich verblüffend. Die Vorstellung …«

»Dr. Cherry«, schaltet Detective Rizzoli sich ein. »Was ist jetzt mit dem Säbel?«

»Oh, ja. Natürlich.« Er holt seine Brille hervor und setzt sie auf die Nase, kneift voller Konzentration die braunen Augen hinter den Gläsern zusammen. »Dieses Schwert hat die typische Rundung eines Weidenblatt-Dao. Das ist eine sehr alte Form«, erklärt er. »Diese Waffe ist ein wenig kürzer als gewöhnlich, was aber wohl zu erwarten ist, wenn sie tatsächlich eigens für die Hand einer Frau gefertigt wurde. Diese Blutrinnen sind ebenfalls charakteristisch; sie sollen die Klinge ein wenig leichter machen. Sehen Sie sich diese Gravuren im Stahl an! Ich bin verblüfft, wie tief sie noch sind! Und dieser Griff – man könnte fast glauben, es sei noch das Original, wenn man nicht wüsste, dass er fast fünfhundert Jahre …« Er hält inne. Über seiner Brille kann ich sehen, wie die Falten in seiner Stirn sich tiefer eingraben. Eine Weile sagt er gar nichts. Er führt den Dao dicht an seine Brille heran und studiert eingehend die Schneide der Klinge. Er prüft ihre Biegsamkeit. Schließlich greift er in seine Tasche und holt eine Lupe hervor, mit der er die gravierten Felder untersucht.

Endlich richtet er sich auf, und als er mich ansieht, bemerke ich eine seltsame Traurigkeit in seinen Augen. Einen Blick, der beinahe bedauernd ist. Mit ruhigen Bewegungen schiebt er den Dao in die Scheide zurück und hält es mir hin. »Madam Fang«, sagt er. »Danke, dass Sie mir gestattet haben, einen Blick auf Zheng Yi zu werfen.«

»Dann sind Sie also fertig damit?«, frage ich.

»Es ist doch nicht nötig, dass wir ihn mitnehmen.«

Detective Rizzoli protestiert: »Dr. Cherry, das Labor muss den Säbel untersuchen.«

»Glauben Sie mir, das ist nicht die Waffe, nach der Sie suchen.«

Rizzoli wendet sich an Detective Frost. »Ist das der Säbel, den du gesehen hast?«

Frost wirkt verlegen. Sein Blick zuckt hin und her zwischen meinem Gesicht und dem Säbel, den ich in der Hand halte. Er läuft dunkelrot an, als ihm klar wird, dass er vielleicht einen Fehler gemacht hat.

»Nun sag schon, ist es derselbe?«

Frost schüttelt den Kopf. »Ich bin mir nicht sicher. Ich meine, ich habe den Säbel ja schließlich nur ganz kurz gesehen.«

»Detective Frost«, sage ich kühl, »ich hoffe, bei Ihrem nächsten Besuch werden Sie die Höflichkeit besitzen, mir zu sagen, was Sie wirklich von mir wollen.«

Meine spitze Bemerkung sitzt, und er zuckt getroffen zusammen.

Detective Rizzoli seufzt. »Mrs. Fang, ganz gleich, was Dr. Cherry sagt, wir müssen den Säbel trotzdem für weitere Untersuchungen mitnehmen.«

Sie streckt die Hände aus und wartet darauf, dass ich ihr die Beute übergebe. Nach einer Weile lege ich Zheng Yi in ihre Hände. »Ich erwarte, dass ich ihn unversehrt zurückerhalte.«

Als die Besucher gehen, sehe ich, wie Detective Frost sich noch einmal bedauernd umschaut, doch ich trage meine Verachtung vor mir her wie einen Schild, an dem jede Entschuldigung abprallt. Mit hängenden Schultern schleicht er zur Tür hinaus.

»Sifu?«, sagt Bella leise, als sie mein Büro betritt.

Nebenan setzen die Schüler ihre Kampfübungen fort; sie springen und treten, ächzen und schwitzen. Bella schließt die Tür, damit sie den zufriedenen Blick nicht bemerken, den wir wechseln.

Zug und Gegenzug. Die Schachpartie geht weiter, und die Polizei hinkt uns immer noch einen Schritt hinterher.

29

Jane wartete, bis sie einen halben Block weit zu ihren Autos gegangen waren, ehe sie Dr. Cherry zur Rede stellte. »Wie können Sie sich so sicher sein, dass es nicht die Tatwaffe ist?«

»Nehmen Sie sie mit ins Labor. Lassen Sie sie untersuchen, wenn Sie mir nicht glauben«, entgegnete er.

»Wir suchen nach einem antiken chinesischen Schwert, und sie *hat* rein zufällig eines.«

»Der Säbel, den Sie ihr abgenommen haben, ist nicht der, nach dem Sie suchen. Sicher, die Schneide weist Gebrauchsspuren in Form von Scharten und Kratzern auf, aber die Gravuren und die Blutrinnen sind zu ausgeprägt. Außerdem scheint die Waffe noch mit dem Original-Heft versehen zu sein. Aber ein hölzerner Griff, der in der Ming-Dynastie gefertigt wurde, hätte niemals so viele Jahrhunderte in so gutem Zustand überdauert.«

»Dieser Säbel ist also gar nicht so alt?«

»Er ist zweifellos gut gemacht, und er hat das richtige Gewicht und die richtige Balance für einen Säbel aus der Ming-Dynastie. Aber diese Waffe ist lediglich ein sehr guter Nachbau. Sie ist allenfalls fünfzig oder vielleicht fünfundsiebzig Jahre alt.«

»Warum haben Sie das alles nicht gesagt, als wir dort waren?«

»Weil es offensichtlich ist, dass *sie* es für echt hält. *Sie* glaubt, dass es ein Erbstück von ihren Vorfahren ist. Ich habe es nicht übers Herz gebracht, ihr diese Illusion zu rauben, wo es ihr doch so viel bedeutet.« Er blickte zum Paifang-Tor hinüber. Es war inzwischen später Nachmittag, und Chinatown begann sich mit Restaurantbesuchern zu füllen, die durch die engen Straßen schlenderten und die Speisekarten studierten. Dr. Cherry ließ mit betrübter Miene den Blick über die Menge schweifen. »In dem Museum, wo ich arbeite«, sagte er, »werde ich oft gebeten, Familienerbstücke zu begutachten. Die Leute bringen allen möglichen Krempel von ihren Dachböden vorbei. Vasen, Gemälde und Musikinstrumente. Gegenstände, an denen oft allerlei Legenden und Geschichten hängen. Fast immer ist mein Urteil für die Leute enttäuschend, weil das, was sie mir bringen, keine Schätze sind, sondern wertlose Imitate. Das zwingt die Menschen, alles infrage zu stellen, was ihnen als Kinder erzählt wurde. Es zerstört ihre privaten Legenden, und es schmerzt mich, dass ich derjenige sein muss, der es ihnen beibringt. Die Menschen *wollen* glauben, dass sie außergewöhnlich sind. Sie wollen glauben, dass ihre Familie eine einmalige Geschichte zu erzählen hat, und zum Beweis zeigen sie Großmutters antiken Ring vor oder Großvaters alte Geige. Warum sie zwingen, die brutale Wahrheit zu hören – nämlich, dass die meisten von uns absolut gewöhnlich sind? Und dass die Erbstücke, die wir so in Ehren halten, fast immer Fälschungen sind.«

»Mrs. Fang glaubt, dass sie einem Geschlecht von Kriegerinnen entstammt«, sagte Frost. »Meinen Sie, dass das auch so eine Familienlegende ist?«

»Ich denke, es ist etwas, was ihre Eltern ihr erzählt haben. Und zum Beweis haben sie ihr dieses Schwert gegeben.«

»Dann ist es also nicht wahr. Das mit der Generalin Washi.«

»Alles ist denkbar, Detective Frost. Sie selbst könnten von König Artus oder von Wilhelm dem Eroberer abstammen. Wenn Ihnen das wichtig ist, wenn es Ihnen hilft, Ihren Alltag zu bewältigen, dann glauben Sie weiter daran. Denn so eine Familienlegende ist für uns viel bedeutender als die Wahrheit. Weil sie uns hilft, mit der schieren Bedeutungslosigkeit unserer eigenen Existenz klarzukommen.«

Jane schnaubte. »Meine Familienlegenden drehten sich immer nur darum, wie viel Bier Onkel Lou an einem Abend in sich reinschütten konnte.«

»Ich kann mir nicht vorstellen, dass Sie sonst keine Geschichten zu hören bekommen haben«, sagte Dr. Cherry.

»Ich habe auch gehört, dass meine Urgroßmutter einer ganzen Hochzeitsgesellschaft eine Lebensmittelvergiftung beschert hätte.«

Dr. Cherry lächelte. »Ich spreche von Helden. Es muss doch auch in Ihrer Familie wenigstens einen geben. Denken Sie einmal darüber nach, Detective. Überlegen Sie, wie wichtig diese Helden für Ihr Bild von sich selbst sind.«

Jane dachte tatsächlich darüber nach, als sie nach Hause fuhr, doch die ersten Gestalten, die ihr in den Sinn kamen, waren die Draufgänger und die Witzfiguren. Etwa der Rizzoli-Cousin, der beweisen wollte, dass der Weihnachtsmann tatsächlich auf dem traditionellen Weg ins Haus kommen könnte, mit der Folge, dass im Haus seiner Mutter der ganze Kamin abgetragen werden musste, um ihn zu befreien. Oder der Onkel, der eine Silvesterfeier mit selbst gebastelten Feuerwerkskörpern aufpeppen wollte und drei Finger weniger hatte, als er aus dem Krankenhaus entlassen wurde.

Aber es gab auch die Geschichten von stiller Würde wie die von der Großtante, die als Nonne nach Afrika gegangen war. Oder von der anderen Großtante, die während des Krieges in Italien unter großen Mühen acht Kinder durchgebracht hatte. Diese Frauen konnte man auch als Heldinnen bezeichnen, nur eben von der stilleren Sorte. Echte Frauen, die allen Widrigkeiten getrotzt hatten, so ganz anders als Iris Fangs legendäre Vorfahrin, die mit zwei Säbeln gekämpft und Soldaten in die Schlacht geführt hatte. Das klang eher nach einer Legende, nicht wahrer als die Geschichten von Sun Wukong, dem Affenkönig, der die Unschuldigen beschützte und gegen Dämonen und Flussungeheuer kämpfte. Iris lebte in genau so einer Märchenwelt, in der eine einsame Witwe sich als Schwertkämpferin sehen konnte, mit dem Blut alter Kriegergeschlechter in ihren Adern. Und wer konnte es ihr zum Vorwurf machen, wenn sie sich solchen Fantasien hingab? Iris war unheilbar an Leukämie erkrankt. Sie hatte ihren Mann und ihre Tochter verloren. Wenn sie allein in ihrer tristen Wohnung mit den alten, abgenutzten Möbeln saß, träumte sie dann von Schlachtfeldern und Ruhm? *Würde ich das nicht auch tun?*

Als sie an einer roten Ampel hielt, klingelte ihr Handy. Sie ging dran, ohne die Nummer auf dem Display zu lesen, und wurde von einer wütenden Stimme begrüßt, die ihr ins Ohr blaffte.

»Was soll der Scheiß, Jane? Warum hast du mir nichts gesagt?«, schimpfte ihr Bruder Frankie. »Das können wir ihr nicht durchgehen lassen!«

Sie seufzte. »Ich nehme an, es geht um Moms Verlobung?«

»Ich musste es erst von Mike hören.«

»Ich wollte dich anrufen, aber ich hatte ziemlich viel um die Ohren.«

»Sie kann diesen Typen nicht heiraten. Du musst das verhindern.«

»Willst du mir vielleicht verraten, wie ich das anstellen soll?«

»Sie ist immer noch verheiratet, verdammt noch mal!«

»Ja, mit einem Mann, der sie wegen so einer Tussi verlassen hat.«

»Red nicht so über Dad!«

»Aber es stimmt doch.«

»Das ist nichts von Dauer. Dad kommt schon wieder nach Hause, wirst schon sehen. Er muss sich nur erst noch ein bisschen austoben.«

»Erzähl das mal Ma. Dann kannst du selber hören, was sie davon hält.«

»Scheiße, Mann, Jane, ich kann's nicht glauben, dass du das zulässt! Es geht hier um die *Familie* Rizzoli. Familien müssen zusammenhalten. Und was wissen wir denn überhaupt über diesen Korsak?«

»Ach, komm schon. Wir wissen beide, dass er in Ordnung ist.«

»Was heißt das denn – ›er ist *in Ordnung*‹?«

»Er ist ein anständiger Mensch. Und ein guter Polizist.« Sie brach ab, als ihr plötzlich bewusst wurde, dass sie hier einen Mann verteidigte, der nun wirklich nie ihr Traum-Stiefvater gewesen war. Und doch stimmte alles, was sie über Korsak gesagt hatte. Er *war* ein anständiger Mensch. Er *war* ein Mann, auf den man sich verlassen konnte. Da konnte man es als Frau weitaus schlechter treffen.

»Und du hast kein Problem damit, dass er Ma vögelt?«, fragte Frankie.

»Du hast ja auch kein Problem damit, dass er die Tussi vögelt.«

»Das ist was anderes. Er ist schließlich ein Mann.«

Jetzt war sie aber wirklich sauer. »Und Mom darf vielleicht nicht vögeln oder wie?«, gab sie zurück.

»Sie ist unsere *Mutter.*«

Die Ampel sprang auf Grün. Während sie über die Kreuzung fuhr, sagte sie: »Ma ist noch nicht tot, Frankie. Sie sieht gut aus, sie ist lebenslustig, und sie hat es verdient, noch einmal Glück in der Liebe zu haben. Anstatt sie deswegen blöd anzumachen, solltest du lieber mal mit Dad reden. Er ist schuld daran, dass sie überhaupt etwas mit Korsak angefangen hat.«

»Ja, ich rede mit ihm. Es wird langsam Zeit, dass er wieder die Kontrolle übernimmt.« Frankie legte auf.

Er und Kontrolle? Wir hätten diese Situation ja gar nicht, wenn Dad sich besser unter Kontrolle gehabt hätte.

Sie warf das Handy auf den Beifahrersitz, während sie mit Sorge daran dachte, wie ihr Vater auf die Neuigkeit reagieren würde. Und es machte sie wütend, dass sie sich jetzt auch noch über diese Geschichte Gedanken machen musste, wo sie doch schon mit einem Dutzend anderer Probleme jonglieren musste.

Das Telefon klingelte erneut.

Abrupt hielt sie am Bordstein, um den Anruf anzunehmen. »Ich habe jetzt keine Zeit für so was, Frankie«, fauchte sie.

»Wer zum Teufel ist Frankie?«, erwiderte der Anrufer nicht minder gereizt. »Hören Sie, Rizzoli, ich habe die Schnauze voll von dieser Red-Phoenix-Scheiße, und ich will, dass das aufhört.« Kevin Donohues Reibeisenstimme war ebenso unverwechselbar wie seine gewählte Ausdrucksweise.

»Ich weiß nicht, wovon Sie reden, Mr. Donohue«, sagte sie.

»Ich hab heute Nachmittag noch eine gekriegt. Diesmal haben sie sie mir unter den Scheibenwischer geklemmt. Ist das denn zu glauben? Besitzen doch glatt die Frechheit, mein Auto anzulangen!«

»Sie haben was gekriegt?«

»Na, noch so eine Kopie von Joeys Todesanzeige. *Seine Hobbys waren Basketball und Scheibenschießen. Hinterlässt seine untröstliche Mutter und eine Schwester,* bla bla bla. Und auf der Rückseite steht eine Botschaft.«

»Wie lautet sie?«

»Dich wird es auch noch erwischen.«

»Und Sie glauben, das muss man ernst nehmen?«

»Zwei Menschen sind schon von diesem unheimlichen Affenwesen zerstückelt worden, und Sie meinen, ich soll das nicht ernst nehmen?«

Mit ruhiger Stimme erwiderte sie: »Von welchem Affenwesen sprechen Sie?«

»Was denn – meinen Sie etwa, ich dürfte das nicht wissen?«

»Diese Information war nicht für die Öffentlichkeit bestimmt.«

»Ich bin nicht *die Öffentlichkeit*, kapiert? Ich bin ein Staatsbürger und Steuerzahler, dessen Leben bedroht wird.«

Er hat Insider-Informationen über unsere Ermittlungen, dachte sie. Irgendwie ist es ihm gelungen, einen Maulwurf ins Boston PD einzuschleusen. Eigentlich sollte sie das nicht überraschen. Ein so mächtiger Mann wie Donohue konnte sich überall Augen und Ohren kaufen, selbst im Rathaus und im Polizeipräsidium.

»Machen Sie Ihren Job, Detective«, sagte Donohue. »Ihre

Aufgabe ist es schließlich, zu dienen und zu beschützen – schon vergessen?«

Nur zu dumm, dass dazu auch gehört, solchen Abschaum wie dich zu beschützen. Sie atmete tief durch und zwang sich zu einem zivilisierten Ton. »Ich muss diesen Zettel mit eigenen Augen sehen. Wo sind Sie gerade?«

»In meinem Lager am Jeffries Point. Ich warte hier nicht ewig, also beeilen Sie sich ein bisschen.«

30

Die Dunkelheit war schon hereingebrochen, als Jane durch das offene Tor von Donohues Fleischgroßhandel fuhr und den Wagen zwischen einem BMW und einem silberfarbenen Mercedes abstellte. Mafiabosse standen offenbar auf importierte Luxuskarossen. Als sie ausstieg, hörte sie das Dröhnen eines Jets, der vom nahen Logan Airport startete. Sie blickte auf und sah die Maschine in Schräglage gehen und Kurs nach Süden nehmen. Sie dachte an Strände in Florida, an Rum-Cocktails und Palmen. Wie schön es doch wäre, in sonnige Gefilde zu entfliehen und einmal Urlaub von Mord und Totschlag zu machen …

»Detective Rizzoli.«

Sie wandte sich um und erkannte einen der Leibwächter, die sie vor einigen Tagen in Donohues Villa kennengelernt hatte – Sean war sein Name.

»Er wartet drinnen«, sagte Sean und beäugte ihre Waffe, die im Holster steckte. »Aber zuerst müssen Sie mir die da aushändigen.«

»Neulich hatte Mr. Donohue aber kein Problem damit, dass ich bewaffnet war.«

»Tja nun, aber jetzt ist er viel nervöser. Wegen dieser Botschaft an seiner Windschutzscheibe.« Er streckte die Hand aus.

»Ich gebe meine Waffe niemals aus der Hand. Also richten Sie doch Mr. Donohue aus, dass er mich im Präsidium besuchen kann. Dort werde ich mich gerne mit ihm unterhalten.« Sie drehte sich um und steuerte ihren Wagen an.

»Okay, okay«, gab der Mann nach. »Aber nur dass Sie's wissen – ich werde Sie beobachten wie ein Luchs.«

»Jaja, ist schon recht.«

Sie folgte ihm in die Lagerhalle, und als die isolierte Tür hinter ihr mit einem dumpfen Geräusch ins Schloss fiel, wünschte sie plötzlich, sie hätte eine wärmere Jacke mitgenommen. Hier drin war es eiskalt – eine fensterlose Höhle, in der sie ihren eigenen Atem aufsteigen sah. Sean führte sie durch einen Vorhang aus langen Plastikstreifen in den eigentlichen Kühlraum. Von Haken in der Decke hingen riesige Rinderhälften herab, Reihe um Reihe, ein ganzer Wald von baumelnden Kadavern. Die kalte, neblige Luft stank nach Blut und totem Fleisch, und sie fürchtete, dass dieser Geruch noch lange in ihren Haaren und Kleidern hängen würde, nachdem sie die Halle verlassen hatte. Sie gingen durch dieses Labyrinth aus Fleisch zu einem Büro im hinteren Teil des Gebäudes, wo ihr Begleiter an die Tür klopfte.

Sofort wurde ihnen geöffnet, und Jane erkannte den zweiten Leibwächter, der sie hereinwinkte. Kaum hatte sie den fensterlosen Raum betreten, als die Tür mit einem satten Klacken hinter ihr ins Schloss fiel. Sie war gefangen in einer Festung inmitten eines Kühlhauses, bewacht von bewaffneten Gangstern, und doch machte die Situation sie anscheinend weniger nervös als ihren Gastgeber. Das war nun einmal das Schicksal eines irischen Mafiabosses – ständig plagten ihn Angst und Verfolgungswahn. Macht zu besitzen, das bedeutete auch, in ständiger Furcht vor dem Moment zu leben, da man sie einbüßen würde.

Kevin Donohue wirkte noch aufgedunsener als das letzte

Mal, wie er da hinter seinem Schreibtisch saß, die Wurstfinger auf einen verschließbaren Plastikbeutel mit der jüngsten Botschaft gelegt. Er hielt den Beutel hoch. »Bedauerlicherweise«, sagte er, »haben meine Intelligenzbestien von Mitarbeitern den Wisch über und über mit ihren Fingerabdrücken verziert, ehe sie ihn mir übergeben haben.«

»Auf diesen Briefen sind nie irgendwelche Fingerabdrücke«, erwiderte sie, während sie den Beutel entgegennahm. »Dazu ist die Person, die sie schickt, viel zu vorsichtig.« Sie betrachtete die fotokopierte Seite. Sie war identisch mit der Todesanzeige für Joey Gilmore, wie sie vor neunzehn Jahren im *Boston Globe* erschienen war. Dann drehte sie das Blatt um und las die handgeschriebene Botschaft: *Dich wird es auch noch erwischen.*

Sie sah Donohue an. »Was glauben Sie, was mit ›*es*‹ gemeint ist?«

»Sind Sie schwer von Begriff? Es ist natürlich dieses Wesen, das mit einem Schwert in der Stadt herumläuft und einen auf Selbstjustiz macht.«

»Warum sollte dieses Wesen hinter Ihnen her sein? Haben Sie sich irgendeines Vergehens schuldig gemacht?«

»Ich muss ja wohl nichts verbrochen haben, um zu merken, wenn ich bedroht werde. So was passiert mir schließlich öfter.«

»Ich wusste ja gar nicht, dass der Handel mit erlesenen Fleischwaren so ein gefährliches Geschäft ist.«

Er starrte sie mit seinen wasserhellen Augen an. »Sie sind ein viel zu kluges Mädel, um sich so dumm zu stellen.«

»Aber nicht klug genug, um erraten zu können, was Sie eigentlich von mir wollen, Mr. Donohue.«

»Das habe ich Ihnen doch am Telefon schon gesagt. Ich

will, dass diese Scheiße aufhört, ehe noch mehr Blut vergossen wird.«

»Sie meinen wohl Ihr eigenes Blut.« Jane sah die beiden Männer an, die links und rechts von ihm standen. »Mir scheint doch, dass Sie schon ausreichend geschützt sind.«

»Nicht gegen dieses – dieses *Ding*. Was immer es ist.«

»Ding?«

Donohue beugte sich ruckartig vor, sein Gesicht vor Anspannung rot angelaufen. »In der Stadt geht das Gerücht um, dass es diese zwei Profikiller wie Frühstücksfleisch zerhackt hat. Und dann ist es spurlos verschwunden.«

»Waren das Ihre Profikiller?«

»Das habe ich Ihnen doch letztes Mal schon gesagt. Nein, ich habe sie nicht angeheuert.«

»Irgendeine Ahnung, für wen sie gearbeitet haben?«

»Wenn ich es wüsste, würde ich es Ihnen sagen. Ich habe meine Fühler ausgestreckt, und wie ich höre, ist das Kopfgeld auf diesen Bullen schon vor Wochen ausgesetzt worden.«

»Für den Mord an Detective Ingersoll?«

Donohues Dreifachkinn wackelte, als er nickte. »Sobald die Nachricht von diesem Auftrag die Runde machte, war er ein toter Mann. Muss irgendwen verdammt nervös gemacht haben.«

»Ingersoll war im Ruhestand.«

»Aber er hat eine Menge Fragen gestellt.«

»Über Mädchen, Mr. Donohue. Mädchen, die verschwunden sind.« Jane sah ihm direkt in die Augen. »Also, das ist doch ein Thema, das *Sie* nervös machen müsste.«

»Mich?« Er lehnte sich zurück, wobei der Stuhl unter seinem gewaltigen Gewicht laut ächzte. »Keine Ahnung, wovon Sie reden.«

»Prostitution? Handel mit minderjährigen Mädchen?«

»Beweisen Sie es.«

Sie zuckte mit den Achseln. »Hmm, wenn ich's mir so überlege, sollte ich vielleicht einfach dieses Affenwesen sein Ding durchziehen lassen.«

»Es ist hinter dem Falschen her! Ich hatte mit dem Red Phoenix nichts zu tun! Klar, Joey war ein falscher Fuffziger. Ich hab keine Tränen vergossen, als er abgeknallt wurde, aber ich hab's nicht angeordnet.«

Sie sah auf Joeys Todesanzeige hinunter. »Irgendjemand ist aber dieser Meinung.«

»Es ist diese verrückte Lady in Chinatown. Hundertprozentig steckt die dahinter.«

»Sie meinen Mrs. Fang?«

»Ich glaube, dass sie Ingersoll angestiftet hat, diese Fragen zu stellen, um herauszufinden, wer ihren Mann auf dem Gewissen hat. Er ist der Wahrheit zu nahe gekommen, und so hat dieser Krieg angefangen. Wenn Sie denken, dass die Iren mit harten Bandagen spielen, dann haben Sie noch nicht gesehen, wozu die Chinesen fähig sind. Die haben Leute, für die nichts, aber auch gar nichts ein Hindernis ist. Leute, die praktisch durch Wände gehen können.«

»Reden wir hier von echten Menschen oder von Märchengestalten?«

»Haben Sie diesen Film gesehen, *Ninja Assassin*? Die werden von Kindesbeinen an zum Töten abgerichtet.«

»Ninjas sind Japaner.«

»Kommen Sie mir jetzt nicht mit Haarspaltereien! Das sind die gleichen Tricks, die gleiche Ausbildung. Sie wissen doch, wer sie ist, oder nicht? Wo diese Iris Fang herkommt? Ich habe mich über sie schlaugemacht. Sie ist in irgendeinem geheimen Kloster in den Bergen aufgewachsen, wo Kinder für diese Art von Job ausgebildet werden. Wahrscheinlich konnte sie schon mit zehn einem Mann das Genick brechen. Und jetzt hat sie diese ganzen Schüler, die für sie arbeiten.«

»Sie ist eine fünfundfünfzigjährige Witwe.« Eine schwerkranke Frau, die unter Größenwahn leidet, dachte Jane. Eine Frau, die glaubt, von einer legendären Generalin abzustammen, und die zum Beweis ein nachgemachtes Schwert vorweisen kann.

»Es gibt solche und solche Witwen – und dann gibt es *sie*.«

»Wissen Sie ganz sicher, dass es Iris Fang ist, die Sie bedroht?«

»Das zu beweisen ist Ihr Job. Ich sage nur, wonach es für mich aussieht. Sie hat an dem Abend damals ihren Mann verloren, und sie bildet sich ein, dass ich den Mordauftrag erteilt habe. Mir wird die Schuld für das Red Phoenix in die Schuhe geschoben, und, verdammt noch mal, diesmal *war ich's wirklich nicht*!«

Ein lauter Knall erschütterte das Gebäude. Jane erhaschte noch einen Blick auf Donohues vor Schreck erstarrtes Gesicht, und im nächsten Moment wurde es stockfinster im Zimmer.

»Scheiße, was war das?«, schrie Donohue.

»Ich glaube, wir haben einen Stromausfall«, sagte einer seiner Männer.

»Das hab ich auch schon gemerkt! Werft das Notstromaggregat an!«

»Wenn ich eine Taschenlampe finden könnte …«

Ein Geräusch über ihnen ließ sie alle verstummen. Jane blickte auf, als sie das Trappeln leichter Schritte auf dem Dach hörten. Sie starrte in die Dunkelheit hinauf und spürte das Pochen ihres eigenen Herzens, merkte, dass ihre Handflächen glitschig vor Schweiß waren, als sie nach ihrem Holster griff und es aufknöpfte. »Wo ist der Schalter für das Notstromaggregat?«, fragte sie.

»Der... der ist in der Lagerhalle«, antwortete einer der Männer. Seine Stimme klang sehr nahe und heiser vor Angst. »Der Sicherungskasten ist an der rückwärtigen Wand. Aber im Dunkeln finde ich den nie. Nicht, während dieses Ding...« Er brach ab, als sie das Geräusch erneut hörten, leicht wie Regentropfen, die auf das Dach prasselten.

Jane griff in ihre Handtasche und holte ihre Taschenlampe hervor. Sie knipste sie an, und der Strahl fiel auf Donohues verängstigtes, schweißglänzendes Gesicht. »Rufen Sie die Notrufzentrale an«, forderte sie ihn auf.

Er griff nach dem schnurlosen Telefon auf seinem Schreibtisch – und knallte es gleich darauf wieder hin. »Die Leitung ist tot!«

Jane zog ihr Handy aus der Gürteltasche. Kein Netz. »Ist dieses Gebäude mit Blei verkleidet oder was?«

»Die Wände sind kugelsicher und explosionssicher«, antwortete Donohue. »Das ist Teil des Sicherheitskonzepts.«

»Na toll. Das ultimative Funkloch.«

»Sie müssen rausgehen, wenn Sie Empfang haben wollen.«

Aber ich will nicht rausgehen. Genauso wenig wie alle anderen hier.

Die Temperatur im Raum stieg; ihre Körperwärme konnte nicht entweichen, und sie waren eingeschlossen mit ihrer Angst. Wir können nicht ewig hier drinbleiben, dachte sie; irgendjemand muss nach draußen gehen und anrufen – und wie es aussieht, wird das wieder mal an mir hängen bleiben.

Sie zog ihre Waffe und ging zur Tür. »Ich gehe voran«, sagte sie. »Bleiben Sie dicht hinter mir.«

»Halt!«, ging Donohue dazwischen. »Das kommt gar nicht infrage, dass meine Jungs mit Ihnen gehen.«

»Ich brauche aber Verstärkung.«

»Die beiden werden dafür bezahlt, dass sie mich beschützen. Sie bleiben hier.«

Sie drehte sich um und leuchtete ihm mit der Taschenlampe voll in die Augen. »Na schön. Dann gehen Sie eben da raus und nehmen Ihre Jungs mit. Ich mach's mir derweil hier bequem und warte, bis Sie zurück sind.« Sie schnappte sich einen Stuhl, setzte sich und schaltete die Taschenlampe aus.

Eine Weile war es vollkommen still in dem dunklen Gebäude. Das einzige Geräusch war Donohues panisches Schnaufen.

»Also gut«, sagte er schließlich. »Nehmen Sie Colin mit. Aber Sean bleibt hier.«

Sie hatte keine Ahnung, ob sie Colin trauen konnte; sie hoffte nur, dass er noch genug funktionierende graue Zellen hatte, um ihr nicht aus Versehen in den Rücken zu schießen. An der Tür hielt sie inne und lauschte auf Geräusche dahinter, doch der Raum war zu gut isoliert. Kugelsicher und explosionssicher, hatte Donohue gesagt.

Sie schob den Riegel zurück und zog die Tür einen Spaltbreit auf. Außerhalb des Büros war die Dunkelheit nicht so absolut; durch ein hohes Fenster drang schwach der Lichtschein der Stadt in die Lagerhalle, gerade so viel, dass Jane die Reihen aufgehängter Rinderhälften ausmachen konnte wie eine Formation schattenhafter Krieger. Alles Mögliche konnte in diesem Halbdunkel lauern, getarnt inmitten dieser Silhouetten aus totem Fleisch.

Jane schaltete ihre Taschenlampe ein und schwenkte sie rasch im Halbkreis, registrierte die hängenden Kadaver, den Betonboden, den Nebel ihres eigenen Atems. Sie spürte, dass Colin direkt hinter ihr stand, hörte sein nervöses, zittriges Schnaufen. Ein bewaffneter, vor Angst schlotternder Mann war nicht die Art von Verstärkung, die ihr vorgeschwebt hatte. Wenn ich Pech habe, bleibe ich mit einer Kugel im Rückgrat auf der Strecke, dachte sie. Falls dieses Wesen mir nicht vorher den Kopf abhaut.

»Wo ist der nächste Ausgang?«, flüsterte sie.

»Geradeaus. Am anderen Ende des Gebäudes.«

Sie schluckte krampfhaft und begann, die Reihe von Kadavern entlangzugehen. Dabei schwenkte sie die Lampe hin und her, suchte die Umgebung nach plötzlichen Bewegungen ab, immer darauf gefasst, irgendwo ein Gesicht aus der Dunkelheit auftauchen zu sehen, ein Blitzen von Stahl. Doch sie sah nur die Produkte des Schlachthauses, das lebende Wesen in eine Masse Fleisch und Knochen an einem Haken verwandelte. Die Taschenlampe fühlte sich glitschig an in ihrer zitternden Hand. Wer oder was du auch sein magst, dachte sie, du hast mich schon einmal verschont. Aber das bedeutete nicht, dass das Wesen ihr diesen Gefallen ein zweites Mal erweisen würde; nicht, wenn es sah, in welcher Gesellschaft sie sich befand.

Vor ihnen tauchten noch mehr Kadaver aus der Dunkelheit auf. Sie leuchtete geradeaus, konnte aber das Ende der Reihe nicht sehen. Dann blieb sie abrupt stehen, lauschte angestrengt, während das Hämmern ihres eigenen Herzens alles zu übertönen drohte.

»Was ist?«, flüsterte Colin.

»Hören Sie das?«

Es war nur ein leises Knarren; ein Geräusch, wie ein

Baum es macht, wenn seine Äste im auffrischenden Wind schwanken. Doch das Knarren steigerte sich zu einem rhythmischen Ächzen, als ob es diesen Baum mit zunehmender Gewalt rüttelte und verbog. Es kommt von oben. Jane hob ihre Lampe zur Decke und sah eine aufgehängte Rinderhälfte hin und her schwingen, wie von einer unsichtbaren Hand angestoßen.

Wieder hörten sie ein Knarren, diesmal zu ihrer Linken. »Da!«, rief Colin. Jane schwenkte ihre Lampe in die Richtung des Geräuschs – und sah sich einem zweiten baumelnden Kadaver gegenüber, der wie ein riesiges Pendel den schmalen Lichtstrahl ihrer Taschenlampe durchschnitt.

»Hinter uns!«, rief Colin, dessen Stimme jetzt schrill vor Panik war. »Nein, da drüben!«

Jane fuhr herum, und im Schein der Lampe sah sie überall Bewegung, während die Dunkelheit von einer Kakofonie aus Klirren, Ächzen und metallischem Kreischen erfüllt wurde.

»Scheiße, wo ist es?«, schrie Colin, während er neben ihr herumwirbelte, wild mit seiner Waffe fuchtelte und auf die schwankenden Rinderhälften ringsum zu zielen versuchte. Er schoss, und irgendwo in der Dunkelheit ertönte ein metallisches Ping. Noch einmal drückte er ab, und die Kugel schlug in kaltes Fleisch ein.

»Hören Sie auf damit, sonst bringen Sie uns noch beide um!«, schrie Jane.

Er stellte das Feuer ein, doch seine Hand zuckte immer noch nervös hin und her, während er nach einem Ziel Ausschau hielt. Zweifellos glaubte er wie sie selbst auch, überall im Halbdunkel die Kreatur zu sehen. Dort drüben – war das ein Gesicht, das da aus dem Dunkel auftauchte, das Glänzen eines Auges? Wie war es möglich, dass irgendein

Wesen sich so schnell und so lautlos bewegte? Plötzlich fiel ihr die Illustration aus dem Buch mit den chinesischen Märchen ein – der Affenkönig mit seinem Stab in der Hand, sein langer Schwanz geringelt wie eine Schlange. Sie dachte an ein Schwert, das durch die Nacht zischte, eine Klinge, die ihren Hals durchschnitt. Ihr Blick schnellte nach oben, und einen Moment lang glaubte sie, es dort oben hocken zu sehen, glaubte seine Raubtieraugen in der Dunkelheit blitzen zu sehen. Aber da war keine wilde Kreatur, nur ein leerer Stahlhaken, der auf die nächste Rinderhälfte wartete.

Nach und nach verhallte das Stöhnen und Ächzen. Trotzdem blieben sie und Colin wie angewurzelt stehen, Rücken an Rücken, während ihre Augen hektisch das Halbdunkel absuchten. Wohin Jane auch mit ihrer Taschenlampe leuchtete, nirgends konnte sie einen Eindringling entdecken, und doch hatte sie das Gefühl, dass die Dunkelheit selbst sie beobachtete. Und wer immer sich dort versteckt, dachte sie, dank der Lampe in meiner Hand weiß er ganz genau, wo wir sind.

»Gehen Sie weiter«, flüsterte sie. »Zur Tür.«

»Was ist das für ein Wesen? Womit haben wir es zu tun?«

»Warten wir lieber nicht ab, bis wir es herausfinden.«

Er hatte offenbar keine Lust, allein zurückzubleiben. Als sie in Richtung Tür vorrückte, spürte sie fast seinen Atem im Nacken. Einem Mann wie Colin verlieh eine Pistole in der Hand künstlichen Mut – genug, um einen Feigling in ein Großmaul und einen Killer zu verwandeln. Stellte man diesen Mann aber in eine dunkle Halle, wo er den Gegner nicht sehen konnte, wo die Blindheit alle gleich machte, dann stand der Feigling wieder ohne Maske da. Erst als sie den Ausgang erreichten und ins Freie traten, hörte sie ihn erleichtert aufatmen. Die Luft roch nach Meer, und am Himmel funkelten die Lichter der kreisenden Jets wie Sterne. Jane zog ihr Handy aus dem Gürtel, zögerte aber mit dem Anruf. Was sollte sie sagen? Es gab einen Stromausfall, und wir sind alle in Panik geraten. Wir haben Geräusche in der Dunkelheit gehört und eingebildete Monster gesehen.

»Rufen Sie jetzt vielleicht an oder was?«, sagte Colin. Der Feigling war wieder dem Großmaul gewichen.

Sie hob ihr Handy, um die Nummer zu wählen, und erstarrte in der Bewegung, den Blick auf das Dach des Lagerhauses geheftet. Auf die Gestalt, die dort hockte, ihre Silhouette vor dem Nachthimmel wie ein gotischer Wasserspeier. Das Wesen beobachtete sie, genau wie sie es beobachtete. Betrachtet es mich als Freund oder als Feind?

»Da ist es!«, schrie Colin.

Im gleichen Moment, als er seine Pistole hochriss, um zu feuern, fiel sie ihm in den Arm. Der Schuss ging weit daneben, die Kugel flog in den Himmel, ohne Schaden anzurichten.

»Was soll der Scheiß?«, brüllte Colin. »Es hockt da oben – knallen Sie es ab!«

Das Wesen auf dem Dach bewegte sich nicht; es saß einfach nur da und starrte sie an.

»Wenn Sie es nicht machen, mach ich's«, sagte Colin. Wieder hob er seine Waffe, dann hielt er plötzlich inne und suchte das Dach ab. »Wo ist es? Wohin ist es verschwunden?«

»Es ist weg«, sagte Jane und starrte zu dem leeren Dach hinauf. Du hast schon einmal mein Leben gerettet; jetzt habe ich deines gerettet.

31

»Donohue ist ein Drecksack«, sagte Tam. »Ich finde, wir sollten einfach abwarten, bis das Ding ihn erledigt. Soll es sie doch alle erledigen.«

Das Ding. Sie hatten keinen anderen Namen für die Kreatur, die gestern Abend dort oben auf dem Dach des Lagerhauses gehockt hatte. Niemand hatte ihr Gesicht gesehen oder ihre Stimme gehört. Sie hatten sie immer nur flüchtig wahrgenommen und stets im Dunkeln, kaum mehr als ein huschender Schatten inmitten von Schatten. In der Schlacht zwischen Gut und Böse hatte *das Ding* sehr deutlich gemacht, auf welcher Seite es stand. Es hatte bereits zwei Auftragskiller beseitigt. Und jetzt hatte es Donohue im Visier.

Aber mich hat es verschont, dachte Jane. Woher weiß es, dass ich zu den Guten gehöre?

»Was immer es ist«, sagte Frost, »es ist verdammt geschickt darin, den Überwachungskameras auszuweichen.«

Die drei Detectives hatten den ganzen Vormittag damit zugebracht, im Besprechungsraum im ersten Stock die Überwachungsvideos aus dem Viertel um Jeffries Point zu sichten, wo Donohue seine Lagerhalle hatte. Gerade lief der Film aus einer von Donohues eigenen Kameras, der den Parkplatz im Abendlicht zeigte. Jane sah ihren eigenen Wagen durch das Tor fahren und neben Donohues Mercedes einparken.

»Bitte lächeln – Sie werden gefilmt«, flachste Frost.

Auf dem Video sah man, wie Jane ausstieg, einen Moment stehen blieb und zum Himmel aufblickte, als wollte sie prüfen, aus welcher Richtung der Wind wehte. Ist meine Frisur wirklich so unordentlich, dachte sie und wand sich vor Verlegenheit, als sie sich selbst auf dem Bildschirm sah. Mache ich wirklich so einen Buckel? Ich muss mir angewöhnen, mich gerade zu halten und den Bauch einzuziehen.

Jetzt erschien Donohues Leibwächter Sean, und es entspann sich der Wortwechsel über Janes Waffe. Sean redete auf sie ein, Janes Haltung drückte ihre hartnäckige Weigerung aus.

»Warum haben Sie uns nicht gebeten mitzukommen?«, fragte Tam.

»Ich bin doch nur hingefahren, um diesen Drohbrief abzuholen. Keine große Sache.«

»Ist aber dann doch eine ziemlich große Sache draus geworden. Sie hätten unsere Unterstützung gebrauchen können.«

Auf dem Monitor war zu sehen, wie Jane und der Leibwächter im Lagerhaus verschwanden, dann wurde das Bild statisch. Keine Bewegung war auf dem Parkplatz zu sehen, keine Veränderung; nur ab und zu erhellte der Lichtschein eines vorbeifahrenden Autos die Szenerie. Frost spulte das Video fünf Minuten vor. Dann zehn Minuten. Plötzlich flackerte das Bild, dann wurde der Monitor schwarz.

»Und das war's«, sagte Frost. »Das Gleiche passiert bei allen vier seiner Überwachungskameras. Der Strom fällt aus, und das Bild ist weg.«

»Dann haben wir also keine einzige Aufnahme von dem Ding«, meinte Tam.

»Nicht auf Donohues Kameras.«

»Ist dieses Wesen denn unsichtbar?«

»Vielleicht ist es einfach nur ziemlich schlau.« Frost öffnete eine Bildvorschau mit Außenaufnahmen des Lagerhauses. »Ich bin heute Morgen mit meiner Kamera hingefahren und habe diese Fotos gemacht. Da kann man sehen, wo die ganzen Kameras montiert sind. Wie zu erwarten, sind sie auf die Eingangsbereiche gerichtet – die Türen und die Verladerampen. Aber die Rückseite des Gebäudes ist nur eine durchgehende Wand; diese Seite wird daher nicht überwacht. Genauso wenig wie das Dach.« Er sah Jane an. »Es ist also rein physisch möglich, den Kameras auszuweichen. Und das heißt, dass es sich nicht um irgendein übernatürliches Wesen handeln muss.«

»Gestern Abend konnte man durchaus auf den Gedanken kommen«, erwiderte Jane leise, als sie sich an das unheimliche Knarren erinnerte, an das Quietschen der Fleischhaken und die baumelnden Rinderhälften ringsumher. »Er hat eine Alarmanlage und zwei Leibwächter. Er ist bis an die Zähne bewaffnet. Aber Donohue weiß beim besten Willen nicht, wie er sich gegen dieses Ding schützen soll, und er macht sich vor Angst fast in die Hose.«

»Warum sollte uns das eigentlich kümmern?«, fragte Tam. »Das Ding nimmt uns die Arbeit ab. Wenn es darum geht, unter dem Mafia-Gesocks aufzuräumen, dann sage ich: Lasst es doch einfach machen.«

Jane starrte die Fotos von Donohues Lagerhaus an. »Tja, es fällt mir verdammt schwer, Ihnen da zu widersprechen. Ich verdanke diesem Ding mein Leben. Aber ich will wissen, wie es in das Gebäude eingedrungen ist. Ich war schließlich dort, und trotzdem habe ich es erst ganz am Schluss kurz gesehen. Als es *zuließ*, dass ich es sah. Als es so lange auf dem Dach sitzen blieb, dass Donohues Leibwächter es auch sehen konnte.«

»Warum sollte es das tun?«, fragte Frost.

»Vielleicht, um zu beweisen, dass es tatsächlich existiert? Vielleicht, um Donohue einzuschüchtern – um ihm zu zeigen, dass es ihn jederzeit erwischen kann?«

»Und warum hat es das dann nicht getan? Donohue ist immer noch quicklebendig.«

»Und steht Todesängste aus«, sagte Jane. »Das Komische ist, dass es mir gar keine Angst mehr macht. Ich glaube, es ist aus einem ganz bestimmten Grund hier. Mich interessiert nur, *wie* es das macht, was es macht.« Sie sah Tam an. »Was wissen Sie über Wushu?«

Er seufzte. »Klar, dass Sie da den Quoten-Asiaten fragen.«

»Ach, kommen Sie, Tam, ist doch nur logisch, dass ich mich an Sie wende. Offenbar wissen Sie eine Menge über chinesische Märchen.«

»Das schon«, gab er zu. »Dank meiner Großmutter.«

»Donohue glaubt, dass Ninja-Krieger hinter ihm her sind. Ich habe gestern Nacht noch recherchiert und herausgefunden, dass die Ninja-Techniken ursprünglich aus China kommen. Donohue sagt, diese Leute würden von Kindesbeinen an zum Töten ausgebildet, und sie könnten jedes Abwehrbollwerk durchdringen.«

»Wir wissen beide, dass die Hälfte davon reine Fantasie ist.«

»Schon, aber welche Hälfte?«

»Die Hälfte, die man in *Tiger and Dragon* zu sehen bekommt.«

»Ich fand den Film gut«, sagte Frost.

»Aber haben Sie auch nur einen Moment lang geglaubt,

dass Krieger durch die Luft fliegen und in Baumwipfeln kämpfen können? Natürlich nicht, weil es nämlich ein Märchen ist. Genau wie all die anderen Geschichten, die meine Großmutter mir erzählt hat, von Mönchen, die übers Wasser gehen konnten, oder von Unsterblichen, die vom Himmel herabstiegen und sich unter die Menschen mischten.«

»Aber Legenden haben manchmal einen wahren Kern«, wandte Jane ein. »Und in China gab es wirklich kämpfende Mönche.«

»Okay«, räumte Tam ein. »Dieser Teil mag ja wahr sein. Es gab tatsächlich die kämpfenden Shaolin-Mönche, die in einem Bergkloster lebten. Sie wurden berühmt für ihre Kampfkünste, nachdem sie den Kaiser gegen Aufständische verteidigt hatten. Aber die Kunst des Wushu entstand lange vor der Zeit dieser Mönche. Sie ist Tausende von Jahren alt – so alt, dass kein Mensch ihre wahren Ursprünge kennt. Und mit jedem Jahrhundert, das vergeht, werden die Sagen noch fantastischer ausgeschmückt. So kommt es, dass manche Leute glauben, Wushu-Krieger seien wie Geister. Unverwundbar und unsterblich.«

»Nach der Sache gestern Abend neige ich fast auch dazu, das zu glauben«, sagte Jane.

»Ich bitte Sie!«

»Sie waren nicht dabei. Sie haben es nicht gesehen.«

»Ich könnte auch fast glauben, dass es ein Geist ist«, meinte Frost, der gerade einen weiteren Film auf dem Monitor betrachtete. »Ich habe mir die Aufnahmen sämtlicher Kameras im ganzen Viertel besorgt, und bis jetzt habe ich noch rein gar nichts gesehen. Irgendwie ist es ihm gelungen, sich immer im toten Winkel zu halten.« Er wies auf den Monitor. »Diese Kamera befindet sich genau gegenüber von Donohues Lagerhaus. Sie hat die ganze Zeit gefilmt, und trotzdem ist rein gar nichts darauf zu sehen.«

»Wenn es aus Fleisch und Blut ist, wird es schon irgendwo auftauchen«, sagte Jane.

Frost klickte ein anderes Video an. »Okay, diese Kamera ist jetzt einen Block entfernt, fast an der Summer Street.« Er startete den Film, und man sah eine schmale Straße, die am hinteren Ende mit einem Maschendrahtzaun abgeschlossen war. Minuten vergingen, ohne dass etwas sich bewegte oder veränderte. »Wieder nichts.«

Jane klopfte Frost mitfühlend auf die Schulter und stand auf. »Viel Spaß noch beim Sichten. Ruf mich an, wenn du etwas findest.«

»Ja, mach ich.«

Sie war fast schon zur Tür hinaus, als sie hörte, wie Frost überrascht nach Luft schnappte. Sie drehte sich um. »Was ist?«

»Es ist zu schnell gegangen!«

»Ich habe gar nichts gesehen«, sagte Tam.

Jane ging zum Monitor zurück und sah zu, wie Frost den Film zurückspulte und wieder startete. Das bekannte statische Bild erschien. Die gleiche schwach beleuchtete Straße mit dem Zaun am Ende.

»*Da!*«, sagte Frost.

Die Gestalt löste sich urplötzlich aus dem Dunkel. Mit dem Rücken zur Kamera huschte sie als verschwommener Fleck die Straße entlang. Mit einem behänden Satz schwang sie sich über den Zaun und ging in die Hocke, als sie auf der anderen Seite landete. Dort hielt sie einen Moment inne und richtete sich zu voller Größe auf.

Frost hielt das Bild an.

Die Gestalt war von Kopf bis Fuß in Schwarz gekleidet.

Sie konnten kein Gesicht sehen, doch die Silhouette zeichnete sich deutlich ab, die schlanke Taille, die unverkennbare Rundung der Hüften.

»Es ist eine Frau«, sagte Frost.

Bella Li kam ins Präsidium des Boston PD an der Schroeder Plaza geschlendert, bekleidet mit einer tief sitzenden Bluejeans, hohen Stiefeln und schwarzer Lederjacke. Bevor sie durch den Metalldetektor ging, zog sie die Jacke betont langsam aus – ein Striptease für die Cops, die ihr dabei zuschauten. Darunter kam ein hautenges T-Shirt zum Vorschein, das jede Kurve ihrer BH-losen Brüste voll zur Geltung brachte. Die Blicke der Männer quittierte sie mit einem Haifischlächeln, ehe sie durch die Sicherheitsschranke stolzierte und Jane begrüßte, die sie auf der anderen Seite erwartete.

»Ich wusste gar nicht, dass man hier gefilzt wird«, meinte Bella.

»Da müssen alle durch. Sogar der Bürgermeister.« Jane winkte sie zum Aufzug. »Kommen Sie mit nach oben.«

Während sie in den zweiten Stock hinauffuhren, stand Bella da, die Hüfte ausgestellt, die Lederjacke über die Schulter geworfen. Ihr kurzes Haar stand noch stachliger vom Kopf ab als sonst, wie das Fell einer gereizten Katze, die im nächsten Moment zur Attacke übergeht. Und diese junge Dame könnte mich wahrscheinlich jederzeit aufs Kreuz legen, dachte Jane. Bella war vielleicht nicht sehr groß, aber muskulös und geschmeidig wie ein Panther. Jane starrte sie an und fragte sich: Bist du das Wesen, das ich dort auf dem Dach gesehen habe? Bist du diejenige, die mir in der dunklen Passage das Leben gerettet hat?

Im zweiten Stock führte Jane Bella zu einem Vernehmungsraum. »Machen Sie es sich bequem. Ich sage Detective Frost Bescheid, dass Sie hier sind«, sagte sie und ließ die junge Frau allein.

Sie ging ins Nebenzimmer, wo Frost bereits saß und Bella durch den venezianischen Spiegel beobachtete. Ihr Gast wirkte nicht im Mindesten nervös. Sie hatte sich auf dem Stuhl zurückgelehnt und die Stiefel auf den Tisch gepflanzt. Den Kopf in den Nacken gelegt, starrte sie offensichtlich gelangweilt zur Decke hinauf.

»Hat sie auf dem Weg nach oben irgendetwas Interessantes gesagt?«, fragte Frost.

Jane schüttelte den Kopf. »Sie hat nicht einmal gefragt, warum wir sie herbestellt haben.«

»Das ist aber schon interessant. Glaubst du, sie weiß, dass wir etwas wissen?«

»Ich glaube, sie will uns zeigen, dass es ihr völlig schnuppe ist.«

Nebenan sah Bella direkt in den Spiegel und zog eine Augenbraue kraus. Ihre Miene sagte unmissverständlich: *Können wir das bitte hinter uns bringen?*

»Okay.« Jane seufzte. »Machen wir ihr mal ein bisschen Feuer unterm Hintern.«

Als Jane und Frost den Vernehmungsraum betraten, nahm Bella die Füße vom Tisch, fläzte aber weiterhin in ihrem Stuhl, die Arme vor der Brust verschränkt, und antwortete mit monotoner Stimme. Zuerst kamen die täuschend harmlosen Fragen. Name? Bella Li. Geburtsdatum? 18. Mai. Beruf? Kampfkunstlehrerin. Bella seufzte laut, das Desinteresse in Person. Doch bei der nächsten Frage zuckten die Muskeln in ihren Unterarmen.

»Wo waren Sie gestern Abend zwischen achtzehn Uhr und einundzwanzig Uhr?«, fragte Jane.

Bella hob die Schultern. »Ich war zu Hause.«

»Allein?«

»Warum wollen Sie das wissen?«

»Wir müssen überprüfen, wo Sie sich aufgehalten haben.«

»Ich betrachte mein Liebesleben als meine Privatangelegenheit. Ich wüsste nicht, warum ich Ihnen irgendwelche Details verraten sollte.«

»Es war also gestern Abend jemand bei Ihnen?«, fragte Frost nach. »Könnten Sie uns seinen Namen nennen?«

»Wie kommen Sie darauf, dass ich mich für Männer interessiere? Meinen Sie wirklich, als Frau könnte man nichts Besseres finden?« Sie schenkte Jane ein provozierendes Lächeln.

»Okay«, sagte Jane. »Dann nennen Sie uns eben *ihren* Namen.«

Bella senkte den Blick auf ihre Hände und studierte ihre kurz geschnittenen Fingernägel. »Da war niemand. Ich war allein zu Hause.«

»Das hätten Sie auch gleich sagen können.«

»Sie hätten mir auch sagen können, warum Sie mich herbestellt haben.«

»Sie waren also allein zu Hause. Haben Sie zu irgendeinem Zeitpunkt das Haus verlassen?«

»Ich kann mich nicht erinnern.«

»Vielleicht würden Sie sich erinnern, wenn wir Ihnen ein Foto zeigen würden.«

»Was für ein Foto?«

Frost antwortete: »Von einer Überwachungskamera in Jeffries Point. Sie sind sehr gut darin, Überwachungskameras auszuweichen, Miss Li. Aber eine haben Sie übersehen.«

Zum ersten Mal hatte Bella nicht sofort eine Antwort

parat, wenngleich ihre Miene unbewegt blieb, ihre Augen so ruhig wie zwei Waldweiher.

»Wir wissen, dass Sie das sind auf dem Video«, log Jane. Sie beugte sich vor, und sie sah die Pupillen der jungen Frau zucken, eine ebenso unwillkürliche wie verräterische Reaktion. Bella wirkte äußerlich ruhig, doch die Kampf-oder-Flucht-Instinkte in ihrem Inneren waren hellwach. »Wir wissen, dass Sie dort in der Lagerhalle waren. Die Frage ist: Warum?«

Bella lachte – für jemanden, der so in die Ecke gedrängt war, hatte sie sich erstaunlich schnell wieder gefasst. »Das müssen *Sie* mir sagen. Wo Sie doch anscheinend alles wissen.«

»Sie waren dort, um Kevin Donohue einen Schrecken einzujagen.«

»Warum sollte ich das tun?«

»Zuerst haben Sie ihm einen Drohbrief an die Windschutzscheibe gesteckt. Dann sind Sie in seine Lagerhalle eingebrochen. Sie haben seine Alarmanlage ausgeschaltet und seinen Telefonanschluss gekappt.«

»Das soll ich alles eigenhändig bewerkstelligt haben?«

»Sie haben eine umfassende Ausbildung in Kampfkunst. Sie haben an einer der besten Schulen der Welt gelernt, in Taiwan.« Jane klatschte eine Aktenmappe auf den Tisch. »Das sind die Aufzeichnungen über Ihre Reisen in den letzten fünf Jahren.«

»Über mich gibt es eine Akte?«

»Jetzt ja.«

Bella schlug die Mappe auf und blätterte sie mit gespieltem Desinteresse durch. »Dann habe ich eben ab und zu das Land verlassen. Genießen wir hier in Amerika nicht Reisefreiheit?«

»Nicht viele amerikanische Bürger verbringen fünf Jahre in einem taiwanesischen Kloster, um eine uralte Kunst wie Wushu zu erlernen.«

»Jeder nach seinem Geschmack.«

»Und jetzt kommt das wirklich Interessante. Finanziert wurde das Ganze von Mrs. Fang. Sie ist keine reiche Frau, und dennoch hat sie Ihnen diese jahrelange Ausbildung ermöglicht. Hat Ihre Flüge bezahlt, Ihre Unterrichtsgebühren. Warum?«

»Sie hatte mein Talent erkannt.«

»Wann hat sie das erkannt?«

»Ich war siebzehn und lebte auf der Straße, als sie mich gefunden hat. Sie hat mir den Staub aus den Klamotten geklopft und mich aufgenommen – vielleicht, weil ich sie an ihre Tochter erinnerte.«

»Ist es das, was Sie hier in Boston tun? Für sie die Ersatztochter mimen?«

»Ich unterrichte in ihrem Studio. Wir praktizieren den gleichen Kampfkunststil. Und wir teilen dieselbe Philosophie.«

»Und welche Philosophie, wenn ich fragen darf?«

Bella sah ihr in die Augen. »Dass Gerechtigkeit etwas ist, wofür wir alle verantwortlich sind.«

»Gerechtigkeit? Oder Rache?«

»Manche würden sagen, dass *Rache* nur ein anderes Wort für Gerechtigkeit ist.«

Jane starrte Bella an, versuchte, sie zu durchschauen. Sie musste herausfinden, ob dies dasselbe Wesen war, das ihr in der Passage das Leben gerettet hatte, das auf dem Dach der Lagerhalle gehockt hatte. Bella war ein Wesen aus Fleisch und Blut wie jede andere Vierundzwanzigjährige, doch sie war ganz bestimmt nicht gewöhnlich. Wenn Jane in diese Augen blickte, sah sie etwas Fremdartiges, Wildes. Einen animalischen Geist, der sie plötzlich zurückweichen ließ, der ihr ein Frösteln über die Haut jagte. Als ob sie in diesen Augen etwas gesehen hätte, das nicht ganz menschlich war.

Frost brach das Schweigen. »Miss Li, es wird Zeit, dass Sie uns die Wahrheit sagen.«

Bella bedachte ihn mit einem abschätzigen Blick. »Was war denn nicht wahr an dem, was ich gesagt habe?«

»Ihre Antwort auf die Frage, warum Iris Fang gerade Sie auserwählt hat.«

»Sie hätte auch irgendwen sonst nehmen können.«

»Das hat sie aber nicht. Sie ist eigens nach San Francisco geflogen, um eine ganz bestimmte Siebzehnjährige zu finden, deren Mutter gerade gestorben war. Ein Mädchen, das von ihrer Pflegefamilie davongelaufen war und auf der Straße lebte. Was war an Ihnen so besonders?«

Als Bella keine Antwort gab, sagte Jane: »Wir haben Ihre Schulunterlagen aus Kalifornien. Darin steht nichts über den Einwandererstatus Ihrer Mutter.«

»Meine Mutter ist tot. Was spielt das jetzt noch für eine Rolle?«

»Sie war eine illegale Einwanderin.«

»Beweisen Sie es.«

»Was ist mit Ihnen, Bella?«

»Ich habe einen amerikanischen Pass.«

»In dem steht, dass Sie im Staat Massachusetts geboren wurden. Sechs Jahre später sind Sie an einer öffentlichen Schule in San Francisco gemeldet. Ihre Mutter arbeitet als Zimmermädchen in einem Hotel, mit einer falschen Sozialversicherungsnummer. Warum sind Sie dorthin umgezogen? Warum haben Sie beide so plötzlich Ihre Zelte hier abgebrochen und sind nach Kalifornien geflüchtet?« Jane beugte sich so weit vor, dass sie ihr eigenes Spiegelbild in diesen abgrundtiefen Augen sehen konnte. »Ich habe einen ziemlich starken Verdacht, wer Sie in Wirklichkeit sind. Ich kann es nur noch nicht beweisen. Aber ich werde es beweisen, glauben Sie mir.« Sie sah zu Frost. »Zeig ihr den Durchsuchungsbeschluss.«

Bella runzelte die Stirn. »Durchsuchungsbeschluss?«

»Er gestattet uns, Ihre Wohnung zu betreten«, sagte Frost. »Detective Tam ist bereits mit einem Suchteam vor Ort.«

»Was glauben Sie denn, was Sie da finden werden?«

»Beweise, die Sie mit dem Tod einer unbekannten weiblichen Person am Abend des fünfzehnten April sowie mit dem Tod einer unbekannten männlichen Person am Abend des einundzwanzigsten April in Verbindung bringen.«

Bella schüttelte den Kopf. »Tut mir leid, Sie enttäuschen zu müssen, aber für den fünfzehnten April habe ich ein felsenfestes Alibi. Da habe ich bei einer Wushu-Vorführung in Chinatown auf der Bühne gestanden. Es gab mindestens zweihundert Zeugen.«

»Das werden wir überprüfen. In der Zwischenzeit haben Sie Gelegenheit, Ihren Anwalt anzurufen, falls Sie es wünschen.«

»Sie *verhaften* mich?« Bella schnellte vor, eine so abrupte Bewegung, dass Jane zusammenzuckte – sie wusste schließlich ganz genau, wie schnell und tödlich diese junge Frau zuschlagen konnte. »Das«, sagte Bella leise, »ist ein *sehr schwerer Fehler.*« In Bellas Augen schien sich etwas zu regen, als ob in ihren dunklen Tiefen irgendeine Kreatur erwachte.

»Sagen Sie uns, warum es ein Fehler ist, dann denken wir vielleicht noch einmal darüber nach«, erwiderte Jane.

Bella atmete tief durch, und jemand anderes schien von ihr Besitz zu ergreifen, schien sie aus Augen, so kalt wie polierte Steine, anzustarren. »Ich habe nichts mehr zu sagen.«

Bellas Wohnung war sauber. Viel zu sauber. Jane stand im Wohnzimmer und blickte auf einen Teppich hinunter, der – wie die parallelen Streifen verrieten – erst vor Kurzem gesaugt worden war.

»So haben wir es hier vorgefunden«, sagte Tam. »Küche und Bad sind blitzblank geputzt. Nicht mal ein Fetzen Papier in den Abfalleimern. Es ist, als ob hier niemand wohnt. Entweder hat sie einen schweren Putzfimmel, oder sie wollte Spuren vernichten.«

»Woher wusste sie, dass wir kommen würden?«

»Wer ins Präsidium des Boston PD bestellt wird, kann sich normalerweise denken, dass er unter Verdacht steht. Es muss ihr klar gewesen sein, dass wir hier auftauchen würden.«

Jane trat ans Fenster und sah durch die makellos saubere Scheibe auf die Straße hinunter, wo zwei ältere Frauen untergehakt den Gehsteig entlangtrippelten. Es war ruhig in dieser Ecke von Tai Tung Village am südlichen Ende von Chinatown. Iris Fangs Wohnung war gleich um die Ecke, nur wenige Minuten Fußweg entfernt. Dieses Viertel war wirklich eine Welt für sich, und Jane kam sich hier vor wie auf einem anderen Stern. Das Gefühl wurde noch verstärkt durch die Blicke der Nachbarn, durch ihr nervöses Getuschel. Mit ihrer Dienstmarke und der Autorität, die sie ihr verlieh, war Jane überall, wo sie auftauchte, die Fremde.

Und von einem Fremden wusste man nie, ob er als Freund oder als Feind kam.

Sie wandte sich vom Fenster ab und ging ins Bad, wo Frost vor dem Unterschrank kniete und dessen Inhalt inspizierte. »Nichts«, sagte er und richtete sich auf. Sein Gesicht war vom Bücken rot angelaufen. »Nicht ein einziges Haar in der Dusche oder im Waschbecken. Im Badeschrank habe ich nur Aspirin und eine Rolle elastische Binden gefunden. Es ist, als ob hier gar niemand wohnt.«

»Sind wir denn sicher, dass sie hier wohnt?«

»Tam hat mit dem Nachbarn von nebenan gesprochen. Ein alter Herr in den Achtzigern. Er sagt, er sieht sie so gut wie nie, aber er hört immer wieder mal Stimmen hier drin.« Frost klopfte an die Wand. »Die sind ziemlich dünn.«

»Stimmen – also Plural?«

»Könnte der Fernseher sein. Sie lebt allein.«

Jane sah sich in dem makellosen Badezimmer um. »Wenn sie überhaupt hier wohnt.«

»Irgendjemand zahlt die Miete.«

»Und anscheinend ist hier auch irgendjemand mit Putzmittel und Staubsauger zu Werke gegangen.«

»Das mit dem Staubsauger ist merkwürdig – wir haben nämlich gar keinen gefunden, also können wir auch den Beutel nicht nach Spuren durchsuchen.«

Jane ging weiter ins Schlafzimmer, wo sie auf Tam stieß, der gerade telefonierte. Er nickte, als Jane den Raum betrat. Der Holzboden war sauber gewischt; Bettlaken und Decke waren zurückgeschlagen, sodass die Matratze freilag. Jane kniete sich vor das Bett und sah darunter nach – der Boden unter dem Lattenrost war genauso staubfrei wie im restlichen Zimmer. Plötzlich tauchte ein Paar Schuhe in ihrem Gesichtsfeld auf, und als Jane sich hochstemmte, sah sie einen Kriminaltechniker auf der anderen Seite des Betts stehen.

»Wir haben keine Waffe gefunden«, meldete er. »Es sei denn, Sie zählen die Küchenmesser mit.«

»So etwas Ähnliches wie ein Schwert haben Sie nicht gefunden?«

»Nein, Ma'am. Wir haben alle Schränke und Schubladen durchsucht. Wir haben auch die Möbel von der Wand weggerückt und dahinter nachgeschaut.« Er hielt inne und ließ den Blick über die kahlen Wände schweifen. »Ich vermute, dass sie noch nicht lange hier wohnt. Nicht lange genug, um sich häuslich eingerichtet zu haben.«

»Falls sie überhaupt vorhatte, länger zu bleiben.«

»Allzu viel zum Anziehen hat sie auch nicht mitgebracht.«

Jane öffnete den Kleiderschrank und sah nicht mehr als ein Dutzend Teile an der Stange hängen, alle in Größe XXS. Drei schwarze Hosen, ein paar dunkle Pullover und Blusen und ein ärmelloses Sommerkleid aus weicher, pfirsichfarbener Seide. Es war die Garderobe einer Frau, die sich nur kurz irgendwo aufhielt und offensichtlich vorhatte, bald wieder abzureisen. Einer jungen Frau, die ihnen nach wie vor ein Rätsel war. Jane starrte das Kleid an, versuchte, sich Bella Li in einem so femininen, verführerischen Teil vorzustellen, doch es gelang ihr nicht. Stattdessen sah sie nur die wild funkelnden Augen der jungen Frau und ihre schwarze Igelfrisur.

»Schlechte Nachrichten«, sagte Tam und hielt sein Handy hoch. »Ihr Alibi für den fünfzehnten April ist wasserdicht. Ich habe gerade mit der Programmkoordinatorin des Kulturzentrums gesprochen. An dem Abend hatten sie dort eine Kampfkunst-Demonstration. Bella Li ist zusammen mit acht Schülerinnen und Schülern der Dragon and Stars Academy aufgetreten.«

»Um wie viel Uhr war das?«

»Die Gruppe traf um achtzehn Uhr ein, aß etwas und ging gegen einundzwanzig Uhr auf die Bühne. Sie waren den ganzen Abend dort.« Er schüttelte den Kopf. »Wir können ihr nichts nachweisen.«

»Aber für den einundzwanzigsten April hat sie kein Alibi.«

»Das ist kein Grund, sie festzuhalten.«

»Dann finden wir eben einen Grund, verdammt noch mal.«

»Warum?« Tam sah sie so forschend an, dass ihr ganz unbehaglich wurde.

Sie drehte sich zum Kleiderschrank um, wich seinem Blick aus. »Irgendetwas an ihr lässt bei mir die Alarmglocken läuten. Ich *weiß*, dass sie in die Sache verwickelt ist, aber ich weiß nicht, wie.«

»Alles, was wir haben, ist ein Überwachungsvideo, auf dem eine weibliche Gestalt zu sehen ist. Es könnte sie sein, aber es könnte auch jemand anderes sein. Wir haben keine Tatwaffe. Und wir haben auch kein Beweismaterial.«

»Ja, weil sie die ganze Wohnung vor unserem Eintreffen mit literweise Reinigungsmittel geschrubbt hat.«

»Was bleibt uns also außer Ihrem Bauchgefühl?«

»Das hat mir schon öfter gute Dienste geleistet.« Sie griff in den Schrank und durchsuchte mit ihrer behandschuhten Hand die Taschen der Kleidungsstücke, obwohl sie selbst nicht recht wusste, wonach sie suchte. Doch außer etwas Kleingeld, einem Knopf und einem zusammengefalteten Papiertaschentuch förderte sie nichts zutage.

»Tam hat recht, Rizzoli«, sagte Frost, der in der Tür aufgetaucht war. »Wir müssen sie gehen lassen.«

»Nicht, solange ich nicht mehr über sie weiß. Wer sie wirklich ist«, erwiderte Jane.

»Wir stochern doch nur im Dunkeln.«

»Dann müssen wir eben endlich die nötigen Beweise finden. Irgendwo *muss* es doch die entscheidende Spur geben.« Sie ging zum Schlafzimmerfenster und sah auf eine Gasse hinunter. Der Schieberahmen war nicht verschlossen, das Fenster ein Stück weit hochgeschoben, um frische Luft hereinzulassen. Direkt davor war ein Absatz der Feuertreppe, und das Fenster war nicht mit einem Fliegengitter versehen. Jede andere weibliche Bewohnerin wäre angesichts dieser Sicherheitsmängel nervös geworden, doch Bella Li kannte keine Furcht; sie schritt beherzt durchs Leben, stets zum Kampf bereit. Schreckte sie jemals mitten in der Nacht aus dem Schlaf hoch, wenn sie ein Geräusch am Fenster hörte, wenn irgendwo in der Wohnung die Dielen knarrten? Oder schlief sie auch wie eine Kriegerin, furchtlos selbst in ihren Träumen?

Jane wandte sich vom Fenster ab und erstarrte plötzlich, den Blick auf den Vorhang geheftet. Der Stoff war ein knitterfreier Polyester-Mix, bedruckt mit beigefarbenen Bambusstangen vor einem grünen Wald. Auf diesem bunten Hintergrund war der silberfarbene Strich fast nicht zu erkennen. Nur aus einem bestimmten Winkel, wenn das Licht der Deckenlampe schräg auf die Oberfläche des Stoffs fiel, konnte Jane das Haar sehen, das daran klebte.

Sie zog einen Beweismittelbeutel aus der Tasche. Kaum wagte sie zu atmen, als sie das Haar vorsichtig vom Vorhang abzupfte und es in den Beutel fallen ließ. Sie hielt ihn gegen das Licht und starrte durch die transparente

Plastikhülle auf den einzelnen silbrigen Faden. Dann ging ihr Blick zum Fenster – und zu der Feuertreppe direkt dahinter.

Es war hier. Das Phantom ist hier in diesem Zimmer gewesen.

32

Nur selten merkt es der Jäger, wenn er selbst zum Gejagten wird. Er streift durch den Wald, das Gewehr in der Hand, und hält Ausschau nach der Fährte seiner Beute auf der schneebedeckten Erde. Er sucht nach Spuren oder hockt in seinem Ansitz und wartet, bis der Bär aus dem Unterholz trottet. Nie kommt er auf die Idee, dass seine Beute *ihn* beobachten könnte, dass sie geduldig wartet, bis er einen Fehler macht.

Der Jäger, der sich jetzt an mich heranpirscht, würde kaum etwas sehen, wovor er sich fürchten muss. Mein Äußeres ist das einer Frau mittleren Alters mit grauen Strähnen im Haar, meine Schritte gehemmt von Müdigkeit und dem Gewicht der Tüten, die ich schleppe, prallvoll mit Lebensmitteln für eine Woche. Ich gehe dieselbe Strecke wie jeden Dienstagabend. Nach dem Einkauf auf dem chinesischen Markt in der Beach Street biege ich rechts in die Tyler ein und wende mich nach Süden, zu den ruhigen Straßen von Tai Wung Village, wo ich wohne. Ich halte den Kopf gesenkt, lasse die Schultern hängen, sodass jeder, der mich sieht, sofort denkt: *Diese Frau ist ein geborenes Opfer.* Keine, die sich zur Wehr setzen wird. Niemand, den man fürchten muss.

Aber inzwischen weiß mein Gegenspieler, dass er auf der Hut sein muss, genau, wie ich vor ihm auf der Hut bin. Bis jetzt haben wir uns nur aus der Deckung heraus bekämpft, sind nie direkt aufeinandergetroffen, außer in Gestalt seiner Stellvertreter. Wir sind zwei Jäger, die einander ständig umkreisen, und er muss den nächsten Schritt tun. Erst dann, wenn er aus dem Dunkel ans Licht tritt, werde ich sein Gesicht kennen.

Und so gehe ich die Tyler Street entlang, wie schon so viele Male zuvor, und ich frage mich, ob es heute Abend so weit ist. Noch nie habe ich mich so verwundbar gefühlt, und ich weiß, dass sich jeden Moment der Vorhang zum nächsten Akt heben wird. Ich lasse die hellen Lichter der Beach Street und der Kneeland Street hinter mir, gehe durch unbeleuchtete Gassen, vorbei an dunklen Hauseingängen, und meine Plastiktüten rascheln bei jedem Schritt. Nur eine müde alte Witwe, die mit sich selbst beschäftigt ist. Aber ich nehme jedes Detail um mich herum wahr, von dem feinen Nieselregen auf meinem Gesicht bis zum Duft von Koriander und Zwiebeln, der aus meinen Tüten aufsteigt. Niemand begleitet mich. Keine Leibwächter umringen mich. Heute Abend bin ich allein, schutzlos dem ersten Pfeil ausgesetzt, der geflogen kommt.

Als ich mich meiner Wohnung nähere, sehe ich, dass die Lampe über der Haustür dunkel ist. Sabotage – oder nur eine durchgebrannte Glühbirne? Meine Nerven vibrieren in banger Vorahnung, und mein Herzschlag beschleunigt sich, pumpt das Blut in die Muskeln, die sich schon in Erwartung des Kampfes anspannen. Dann entdecke ich den Wagen, der vor dem Haus parkt, ich sehe den Mann, der aussteigt, um mich zu begrüßen, und ich lasse die Luft in einem erleichterten und zugleich genervten Seufzer entweichen.

»Mrs. Fang?«, sagt Detective Frost. »Ich muss mit Ihnen sprechen.«

Ich bleibe vor den Eingangsstufen zu meinem Haus stehen, mit den schweren Einkaufstüten in den Händen, und starre ihn an, ohne zu lächeln. »Ich bin sehr müde heute Abend. Und ich habe nichts weiter zu sagen.«

»Darf ich Ihnen dann wenigstens tragen helfen?«, erbietet er sich, und ehe ich protestieren kann, schnappt er sich die Einkaufstüten und trägt sie die Stufen zur Haustür hinauf. Dort wartet er darauf, dass ich aufschließe. Er schaut so ernsthaft drein, dass ich es nicht über mich bringe, sein Angebot abzulehnen.

Ich sperre die Tür auf und lasse ihn eintreten.

Nachdem ich das Licht eingeschaltet habe, trägt er die Tüten in die Küche und stellt sie auf der Arbeitsfläche ab. Er steht da mit den Händen in den Hosentaschen und sieht zu, wie ich pikante Kräuter und frisches Gemüse in den Kühlschrank lege, wie ich Speiseöl, Küchentücher und Dosen mit Hühnerbrühe in die Schränke räume.

»Ich möchte mich entschuldigen«, sagt er. »Und Ihnen etwas erklären.«

»Erklären?«, frage ich in einem Ton, als ob es mich eigentlich überhaupt nicht interessierte, was er zu sagen hat.

»Wegen des Säbels, und warum wir ihn mitnehmen mussten. Bei einer Mordermittlung müssen wir alle Möglichkeiten in Betracht ziehen. Wir müssen jeder Spur nachgehen. Die Waffe, nach der wir gesucht haben, ist ein sehr alter Säbel, und ich wusste, dass Sie einen besitzen.«

Ich klappe die Tür des Vorratsschranks zu und drehe mich zu ihm um. »Inzwischen müssen Sie doch Ihren Fehler bemerkt haben.«

Er nickt. »Sie werden den Säbel zurückbekommen.«

»Und wann wird Bella auf freien Fuß gesetzt?«

»Das ist etwas komplizierter. Wir sind noch dabei, ihre

Vorgeschichte zu überprüfen. Ich dachte mir, dass Sie uns dabei vielleicht helfen könnten, da Sie sie ja gut kennen.«

Ich schüttle den Kopf. »Unser letztes Gespräch, Detective, endete damit, dass man mich als Tatverdächtige behandelt und mein Familienerbstück konfisziert hat.«

»Ich habe nie gewollt, dass es so kommt.«

»Aber Sie sind nun einmal zuallererst Polizist.«

»Was würden Sie von mir anderes erwarten?«

»Ich weiß nicht. Dass Sie ein Freund sind?«

Das gibt ihm zu denken. Er steht unter der grellen Küchenlampe, die ihn älter aussehen lässt, als er ist. Gleichwohl ist er ein junger Mann – jung genug, um mein Sohn zu sein. Ich will gar nicht daran denken, wie alt mein Gesicht in diesem unvorteilhaften Neonlicht aussehen muss.

»Ich *wäre* ja gerne Ihr Freund, Iris«, sagt er. »Wenn nur…«

»Wenn ich nur nicht verdächtig wäre.«

»Für mich sind Sie das nicht.«

»Dann machen Sie Ihren Job nicht richtig. Ich könnte die Mörderin sein, nach der Sie suchen. Können Sie sich das nicht bildlich vorstellen, Detective? Die ältliche Dame, die ihr Schwert schwingt, die auf Dächern herumspringt und ihre Feinde niedermäht?« Ich lache ihm ins Gesicht, und er errötet, als hätte ich ihm eine Ohrfeige verpasst. »Vielleicht sollten Sie mein Haus durchsuchen. Es könnte ja noch ein Schwert hier irgendwo versteckt sein, eine Waffe, von der Sie gar nicht wissen, dass ich sie besitze.«

»Iris, bitte.«

»Vielleicht wollen Sie Ihren Kollegen berichten, dass die Verdächtige sich neuerdings feindselig verhält? Dass sie sich nicht mehr so leicht um den Finger wickeln und sich Informationen aus der Nase ziehen lässt.«

»Deswegen bin ich nicht hier! An dem Abend, als wir zusammen essen gegangen sind, habe ich nicht versucht, Sie auszuhorchen.«

»Was haben Sie denn versucht?«

»Sie zu verstehen, das ist alles. Herauszufinden, wer Sie sind, was Sie denken.«

»Warum?«

»Weil Sie und ich – Weil …« Er seufzt schwer. »Ich hatte das Gefühl, dass wir beide einen Freund brauchten. Ich weiß jedenfalls, dass es mir so geht.«

Ich betrachte ihn einen Moment. Er sieht mich nicht an, sein Blick ist auf einen Punkt irgendwo hinter mir gerichtet, als könnte er sich nicht dazu bringen, mir in die Augen zu schauen. Nicht, weil er unaufrichtig ist, sondern weil er sich eine Blöße gegeben hat. Er mag Polizist sein, doch er fürchtet sich vor meinem Urteil über ihn. Aber ich kann ihm nichts mehr geben, weder Trost noch Freundschaft, nicht einmal eine sanfte Berührung am Arm.

»Sie brauchen eine Freundin in Ihrem Alter, Detective Frost«, sage ich ruhig. »Nicht jemanden wie mich.«

»Ich sehe Ihr Alter gar nicht.«

»Ich schon. Und ich spüre es auch«, füge ich hinzu, während ich demonstrativ meinen verspannten Nacken massiere. »Und meine Krankheit.«

»Ich sehe eine Frau, die niemals alt sein wird.«

»Sagen Sie mir das in zwanzig Jahren noch einmal.«

Er lächelt. »Das werde ich vielleicht.«

Der Augenblick ist zum Bersten voll mit ungesagten Worten, mit Empfindungen, die uns beiden Unbehagen bereiten. Er ist ein guter Mann, das sehe ich in seinen Augen. Aber es ist absurd zu glauben, wir könnten jemals mehr als nur locker befreundet sein. Nicht, weil ich fast zwei Jahrzehnte älter bin als er, auch wenn das allein schon ein Hindernis ist. Nein, es ist wegen der Geheimnisse, die ich nie mit ihm teilen kann; Geheimnisse, die uns beide auf verschiedenen Seiten einer tiefen Kluft stehen lassen.

Als ich ihn zur Tür begleite, sagt er: »Morgen bringe ich Ihnen den Säbel zurück.«

»Und Bella?«

»Es ist gut möglich, dass sie morgen früh entlassen wird. Wir können sie nicht unbegrenzt festhalten, nicht ohne Beweise.«

»Sie hat nichts Falsches getan.«

In der Tür bleibt er stehen und sieht mich unverwandt an. »Es ist nicht immer so klar, was richtig und was falsch ist. Nicht wahr?«

Ich erwidere seinen Blick und denke: Ist es möglich, dass er etwas weiß? Gibt er mir seinen Segen für das, was ich zu tun im Begriff bin? Aber er lächelt nur – und geht.

Ich schließe die Tür hinter ihm ab. Das Gespräch hat mich aus dem Gleichgewicht gebracht; ich habe Mühe, meine Gedanken zu ordnen. Was soll man von einem solchen Mann halten?, frage ich mich, als ich nach oben gehe, um mich umzuziehen. Wieder einmal erinnert er mich an meinen Mann. An seine Güte, seine Geduld. Seinen vorurteilsfreien Geist, stets bereit, neue Möglichkeiten zu erkunden. Bin ich eine eitle Närrin, dass ich eine so unwahrscheinliche Freundschaft in Erwägung ziehe? Ich bin abgelenkt, in Gedanken noch bei unserer Unterhaltung, und so übersehe ich die Hinweise, die mich hätten warnen sollen. Das Zittern in der Luft. Den leisen Geruch, den ein fremder Körper ausströmt. Erst als ich den Lichtschalter in meinem Schlafzimmer betätige und nichts passiert, wird mir plötzlich klar, dass ich nicht allein bin.

Die Schlafzimmertür knallt hinter mir zu. In der Dunkelheit kann ich den Schlag nicht kommen sehen, der auf meinen Kopf herabsaust, doch meine Instinkte sind sofort hellwach. Etwas zischt direkt über mir, während ich mich ducke und in Richtung Bett hechte, wo mein Säbel versteckt ist. Nicht die täuschend echte Nachbildung, die ich der Polizei übergeben habe, sondern der echte Zheng Yi. Über fünf Jahrhunderte wurde er von Mutter zu Tochter weitergereicht, ein Vermächtnis, das uns schützen, uns gegen unsere Feinde verteidigen soll.

Jetzt brauche ich ihn mehr denn je.

Mein Angreifer stürzt sich auf mich, doch ich gleite davon wie Wasser und rolle mich über den Boden. Dort greife ich unter das Bett nach der Nische, in der Zheng Yi verborgen ist. Er schmiegt sich in meine Hand wie ein alter Freund und gibt ein melodisches Seufzen von sich, als er aus seiner Scheide gleitet.

In einer fließenden Bewegung springe ich auf und wirbele herum, um mich dem Feind zu stellen. Das Knarren des Fußbodens verrät mir, wo er steht – ein Stück zu meiner Rechten. Just in dem Moment, als ich mein Gewicht verlagere, um zur Attacke überzugehen, höre ich den Schritt – aber diesmal hinter mir.

Sie sind zu zweit.

Es ist mein letzter Gedanke, bevor ich falle.

33

Jane ging neben Iris' Bett in die Hocke, um die Spuren zu lesen – und was die ihr verrieten, gefiel ihr ganz und gar nicht. Auf dem Fußboden und am Rand des Lakens waren rote Spritzer zu sehen – hier war jemand zusammengebrochen. Der Blutverlust war minimal; auf jeden Fall nicht stark genug, um tödlich zu sein. Jane richtete sich auf und sah auf die verschmierten Blutflecken, über die offenbar ein Körper geschleift worden war. Sie hatte bereits weitere Blutspuren auf der Treppe und im Eingangsbereich bemerkt – die Haustür hatte weit offen gestanden, was die Nachbarn erst darauf aufmerksam gemacht hatte, dass hier etwas nicht stimmte.

Jane wandte sich zu Frost um. »Bist du dir sicher, was die Uhrzeit betrifft? Es war neun Uhr abends, als du gegangen bist?«

Er nickte mit einem verstörten Ausdruck in den Augen. »Ich habe niemanden gesehen, als ich das Haus verließ. Und ich hatte direkt vor der Tür geparkt.«

»Warum warst du hier?«

»Um mit ihr zu reden. Ich hatte ein schlechtes Gewissen wegen dieser Geschichte mit dem Säbel.«

»Du bist extra hingefahren, um dich dafür zu entschuldigen, dass du deine Arbeit gemacht hast?«

»Manchmal komme ich mir eben vor wie ein Schwein, wenn ich nur meine Arbeit mache, okay?«, gab er gereizt zurück. »Da ist diese Frau, die schon vorher ein Opfer war.

Sie hat ihren Mann und ihre Tochter verloren. Und wir machen sie zur Verdächtigen. Wir vernehmen sie. Wir machen sie noch einmal zum Opfer.«

»Ich weiß nicht viel über Iris Fang. Aber was ich weiß, ist, dass sie von Anfang an im Mittelpunkt dieser Sache gestanden hat. Alles, was passiert ist, scheint sich um *sie* zu drehen.« Janes Handy klingelte. »Rizzoli«, meldete sie sich.

Tam war dran. »Kevin Donohue sagt, er hat ein Alibi für gestern Abend.«

»Und seine Leute?«

»Das ist das Problem. Sie geben sich gegenseitig Alibis. Alle drei schwören, dass sie den Abend in Donohues Haus vor dem Fernseher verbracht haben. Was bedeutet, dass wir keinem der drei auch nur ein Wort glauben können.«

»Wir können also nicht ausschließen, dass sie es waren.«

»Aber nachweisen können wir ihnen auch nichts.«

Jane legte auf und wandte sich frustriert zum Fenster um. Auf der Straße vor dem Haus standen drei ältere Chinesinnen und starrten zu ihr hinauf, während sie miteinander schwatzten. *Was könnten sie uns sagen, wenn sie nur mit uns reden würden?* In Chinatown war nichts so, wie es auf den ersten Blick schien. Es war, als betrachtete man alles durch einen Seidenvorhang – nie bekam man ein klares Bild zu sehen, immer blieb irgendetwas im Verborgenen.

Sie wandte sich zu Frost um. »Vielleicht wird Bella jetzt endlich mit uns reden. Es wird Zeit, dass wir alle die Karten auf den Tisch legen.«

Bella wirkte an diesem Tag noch feindseliger, die Hände zu Fäusten geballt, ihr Blick hart wie Diamanten. »Es ist *Ihre*

Schuld, dass das passiert ist«, sagte sie. »Ich hätte dort sein sollen. Ich hätte das verhindert.«

Jane blickte in diese funkelnden Augen, und plötzlich sah sie vor ihrem inneren Auge diese junge Frau wie eine Wildkatze aufspringen und sie mit Zähnen und Krallen attackieren. Doch sie hielt ihre Stimme ruhig, als sie sagte: »Sie wussten also, dass so etwas passieren würde? Sie wussten, dass man Iris entführen würde?«

»Wir vergeuden hier nur unsere Zeit! Sie braucht mich.«

»Wie wollen Sie ihr helfen, wenn Sie nicht einmal wissen, wo sie ist?«

Bella machte den Mund auf, um etwas zu sagen, doch dann ging ihr Blick zum Einwegspiegel, als sei ihr plötzlich bewusst geworden, dass sie ein Publikum hatte.

»Warum fangen wir nicht ganz von vorn an, Bella?«, sagte Jane. »Nämlich damit, wer Sie wirklich sind. Ich meine nicht den Namen, den Sie sich in Kalifornien zugelegt haben, sondern den, mit dem Sie geboren wurden.« Jane legte die Fotokopie einer Geburtsurkunde auf den Tisch. »Die ist von einem Arzt aus Chinatown unterschrieben. Sie wurden hier in Boston geboren. Eine Hausgeburt, in einer Wohnung in der Knapp Street. Der Name Ihres Vaters war Wu Weimin.«

Bella gab keine Antwort, doch Jane konnte das Eingeständnis an ihren Augen ablesen. Nicht, dass sie es gebraucht hätte; das Dokument war lediglich Beweisstück Nummer eins. Jane legte weitere Kopien auf den Tisch: die Unterlagen der öffentlichen Schulen in San Francisco, wo das Mädchen unter dem Namen Bella Li angemeldet worden war. Die Sterbeurkunde ihrer Mutter, die den Namen Annie Li geführt hatte, gestorben mit dreiundvierzig Jahren an Magenkrebs. Hier stand alles schwarz auf weiß, in diesen Dokumenten, die Janes Team in den vergangenen achtundvierzig Stunden in hartnäckiger Kleinarbeit zusammengetragen hatte – eine Papierspur, die in jenen Tagen vor dem 11. September durch wechselnde Zuständigkeiten verwischt worden war. Die Schattenwelt, in der illegale Einwanderer sich bewegten, hatte die Ermittlungen zusätzlich erschwert – eine Welt, in der eine alleinstehende Mutter und ihr Kind allzu leicht untertauchen und mit neuen Namen anderswo wieder auftauchen konnten.

»Warum sind Sie nach Boston zurückgekehrt?«, fragte Jane.

Bella sah ihr in die Augen. »Sifu Fang bat mich zu kommen. Sie ist eine kranke Frau, und sie brauchte eine weitere Lehrerin für ihre Schule.«

»Ja, das ist die Geschichte, die Sie mir immer wieder auftischen.«

»Gibt es noch eine andere?«

»Es hat nicht etwa mit dem zu tun, was im Red Phoenix passiert ist? Damit, dass Ihr Vater vier Menschen erschossen hat?«

Bellas Züge spannten sich an. »Mein Vater war unschuldig.«

»Nicht laut dem offiziellen Polizeibericht.«

»Und offizielle Polizeiberichte irren ja *nie*.«

»Wenn der Bericht falsch ist, was ist dann die Wahrheit?«

Bella funkelte sie an. »Er wurde ermordet.«

»Hat Ihre Mutter Ihnen das erzählt?«

»Meine Mutter war nicht dabei!«

Jane hielt inne, als ihr der unausgesprochene Sinn dieser letzten Worte aufging – *meine Mutter war nicht dabei.* Sie erinnerte sich an das Leuchten des Luminols auf der Kellertreppe, an den blutigen Abdruck eines Kinderschuhs. »Aber jemand *war* dabei«, sagte Jane leise. »Jemand, der sich im Keller versteckt hatte, als es passierte.«

Bella erstarrte. »Wie haben Sie das …«

»Das Blut hat es uns verraten. Auch wenn Sie versuchen, es wegzuwischen, die Spuren bleiben. Noch Jahrzehnte später können wir sie mit einem chemischen Spray sichtbar machen. Wir haben Ihre Fußabdrücke auf der Kellertreppe gefunden und auf dem Küchenboden – sie führten zum Hinterausgang. Als die Polizei an jenem Abend eintraf, hatte jemand diese Fußspuren schon entfernt.« Jane beugte sich vor. »Warum hat Ihre Mutter das getan? Warum hat sie versucht, die Spuren zu vernichten?«

Bella gab keine Antwort, doch Jane sah den inneren Konflikt auf ihrer Miene widergespiegelt – den Kampf zwischen dem Wunsch, die Wahrheit zu sagen, und der Entschlossenheit, ihr Geheimnis zu wahren.

»Sie hat es getan, um Sie zu schützen, habe ich recht?«, sagte Jane. »Weil Sie gesehen hatten, was passiert war, und Ihre Mutter deshalb Angst um Sie hatte. Angst, dass jemand Ihnen etwas antun könnte.«

Bella schüttelte den Kopf. »Ich habe es nicht gesehen.«

»Sie waren dort.«

»Aber ich habe es nicht *gesehen*!«, schrie Bella. Ihr Wutausbruch schien eine Weile zwischen ihnen in der Luft zu hängen. Dann senkte sie den Kopf und flüsterte: »Aber ich habe es gehört.«

Jane fragte nicht nach, unterbrach Bella nicht, sondern wartete einfach auf die Geschichte, von der sie wusste, dass sie sich nun entfalten würde.

Bella holte noch einmal Luft. »Meine Mutter lag im Bett und schlief. Sie war immer so müde, nachdem sie den ganzen Tag im Lebensmittelgeschäft gearbeitet hatte. Und an diesem Abend war sie auch noch durch eine Grippe geschwächt.« Bella starrte die Tischplatte an, als sähe sie vor ihrem inneren Auge noch ihre Mutter, wie sie in Decken gehüllt in ihrem Bett lag. »Aber ich war nicht müde. Also bin ich aus dem Bett geklettert und nach unten gelaufen, um bei Daddy zu sein.«

»Im Restaurant.«

»Er war natürlich böse mit mir.« Ein trauriges Lächeln spielte um ihre Mundwinkel. »Da stand er und hantierte hektisch mit seinen Töpfen und Pfannen. Und ich quengelte herum und wollte unbedingt ein Eis. Er sagte mir, ich solle wieder nach oben ins Bett gehen. Er hätte viel zu tun und keine Zeit für mich. Onkel Fang hatte auch keine Zeit für mich.«

»Iris' Mann?«

Bella nickte. »Er war im Speisesaal. Ich schaute durch die Tür und sah ihn mit einem Mann und einer Frau an einem Tisch sitzen. Sie tranken Tee.«

Jane runzelte die Stirn. Warum hätte der Kellner bei zwei Gästen am Tisch sitzen sollen? Das passte zu dem anderen Rätsel um die Mallorys – der Frage, warum sie in einem chinesischen Restaurant gesessen hatten, wo sie doch, wie die Obduktionen zeigten, kurz zuvor italienisch gegessen hatten.

»Worüber haben sie gesprochen?«, fragte Jane. »Mr. Fang und die beiden Gäste?«

Bella schüttelte den Kopf. »Es war zu laut in der Küche, als dass man von den Gesprächen im Speisesaal irgendetwas verstanden hätte. Mein Vater klapperte mit seinen Pfannen, und der Dunstabzug lief.«

»Haben Sie gesehen, wie Joey Gilmore hereinkam, um seine Bestellung abzuholen?«

»Nein. Ich erinnere mich nur an meinen Vater, wie er am Herd stand und schuftete. Wie er schwitzte. Und an sein altes T-Shirt. Er hat immer in seinem T-Shirt gearbeitet …« Ihre Stimme wurde brüchig, und sie wischte sich mit der Hand über die Augen. »Mein armer Vater. Arbeiten, immer nur arbeiten. Seine Hände waren übersät mit Verbrennungen und Schnittwunden, die er sich in der Küche geholt hatte.«

»Was ist dann passiert?«

Bellas Mund formte sich zu einem reumütigen Lächeln. »Ich wollte ein Eis. Ich plärrte und forderte seine Aufmerksamkeit, während er versuchte, das Essen in die Mitnahmekartons zu füllen. Schließlich gab er nach und sagte, ich solle runtergehen und mir ein Eis aus der Tiefkühltruhe aussuchen.«

»Im Keller?«

Sie nickte. »Oh, ich kannte diesen Keller sehr gut. Ich war schon so oft dort unten gewesen. Ganz hinten in der Ecke stand eine große Tiefkühltruhe. Ich musste auf einen Stuhl steigen, um den Deckel hochheben zu können. Ich weiß noch, wie ich nach der Sorte gesucht habe, die ich wollte. Das Eis war in kleinen Pappbechern, in die nur je eine Kugel passte. Ich wollte die Sorte mit den Streifen von Schoko, Vanille und Erdbeer. Aber so eins konnte ich nicht finden. Ich wühlte mit beiden Händen in diesem Berg von Eisbechern, aber es war alles Vanille. Nichts als Vanille.« Sie atmete tief durch. »Und dann hörte ich meinen Vater rufen.«

»Wen rief er?«

»Mich.« Bella blickte auf und blinzelte die Tränen weg. »Er rief mir zu, ich solle mich verstecken.«

»Das müssen doch alle im Restaurant gehört haben.«

»Er sagte es auf Chinesisch. Der Mörder hat ihn nicht verstanden, sonst wäre er mich suchen gekommen. Er hätte gewusst, dass ich im Keller war.«

Jane blickte zum Einwegspiegel. Sie konnte Frost und Tam nicht sehen, doch sie konnte sich ihre verblüfften Gesichter lebhaft vorstellen. Das war das fehlende Kapitel der Geschichte. Die Spuren auf der Kellertreppe und auf dem Küchenboden hatten von Anfang an den entscheidenden Hinweis geliefert – doch Fußspuren sind stumm. Erst Bella gab ihnen eine Stimme.

»Und Sie haben sich versteckt?«, fragte Jane.

»Ich begriff nicht, was geschah. Ich stieg von meinem Stuhl und begann die Treppe hinaufzugehen, doch dann blieb ich stehen. Ich hörte ihn um Gnade flehen. Er bettelte um sein Leben, in seinem gebrochenen Englisch. Da verstand ich, dass das kein Spiel war, kein Streich, den er mir spielte. Mein Vater scherzte nicht.« Bella schluckte, und ihre Stimme wurde noch leiser. »Also tat ich, wozu er mich aufgefordert hatte. Ich verhielt mich mucksmäuschenstill und versteckte mich unter der Treppe. Da hörte ich etwas fallen. Und dann einen lauten Knall.«

»Wie viele Schüsse insgesamt?«

»Nur den einen. Nur diesen einen Knall.«

Jane dachte an die Waffe, die in Wu Weimins Hand gefunden worden war, eine Glock mit Gewindelauf. Der Mörder hatte einen Schalldämpfer benutzt, um das Geräusch der ersten acht Schüsse zu unterdrücken. Erst nachdem seine Opfer alle tot waren, schraubte er den Schalldämpfer ab, legte die Waffe in Wu Weimins leblose Hand und feuerte die letzte Kugel ab, um sicherzustellen, dass an der Haut des Toten Schmauchspuren gefunden wurden.

Ein perfektes Verbrechen, dachte Jane. Bis auf die Tatsache, dass es eine Zeugin gab. Ein stummes Mädchen, das verängstigt unter der Kellertreppe kauerte.

»Er ist für mich gestorben«, flüsterte Bella. »Er hätte davonlaufen sollen, aber er wollte mich nicht im Stich lassen. Also blieb er. Er starb direkt vor der Kellertür. Versperrte sie mit seinem Körper. Ich musste in sein Blut treten, um an ihm vorbeizukommen. Wäre ich damals nicht in die Küche gegangen, um mir mein gottverdammtes Eis zu erbetteln, dann wäre mein Vater noch am Leben.«

Jetzt war Jane alles klar. Warum Wu Weimin nicht geflohen war, als er die Chance dazu gehabt hatte. Warum zwei Patronenhülsen auf dem Küchenboden gelegen hatten. War der inszenierte Selbstmord ein Einfall in letzter Minute gewesen, eine Idee, die dem Mörder gekommen war, als er vor der Leiche des Kochs stand? Es war ja so einfach, die Finger des toten Mannes um den Griff zu schlingen und den letzten Schuss abzufeuern. Die Waffe einfach am Tatort zurückzulassen und zur Tür hinauszuspazieren.

»Das hätten Sie der Polizei erzählen sollen«, sagte Jane. »Dann wäre alles anders gekommen.«

»Nein, das wäre es nicht. Wer glaubt denn einem fünfjährigen Mädchen? Ein Mädchen, das das Gesicht des Mörders nie gesehen hatte. Und meine Mutter ließ nicht zu, dass ich auch nur ein Wort sagte. Sie hatte Angst vor der Polizei. Panische Angst.«

»Warum?«

Bellas Kiefermuskeln spannten sich an. »Können Sie sich das nicht denken? Meine Mutter hatte keine Aufenthaltsgenehmigung. Was glauben Sie, was passiert wäre, wenn die Polizei auf uns aufmerksam geworden wäre? Sie musste an meine Zukunft denken und auch an ihre eigene. Mein

Vater war tot. Nichts, was wir taten, hätte das ungeschehen machen können.«

»Und was ist mit der Gerechtigkeit? Spielte die keine Rolle bei ihren Überlegungen?«

»Nicht damals. Nicht an dem Abend – da war ihr einziger Gedanke, uns beide zu beschützen. Wenn der Mörder erfahren hätte, dass es eine Zeugin gab, hätte er vielleicht nach mir gesucht. Deshalb hat sie meine Fußabdrücke aufgewischt. Deshalb haben wir unsere Koffer gepackt und sind zwei Tage später abgereist.«

»Wusste Iris Fang Bescheid?«

»Damals noch nicht. Sie erfuhr es erst Jahre später, als meine Mutter mit Magenkrebs im Sterben lag. Einen Monat vor ihrem Tod schrieb sie an Sifu Fang und sagte ihr die Wahrheit. Sie entschuldigte sich für ihre Feigheit. Aber nach so vielen Jahren hätten wir nichts mehr beweisen, nichts mehr ändern können.«

»Und doch haben Sie es versucht, nicht wahr?«, entgegnete Jane. »Über die letzten sieben Jahre haben entweder Sie oder Iris regelmäßig Todesanzeigen an die Familien der Opfer geschickt. So haben Sie ihre Erinnerung und ihren Schmerz lebendig gehalten. Sie haben sie wissen lassen, dass die Wahrheit nie ans Licht gekommen war.«

»Das war sie auch nicht. Und das sollten sie wissen. Deswegen wurden die Briefe geschickt – sie sollten nicht aufhören, Fragen zu stellen. Nur auf diese Weise werden wir herausfinden, wer der Mörder ist.«

»Sie und Iris haben also versucht, ihn aus der Reserve zu locken. Sie haben Botschaften an die Angehörigen geschickt, auch an Kevin Donohue, und angedeutet, dass die Wahrheit bald ans Licht kommen wird. Sie haben diese Anzeige im *Boston Globe* geschaltet in der Hoffnung, dass der

Mörder nervös wird und schließlich zum Angriff übergeht. Und wie sah Ihr Plan weiter aus? Wollten Sie ihn uns übergeben? Oder wollten Sie das Recht in die eigenen Hände nehmen?«

Bella lachte. »Wie sollten wir das fertigbringen? Wir sind doch *nur* Frauen.«

Jetzt war es Jane, die lachte. »Als ob ich *Sie* jemals unterschätzen würde.« Jane griff in ihre Aktentasche und zog eine Übersetzung von Wu Cheng'ens *Reise nach dem Westen* hervor. »Sie haben doch sicherlich schon vom Affenkönig gehört.«

Bella warf einen flüchtigen Blick auf das Buch. »Chinesische Märchen. Was haben die mit der ganzen Sache zu tun?«

»Ein Kapitel in diesem Buch hat meine Aufmerksamkeit besonders gefesselt. Es ist überschrieben: ›Die Geschichte von Chen O‹. Darin geht es um einen gelehrten jungen Mann, der mit seiner schwangeren Frau zu einer Reise aufbricht. An einem Flussübergang werden sie von Banditen überfallen, und der Ehemann wird getötet. Seine Frau wird entführt. Kennen Sie die Geschichte?«

Bella zuckte mit den Achseln. »Ich habe sie schon mal gehört.«

»Dann wissen Sie auch, wie sie ausgeht. Die Frau bringt in Gefangenschaft ein Kind zur Welt und legt es heimlich auf ein Holzbrett, zusammen mit einem Brief, der ihre unglückliche Lage erklärt. Wie der kleine Moses wird das Kind aufs Wasser gesetzt und vom Fluss davongetragen. Es treibt bis an den Tempel des Goldenen Berges, wo es von frommen Männern gerettet und großgezogen wird. Das Kind wird zum Mann und erfährt die Wahrheit über seine Eltern. Über seinen hingemetzelten Vater und seine Mutter, die gefangen gehalten wird.«

»Hat die Geschichte auch eine Moral?«

»Die Moral findet sich hier, in den Worten, die der junge Mann spricht.« Jane las die Stelle vor. »*Wer das Unrecht, das an seinen Eltern begangen wurde, nicht rächt, der ist nicht würdig, ein Mann genannt zu werden.*« Sie sah Bella an. »Darum geht es doch in Wirklichkeit, habe ich recht? Sie sind wie der Sohn in dieser Geschichte. Der Mord an Ihrem Vater verfolgt Sie bis heute. Sie sehen es als Ihre heilige Pflicht an, seinen Tod zu rächen.« Jane schob Bella das Buch hin. »Das ist genau das, was der Affenkönig tun würde – für die Gerechtigkeit kämpfen. Die Unschuldigen beschützen. Einen Vater rächen. Mag sein, dass er dabei so einiges an Schaden anrichtet. Mag sein, dass er das ganze Porzellan zerbricht und die Möbel in Brand steckt. Doch am Ende ist der Gerechtigkeit Genüge getan. Er tut stets *das Richtige*.«

Bella starrte nur schweigend die Abbildung des Affenkriegers an, der seinen Stab schwenkte.

»Ich kann Sie vollkommen verstehen, Bella«, sagte Jane. »Sie sind nicht der Bösewicht in diesem Stück. Sie sind die Tochter eines Opfers; eine Tochter, die erreichen will, was die Polizei nicht hinbekommt: Gerechtigkeit.« Sie senkte die Stimme zu einem verständnisvollen Murmeln. »Das ist es, was Sie und Iris versucht haben. Den Mörder aus der Reserve zu locken. Ihn zu provozieren, bis er zuschlägt.«

War das die Andeutung eines Nickens, was sie da sah? Hatte Bella gerade unabsichtlich die Wahrheit eingestanden?

»Aber der Plan hat nicht so richtig funktioniert«, fuhr Jane fort. »Als der Mörder zuschlug, heuerte er Profikiller an, die ihm die Arbeit abnehmen sollten. Deshalb kennen Sie nach wie vor nicht seine Identität. Und jetzt hat er Iris in seiner Gewalt.«

Bella blickte auf, und Zorn loderte in ihren Augen. »*Sie* sind schuld, dass es nicht funktioniert hat. Ich hätte dort sein sollen, um auf sie aufzupassen.«

»Sie war der Köder.«

»Sie war bereit, das Risiko einzugehen.«

»Und Sie beide wollten ganz allein der Gerechtigkeit zum Sieg verhelfen?«

»Wer sollte es denn sonst tun? Vielleicht die Polizei?« Bellas Lachen klang verbittert. »Nach so vielen Jahren interessiert das doch keinen mehr.«

»Da irren Sie sich, Bella. Mich interessiert es sehr wohl.«

»Dann lassen Sie mich gehen, damit ich sie suchen kann.«

»Sie wissen ja gar nicht, wo Sie anfangen sollen.«

»Sie vielleicht?«, schleuderte Bella ihr entgegen.

»Wir ermitteln gegen mehrere Verdächtige.«

»Während Sie mich ohne Grund festhalten.«

»Ich habe zwei Mordfälle aufzuklären. Das ist der Grund.«

»Es waren Profikiller. Das haben Sie selbst gesagt.«

»Trotzdem – Mord bleibt Mord.«

»Und für den ersten habe ich ein Alibi. Sie *wissen*, dass ich die Frau auf dem Dach nicht getötet habe.«

»Wer war es dann?«

Bella sah auf das Buch, und ihre Mundwinkel zuckten. »Vielleicht war es der Affenkönig.«

»Ich spreche von echten Menschen.«

»Sie sagen, ich sei verdächtig, dabei wissen Sie, dass ich die Frau unmöglich getötet haben kann. Da können Sie auch gleich irgendeinem Fabelwesen den Mord anhängen, denn da sind Ihre Chancen, irgendetwas zu beweisen, auch nicht geringer.« Bella sah Jane an. »Sie wissen, wie das Märchen anfängt, nicht wahr? Wie Sun Wukong aus einem Felsen geboren wird und sich in einen Krieger verwandelt? An dem Abend, als mein Vater ermordet wurde, bin ich aus diesem Steinkeller aufgetaucht, genau wie der Affenkönig. Auch ich habe mich verwandelt. Ich wurde zu der, die ich heute bin.«

Jane sah sie an, und sie wusste, dass sie noch nie in härtere Augen geblickt hatte als diese. Sie versuchte, sich Bella als verängstigte Fünfjährige vorzustellen, doch in dieser wilden Kreatur konnte sie keine Spur von jenem Kind entdecken. *Wenn ich Zeugin des Mordes an einem geliebten Menschen geworden wäre, wäre ich dann anders?*

Jane stand auf. »Sie haben recht, Bella. Ich habe nicht genug in der Hand, um Sie festzuhalten. Noch nicht.«

»Sie meinen – Sie lassen mich frei?«

»Ja, Sie können gehen.«

»Und man wird mir nicht folgen? Ich bin frei zu tun, was ich tun muss?«

»Was heißt das?«

Bella erhob sich von ihrem Stuhl wie eine Löwin, die vor der Jagd ihre Glieder streckt, und die beiden Frauen starrten einander über den Tisch hinweg an. »Was auch immer nötig ist«, sagte sie.

34

Ich kann seinen Atem hören, irgendwo in der Dunkelheit hinter dem grellen Licht, das mich blendet. Er hat mich sein Gesicht nicht sehen lassen; alles, was ich von ihm kenne, ist seine butterweiche Stimme. Aber ich habe nicht mitgespielt, und er wird allmählich wütend, weil er merkt, dass er mich nicht so leicht brechen kann.

Jetzt ist er außerdem beunruhigt, weil er den Peilsender gefunden hat, der um mein Fußgelenk geschnallt war. Er hat die Batterie herausgenommen und den Sender so unbrauchbar gemacht.

»Mit wem arbeiten Sie zusammen?«, fragt er. Er hält mir das Gerät vor die Augen. »Wer hat Ihre Spur verfolgt?«

Obwohl mein Kiefer schmerzt und meine Lippen geschwollen sind, bringe ich ein heiseres Flüstern zustande: »Jemand, dem Sie niemals begegnen wollen. Aber das werden Sie bald.«

»Nicht, wenn die Sie nicht finden können.« Er wirft den Peilsender weg, und als das Gerät auf dem Boden aufschlägt, ist es, als ob meine letzte Hoffnung zerschellt. Ich war noch bewusstlos, als er es mir abgenommen hat, und ich weiß daher nicht, wann es aufgehört hat zu senden. Vielleicht schon lange bevor ich an diesem Ort eingetroffen bin – und das bedeutet, dass niemand mich finden kann. Dass ich hier sterben werde.

Und ich weiß nicht einmal, wo »hier« ist.

Meine Handgelenke stecken in Handschellen, die an

der Wand befestigt sind. Der Boden unter meinen nackten Füßen ist aus Beton. Das einzige Licht kommt von der Lampe, mit der er mir in die Augen leuchtet; kein Sonnenstrahl dringt durch irgendwelche Fensterritzen ein. Vielleicht ist es Nacht. Oder vielleicht ist dies ein Ort, an den sich nie ein Lichtstrahl verirrt, aus dem kein Schrei nach außen dringt. Ich kneife die Augen zusammen, um sie vor dem grellen Licht zu schützen, und mühe mich, etwas von meiner Umgebung zu erkennen, doch da ist nur dieser helle Schein und jenseits davon Finsternis. Meine Hände zucken, wie beseelt von dem Wunsch, eine Waffe zu ergreifen, damit ich vollenden kann, worauf ich so viele Jahre gewartet habe.

»Sie suchen Ihr Schwert, nicht wahr?«, sagt er und schwenkt die Klinge im Lichtstrahl, sodass ich sie sehen kann. »Eine prächtige Waffe. Scharf genug, um mit minimalem Kraftaufwand einen Finger abzutrennen. Haben Sie die beiden damit erledigt?« Er schwingt den Säbel, und die Klinge saust zischend an meinem Gesicht vorbei. »Ich habe gehört, dass ihre Hand glatt abgetrennt war. Und ihm hat es mit einem einzigen Hieb den Kopf abgeschlagen. Zwei Profikiller, und beide haben sich überrumpeln lassen.« Er hält mir die Klinge an den Hals, drückt so fest zu, dass mein pochender Puls sich auf das Metall überträgt. »Wollen wir mal testen, was es mit *Ihrem* Hals anrichten kann?«

Ich verharre reglos, den Blick auf das schwarze Oval seines Gesichts gerichtet. Ich habe mich bereits damit abgefunden, dass ich sterben muss, und bin auf alles vorbereitet. In Wahrheit bin ich schon seit neunzehn Jahren bereit zu sterben, und mit einem Säbelhieb wird er mir die Freiheit schenken, meinem Mann nachzufolgen – ein Wiedersehen, das ich nur deshalb so lange aufgeschoben habe, weil meine Aufgabe hier noch nicht erledigt ist. Was ich jetzt empfinde, ist nicht Angst, sondern nur Bedauern darüber, dass ich versagt habe. Dass dieser Mann nie die Schneide meiner Klinge an seiner eigenen Kehle spüren wird.

»An diesem Abend im Red Phoenix, da gab es einen Zeugen«, sagt er. »Wer war es?«

»Glauben Sie wirklich, dass ich Ihnen das sagen werde?«

»Also *war* jemand dort.«

»Jemand, der niemals vergessen wird.«

Die Klinge bohrt sich tiefer in meinen Hals. »Sagen Sie mir den Namen.«

»Sie werden mich so oder so umbringen. Warum sollte ich Ihnen den Namen verraten?«

Eine lange Pause, dann nimmt er die Klinge von meinem Hals weg. »Machen wir einen Deal«, sagt er ruhig. »Sie sagen mir, wer der Zeuge ist. Und ich verrate Ihnen, was mit Ihrer Tochter passiert ist.«

Ich versuche zu begreifen, was er gerade gesagt hat, doch da beginnt die Dunkelheit um mich herum plötzlich zu kreisen, und der Boden scheint sich unter meinen Füßen aufzulösen. Er bemerkt meine Verwirrung und lacht.

»Sie hatten keine Ahnung, stimmt's? Sie wussten nicht, dass es eigentlich nur um sie ging. Laura, so hieß sie doch, oder? Sie war ungefähr vierzehn. Ich erinnere mich noch an sie, weil sie die Erste war, die ich selbst aussuchen durfte. Hübsches kleines Ding. Lange schwarze Haare, schmale Hüften. Und so zutraulich. War überhaupt kein Problem, sie zu überreden, zu mir ins Auto zu steigen. Sie musste diese ganzen schweren Bücher und ihre Geige schleppen, und sie war dankbar, als ich ihr anbot, sie nach Hause zu fahren. Es war alles so kinderleicht, weil ich ja ein Freund war.«

»Ich glaube Ihnen nicht.«

»Warum sollte ich lügen?«

»Dann sagen Sie mir, wo sie ist.«

»Sagen Sie mir zuerst, wer der Zeuge ist. Sagen Sie mir, wer damals im Red Phoenix war. Dann verrate ich Ihnen, was mit Laura passiert ist.«

Ich ringe immer noch mit dieser Enthüllung, versuche zu begreifen, woher dieser Mann weiß, was aus meiner Tochter geworden ist. Zwei Jahre bevor mein Mann bei der Schießerei ums Leben kam, ist sie verschwunden. Nie hätte ich gedacht, dass es zwischen den beiden Ereignissen eine Verbindung geben könnte. Ich hatte immer geglaubt, das Schicksal habe mir diesen doppelten Schlag versetzt; eine Strafe für irgendeine Grausamkeit, die ich in einem früheren Leben begangen habe.

»Sie war so ein talentiertes Mädchen«, höre ich seine schmeichelnde Stimme. »Am ersten Probentag wusste ich schon, dass sie diejenige war, die ich wollte. Vivaldis Konzert für zwei Violinen. Wissen Sie noch, wie sie dieses Stück geübt hat?«

Seine Worte sind wie eine Explosion, die Granatsplitter durch mein Herz jagt, denn jetzt weiß ich, dass er die Wahrheit sagt. Er hat meine Tochter spielen gehört. Er weiß, was mit ihr passiert ist.

»Sagen Sie mir den Namen des Zeugen«, fordert er mich auf.

»Ich sage Ihnen nur das eine«, erwidere ich ruhig. »Sie sind ein toter Mann.«

Der Schlag trifft mich ohne Vorwarnung, so brutal, dass mein Kopf nach hinten fliegt und gegen die Wand kracht. Durch das Dröhnen in meinen Ohren hindurch höre ich ihn sprechen – Worte, von denen ich wünschte, ich hätte sie nie gehört.

»Sie hat sieben oder acht Wochen durchgehalten. Länger als die anderen. Sie wirkte so zerbrechlich, aber mein lieber Mann, sie hatte Kraft. Überlegen Sie doch nur, Mrs. Fang. Zwei volle Monate lang, während die Polizei nach ihr suchte, war sie noch am Leben. Hat darum gebettelt, heim zu ihrer Mama zu dürfen.«

Meine Selbstbeherrschung bricht zusammen. Ich kann die Tränen nicht aufhalten, kann die Schluchzer nicht unterdrücken, die meinen Körper durchschütteln. Sie klingen wie das Heulen eines gequälten Tiers, wild und fremdartig.

»Ich kann Ihnen Ihren Seelenfrieden zurückgeben, Mrs. Fang«, sagt er. »Ich kann die Frage beantworten, die Sie all die Jahre gequält hat. Wo ist Laura?« Er beugt sich weiter herab. Obwohl ich sein Gesicht nicht sehen kann, wittere ich seinen scharfen Geruch, die Aggression, die er ausströmt. »Sagen Sie mir, was ich wissen will, und ich gebe Ihnen Ihren Frieden.«

Es passiert, ehe ich überhaupt darüber nachdenken kann, eine instinktive Reaktion, die mich ebenso überrascht wie ihn. Er zuckt zurück und macht ein angewidertes Geräusch, als er sich meine Spucke aus dem Gesicht wischt. Ich rechne damit, dass ein zweiter Schlag folgen wird, und spanne mich in Erwartung der Schmerzen an.

Doch er schlägt nicht zu. Stattdessen bückt er sich und hebt meinen Peilsender auf, den er zuvor auf den Boden geworfen hat. Er schwenkt ihn vor meinem Gesicht. »Eigentlich brauche ich Sie ja gar nicht«, sagt er. »Ich muss lediglich diese Batterie wieder einsetzen und das Ding einschalten. Und dann muss ich nur noch abwarten, wer hier auftaucht.«

Er geht hinaus. Ich höre, wie die Tür ins Schloss fällt und schwere Schritte die Treppe hinaufstapfen.

Jetzt bin ich mit meinem Kummer allein, und er nagt an mir mit so scharfen Zähnen, dass ich schreie und wild an meinen Fesseln zerre, bis sie meine Haut aufschürfen.

Er hat meine Tochter entführt. Er hatte sie in seiner Gewalt.

Ich erinnere mich an die Nächte nach Lauras Verschwinden, als mein Mann und ich uns aneinanderklammerten, als keiner auszusprechen wagte, was wir beide dachten. *Was, wenn sie tot ist?* Jetzt wird mir klar, dass es noch eine weit schlimmere Alternative gab – etwas, was wir uns einfach nicht vorstellen konnten: dass sie noch am Leben war. Dass in diesen zwei Monaten, als James und ich die Hoffnung nach und nach fahren ließen und uns in unser Schicksal ergaben, unsere Laura immer noch atmete. Immer noch litt.

Ich sinke erschöpft zurück, und meine Schreie verebben zu einem Wimmern. Nachdem die rasende Verzweiflung sich gelegt hat, bin ich wie betäubt. Ich lehne mich an die Betonwand und versuche, das, was er mir gerade gesagt hat, in Einklang zu bringen mit dem, was ich bereits weiß: nämlich, dass zwei Jahre nach dem Verschwinden meiner Tochter mein Mann und vier andere Menschen im Restaurant Red Phoenix niedergemetzelt wurden.

Wie hängen diese beiden Ereignisse zusammen? Was ist es, das sie verbindet? Diese Erklärung hat er mir bis jetzt vorenthalten.

Angestrengt versuche ich, mich an seine Worte zu erinnern, stochere im Nebel nach Hinweisen. Da fällt mir ein bestimmter Satz wieder ein, und die Worte lassen augenblicklich das Blut in meinen Adern gefrieren.

Sie hat sieben oder acht Wochen durchgehalten. Länger als die anderen.

Ich hebe den Kopf, als die Erkenntnis mich durchzuckt. *Die anderen.*

Meine Tochter war nicht die Einzige.

35

Was hat Detective Ingersoll gewusst, und warum musste er deswegen sterben?

Das waren die Fragen, über denen Jane unentwegt brütete, als sie bis in den späten Nachmittag an ihrem Schreibtisch saß und ihre Notizen zum Mord an Ingersoll durchging. Sie hatte die Tatortfotos aus seiner Wohnung vor sich ausgebreitet, die Berichte von Ballistik und Spurensicherung, die Verbindungsdaten für sein Handy und seinen Festnetzanschluss und schließlich seine Kreditkartenabrechnungen. Laut Donohue war schon vor Wochen ein Kopfgeld auf Ingersoll ausgesetzt worden, genau zu der Zeit, als er begonnen hatte, Fragen nach vermissten Mädchen zu stellen. Es waren alles alte Fälle, die von Polizeidienststellen in ganz Massachusetts längst als ungelöst zu den Akten gelegt worden waren. Sie starrte auf ein Foto von Ingersolls Leiche und dachte: Welches Monster hast du aus seinem Schlaf geweckt?

Und was haben vermisste Mädchen mit dem Red Phoenix zu tun?

Sie griff nach den Akten dieser vermissten Mädchen. Die Fakten zum Verschwinden von Laura und Charlotte waren ihr inzwischen bestens vertraut, also konzentrierte sie sich auf die drei anderen Fälle. Alle Opfer waren hübsch und zierlich gebaut. Alle waren gute bis sehr gute Schülerinnen. Alle waren Multitalente.

Patty Boles und Sherry Tanaka waren bei Tennisturnieren angetreten. Deborah Schiffer und Patty Boles hatten an Kunstausstellungen teilgenommen. Deborah Schiffer spielte im Schulorchester Klavier. Aber die drei Mädchen hatten einander nicht gekannt, jedenfalls nicht nach Aussage ihrer Eltern. Und sie waren zum Zeitpunkt ihres Verschwindens unterschiedlich alt gewesen. Sherry Tanaka war sechzehn, Deborah Schiffer dreizehn und Patty Boles fünfzehn. Eine ging auf die Mittelschule, zwei auf die Highschool.

Jane dachte eine Weile darüber nach. Sie erinnerte sich, dass Laura Fang vierzehn gewesen war, als sie verschwand.

Sie schrieb die Reihenfolge, in der die Mädchen verschwunden waren, auf einen Zettel.

Deborah Schiffer, 13.

Laura Fang, 14.

Patty Boles, 15.

Sherry Tanaka, 16.

Charlotte Dion, 17.

Es war, als hätte man einen Royal Flush vor sich. Jedes Jahr ein anderes Mädchen, jedes Mal ein bisschen älter. Als ob der Geschmack des Kidnappers mit der Zeit gereift wäre.

Sie griff nach der Mappe mit den letzten Fotos von Charlotte, die bei der Trauerfeier für ihre Mutter und ihren Stiefvater entstanden waren. Wieder blätterte sie die Sequenz durch, die der Fotograf des *Boston Globe* aufgenommen hatte. Charlotte, eine bleiche und magere Erscheinung in ihrem schwarzen Kleid, umringt von Trauergästen. Charlotte, wie sie zum Rand der Menschenmenge davonwankt, während ihr Stiefbruder Mark Mallory ihr nachstarrt. Dann das Foto, auf dem Charlotte und Mark fehlten und nur ihr Vater Patrick zu sehen war, der offensichtlich rätselte, wohin die beiden verschwunden waren. Schließlich kam sie zum letzten Bild, auf dem sie wieder auftauchten: Charlotte und Mark, der hinter ihr hereilte. Groß und breitschultrig – es wäre für ihn ein Leichtes gewesen, seine Stiefschwester zu überwältigen.

Jedes Jahr ein älteres Mädchen.

Die dreizehnjährige Deborah Schiffer war ein Jahr nach der Hochzeit von Dina und Arthur Mallory verschwunden. Ein Jahr, nachdem die beiden eine neue Familie gegründet hatten, eine Patchwork-Familie, mit all den gemeinsamen Aktivitäten, die das mit sich brachte. Elternsprechtage, Orchesteraufführungen, Tennisturniere.

Wurden so die Opfer ausgewählt? Über Charlotte?

Jane griff zum Telefon und rief Patrick Dion an.

»Tut mir leid, dass ich Sie zur Abendessenszeit störe«, sagte sie. »Aber wäre es möglich, dass ich noch einmal einen Blick in Charlottes Schuljahrbücher werfe?«

»Sie können gerne jederzeit vorbeikommen. Haben Sie etwas Neues herausgefunden?«

»Ich bin mir nicht sicher.«

»Wonach suchen Sie denn genau? Vielleicht kann ich Ihnen helfen.«

»Ich habe viel über Charlotte nachgedacht. Darüber, ob sie der Schlüssel zu allem sein könnte.«

Sie hörte Patrick am anderen Ende betrübt aufseufzen. »Meine Tochter war immer schon der Schlüssel, Detective. Zu meinem Leben; zu allem, was mir je wichtig war. Nichts wünsche ich mir mehr, als zu erfahren, was mit ihr passiert ist.«

»Ich verstehe, Sir«, sagte Jane sanft. »Ich weiß, dass Sie die Antwort wissen wollen, und ich glaube, ich könnte sie Ihnen liefern.«

Er öffnete ihr die Tür, bekleidet mit einem schlabberigen Pullover, einer Freizeithose und Pantoffeln. Jane sah in Patricks verhärmtes Gesicht, sah die tiefen Falten, deren jede einzelne von altem Kummer sprach. Und jetzt kam sie daher und wühlte die furchtbaren Erinnerungen wieder auf. Sie fühlte sich deswegen schuldig, und als sie sich die Hand gaben, hielt sie seine etwas länger als notwendig, eine Berührung, die ihm zu verstehen geben sollte, dass es ihr leidtat. Dass sie ihn verstand.

Er nickte traurig und ging voran ins Esszimmer, wobei er mit seinen Pantoffeln über den Holzboden schlurfte. »Ich habe Ihnen die Jahrbücher schon bereitgelegt«, sagte er und deutete auf die Stapel auf dem Tisch.

»Danke, ich trage sie nur rasch ins Auto, dann bin ich wieder weg.«

»Oje.« Er zog die Stirn kraus. »Wenn Sie nichts dagegen haben, wäre es mir lieber, wenn Sie sie nicht mitnehmen würden.«

»Ich verspreche Ihnen, dass ich sehr gut auf die Bücher aufpassen werde.«

»Das werden Sie sicher, aber …« Er legte eine Hand auf den Bücherstapel, als wollte er ein Kind segnen. »Das ist alles, was ich noch von meiner Tochter habe. Und Sie müssen verstehen, dass es mir sehr schwerfällt, irgendetwas davon aus der Hand zu geben. Ich habe Sorge, dass sie verloren gehen oder beschädigt werden könnten. Dass jemand sie aus Ihrem Wagen stehlen könnte. Oder Sie haben einen Unfall, und …« Er schüttelte reumütig den Kopf. »Das ist ganz furchtbar von mir, nicht wahr? Einem Stapel Bücher einen solchen Wert beizumessen, dass ich nur noch daran denke, was *damit* passieren könnte. Wo es doch nur ein Haufen Papier ist.«

»Für Sie haben die Bücher einen viel höheren Wert. Das verstehe ich.«

»Also würden Sie mir den Gefallen tun? Sie können es sich gerne hier bequem machen und so lange darin stöbern, wie Sie wollen. Kann ich Ihnen etwas anbieten? Ein Glas Wein vielleicht?«

»Danke, aber ich bin im Dienst. Und ich muss noch nach Hause fahren.«

»Dann einen Kaffee?«

Jane lächelte. »Das wäre wunderbar.«

Während Patrick in die Küche ging, um Kaffee zu kochen, nahm sie am Esszimmertisch Platz und breitete die Jahrbücher vor sich aus. Er hatte sie alle hervorgeholt, sogar die aus Charlottes Grundschulzeit. Die schob sie erst einmal beiseite und schlug den Band aus Charlottes erstem Jahr an der Bolton Academy auf, als sie in die siebte Klasse gegangen war. Das Foto zeigte ein zerbrechlich wirkendes blondes Mädchen mit einer Zahnspange. Die Bildunterschrift lautete: CHARLOTTE DION. ORCHESTER, TENNIS, KUNST. Jane blätterte weiter zu den älteren Schülern und fand Mark Mallorys Foto in dem Abschnitt, der den Zehntklässlern gewidmet war. Er war damals fünfzehn gewesen, und als seine Hobbys waren Orchester, Lacrosse, Schach, Fechten und Theater angegeben. Es war die Musik, die sie zusammengebracht hatte, die Musik, die ihr Leben und das ihrer Eltern verändert hatte. Die Dions und die Mallorys hatten sich bei den Schulkonzerten ihrer Kinder kennengelernt. Sie hatten sich angefreundet. Dann hatte Dina Patrick wegen Arthur verlassen, und danach war für sie alle nichts mehr so gewesen wie zuvor.

»Bitte sehr«, sagte Patrick, während er ein Tablett mit einer Kaffeekanne hereintrug. Er schenkte ihr eine Tasse ein und stellte Zucker und Sahne auf den Tisch. »Sie sind bestimmt auch hungrig. Ich kann Ihnen ein Sandwich machen.«

»Nein danke, ich bin wunschlos glücklich«, sagte sie und nippte an dem heißen Kaffee. »Ich habe spät zu Mittag gegessen, und Abendessen bekomme ich, wenn ich zu Hause bin.«

»Sie müssen eine sehr verständnisvolle Familie haben.«

Sie lächelte. »Ich habe einen Mann, der wusste, was er sich einhandelte, als er mich geheiratet hat. Ah, da fällt mir etwas ein.« Sie zog ihr Handy aus der Tasche und tippte rasch eine SMS an Gabriel: KOMME HEUTE ABEND SPÄTER. WARTET NICHT MIT DEM ESSEN.

»Finden Sie da drin, was Sie suchen?«, fragte Patrick und deutete mit dem Kopf auf die Jahrbücher.

Sie legte ihr Handy hin. »Das weiß ich noch nicht.«

»Wenn Sie mir sagen, wonach Sie suchen, kann ich Ihnen vielleicht helfen.«

»Ich suche nach Verbindungen«, sagte sie.

»Was für Verbindungen?«

»Zwischen Ihrer Tochter und diesen Mädchen hier.« Jane schlug die Mappe auf, die sie mitgebracht hatte, und wies auf die Liste mit den vier Namen.

Patrick runzelte die Stirn. »Laura Fang ist mir natürlich ein Begriff. Nach Charlottes Verschwinden hat die Polizei herauszufinden versucht, ob es da eine Verbindung gab. Aber was die anderen Mädchen betrifft – die Namen sagen mir leider gar nichts.«

»Sie sind nicht in Bolton zur Schule gegangen, aber sie sind alle spurlos verschwunden, genau wie Ihre Tochter. In verschiedenen Städten und in verschiedenen Jahren.

Ich frage mich, ob Charlotte eine oder mehrere von ihnen kannte. Vielleicht über die Musik oder den Sport.«

Patrick dachte einen Moment darüber nach. »Detective Buckholz hat mir gesagt, dass in diesem Land ständig Kinder verschwinden. Wieso interessieren Sie sich speziell für diese Mädchen?«

Weil ein Mann namens Ingersoll, der jetzt tot ist, mich auf diese Spur gebracht hat, dachte Jane. Was sie sagte, war: »Diese Namen sind im Zuge der Ermittlungen aufgetaucht. Es könnte sich herausstellen, dass sie gar nichts mit Charlottes Fall zu tun haben. Aber wenn es eine Verbindung gibt, könnte ich sie am ehesten hier finden.«

»In den Jahrbüchern?«

Sie blätterte in den Seiten über die Aktivitäten der Schüler. »Schauen Sie«, sagte sie, »das ist mir letztes Mal schon aufgefallen. Die Bolton Academy ist sehr gut darin, sämtliche Aktivitäten ihrer Schüler zu dokumentieren, von Schulkonzerten bis hin zu Tennisveranstaltungen. Vielleicht liegt es daran, dass es eine relativ kleine Schule ist.« Sie deutete auf eine Seite mit Fotos von lächelnden Schülerinnen und Schülern, die ihre naturwissenschaftlichen Projekte präsentierten. Darunter stand: NEW ENGLAND SCIENCE FAIR, BURLINGTON, VERMONT, 17. MAI. »Meine Hoffnung ist«, fuhr sie fort, »dass ich mithilfe dieser Dokumentation Charlottes Schuljahre rekonstruieren kann. Herausfinden, wo sie gewesen ist und an welchen Aktivitäten sie teilgenommen hat.« Sie sah Patrick an. »Charlotte hat Bratsche gespielt. So haben Sie die Mallorys kennengelernt. Bei den Konzerten ihrer Kinder.«

»Inwiefern hilft Ihnen das weiter?«

Jane blätterte weiter zum Abschnitt über die Musikschule. »Hier. Das war das Jahr, in dem sie erstmals im Orchester mitspielte.« Sie deutete auf ein Gruppenfoto der Orchestermitglieder, zu denen auch Charlotte und Mark gehörten. Darunter war zu lesen: JANUARKONZERT DES ORCHESTERS REISST PUBLIKUM VON DEN STÜHLEN!

Schon der Anblick des Fotos schien Patrick geradezu physische Schmerzen zu bereiten. Er zuckte zusammen und sagte mit schwacher Stimme: »Es ist nicht leicht, wissen Sie? Diese Fotos anzuschauen. Daran erinnert zu werden, wie …«

»Sie müssen sich das nicht antun, Mr. Dion.« Jane fasste seine Hand. »Ich kann die Bücher auch allein durchsehen. Wenn ich irgendwelche Fragen habe, wende ich mich an Sie.«

Er nickte, und plötzlich wirkte er viel älter als seine siebenundsechzig Jahre. »Dann lasse ich Sie allein«, sagte er. Schweigend ging er hinaus und zog die Schiebetür hinter sich zu.

Jane schenkte sich Kaffee nach. Schlug das nächste Jahrbuch auf.

Es war von Charlottes achtem Schuljahr, als sie dreizehn gewesen war und Mark sechzehn. Sein Wachstumsschub hatte schon eingesetzt, und das Foto zeigte einen kantigen Unterkiefer und breite Schultern. Charlotte hatte noch ein Kindergesicht, blass und zart. Jane blätterte den Abschnitt mit den Schulaktivitäten durch und suchte nach Fotos der zwei. Sie fand beide auf einem Gruppenfoto, das beim landesweiten »Wettstreit der Orchester« am 20. März in Lowell, Massachusetts entstanden war.

Deborah Schiffer hatte in Lowell gelebt, und sie hatte Klavier gespielt.

Jane starrte das Bild von Charlotte und ihren Mitmusikern an. Zwei Monate nach dieser Aufnahme war Deborah verschwunden.

Janes Schädel brummte vor Aufregung und Koffein. Sie leerte ihre Kaffeetasse und schenkte sich noch eine ein. Dann suchte sie in dem Stapel nach Charlottes Jahrbuch aus dem neunten Schuljahr. Sie wusste bereits, was sie finden würde, als sie das Kapitel »Musik« aufschlug, die Seite mit dem Foto von acht Schülerinnen und Schülern, die mit ihren Instrumenten posierten. Darunter stand: BOLTONS BESTE QUALIFIZIEREN SICH FÜR SOMMERWORKSHOP DES BOSTONER SYMPHONIEORCHESTERS. Charlotte konnte sie auf dem Foto nicht sehen, dafür aber Mark Mallory. Inzwischen war er siebzehn, ein dunkler, attraktiver Typ, ein Junge, der jedem Mädchen den Kopf verdrehen konnte. In diesem Jahr war Laura Fang vierzehn geworden. Auch sie hatte am Orchesterworkshop in Boston teilgenommen. Hatte Laura sich vom guten Aussehen und vom Reichtum eines ganz bestimmten Jungen blenden lassen, eines Jungen, der ein Mädchen von Lauras bescheidener Herkunft gar nicht wahrnehmen würde?

Oder hatte er Laura im Gegenteil sehr wohl wahrgenommen?

Janes Kehle war wie ausgetrocknet, und das Brummen in ihrem Kopf wurde stärker. Sie nahm noch einen Schluck Kaffee und griff nach dem nächsten Band, Charlottes Jahrbuch aus der zehnten Klasse. Als sie es aufschlug, schienen die Buchstaben verwischt, die Gesichter verschwommen. Sie rieb sich die Augen und blätterte weiter zu den Aktivitäten. Da war Charlotte wieder im Orchester zu sehen, mit ihrer Bratsche in der Hand. Aber Mark war inzwischen abgegangen, und ein anderer Junge stand an der Pauke.

Jane schlug die Sportseiten auf. Wieder rieb sie sich die Augen, versuchte, den Nebel zu vertreiben, der ihre Sicht trübte. Sie sah das Foto nur verschwommen, trotzdem konnte sie Charlotte in der Reihe von Tennisspielerinnen ausmachen. BOLTON-TEAM HOLT 2. PLATZ BEI OKTOBER-REGIONALTURNIER.

Patty Boles hat auch Tennis gespielt, dachte Jane. Wie Charlotte war sie damals in der zehnten Klasse gewesen. Hatte sie an diesem Regionalturnier teilgenommen? War sie dabei jemandem aufgefallen – jemandem, der keine Mühe gehabt hätte, herauszufinden, wer sie war und welche Schule sie besuchte?

Sechs Wochen nach dem Turnier war Patty Boles verschwunden.

Jane schüttelte ihren Kopf, doch der Nebel vor ihren Augen schien nur noch dichter zu werden. *Da stimmt doch etwas nicht.*

Das ferne Schrillen eines Telefons drang durch das Rauschen in ihren Ohren. Sie hörte Patrick sprechen. Verzweifelt versuchte sie, um Hilfe zu rufen, doch es kam kein Ton heraus.

Mühsam stemmte sie sich hoch, hörte, wie der Stuhl umkippte und polternd auf dem Boden aufschlug. Sie hatte kein Gefühl mehr in den Beinen, sie waren wie hölzerne Stelzen, taub und schwerfällig. Sie wankte zur Schiebetür, fürchtete schon zusammenzubrechen, ehe sie dort ankäme, sodass Patrick sie zu ihrer Schande lang ausgestreckt am Boden finden würde. Als sie nach der Klinke greifen wollte, schien diese zurückzuweichen, schien ihre Anstrengungen zu verhöhnen, immer ein paar Zentimeter von ihren Fingerspitzen entfernt.

Sie torkelte gerade auf die Tür zu, als diese von der anderen Seite geöffnet wurde und Patrick vor ihr stand.

»Helfen Sie mir«, flüsterte sie.

Doch er rührte sich nicht. Er stand nur da und beobachtete sie mit kalter, teilnahmsloser Miene. Da erst wurde ihr klar, was für einen Fehler sie gemacht hatte. Es war ihr letzter Gedanke, ehe sie bewusstlos zu seinen Füßen zusammenbrach.

36

Sie hatte Durst, solchen Durst. Jane versuchte zu schlucken, doch ihre Kehle war ausgedörrt, ihre Zunge klebte am Gaumen, trocken wie altes Leder. Nach und nach kamen andere Wahrnehmungen hinzu: das Kribbeln in ihrem linken Arm, der zu lange in der gleichen Stellung gelegen hatte; die kalte, raue Fläche, auf der ihre Wange ruhte; und die Stimme, die ihren Namen rief, drängend und hartnäckig. Eine Frauenstimme, die sie nicht schlafen ließ, die unermüdlich auf sie einredete und sie so aus der Bewusstlosigkeit zurückholte.

»Wachen Sie auf! Sie müssen aufwachen!«

Jane schlug die Augen auf – oder glaubte sie aufzuschlagen. Die Dunkelheit, die sie umfing, war so vollkommen, dass sie sich fragte, ob sie in jenem Schattenreich zwischen Schlafen und Wachen gefangen war, in dem man zwar bei Bewusstsein ist, aber kein Glied regen kann. Oder gab es noch einen anderen Grund, warum sie sich nicht bewegen konnte? Sie versuchte, sich auf den Rücken zu rollen, und stellte fest, dass sie an Händen und Füßen gefesselt war. Als sie ihre Handgelenke zu befreien suchte, spürte sie den unnachgiebigen Widerstand von Isolierband. Der Boden unter ihrem Gesicht war aus Beton, der sie schmerzhaft an der Hüfte drückte und dessen Kälte ihr in die Kleider kroch. Sie wusste nicht, wie sie in dieses kalte, dunkle Loch geraten war. Das Letzte, woran sie sich erinnerte, war, dass sie in Patricks Esszimmer gesessen und in Charlottes Jahrbüchern geblättert hatte. Und dazu Kaffee getrunken hatte. *Kaffee, den er mir serviert hat.*

»Detective Rizzoli! *Bitte,* wachen Sie auf!«

Jane erkannte Iris Fangs Stimme und drehte den Kopf in die Richtung, aus der sie kam. »Wie… Wo…«

»Ich kann Ihnen nicht helfen. Ich bin hier drüben an der Wand festgekettet. Wir sind in einem Keller, glaube ich. Vielleicht in seinem Haus. Ich weiß es nicht, weil ich mich nicht erinnern kann, wie ich hierhergekommen bin.«

»Das weiß ich auch nicht mehr«, stöhnte Jane.

»Es ist schon Stunden her, dass er Sie gebracht hat. Wir haben nicht viel Zeit. Er wartet nur noch, bis der andere zurückkommt.«

Der andere. Jane mühte sich, einen klaren Gedanken zu fassen, während der Nebel in ihrem Kopf sich allmählich verzog. Natürlich arbeitete Patrick nicht allein. Mit seinen siebenundsechzig Jahren brauchte er jemanden, der ihm die Schwerarbeit abnahm. Deswegen hatte er Profis angeheuert, um Ingersoll zu beseitigen und Iris zu überfallen.

»Wir müssen vorbereitet sein«, sagte Iris. »Ehe sie zurückkommen.«

»Vorbereitet?« Jane konnte sich ein verzweifeltes Lachen nicht verkneifen. »Ich kann meine Arme und Beine nicht bewegen. Ich kann nicht einmal meine Hände spüren!«

»Aber Sie können sich zur Wand rollen. Da hängen Schlüssel in der Nähe der Tür. Das habe ich gesehen, als er das Licht eingeschaltet und Sie heruntergebracht hat. Vielleicht können wir damit meine Handschellen aufschließen. Sie befreien mich, und dann befreie ich Sie.«

»In welcher Richtung ist die Tür?«

»Rechts von mir. Orientieren Sie sich an meiner Stimme. Die Schlüssel hängen an einem Haken. Wenn es Ihnen gelingt, sich aufrecht hinzustellen, und wenn Sie sie dann mit den Zähnen zu fassen bekommen...«

»Das sind verdammt viele Wenns.«

»*Tun Sie es!*« Der Befehl durchschnitt die Dunkelheit, scharf wie eine Klinge. Doch ihre nächsten Worte waren leise und stockend. »Er hat mir meine Tochter genommen«, hauchte sie, von Schluchzern unterbrochen. »Er ist es gewesen.«

Jane hörte Iris im Dunkeln weinen, und sie dachte an die anderen Mädchen, die verschwunden waren. Deborah Schiffer, Patty Boles, Sherry Tanaka. Wie viele andere gab es noch, Mädchen, deren Namen sie noch nicht kannten? *Sogar seine eigene Tochter, Charlotte.*

Sie kämpfte gegen ihre Fesseln an, doch das Isolierband war unverwüstlich – das Lieblingswerkzeug von MacGyver wie auch von Serienmördern. Sosehr sie auch zerrte und sich verrenkte, es würde ihr nicht gelingen, diese Streifen an ihren Handgelenken zu zerreißen.

»Lassen Sie ihn nicht gewinnen«, sagte Iris. Ihre Stimme klang wieder fester, hatte wieder die alte Schärfe.

»Ich will auch nicht, dass er entkommt«, sagte Jane.

»Die Schlüssel. Sie müssen irgendwie an die Schlüssel herankommen.«

Aber Jane wälzte sich bereits unter Verrenkungen über den Boden. Ihre wunde Hüfte schrappte über den Betonboden, und sie biss die Zähne zusammen, atmete tief durch, bis der Schmerz nachließ. Dann drehte sie sich wieder, kullerte ein Stück weiter über den Boden. Diesmal landete ihr Gesicht auf dem Beton, der ihr die Nase aufkratzte und an dem sie sich die Zähne anschlug. Sie rollte sich auf die unverletzte Seite, die Knie in der Embryonalstellung angezogen, und kämpfte gegen die Tränen an, die Schmerz und

Frust ihr in die Augen trieben. Wie sollte sie das schaffen? Sie konnte ja nicht einmal zur Tür gelangen, geschweige denn sich aufrichten, um an die Schlüssel zu gelangen.

»Sie haben eine Tochter«, sagte Iris leise.

»Ja.«

»Denken Sie an sie. Denken Sie daran, was Sie alles tun würden, um sie wieder im Arm halten zu können. Um ihre Haare riechen und ihr Gesicht berühren zu können. Denken Sie daran. *Stellen Sie es sich vor.*«

Diese geflüsterte Anweisung schien von irgendwo in ihrem eigenen Kopf zu kommen, als wäre es ihre eigene Stimme, die sie zum Handeln aufforderte. Sie dachte an Regina, wie sie in der Badewanne saß, mit Schaum auf dem Kopf und nach Seife duftend, mit ihren dunklen Löckchen, die feucht an der rosigen Haut klebten. Regina, die zu einer jungen Frau heranwachsen würde, für die ihre Mutter irgendwann nur noch eine blasse Erinnerung wäre, nur ein Geist, dessen Züge sich in ihrem eigenen Gesicht spiegelten. Und sie dachte an Gabriel, der langsam alt und grau würde. *Ein ganzes gemeinsames Leben, das uns genommen wird, wenn ich diese Nacht nicht überlebe.*

»Denken Sie an sie.« Iris' Stimme drang durch die Dunkelheit. »Sie wird Ihnen die Kraft geben, die Sie brauchen, um zu *kämpfen.*«

»Haben Sie so die ganzen Jahre durchgehalten?«

»Es war alles, was ich hatte. Die Hoffnung, dass meine Tochter zu mir zurückkehren könnte, hat mich am Leben erhalten. Dafür habe ich gelebt, Detective. Ich habe für den Tag gelebt, an dem ich sie wiedersehen würde. Oder, sollte das nie geschehen, für den Tag, an dem ich der Gerechtigkeit zum Sieg verhelfen würde. Wenigstens werde ich wissen, dass ich bis zum Schluss dafür gekämpft habe.«

Jane wälzte sich noch einmal herum, und ihre lädierte Hüfte prallte auf den Boden, ihr Gesicht schrammte über rauen Beton. Plötzlich stieß sie mit dem Rücken gegen eine Wand und blieb schwer atmend auf der Seite liegen, ruhte sich einen Moment lang aus vor dem nächsten, dem schwierigsten Teil des Unterfangens. »Ich bin jetzt an der Wand«, sagte sie.

»Stehen Sie auf. Die Tür ist am anderen Ende.«

An die Wand gestützt, versuchte Jane, sich in eine kniende Position zu manövrieren, doch sie verlor das Gleichgewicht und fiel vornüber, schlug mit dem Mund voll auf den Boden. Der jähe Schmerz strahlte von ihren Zähnen in den ganzen Schädel aus.

»Ihre Tochter«, sagte Iris. »Wie heißt sie?«

Jane leckte sich die Lippe und schmeckte Blut. Schon spürte sie, wie das weiche Gewebe anschwoll. »Regina«, sagte sie.

»Wie alt ist sie?«

»Zweieinhalb.«

»Und Sie lieben sie sehr.«

»Natürlich liebe ich sie.« Ächzend rappelte Jane sich wieder hoch. Sie wusste, was Iris da tat; schon spürte sie neue Kraft in ihren Muskeln, eine neue Festigkeit in ihrem Rückgrat. Nein, sie würde sich nicht von ihrer Tochter trennen lassen. Sie würde diese Nacht überleben, so wie Iris die vergangenen zwei Jahrzehnte überlebt hatte, weil für eine Mutter nichts wichtiger war, als ihr Kind wiederzusehen. Sie kämpfte gegen die Schwerkraft an, spannte Rücken und Nacken an, um sich auf die Knie hochzustemmen.

»Regina«, sagte Iris. »Sie ist das Blut in Ihren Adern. Die Luft in Ihrer Lunge.« Ihre Stimme war hypnotisierend, ihre

Worte eine geflüsterte Beschwörung, die eine belebende Wärme durch Janes Glieder strömen ließ. Worte, gesprochen in der universellen Sprache, die jede Mutter versteht.

Sie ist das Blut in deinen Adern. Die Luft in deiner Lunge.

Steh auf, dachte Jane. Hol dir die Schlüssel.

Im Knien holte sie Schwung, indem sie den Oberkörper vorbeugte, spannte die Muskeln an und sprang. Sie landete auf den Füßen, konnte sich aber nur ein paar Sekunden lang halten, ehe sie das Gleichgewicht verlor, nach vorn kippte und mit den Knien auf den Beton krachte.

»Noch einmal«, befahl Iris. Keine Spur von Mitgefühl in ihrer Stimme. Ging sie auch mit ihren Schülern so schonungslos um? Wurden so echte Krieger geschmiedet, indem man sie ohne Gnade an ihre Grenzen und darüber hinaus trieb?

»Die Schlüssel«, sagte Iris.

Jane holte tief Luft, spannte sich an und sprang auf. Wieder landete sie auf den Füßen, wieder schwankte sie, doch die Wand war direkt neben ihr. Sie lehnte sich mit der Schulter an, während sie wartete, bis der Krampf in ihrer Wade sich gelöst hatte. »Ich stehe«, sagte sie.

»Gehen Sie zur hinteren Ecke. Dort ist die Tür.«

Sie machte noch einen Hüpfer, schwankte und fing sich wieder. Sie konnte es schaffen. »Wenn wir uns befreit haben, müssen wir erst noch an ihm vorbeikommen«, sagte Jane. »Er hat meine Pistole.«

»Ich brauche keine Waffe.«

»Ach ja, ich vergaß. Ninjas können ja einfach durch die Luft fliegen.«

»Sie wissen gar nichts über mich. Oder darüber, wozu ich fähig bin.«

Jane machte wieder einen Satz und landete wie ein Känguru. »Dann sagen Sie es mir. Da wir ja höchstwahrscheinlich sowieso sterben werden. Sind Sie der Affenkönig?«

»Der Affenkönig ist eine Märchenfigur.«

»Er hinterlässt echte Haare. Er tötet mit einem echten Schwert. Also: Wer ist es?«

»Jemand, den Sie auf Ihrer Seite wissen wollen, Detective.«

»Zuerst will ich wissen, wer es ist.«

»Er ist in Ihnen und in mir. Er ist in jedem Menschen, der an die Gerechtigkeit glaubt.«

»Das ist keine Antwort.«

»Es ist alles, was ich Ihnen sagen kann.«

»Ich rede nicht von irgendwelchem Hokuspokus«, keuchte Jane und hüpfte noch ein Stück. »Ich rede von etwas Realem, etwas, das ich mit eigenen Augen gesehen habe. Etwas, das mir das Leben gerettet hat.« Sie hielt inne, um Atem zu holen. Und fuhr leise fort: »Ich will ihm – oder ihr – nur dafür danken. Also, wenn Sie wissen, wer es ist, könnten Sie das für mich ausrichten?«

Iris antwortete ebenso leise: »Das weiß es schon.«

Jane machte noch einen letzten Satz und schlug mit der Stirn gegen die Tür. »Ich bin da.«

»Die Schlüssel hängen ungefähr auf Höhe Ihres Kopfs. Können Sie sie spüren?«

Jane strich mit der Wange an der Wand entlang, bis sie plötzlich kaltes Metall an ihrer Haut spürte. »Hab sie gefunden!«

»Lassen Sie sie nur ja nicht fallen.«

Jane packte die Schlüssel mit den Zähnen und hob den Ring vom Haken an der Wand. *Wir schaffen das. Wir werden sie besiegen.*

Das Knarren der aufgehenden Tür ließ sie erstarren. Dann flammte Licht auf – so grell, dass Jane sich geblendet an die Wand drückte.

»Tja, das macht es allerdings komplizierter«, ertönte eine Stimme, die sie wiedererkannte. Blinzelnd schlug sie die Augen auf und sah Mark Mallory neben Patrick stehen. Sie waren von Anfang an zu zweit, dachte sie. Haben zusammen gejagt. Zusammen getötet. Und das Bindeglied zwischen diesen beiden Männern war Charlotte. Die arme Charlotte, die mit jedem ihrer Hobbys, jeder ihrer Aktivitäten den Jägern neue Beute zugeführt hatte. So war aus harmlosen Anlässen wie einem Tennisturnier oder einer Orchestervorführung eine Gelegenheit für die Mörder geworden, neue Gesichter zu entdecken, neue Opfer auszuwählen.

Mark ergriff den Schlüsselring und riss ihn Jane aus dem Mund. Er versetzte ihr einen Stoß, sodass sie rücklings auf den Boden fiel. »Weiß irgendjemand, dass sie hier ist?«

»Davon müssen wir ausgehen«, sagte Patrick. »Deswegen müssen wir ihren Wagen beseitigen. Wir hätten das schon vor Stunden machen sollen, wenn du nur eher zurückgekommen wärst.«

»Ich wollte sehen, ob jemand auftaucht.«

»Niemand ist sie suchen gekommen?«

»Vielleicht ist der Peilsender kaputt.« Er sah zu Iris. »Oder es interessiert sich einfach niemand für sie. Ich habe vier Stunden gewartet, und keine Menschenseele ist erschienen.«

»Tja, aber *die* da werden sie mit Sicherheit suchen«, meinte Patrick und sah auf Jane herab.

»Wo ist ihr Handy?«

Patrick reichte es Mark. »Was wirst du tun?«

»Wie es aussieht, ging die letzte SMS an ihren Mann.« Er begann, eine neue Nachricht in Janes Handy zu tippen. »Erzählen wir ihm, dass sie nach Dorchester gefahren ist und noch nicht so bald heimkommen wird.«

»Und dann?«

»Es muss wie ein Unfall aussehen. Oder wie ein Selbstmord.« Er sah Patrick an. »Das hast du doch schon mal hinbekommen.«

Patrick nickte. »Ihre Waffe ist oben im Esszimmer.«

»Mein Mann wird das durchschauen«, sagte Jane. »Er weiß, dass ich mich *niemals* umbringen würde.«

»Das sagen die Ehegatten immer. Und die Polizei glaubt ihnen nie. Oder, Detective?«, meinte Mark und grinste.

Wäre sie nicht an Händen und Füßen gefesselt gewesen, dann wäre sie jetzt aufgesprungen und hätte auf ihn eingeprügelt, hätte ihre Fäuste in dieses makellose Gebiss gerammt. Aber obwohl die rasende Wut ihre Kräfte zu verdoppeln schien, gelang es ihr nicht, sich loszureißen, und so konnte sie nur hilflos zusehen, wie er die SMS zu Ende schrieb und sie in den Äther schickte. Sie überlegte sich, wie es vermutlich ablaufen würde: eine Kugel in den Kopf, um sie zu töten, gefolgt von einem zweiten Schuss, um Schmauchspuren auf ihre Hand zu bringen – genau wie bei Wu Weimins fingiertem Selbstmord. Es stimmte, was Mark gesagt hatte: Es war allzu leicht, die Beteuerungen der Angehörigen eines Opfers zu ignorieren. Sie selbst war da auch nicht ganz unschuldig. Sie erinnerte sich, wie sie einmal vor der Leiche eines jungen Mannes gestanden hatte, dem ein Schuss aus einer Schrotflinte den halben Kopf weggerissen hatte. Sie hörte noch die Mutter schluchzen: *Er hätte sich niemals das Leben genommen! Er hatte gerade sein ganzes Leben umgekrempelt!* Und sie erinnerte sich an die Bemerkung, die sie hinterher Frost gegenüber gemacht hatte, über ahnungslose Familien, die so etwas nie kommen sahen.

»Sie haben so viele Fehler gemacht«, sagte Iris. »Sie haben ja keine Ahnung, was gleich passieren wird.«

Mark drehte sich zu ihr um und lachte höhnisch. »Aber Sie wissen es besser, wie? Unsere Kassandra in Ketten.«

Der Blick, mit dem Iris ihn ansah, war geradezu unheimlich ruhig. »Bevor alles vorbei ist, verraten Sie mir noch eines: Warum haben Sie meine Tochter ausgesucht?«

Mark ging auf Iris zu, bis sie sich Auge in Auge gegenüberstanden. Obwohl er viel größer war, obwohl er in jeder Beziehung im Vorteil war, zeigte Iris keine Spur von Angst. »Die hübsche kleine Laura. Du erinnerst dich doch an sie, Patrick?« Er blickte sich zu dem älteren Mann um. »Das Mädchen, das wir aufgegabelt haben, als es aus der Schule kam. Wir haben ihr angeboten, sie mitzunehmen.«

»*Warum?*«, sagte Iris.

Mark lächelte. »Weil sie etwas Besonderes war. Das waren sie alle.«

»Wir vergeuden unsere Zeit«, unterbrach ihn Patrick und trat auf Jane zu. »Schaffen wir sie hier raus.«

Aber Mark sah immer noch Iris an. »Manchmal habe ich das Mädchen ausgesucht, manchmal war es Patrick. Du weißt nie, was es ist, das dir zuerst ins Auge fällt. Ein hübscher Pferdeschwanz vielleicht oder ein knackiger kleiner Hintern. Irgendetwas, was sie von den anderen abhebt. Was sie zu einer würdigen Kandidatin macht.«

»Charlotte muss es gewusst haben«, sagte Jane und blickte voller Abscheu zu Patrick auf. »Ihr muss doch klar gewesen sein, was Sie waren. Mein Gott, ihr eigener *Vater.* Wie konnten Sie sie umbringen?«

»Charlotte hatte nie etwas damit zu tun.«

»Nie etwas damit zu tun? Um sie drehte sich doch alles!«

Janes Handy klingelte. Mark warf einen Blick aufs Display und sagte: »Der Gatte will wohl wissen, wo seine bessere Hälfte steckt.«

»Geh nicht dran«, sagte Patrick.

»Hatte ich auch nicht vor. Ich schalte das Ding einfach aus, und dann schaffen wir sie ins Auto.«

Iris sagte: »Glauben Sie, dass es so einfach gehen wird?«

Die Männer ignorierten sie und bückten sich, um Jane zu packen. Patrick nahm ihre Füße, und Mark griff ihr unter die Arme. Sosehr Jane sich auch wand, sie konnte ihnen keinen Widerstand entgegensetzen, und sie hoben sie mühelos hoch, um sie zur Tür zu tragen.

»Sie haben schon verloren«, sagte Iris. »Sie wissen es nur noch nicht.«

Mark schnaubte verächtlich. »Ich weiß, wer an der Wand festgekettet ist.«

»Und ich weiß, wer Ihnen hierher gefolgt ist.«

»Niemand ist mir ge…« Er brach plötzlich ab, als das Licht erlosch.

In der pechschwarzen Dunkelheit ließen beide Männer Jane los, und sie fiel auf den Boden, schlug mit dem Kopf auf den Beton. Benommen lag sie da und versuchte zu begreifen, was um sie herum geschah. Sehen konnte sie nichts, hörte nur wilde Flüche und hektisches Atmen.

»Scheiße, was war das?«, rief Mark.

Iris' Stimme wisperte in der Finsternis: »Jetzt beginnt es.«

»Ruhe! Seien Sie endlich *still*!«, schrie Mark.

»Es ist wahrscheinlich nichts weiter«, sagte Patrick, doch er klang verunsichert. »Vielleicht ist nur eine Sicherung rausgeflogen. Gehen wir nach oben und sehen nach.«

Die Tür knallte, und die Schritte der beiden verhallten auf der Treppe. Jane hörte nur noch das dumpfe Pochen ihres eigenen Herzens.

»Sie müssen ganz still liegen und sich ruhig verhalten«, sagte Iris.

»Was passiert hier?«

»Das, was schon seit Langem vorherbestimmt war.«

»Sie haben es gewusst? Sie haben damit gerechnet?«

»Hören Sie mir genau zu, Detective. Das hier ist nicht Ihre Schlacht. Sie wurde vor langer Zeit geplant, und sie wird ohne Sie ausgefochten werden.«

»Ausgefochten von wem? Was ist da draußen?«

Iris gab keine Antwort. In der Stille spürte Jane einen leisen Lufthauch an ihrer Wange, als wäre ein Windstoß durch die Ritzen der Tür gedrungen. *Irgendetwas ist hier mit uns im Raum.*

Sie hörte das leise Klirren von Handschellen, die zu Boden fielen. Und eine Stimme flüsterte: »Ich bitte um Verzeihung, Sifu. Ich wäre gerne eher gekommen.«

»Mein Säbel?«

»Hier ist Zheng Yi. Ich habe ihn oben gefunden.«

Jane kannte diese Stimme. »Bella?«

Eine Hand legte sich auf ihre Lippen, und Iris murmelte: »Bleiben Sie hier.«

»Sie können mich doch nicht so zurücklassen!«

»Hier sind Sie sicherer.«

»Schneiden Sie mich wenigstens los!«

»Nein«, sagte Bella. »Sie wird nur Ärger machen.«

»Und wenn Sie scheitern?«, sagte Jane. »Dann sitze ich

hier unten fest und kann mich nicht verteidigen. Geben Sie mir wenigstens eine reelle Chance!«

Etwas zog an ihren Händen, und sie hörte, wie die Klinge ihre Fesseln aus Klebeband durchschnitt. Ein zweiter Schnitt befreite ihre Füße. »Denken Sie daran«, flüsterte Iris ihr ins Ohr. »Das ist nicht Ihre Schlacht.«

Doch, jetzt schon. Jane schwieg allerdings und verhielt sich still, während die beiden Frauen in der Dunkelheit davonglitten. Sie konnte weder sehen noch hören, wie sie den Raum verließen, spürte nur erneut diesen Lufthauch auf der Wange, als hätten sie sich in Luft aufgelöst und wären mit dem Wind lautlos zur Tür hinaus- und die Treppe hinaufgeweht.

Jane versuchte, sich aufzurichten, doch ihr wurde schwindlig, und sie taumelte blind in der Dunkelheit umher. Sie setzte sich wieder hin; ihr Kopf schmerzte vom Aufprall auf den Beton. Durch die Nachwirkungen der K.-o.-Tropfen war sie zusätzlich geschwächt. Sie streckte die Hand aus, fühlte die nahe Wand und unternahm einen neuen Versuch, sich aufzurichten, wobei sie sich diesmal abstützte, wacklig auf den Beinen wie ein neugeborenes Fohlen.

Das Geräusch eines Schusses ließ sie zusammenfahren.

Hier unten sitze ich in der Falle, dachte sie. Ich muss raus hier, raus aus diesem Haus.

Jane tastete sich zur Tür vor. Sie war nicht verschlossen und schwang mit leisem Knarren auf. Irgendwo über sich hörte sie trampelnde Schritte. Und dann noch zwei Schüsse.

Sieh zu, dass du verschwindest. Ehe die Männer zurückkommen, um dich zu holen.

Sie begann, die Stufen hinaufzusteigen, ganz langsam,

Schritt für Schritt, aus Furcht, das kleinste Geräusch könnte sie verraten. Ohne Waffe, ohne eine Möglichkeit, sich zu verteidigen, konnte sie nicht in diesen Kampf eingreifen. Sie war wie eine unbeteiligte Zivilistin, die ein Kriegsgebiet durchqueren musste, um sich in Sicherheit zu bringen – wo immer sie die finden mochte. Zuerst einmal musste sie einen Ausgang suchen. Sie hatte ihre Autoschlüssel nicht mehr, also würde sie sich zu den Nachbarn flüchten müssen. Sie versuchte, sich das Grundstück ins Gedächtnis zu rufen, erinnerte sich an die lange Auffahrt, die Waldstücke und Rasenflächen, die hohe Hecke, die alles umschloss. Bei Tage hatte es wie ein kleines Paradies gewirkt, ringsum eingehegt, um die Außenwelt fernzuhalten. Jetzt wusste sie, dass das Tor mit seinen Eisenspitzen nicht nur verhindern sollte, dass jemand eindrang, sondern auch, dass jemand von drinnen entkam. Dies war kein Garten Eden, es war ein Todeslager.

Als sie den oberen Treppenabsatz erreichte, stieß sie auf eine weitere geschlossene Tür. Sie legte das Ohr daran, hörte aber nichts. Die Stille war beunruhigend. Wie viele Schüsse waren es gewesen? Mindestens drei, dachte sie, genug, um sowohl Iris als auch Bella außer Gefecht zu setzen. Lagen die Frauen tot hinter dieser Tür? Waren Patrick und Mark in diesem Moment auf dem Weg zurück zum Keller, um auch ihr den Garaus zu machen?

Ihre Hand war glitschig vor Schweiß, als sie den Knauf packte. Die Tür schwang geräuschlos auf, und dahinter war die Dunkelheit ebenso undurchdringlich wie im Keller. Sie konnte keinerlei Konturen oder Silhouetten erkennen. Auch hier war der Boden aus Beton, und als sie sich zentimeterweise vorwärtsbewegte, die Arme ausgestreckt, um nicht blind in irgendwelche Hindernisse zu laufen, hörte sie etwas Metallisches von ihrem Schuh wegkullern. Dann stieß sie mit der Hüfte gegen eine Kante und hielt inne, um zu erkunden, was es war. Es fühlte sich an wie ein Tisch, bedeckt mit einer Staubschicht. Plötzlich bohrten sich scharfe Metallzacken in ihre Finger, und sie zuckte erschrocken zurück. Es war eine Tischsäge. Sie wich ihr aus und rückte im Dunkeln ein paar Schritte weiter vor, bis sie auf ein weiteres Hindernis stieß, das sich als eine Ständerbohrmaschine entpuppte. Sie befand sich in Patricks Schreinerwerkstatt. Da stand sie inmitten von Werkzeugen und Maschinen, sah vor ihrem inneren Auge Sägeblätter und Bohrer und fragte sich, ob Mahagoni und Ahorn das Einzige war, was mit diesen Geräten bearbeitet worden war.

Von neuer Panik erfasst, fuchtelte sie in der Dunkelheit herum, auf der Suche nach einem Ausgang. Sie stieß gegen eine Wand und folgte ihr bis zur Ecke.

Wieder Schüsse – vier hintereinander. *Raus hier, raus!*

Endlich erreichte sie die Tür und beeilte sich, hindurchzuschlüpfen, nur um dahinter eine weitere Treppe zu finden, die nach oben führte. Wie tief unter der Erde lag dieses Kellerverlies?

Auf jeden Fall so tief, dass niemand meine Schreie gehört hätte.

Oben angekommen, öffnete sie eine weitere Tür und fand sich in einem mit Teppich ausgelegten Flur. Hier konnte sie schon schemenhafte Umrisse im Halbdunkel ausmachen und ein Geländer zu ihrer Rechten. Sie strich mit der Hand an einer Wand entlang, während sie langsam weiter vorrückte. Sie hatte keine Ahnung, ob sie sich zur Vorder- oder zur Rückseite des Hauses bewegte – sie wollte nur eines: einen Weg nach draußen finden.

Da hörte sie im Stockwerk über ihr knarrende Schritte. Schon kamen sie die Treppe herunter.

In Panik schlüpfte sie durch die erste Tür zu ihrer Linken, in ein Zimmer, wo Mondlicht auf einem Schreibtisch und Bücherregalen schimmerte. Ein Büro.

Die Schritte waren im Erdgeschoss angekommen.

Sie stürzte sich ins Zimmer, suchte im Halbdunkel nach einem Versteck und hörte Glasscherben unter ihren Sohlen knirschen. Plötzlich blieb ihr Fuß an einem Hindernis hängen, und sie fiel der Länge nach hin. Gerade noch konnte sie einen Arm ausstrecken, um den Sturz abzufangen, und glitschte mit der Hand durch etwas Warmes, Klebriges. Im Schein des Mondes starrte sie die dunkle Gestalt an, die direkt neben ihr am Boden lag. Eine Leiche.

Patrick Dion.

Entsetzt wich sie zurück und robbte rückwärts. Ihre Hand stieß gegen etwas Schweres, das sich am Boden drehte. Eine Pistole. Sie packte sie, und als ihre Finger sich um den Griff schlossen, wusste sie sofort, dass es ihre eigene Waffe war. Die Pistole, die Patrick ihr abgenommen hatte. *Mein alter Freund.*

Hinter ihr knarrten Schritte – und verharrten.

Das Mondlicht, das durchs Fenster fiel, nagelte sie auf der Stelle fest wie ein Suchscheinwerfer. Jane blickte auf und sah Marks Silhouette vor sich aufragen.

»Ich war nie hier«, sagte er. »Wenn die Polizei kommt und mich vernimmt, werde ich sagen, dass ich die ganze Zeit zu Hause im Bett gelegen habe. Es war Patrick, der all die Mädchen ermordet und in seinem Garten verscharrt hat. Und auch Sie hat er getötet. Bevor er sich selbst die Kugel gab.«

Ihre Hand, die sie hinter dem Rücken verborgen hatte,

packte die Waffe fester. Doch Mark hatte seine Pistole bereits auf sie gerichtet. Er würde ihr zuvorkommen, und ihr würde keine Zeit bleiben zu zielen. Sie könnte allenfalls noch abdrücken, und es wäre die letzte Kugel, die sie in ihrem Leben abfeuerte. Noch während sie die Waffe hob, wusste sie, dass sie zu langsam war, dass es zu spät war.

Doch in diesem Moment schnappte Mark erschrocken nach Luft und drehte sich von ihr weg. Irgendetwas lenkte seine Aufmerksamkeit ab, und er schwenkte die Hand mit der Waffe herum.

Jane riss ihre Pistole hoch und feuerte. Dreimal, viermal. Ihre Reflexe übernahmen die Kontrolle. Die Kugeln schlugen in seinen Rumpf ein, und Mark taumelte rückwärts, brach über einem Beistelltisch zusammen, der unter seinem Gewicht barst.

Janes Puls rauschte in ihren Ohren, als sie aufsprang und sich über den Gefallenen stellte, ihre Waffe schussbereit auf ihn gerichtet, sollte er auf wundersame Weise wieder zum Leben erwachen. Er rührte sich nicht.

Doch in der Dunkelheit regte sich etwas.

Es war nur ein Lufthauch, lautlos wie die Nacht. Ein Flattern, schwarz auf schwarz, am Rand ihres Gesichtsfelds. Langsam drehte sie sich um zu der Gestalt, die dort stand, in Dunkelheit gehüllt. Obwohl Jane eine Waffe in der Hand hielt, obwohl sie die Gelegenheit dazu hatte, feuerte sie nicht. Sie starrte nur in dieses Gesicht, das von silberfarbenem Fell gesäumt war. Sah scharfe Zähne im Mondlicht aufblitzen.

»Wer bist du?«, flüsterte sie. »Was bist du?«

Ein Windhauch strich über ihr Gesicht, und sie blinzelte. Als sie die Augen wieder aufschlug, war das Gesicht verschwunden. Hektisch blickte sie sich im Zimmer um, suchte das Wesen, das noch eben hier gestanden hatte, doch da war nichts, nur Mondlicht und Schatten. *War es wirklich hier, oder habe ich es mir nur eingebildet? Habe ich aus der Dunkelheit und meiner eigenen Angst diese Kreatur erschaffen?*

Durch das Fenster registrierte sie eine Bewegung. Sie spähte hinaus in den mondbeschienenen Garten, und da sah sie es über den Rasen huschen und in der Deckung der Bäume verschwinden.

»Detective Rizzoli?«

Jane fuhr erschrocken herum und sah die beiden Frauen in der Tür stehen. Iris stützte sich schwer auf Bella.

»Sie braucht einen Krankenwagen!«, sagte Bella.

»Ich bin nicht mehr so jung, wie ich mal war«, stöhnte Iris. »Oder so schnell.«

Behutsam ließ Bella ihre Lehrerin zu Boden gleiten. Sie bettete Iris' Kopf in ihren Schoß und begann auf Chinesisch auf sie einzureden, gemurmelte Worte, die sie ein ums andere Mal wiederholte wie eine magische Beschwörung. Worte der Heilung.

Worte der Hoffnung.

37

Jane stand inmitten der Polizeifahrzeuge aus Brookline und Boston, die kreuz und quer in Patrick Dions Auffahrt parkten, und sah zu, wie die Sonne über den Horizont stieg. Sie hatte vierundzwanzig Stunden nicht geschlafen, hatte seit dem Mittagsimbiss am Vortag nichts mehr gegessen, und das erste Morgenlicht blendete sie derart, dass sie die Augen schließen und sich mit dem Rücken gegen einen Streifenwagen lehnen musste, von plötzlichem Schwindel erfasst. Als sie die Augen wieder aufschlug, sah sie, dass Maura und Frost aus dem Haus gekommen waren und auf sie zugingen.

»Du solltest nach Hause fahren«, sagte Maura.

»Das sagt mir jeder.« Sie blickte zu Dions Villa. »Seid ihr fertig da drin?«

»Sie tragen jetzt die Leichen raus.«

Frost runzelte die Stirn, als Jane sich bückte, um Überschuhe anzuziehen. »Also, ich finde, du solltest besser nicht ins Haus gehen«, sagte er.

»Als ob ich da nicht schon drin gewesen wäre.«

»Darum geht's ja gerade.«

Er musste nichts erklären; sie hatte schon verstanden. Sie war es, die Mark Mallory erschossen hatte, und die Kugel in Patrick Dions Gehirn war mit ziemlicher Sicherheit aus ihrer Waffe abgefeuert worden. Die Pistole befand sich jetzt im Gewahrsam der Ballistiker, und sie vermisste das beruhigende Gewicht an ihrem Gürtel.

Die Haustür ging auf, und die erste Bahre wurde herausgebracht. Schweigend sahen sie zu, wie sie zu dem wartenden Leichenwagen gerollt wurde.

»Der ältere Mann hatte eine einzelne Schusswunde. In der rechten Schläfe, abgefeuert aus kurzer Entfernung«, erklärte Maura.

»Patrick Dion«, sagte Jane.

»Ich vermute, dass wir an seiner rechten Hand Schmauchspuren finden werden. Erinnert dich das an einen anderen Tatort?«

»Das Red Phoenix«, sagte Jane leise. »Wu Weimin.«

»Sein Tod wurde als Selbstmord deklariert.«

»Und wie wirst du das hier nennen?«

Maura seufzte. »Wir haben keine Zeugen, oder?«

Jane schüttelte den Kopf. »Bella sagt, sie und Iris seien oben gewesen, als es passierte. Sie haben nichts gesehen.«

»Aber es war noch ein anderer Eindringling im Haus«, warf Frost ein. »Du sagst doch, du hättest ihn gesehen.«

»Ich weiß nicht, was ich gesehen habe.« Jane blickte zum Garten. Dort hatte sie in dieser Nacht im Mondschein einen Blick auf etwas erhascht, das im Wald verschwunden war. »Ich glaube nicht, dass ich es je wissen werde.«

Maura blickte sich um, als die zweite Leiche aus dem Haus gerollt wurde. »Ich könnte Patrick Dions Tod als Selbstmord deklarieren, aber die Ähnlichkeit zum Red Phoenix ist zu groß, Jane. Es wirkt inszeniert.«

»Ich glaube, die Ähnlichkeit ist beabsichtigt. Es soll wie ein Echo aus der Vergangenheit sein. Der Kreis der Gerechtigkeit, der sich schließt.«

»*Gerechtigkeit* zählt nicht als Todesart.«

Jane sah sie an. »Warum eigentlich nicht?«

»He, Frost! Rizzoli!« Detective Tam winkte ihnen von

einem Wäldchen aus zu, wo er mit einem Team von Kriminaltechnikern stand.

»Was gibt's?«

»Der Leichenspürhund hat gerade etwas angezeigt!«

Die vermissten Mädchen. Sicherlich gab es noch mehr Namen, die es nicht auf Ingersolls Liste geschafft hatten, andere Mädchen, die in den Jahren seit Charlotte Dions Entführung verschwunden waren. Und welcher Ort war besser geeignet, die Leichen zu verstecken, als diese abgeschiedene Oase der Ruhe, verborgen vor neugierigen Blicken? Als sie zu den Männern hinübergingen, sah Jane, wie der Hund sie mit wachen Augen beobachtete und munter mit dem Schwanz wedelte. Der Hund war offenbar der Einzige unter ihnen, der gute Laune hatte. Die Männer und Frauen, die sich im Schatten der Bäume versammelt hatten, standen stumm und mit ernsten Mienen da, denn sie wussten genau, was da höchstwahrscheinlich unter ihren Füßen lag.

»Hier ist die Erde umgegraben worden«, sagte Tam und deutete auf einen unbewachsenen Fleck unter den Bäumen. »Die Stelle war mit losen Zweigen getarnt.«

Ein frisches Grab. Jane ließ den Blick über den von Bäumen beschatteten Rasen wandern, das dichte Gebüsch, all diese versteckten, schattigen Winkel. Diese scheinbare Idylle deckte ein Verbrechen, dessen Dimensionen Jane kaum auszuloten vermochte. Wie viele Leichen liegen hier?, fragte sie sich. Wie viele stumme Mädchen, denen jetzt endlich eine Stimme gegeben wird? Plötzlich fühlte sie sich schier überwältigt von der Aufgabe, die vor ihnen lag. Alles tat ihr weh, sie war hungrig, und sie hatte mehr als genug von Tod und Gewalt.

»Frost, ich glaube, ich überlasse dir das hier. Ich fahre

heim«, sagte sie und ging über den Rasen davon. Zurück in den Sonnenschein.

»Rizzoli«, rief Tam und schloss sich ihr an. »Ich wollte Ihnen nur Bescheid sagen – ich habe vorhin mit dem Krankenhaus telefoniert. Iris Fang hat die Operation überstanden und ist bei Bewusstsein.«

»Wird sie durchkommen?«

»Sie hat eine Kugel in den Oberschenkel bekommen und eine Menge Blut verloren, aber sie wird sich wieder erholen. Sie scheint mir ganz schön zäh zu sein.«

»Da könnten wir alle uns eine Scheibe abschneiden.«

In der Auffahrt schien ihnen die helle Morgensonne ins Gesicht. Tam zog eine Sonnenbrille aus der Tasche und setzte sie auf. »Vielleicht sollte ich rasch ins Krankenhaus fahren und ihre Aussage aufnehmen?«, schlug er vor.

»Später. Im Moment brauche ich Sie hier. Die Kollegen von Brookline haben uns um Unterstützung gebeten, also werden wir noch viel Zeit auf diesem Anwesen verbringen.«

»Dann bleibe ich also im Team?«

Sie sah ihn an und musste die müden Augen zusammenkneifen, als die grelle Sonne sie blendete. »Ja, ich werde Ihren Vorgesetzten beim Distrikt A-1 bitten, Sie uns zu überlassen, bis wir diese Sache abgeschlossen haben. Das heißt, falls Sie beim Morddezernat bleiben möchten.«

»Danke. Das würde ich sehr gerne«, erwiderte er schlicht. Als er sich zum Gehen wandte, bemerkte sie plötzlich ein helles Glitzern an seinem Hinterkopf. Einen einzelnen Faden, der sich von seinem pechschwarzen Haar abhob wie Glitter. *Ein silbernes Haar.*

»Tam?«, sagte sie.

Er drehte sich um. »Ja?«

Einen Moment lang starrte sie ihn nur an. Sie hätte gerne in seinen Augen gelesen, doch in den Gläsern seiner Sonnenbrille sah sie nur ihr eigenes Spiegelbild. Sie erinnerte sich daran, wie gewandt und lautlos er durch Ingersolls Fenster eingestiegen war. An die Bilder der Überwachungskamera in der Knapp Street, die sowohl sie als auch Frost gezeigt hatten, wie sie unbeholfen durchs Fenster auf die Feuertreppe hinauspurzelten, nicht aber Tam. *Vielleicht bin ich ja ein Geist*, hatte er damals gewitzelt. Kein Geist, dachte sie, aber mindestens ebenso schwer zu fassen. Jemand, der in jeder Phase der Ermittlungen dabei gewesen war; der wusste, was alles besprochen und geplant worden war. Sie konnte seine Miene nicht sehen, konnte seine Geheimnisse nicht ausforschen, doch sie wusste, dass sie dort waren und ihrer Aufdeckung harrten. Und sie beschloss, nicht weiter in ihn zu dringen.

Vorläufig.

»Haben Sie noch eine Frage, Rizzoli?«

»Ach, vergessen Sie's«, sagte sie. Dann drehte sie sich um und ging davon.

Im J. P. Doyle's war gerade Happy Hour, und in der Bar drängten sich so viele Kollegen, die gerade ihren Feierabend begossen, dass Jane Mühe hatte, Korsak zu entdecken. Erst als die Bedienung sie in den Restaurantbereich verwiesen hatte, fand sie ihn endlich – er saß allein in einer Nische vor einem Teller mit frittierten Meeresfrüchten und einem Bier.

»Tut mir leid, dass ich mich verspätet habe«, sagte sie. »Alles klar?

»Ist hoffentlich okay, dass ich schon bestellt habe.«

Sie betrachtete den Berg von fettigen Garnelen. »Hast wohl deine Diät aufgegeben, wie?«

»Halt mir keine Predigten, okay? Ich hatte 'nen beschissenen Tag, und ich brauche mein Trostessen, glaube mir.« Er spießte vier Shrimps auf und stopfte sie sich in den Mund. »Willst du dir nichts bestellen?«

Sie winkte der Kellnerin, bestellte einen kleinen Salat und sah dann zu, wie Korsak ein weiteres halbes Dutzend Shrimps verschlang.

»Isst du sonst nichts?«, fragte er, als ihr Salat kam.

»Ich fahre zum Abendessen nach Hause. Bin in den letzten Tagen kaum dort gewesen.«

»Ja, hab schon gehört, was da in Brookline los ist. Wie viele Leichen haben sie bis jetzt ausgegraben?«

»Sechs – und wie es aussieht, alle weiblich. Es wird Monate dauern, bis wir mit der Durchsuchung des Anwesens fertig sind, und vielleicht haben die beiden auch noch an anderen Stellen Leichen verschwinden lassen, von denen wir bis jetzt nichts wissen. Deshalb nehmen wir uns nun auch Mark Mallorys Wohnung vor.«

Korsak hob sein Bierglas, um ihr zuzuprosten. »Wie sagt ihr Mädels immer? *You go, girl!*«

Ihr Blick fiel auf sein fettbespritztes Hemd, und sie dachte: Mit deinen Brüsten kannst du allerdings bei jeder Weiberrunde mithalten. Sie hob ihr Wasserglas, und sie stießen so herzhaft an, dass das Bier auf seinen schon arg geschrumpften Berg Meeresfrüchte schwappte.

»Einen Wermutstropfen gibt es allerdings«, sagte sie, während sie nach ihrer Gabel griff. »Ich sehe nicht, wie ich die Akte über unsere beiden unbekannten Toten jemals schließen soll. Dabei war es der Tod der Frau auf dem Dach, der das Ganze ins Rollen gebracht hat.«

»Und das Schwert, mit dem sie umgebracht wurde, habt ihr immer noch nicht gefunden?«

»Es ist wie vom Erdboden verschluckt. Wahrscheinlich hat das Wesen, das ich in dieser Nacht im Wald habe verschwinden sehen, es mitgenommen. Wir werden nie genug Beweise haben, um von irgendwem ein Geständnis zu bekommen. Aber ich habe eine ziemlich starke Vermutung, wer es war.«

»Genug für eine Verurteilung?«

»Soll ich ehrlich sein? Ich will gar keine Verurteilung. Ich sag's dir, Vince, manchmal habe ich das Gefühl, schon das Falsche zu tun, wenn ich einfach nur meinen Job mache.«

Korsak lachte. »Lass das bloß nie Dr. Isles hören.«

»Nein, sie würde das nicht verstehen«, pflichtete Jane ihm bei. Was Maura verstand, waren Fakten, und diese Fakten hatten vor wenigen Tagen zur Verurteilung von Officer Wayne Graff geführt. Ja oder nein, schwarz oder weiß – für Maura war die Unterscheidung immer sonnenklar. Aber je länger Jane bei der Polizei war, desto weniger sicher war sie sich, wo die Trennlinie zwischen Recht und Unrecht verlief.

Sie nahm eine Gabel voll von ihrem Salat. »Und wie sieht's bei dir aus? Worüber wolltest du mit mir reden?«

Er seufzte und legte seine Gabel hin. Abgesehen von einem leeren Teller gab es nur sehr wenig, was einen Vince Korsak dazu bringen konnte, seine Mahlzeit zu unterbrechen. »Du weißt, dass ich deine Mutter liebe«, sagte er.

»Ja, das habe ich irgendwie schon mitgekriegt.«

»Ich meine, ich liebe sie *wirklich*. Sie hat Humor, sie ist klug, und sie ist sexy.«

»Danke, ich will's gar nicht so genau wissen.« Jetzt legte auch sie ihre Gabel hin. »Sag mir einfach nur, worauf du hinauswillst.«

»Alles, was ich will, ist, dass sie meine Frau wird.«

»Und sie hat schon Ja gesagt. Wo ist das Problem?«

»Das Problem ist dein Bruder. Er ruft sie dreimal am Tag an und versucht, es ihr auszureden. Es ist nicht zu übersehen, dass er mich verachtet.«

»Frankie mag grundsätzlich keine Veränderungen, Punkt.«

»Er hat sie ganz durcheinandergebracht, und sie denkt schon darüber nach, die Hochzeit abzublasen, nur damit er seinen Willen hat.« Sein tiefer Seufzer endete in einem Laut, der große Ähnlichkeit mit einem Wimmern hatte, und er wandte sich ab, um zu dem Tisch auf der anderen Seite des Gangs hinüberzustarren. Das kleine Kind, das dort in einem Hochstuhl saß, sah ihn nur an und fing sofort an zu weinen. Die Mutter warf Korsak einen scheelen Blick zu und nahm ihr Baby in den Arm. Armer Korsak – mit seinem wenig einnehmenden Äußeren erschreckte er schon kleine Kinder, die nicht erkennen konnten, welch gutes Herz sich unter dieser rauen Schale verbarg. *Aber Mom sieht es. Und sie verdient einen guten Mann wie ihn.*

»Es ist schon okay«, sagte sie. »Ich rede mit Frankie.« Und falls das nicht funktionierte, würde sie dem Verstand ihres Bruders mit einem kräftigen Schlag auf den Hinterkopf auf die Sprünge helfen.

Er blickte auf. »Das würdest du für mich tun? Wirklich?«

»Warum denn nicht?«

»Ich weiß nicht. Ich hatte irgendwie so das Gefühl, dass du nicht so begeistert davon bist, dass deine Ma und ich – na ja, dass wir's miteinander treiben.«

»Ich will bloß keine intimen Details hören, okay?« Sie beugte sich über den Tisch und boxte ihn freundschaftlich in den Arm. »Du bist wirklich okay, Vince. Und du machst sie glücklich. Das ist das Einzige, was mich interessiert.«

Sie stand auf. »Ich muss langsam los. Geht's dir jetzt besser?«

»Ich liebe sie. Das weißt du.«

»Ja, ich weiß.«

»Und ich mag dich auch.« Er zog ein finsteres Gesicht und fügte hinzu: »Aber *nicht* deinen Bruder.«

»Das kann ich voll und ganz verstehen.«

Sie ließ ihn mit dem kärglichen Rest seiner Meeresfrüchte allein und ging durch die voll besetzte Bar zum Ausgang. Als sie gerade dort angekommen war, hörte sie jemanden rufen: »Rizzoli?«

Es war Hank Buckholz, der pensionierte Detective, der vor neunzehn Jahren im Fall Charlotte Dion ermittelt hatte. Er saß an seinem Stammplatz an der Theke, vor sich ein Glas Scotch. »Ich muss mit Ihnen reden«, sagte er.

»Ich bin auf dem Sprung nach Hause.«

»Dann komm ich mit Ihnen raus.«

»Könnten wir uns nicht morgen unterhalten, Hank?«

»Nein. Ich muss etwas loswerden, was mir einfach keine Ruhe lässt.« Er leerte sein Glas und knallte es auf den Tresen. »Gehen wir vor die Tür. Hier drin ist's so verdammt laut.«

Sie verließen das Lokal und schlenderten über den Parkplatz. Es war ein kühler Frühlingsabend, und die Luft roch nach feuchter Erde. Jane zog den Reißverschluss ihrer Jacke hoch und blickte zu ihrem Wagen. Sie fragte sich, wie lange das wohl dauern würde und ob ihr noch Zeit bliebe, auf dem Heimweg Milch zu kaufen.

»Es geht um Ihre Ermittlungen gegen Patrick Dion und Mark Mallory. Sie liegen da in einem Punkt vollkommen falsch«, begann er.

»Wie meinen Sie das?«

»Die Zeitungen waren voll davon. Zwei reiche Kerle, die seit fünfundzwanzig Jahren gemeinsam Mädchen jagen. Das ganze Land redet darüber, und alle fragen sich, wieso wir nichts gemerkt haben. Wieso wir den Typen nicht das Handwerk gelegt haben.«

»Die beiden haben es eben schlau angestellt, Hank. Sie haben sich immer unter Kontrolle gehabt, und sie waren nie nachlässig. Sie hatten immer alles im Griff.«

»Patrick Dion hatte Alibis für einige dieser Entführungen.«

»Weil sie sich abgewechselt haben. Mal hat Mallory die Mädchen gekidnappt, mal war es Dion. Wir haben schon sechs Leichen auf Dions Grundstück gefunden, und ich bin sicher, wir werden noch mehr finden.«

»Aber nicht die von Charlotte. Ich garantiere Ihnen, dass Sie sie dort nicht finden werden.«

»Woher wissen Sie das so genau?«

»Als ich an dem Fall gearbeitet habe, habe ich nicht geschlampt, okay? Es mag neunzehn Jahre her sein, aber ich erinnere mich noch an die Details. Gestern Abend habe ich meine Notizen von damals hervorgeholt, nur um sicher zu sein, dass ich nichts durcheinanderbringe. Ich *weiß*, dass Patrick Dion an dem Tag, als Charlotte verschwand, in London war. Er ist am selben Abend nach Hause geflogen, gleich nachdem er die Nachricht erhalten hatte.«

»Okay, dann haben Sie also recht, was dieses Detail betrifft. Das lässt sich leicht nachprüfen.«

»Und ich habe auch recht, was Mark Mallory betrifft. Er kann Charlotte auch nicht gekidnappt haben, weil er ebenfalls ein Alibi hatte. Er hat genau zu der Zeit seine Mutter besucht. Sie hatte ein Jahr zuvor einen Schlaganfall erlitten und war auf Reha.«

Jane betrachtete Buckholz im schwindenden Tageslicht. Der Mann verteidigte seine Bilanz als Ermittler, er konnte also unmöglich objektiv sein. Nach seinem ausgemergelten Gesicht und seinem zerschlissenen Hemd zu urteilen, war es ihm im Ruhestand nicht sonderlich gut ergangen. Er wohnte praktisch im Doyle's, als ob er sich nur dort, in der Gesellschaft seiner Ex-Kollegen, wieder lebendig fühlte. Und nützlich.

Lass dem alten Mann seinen Willen. Sie nickte ihm verständnisvoll zu. »Ich werde die Akte noch einmal durchgehen, und dann melde ich mich bei Ihnen.«

»Sie denken, Sie können mich einfach so abwimmeln? Ich war ein *guter* Polizist, Rizzoli. Ich habe diesen Jungen überprüft. Wenn es um eine Entführung geht, schauen Sie sich immer zuerst die Familie an; also habe ich den Stiefbruder damals sehr gründlich unter die Lupe genommen. Jede Bewegung, die er an dem Tag gemacht hat. Es ist vollkommen unmöglich, dass Mark Mallory Charlotte entführt hat.«

»Weil er ausgesagt hat, er habe seine Mutter besucht? Ich bitte Sie, Hank. Sie können ihn doch nicht beim Wort nehmen und seine Mutter genauso wenig. Sie hätte doch sicher gelogen, um ihr eigenes Kind zu schützen.«

»Aber den Krankenhausakten kann man doch wohl Glauben schenken.«

»Was?«

Er griff in seine Jackentasche und zog ein zusammengefaltetes Blatt heraus, das er ihr unter die Nase hielt. »Das hier habe ich aus Barbara Mallorys Patientenunterlagen. Es ist eine Kopie des Stationsprotokolls. Sehen Sie sich den Eintrag für den 20. April, 13.00 Uhr an.«

Jane überflog die Seite, bis sie gefunden hatte, was die

Schwester um diese Uhrzeit notiert hatte. Blutdruck 115/80, Puls 84. Patientin beschwerdefrei. Sohn ist zu Besuch; bittet darum, seine Mutter in ein ruhigeres Zimmer zu verlegen, weiter weg von der Stationszentrale.

»Um ein Uhr mittags«, sagte Buckholz, »war Charlotte Dion mit ihren Mitschülern in der Faneuil Hall. Um Viertel nach eins bemerkten die Lehrer erstmals ihr Fehlen. Und jetzt erklären Sie mir bitte, wie Mark Mallory, der fünfundzwanzig Meilen entfernt am Krankenbett seiner Mutter saß, es geschafft haben soll, nur fünfzehn Minuten später in Boston auf offener Straße seine Stiefschwester zu entführen.«

Jane las den Eintrag der Krankenschwester abermals durch. Datum und Uhrzeit ließen keinen Zweifel zu. Das kann doch nicht sein, dachte sie.

Aber es war so. Da stand es schwarz auf weiß.

»Hören Sie auf, es so darzustellen, als hätte ich damals Mist gebaut«, sagte Buckholz. »Es ist offensichtlich, dass Ihre zwei Täter Charlotte nicht entführt haben.«

»Aber wer war es dann?«, murmelte Jane.

»Das werden wir wahrscheinlich nie herausfinden. Ich wette, es war einfach nur irgendein Typ, der sie gesehen hat und spontan die Gelegenheit ergriff.«

Irgendein Typ. Ein Täter, dessen Identität sie noch nicht kannten.

Sie fuhr mit der Fotokopie neben sich auf dem Beifahrersitz nach Hause und grübelte darüber nach, wie hoch die Wahrscheinlichkeit war. Zwei Mörder in der Familie, und Charlotte wird von einem Fremden entführt, der rein gar nichts mit ihnen zu tun hat? Sie parkte vor ihrem Haus und blieb in Gedanken versunken sitzen, noch nicht bereit, sich in das lärmende Chaos ihres Mutterjobs zu stürzen. Sie hielt sich vor Augen, was sie sicher wussten: nämlich, dass Dion und Mallory gemeinsam Mädchen entführt und ermordet hatten. Dass sie auf Dions Anwesen mindestens sechs Leichen verscharrt hatten. War Charlotte hinter das Geheimnis ihres Vaters gekommen? War das der wahre Grund, weshalb sie sie aus dem Weg räumen mussten? Hatten sie dazu einen Dritten angeheuert, sodass sowohl Patrick als auch Mark wasserdichte Alibis vorweisen konnten?

Jane massierte sich die Kopfhaut, überwältigt von so vielen Fragen. Wieder einmal war Charlotte der Schlüssel zu dem ganzen Geheimnis. Was hatte sie gewusst? Wann hatte sie es erfahren? Und mit wem hatte sie ihr Wissen geteilt? Jane dachte an die letzten Fotos, die je von Charlotte gemacht worden waren, bei der Beerdigung ihrer Mutter und ihres Stiefvaters. Sie erinnerte sich daran, wie Charlotte zwischen ihrem Vater und Mark gestanden hatte. Umringt von Feinden, ohne eine Chance, ihnen zu entkommen.

Jane setzte sich kerzengerade auf, als ihr die Antwort durch den Kopf schoss, auf die sie schon viel früher hätte kommen können.

Vielleicht ist sie ja entkommen.

38

Gegen Mittag überquerte Jane die Grenze zwischen New Hampshire und Maine und fuhr weiter Richtung Norden. Es war ein milder Maitag; die Bäume trugen ihr Frühlingskleid, und ein goldener Dunstschleier hing über Feldern und Wäldern. Doch als sie am Spätnachmittag den Moosehead Lake erreichte, war es merklich kühler geworden. Sie parkte den Wagen, schlang sich einen Wollschal um den Hals und ging hinunter zum Anleger, wo ein Motorboot festgemacht hatte.

Ein Junge von ungefähr fünfzehn Jahren, das blonde Haar vom Wind zerzaust, winkte ihr zu. »Sind Sie Mrs. Rizzoli? Ich bin Will von der Loon Point Lodge.« Er nahm ihre Reisetasche. »Haben Sie sonst kein Gepäck?«

»Ich bleibe nur eine Nacht.« Sie blickte sich am Pier um. »Wo ist denn der Skipper?«

Er grinste und hob die Hand. »Steht vor Ihnen. Ich fahre dieses Boot, seit ich acht bin. Falls Sie Bedenken haben – ich habe diese Überfahrt schon ein paar Tausend Mal gemacht.«

Obwohl ihre Zweifel an der Eignung des Burschen als Bootsführer nicht ganz ausgeräumt waren, stieg sie an Bord und schnallte sich die Schwimmweste um, die er ihr hinhielt. Während sie es sich auf der Sitzbank bequem machte, bemerkte sie Kisten voller Lebensmittel und ein Bündel Zeitungen mit dem *Boston Globe* obenauf. Offenbar hatte der Junge die Abholfahrt gleich zum Einkaufen genutzt.

Als er den Motor anwarf, fragte sie: »Wie lange arbeitest du schon in der Lodge?«

»Mein ganzes Leben. Meine Eltern sind die Besitzer.«

Sie sah sich den Jungen genauer an. Markanter Unterkiefer, sonnengebleichtes Haar. Er war gebaut wie ein Rettungsschwimmer – schlank, aber muskulös; ein junger Mann, der auch gut an einen kalifornischen Strand gepasst hätte. Er schien vollkommen in seinem Element zu sein, als er das Boot vom Anleger wegsteuerte. Bevor sie ihm noch weitere Fragen stellen konnte, flogen sie bereits über das aufgewühlte Wasser, und bei dem lauten Motorgeräusch war an keine Unterhaltung zu denken. Sie hielt sich am Dollbord fest und blickte hinaus auf dichte Wälder und über den See, der sich wie ein weiter Ozean vor ihnen erstreckte.

»Es ist wunderschön hier«, sagte sie, doch er hörte es nicht; seine Aufmerksamkeit war auf ihr Ziel am gegenüberliegenden Ufer gerichtet.

Als sie dort ankamen, senkte die Sonne sich bereits auf den Horizont und tauchte die Wasserfläche in flammendes Gold. Sie sah mehrere Kanus am Strand liegen; dahinter erhoben sich rustikale Hütten. Am Anleger stand ein flachsblondes Mädchen bereit, um die Leine aufzufangen. Sobald Jane das Gesicht des Mädchens aus der Nähe sah, wusste sie, dass die beiden Geschwister waren.

»Dieser Nichtsnutz hier ist Samantha«, erklärte Will, lachte und verwuschelte zärtlich die Haare der Kleinen. »Sie ist unser Mädchen für alles hier. Wenn Sie eine Zahnbürste brauchen oder zusätzliche Handtücher oder was auch immer, wenden Sie sich einfach an sie.«

Während das Mädchen mit der Tasche ihres Gastes den Pier hinaufrannte, sagte Jane: »Sie sieht aus, als wäre sie acht oder neun. Geht ihr beide nicht zur Schule?«

»Wir werden zu Hause unterrichtet. Im Winter ist es zu schwierig, in die Stadt zu kommen. Mein Vater sagt immer, dass wir die glücklichsten Kinder der Welt sind, weil wir hier draußen im Paradies leben dürfen.« Er ging den Weg voran zu einer der Hütten. »Mom hat die hier für Sie reserviert. Da sind Sie ganz für sich.«

Sie stiegen die Stufen zu der mit Fliegengitter geschützten Veranda empor, und die Tür fiel knarrend hinter ihnen ins Schloss. Samantha hatte Janes Tasche in die Hütte gebracht und sie in einem grob gezimmerten Gepäckständer am Fuß des Betts abgestellt. Jane blickte auf und sah freiliegende Dachbalken. Die Wände waren aus Astkiefer, und in dem gemauerten Kamin prasselte bereits ein Feuer.

»Gefällt's Ihnen?«, fragte Will.

»Ich wünschte, ich hätte meinen Mann mitgebracht. Er wäre bestimmt begeistert.«

»Dann bringen Sie ihn doch das nächste Mal mit.« Will hob die Hand zum Gruß und wandte sich zum Gehen. »Wenn Sie so weit sind, kommen Sie einfach rüber ins Haus zum Abendessen. Ich glaube, es gibt Rindereintopf.«

Nachdem er gegangen war, ließ sie sich auf der Veranda in einen Schaukelstuhl sinken und sah zu, wie der Sonnenuntergang ein Feuerwerk auf dem See abbrannte. Insekten summten, und das Geräusch der plätschernden Wellen machte sie schläfrig. Sie schloss die Augen und sah deshalb nicht, dass eine Besucherin sich ihrer Hütte näherte. Erst als sie das Klopfen hörte, entdeckte sie die blonde Frau, die vor der Verandatür stand.

»Detective Rizzoli?«, sagte die Frau.

»Kommen Sie herein.«

Die Frau trat ein und achtete sorgfältig darauf, die Tür leise zu schließen. Selbst im Halbdunkel der Veranda konnte

Jane die Ähnlichkeit mit Will und Samantha erkennen, und sie wusste, dass diese Frau die Mutter der beiden war. Und sie wusste auch ohne jeden Zweifel, wie ihr Name lautete. Es war Ingersolls Angelurlaub gewesen – und vor allem der merkwürdige Zeitpunkt, den er dafür gewählt hatte –, der Janes Aufmerksamkeit auf Loon Point gelenkt hatte. Ein Angelurlaub, zu dem er keinen Angelkasten mitgenommen hatte. Das war der wahre Grund, weshalb Ingersoll nach Maine gekommen war – um die Frau aufzusuchen, die jetzt auf der Veranda von Janes Hütte stand.

»Hallo, Charlotte«, sagte Jane.

Die Frau spähte durch das Fliegengitter und vergewisserte sich, dass niemand in Hörweite war. Dann sah sie Jane an. »Bitte benutzen Sie nie wieder diesen Namen. Ich heiße jetzt Susan.«

»Ihre Familie weiß nichts?«

»Mein Mann weiß Bescheid, aber nicht die Kinder. Sie würden es kaum begreifen. Und sie sollen nie erfahren, was für ein Mann ihr Großvater …« Sie verstummte. Mit einem Seufzer sank sie auf einen der Schaukelstühle. Einen Moment lang war das einzige Geräusch das Knarren des Stuhls auf dem Verandaboden.

Jane betrachtete das Profil der Frau. Charlotte – nein, Susan – war erst sechsunddreißig, sah aber wesentlich älter aus. Ihre Haut war gegerbt und sommersprossig von den Jahren an der frischen Luft, ihr Haar schon von silbernen Strähnen durchzogen. Aber es war der Schmerz in ihren Augen, der sie am meisten hatte altern lassen; ein Schmerz, der sich in tiefen Falten und einem gehetzten Ausdruck niedergeschlagen hatte.

Susan lehnte ihren Kopf an und starrte auf den See hinaus, der allmählich dunkel wurde. »Es fing an, als ich neun Jahre alt war«, sagte sie. »Eines Nachts kam er in mein Zimmer, während meine Mutter schon schlief. Er sagte mir, ich sei jetzt alt genug. Es sei an der Zeit, dass ich lernte, was alle Töchter lernen müssten. Eine gute Tochter muss tun, was ihr Daddy verlangt.« Sie schluckte. »Also habe ich es getan.«

»Haben Sie es Ihrer Mutter erzählt?«

»Meiner Mutter?« Susans Lachen war voll Bitterkeit. »Meine Mutter hat sich nie um irgendetwas anderes gekümmert als um ihre eigenen egoistischen Interessen. Nachdem sie ihre Affäre mit Arthur Mallory angefangen hatte, dauerte es gerade mal noch zwei Monate, ehe sie sich aus dem Staub machte. Sie hatte mit ihrer Vergangenheit abgeschlossen. Ich bin mir nicht einmal sicher, ob sie sich überhaupt daran erinnerte, dass sie eine Tochter *hatte.* Und so blieb ich mit meinem Vater zurück, der sich nur zu gerne das alleinige Sorgerecht übertragen ließ. Sie war selbstverständlich einverstanden. Okay, alle paar Monate war für mich ein Wochenende bei Mom und Arthur eingeplant, aber sie hat mich weitgehend ignoriert. Arthur war der Einzige, der wirklich nett zu mir war. Ich habe ihn nicht gut gekannt, aber er schien mir ein anständiger Mann zu sein.«

»Was ist mit seinem Sohn, Mark?«

Sie schwieg lange. »Ich habe nicht gemerkt, was für ein Mensch Mark war«, sagte sie schließlich leise. »Bei den ersten Treffen unserer Familien machte er einen vollkommen harmlosen Eindruck. Bald schon nahmen diese Treffen regelrecht überhand. Sie kamen zu uns zum Essen, dann waren wir wieder bei Marks Familie zu Gast. Wir haben uns alle glänzend verstanden. Das Problem war, dass meine Mutter und Arthur sich noch viel besser verstanden, als mir damals bewusst war.«

»Offenbar haben Ihr Vater und Mark sich auch ziemlich gut verstanden.«

Susan nickte. »Wie die besten Freunde. Es war, als hätte mein Vater endlich den Sohn gefunden, den er sich immer gewünscht hatte. Selbst nach der Scheidung meiner Eltern hat Mark Dad immer noch besucht. Sie sind nach unten in Dads Werkstatt gegangen, angeblich, um Vogelhäuser oder Bilderrahmen zu zimmern. Ich hatte keine Ahnung, was da unten wirklich vorging.«

Jedenfalls nicht nur Schreinerarbeiten, dachte Jane. »Kam Ihnen das nicht merkwürdig vor, dass die beiden so viel Zeit miteinander verbrachten?«

»Meistens war ich einfach nur erleichtert, wenn sie mich allein ließen. Es war um diese Zeit, als ich dreizehn war, dass mein Vater aufhörte, nachts in mein Zimmer zu kommen. Damals wusste ich nicht, warum. Heute ist mir klar, dass es zur selben Zeit war, als das erste Mädchen verschwand. Als ich dreizehn war, fand mein Vater eine andere, mit der er sich amüsieren konnte. Mit Marks Hilfe.« Susan hörte auf zu schaukeln und saß ganz still da, den Blick starr auf den See gerichtet. »Wenn ich es gewusst hätte, wenn ich erkannt hätte, wie Mark in Wirklichkeit war, dann wären meine Mutter und Arthur noch am Leben.«

Jane runzelte die Stirn. »Wieso sagen Sie das?«

»Ich bin der Grund, weshalb sie an dem bewussten Abend ins Red Phoenix gegangen sind. Sie waren dort wegen etwas, das ich ihnen gesagt hatte.«

»Sie?«

Susan holte tief Luft, als müsse sie Kraft schöpfen, um fortzufahren. »Es war eines meiner regulären Wochenenden, die ich bei Mom und Arthur verbrachte. Ich hatte gerade den Führerschein gemacht, und ich fuhr zum ersten Mal selbst zu ihnen. Ich nahm den Wagen meines Vaters. Und da fand ich den Anhänger. Er war zwischen den Sitz und die Konsole gefallen, wo er zwei Jahre lang unbemerkt gelegen hatte. Er war aus Gold, hatte die Form eines Drachen, und auf der Rückseite war ein Name eingraviert. Laura Fang.«

»Sagte der Name Ihnen etwas?«

»Ja. Die Zeitungen hatten damals über ihr Verschwinden berichtet. Ich erinnerte mich an den Namen, weil sie in meinem Alter war und auch Geige gespielt hatte. In Bolton hatten einige Schüler von ihr erzählt, weil sie sie vom Sommerworkshop des Orchesters her kannten.«

»Mark hatte an diesem Workshop teilgenommen.«

Susan nickte. »Er kannte sie. Aber die Verbindung zu meinem Vater war mir ein Rätsel. Wie war Lauras Anhänger in den Wagen meines *Vaters* gekommen? Dann dachte ich plötzlich an all die Nächte, in denen er in mein Schlafzimmer gekommen war, und an das, was er mit mir gemacht hatte. Wenn er mich missbraucht hatte, dann vielleicht auch andere Mädchen. Vielleicht war es das, was mit Laura passiert war. Warum sie verschwunden war.«

»Und dann haben Sie es Ihrer Mutter erzählt?«

»An diesem Wochenende, als ich bei ihr zu Besuch war, kam alles heraus. Ich erzählte ihr und Arthur alles. Was mein Vater mir vor Jahren angetan hatte. Was ich in seinem Wagen gefunden hatte. Anfangs konnte Mom es nicht glauben. Und dann fing sie in ihrer typischen egozentrischen Art an, sich Gedanken über das Gerede der Leute zu machen und darüber, dass sie ihren Namen in der Zeitung drucken würden. Dass sie als die ahnungslose Ehefrau dastehen würde, die nicht wusste, was in ihrem eigenen Haus vor sich ging. Aber Arthur – Arthur nahm es sehr ernst. *Er* glaubte mir. Und dafür werde ich immer Hochachtung für ihn empfinden.«

»Warum sind die beiden nicht gleich zur Polizei gegangen?«

»Meine Mutter wollte zuerst Gewissheit über die Fakten haben. Sie wollte keine Aufmerksamkeit erregen, solange sie nicht wussten, ob das Ganze nicht irgendein irrer Zufall war. Vielleicht gab es ja noch eine andere Laura Fang, meinte sie. Also wollten sie Lauras Familie den Anhänger zeigen. Sich bestätigen lassen, dass er derselben Laura gehörte, die vor zwei Jahren verschwunden war.« Susan senkte den Kopf, und ihre nächsten Worte waren kaum zu verstehen. »Das war das letzte Mal, dass ich sie lebend gesehen habe. Als sie aufbrachen, um sich mit Lauras Vater im Restaurant zu treffen.«

Das war das letzte noch fehlende Puzzleteil: der Grund, weshalb Arthur und Dina an jenem Abend nach Chinatown gefahren waren. Nicht um zu essen, sondern um mit James Fang über seine verschwundene Tochter zu sprechen. Ein Kugelhagel hatte ihr Gespräch beendet, ein blutiges Massaker, das einem unglücklichen Einwanderer in die Schuhe geschoben worden war.

»Die Polizei behauptete steif und fest, es sei ein erweiterter Suizid gewesen«, sagte Susan. »Sie sagten, meine Mutter und Arthur seien einfach nur zur falschen Zeit am falschen Ort gewesen. Der Anhänger ist nie wieder aufgetaucht, also hatte ich keine Beweise. Ich hatte niemanden sonst, an den ich mich wenden konnte. Immer wieder fragte ich mich, ob es da eine Verbindung gab zwischen Laura und dem Massaker. Und dann war da noch Mark. Er war an diesem Wochenende bei uns, also hatte er alles mitbekommen.«

»Er rief Patrick an. Und erzählte ihm, dass Ihre Mutter und Arthur nach Chinatown fahren würden.«

»So war es mit Sicherheit. Aber erst bei der Beerdigung wurden mir die ganzen Zusammenhänge klar. Dass mein Vater und Mark zusammenarbeiteten. Ohne den Anhänger konnte ich nichts beweisen. Mein Vater hatte alle Macht über mich, und ich wusste, dass es kein Problem für ihn wäre, mich verschwinden zu lassen.«

»Also sind Sie selbst verschwunden.«

»Es war nicht geplant. Aber dann kam dieser Schulausflug, und ich bin mit meiner Klasse den Bostoner Freedom Trail abgegangen.« Sie lachte traurig. »Und plötzlich dachte ich mir: *Ich* will auch frei sein! Und jetzt habe ich die Chance dazu. Also habe ich mich von den Lehrern weggeschlichen. Nachdem ich ein paar Blocks weit gegangen war, begann ich zu überlegen, wie ich meine Spuren verwischen könnte. In einer Gasse warf ich meinen Rucksack und meinen Ausweis weg. Ich hatte genug Geld für eine Busfahrkarte in den Norden. Wohin ich wollte, hatte ich mir noch nicht überlegt, ich wusste nur, dass ich von meinem Vater wegmusste. Als ich in Maine ankam und aus dem Bus stieg, hatte ich plötzlich das Gefühl …« Sie seufzte. »Als wäre ich zu Hause angekommen.«

»Und Sie sind geblieben.«

»Ich fand einen Job, habe in den Ferienhütten geputzt. Ich lernte meinen Mann Joe kennen. Und das war das größte Geschenk meines Lebens, einen Mann zu finden, der mich liebt. Der zu mir steht, was auch immer geschieht.« Sie atmete tief ein und hob den Kopf. Dann setzte sie sich auf. »Hier habe ich ein neues Leben begonnen. Ich bekam meine Kinder, und Joe und ich haben zusammen diese Hütten gebaut, haben unser Geschäft aufgebaut. Ich dachte, wenn ich mich nur für immer hier verstecken könnte, wäre ich schon glücklich.«

Vom See her drang fröhliches Lachen herüber, und sie sahen Will und seine Schwester in Badekleidung den Landungssteg entlangrennen. Sie sprangen aus vollem Lauf ab, und das Lachen wurde zu einem Kreischen, als sie ins kalte Wasser klatschten. Susan erhob sich aus dem Schaukelstuhl und starrte zu ihren Kindern hinüber, die fröhlich im See planschten.

»Samantha ist jetzt neun. Genauso alt wie ich damals, als es anfing. Als mein Vater das erste Mal in mein Schlafzimmer kam.« Susan wandte Jane den Rücken zu, als wollte sie nicht, dass diese ihr Gesicht sah. »Man denkt, man könnte den Missbrauch irgendwann hinter sich lassen, aber das gelingt einem nie. Die Vergangenheit ist immer da und wartet darauf, dich in deinen Albträumen zu überfallen. Sie taucht auf, wenn du es am wenigsten erwartest. Wenn du Gin und Zigarren riechst. Oder nachts deine Schlafzimmertür knarren hörst. Auch nach all den Jahren quält er mich immer noch. Und als Samantha neun wurde, da wurden die Albträume schlimmer, weil ich mich selbst in ihrem Alter sah. So unschuldig, noch unberührt. Ich dachte an das, was er mir angetan hatte und was er mit Laura gemacht haben mochte. Und ich fragte mich, ob es noch andere Mädchen gab, andere Opfer, von denen ich gar nichts wusste. Aber ich wusste nicht, wie ich ihn zu Fall bringen sollte, so ganz auf mich gestellt. Ich hatte nicht den Mut.«

Draußen kletterten Will und Samantha wieder auf den Steg, lachten und schüttelten sich trocken. Susan legte die Hand auf das Fliegengitter, als ob sie aus dem Anblick ihrer Kinder Kraft schöpfte.

»Und dann, am dreißigsten März«, sagte Susan, »schlug ich den *Boston Globe* auf.«

»Sie sahen Iris Fangs Anzeige. Über das Massaker im Red Phoenix.«

»*Die Wahrheit ist nie ans Licht gekommen*«, flüsterte Susan. »So stand es in der Anzeige. Und plötzlich wusste ich, dass ich nicht allein war. Dass noch jemand nach Antworten suchte. Und nach Gerechtigkeit strebte.« Sie drehte sich zu Jane um. »Da brachte ich endlich den Mut auf, Detective Ingersoll anzurufen. Ich kannte ihn, weil er die Ermittlungen zum Massaker im Red Phoenix geleitet hatte. Ich erzählte ihm von Lauras Anhänger. Von meinem Vater und Mark. Ich sagte ihm, dass es noch mehr verschwundene Mädchen geben könnte.«

»Deswegen fing er also an, Fragen über die Mädchen zu stellen«, sagte Jane. Fragen, die ihn in Gefahr gebracht hatten, weil Patrick irgendwie erfahren hatte, dass Ingersoll Beweise sammelte; Beweise, die ihn nicht nur mit verschwundenen Mädchen, sondern auch mit dem Red Phoenix in Verbindung bringen würden. Er musste annehmen, dass Iris Fang dahintersteckte, weil sie die Anzeige im *Globe* geschaltet hatte. Sie hatte nicht nur ihre Tochter, sondern auch ihren Mann verloren. Wenn er Iris und Ingersoll aus dem Weg räumte, wäre das Problem aus der Welt geschafft. Deshalb hatte Patrick Profikiller angeheuert. Aber die Killer hatten den Gegner unterschätzt, mit dem sie es zu tun hatten.

»Ich hatte schreckliche Angst, dass mein Vater mich finden könnte«, sagte Susan. »Ich bat Detective Ingersoll, *niemals* irgendetwas zu sagen, was zu mir zurückverfolgt werden könnte. Er versprach mir, dass nicht einmal seine eigene Tochter erfahren würde, woran er arbeitete.«

»Er hat Wort gehalten. Wir hatten keine Ahnung, dass Sie es waren, die ihn engagiert hatte. Wir nahmen an, es sei Mrs. Fang gewesen.«

»Wenige Wochen später rief er mich an. Er sagte, wir müssten uns treffen, und er fuhr zu uns herauf. Er erzählte mir, er habe ein Muster entdeckt. Er war auf die Namen von drei Mädchen gestoßen, die mich vor ihrem Verschwinden getroffen haben könnten. Mädchen, die am gleichen Tennisturnier oder dem gleichen Musiktreffen teilgenommen hatten. Wie sich herausstellte, war *ich* die Verbindung. *Ich* war der Grund, weshalb sie ausgewählt wurden.« Ihre Stimme versagte, und sie sank wieder in den Schaukelstuhl zurück. »Ich habe hier oben mein Leben gelebt, mit meinen Kindern, weitab von jeder Gefahr. Ich wusste nicht, dass es noch andere Opfer gab. Wenn ich nur mutiger gewesen wäre, hätte ich dem schon vor langer Zeit ein Ende machen können.«

»Es *hat* jetzt ein Ende, Susan. Und Sie *haben* daran mitgewirkt.«

Sie sah Jane an, und ihre Augen schimmerten feucht. »Nur ganz am Rande. Detective Ingersoll ist dafür gestorben. Und Sie sind diejenige, die es zum Abschluss gebracht hat.«

Aber nicht allein, dachte Jane. Ich hatte Hilfe.

»Mom?« Die Stimme des Mädchens drang aus der Dämmerung zu ihnen. Samantha stand hinter dem Fliegengitter, ihre schlanke Silhouette zeichnete sich vor dem Hintergrund des Sees ab, der im letzten Abendlicht glitzerte. »Dad sagt, ich soll dich holen kommen. Er ist sich nicht sicher, ob es schon Zeit ist, die Pastete aus dem Ofen zu nehmen.«

»Ich komme, Schatz.« Susan stand auf. Während sie die

Verandatür aufstieß, drehte sie sich noch einmal zu Jane um und lächelte. »Das Essen ist fertig. Kommen Sie einfach rüber, wenn Sie Hunger haben«, sagte sie. Dann trat sie ins Freie und ließ die Tür quietschend hinter sich zufallen.

Von der Veranda aus sah Jane zu, wie Susan Samanthas Hand nahm. Zusammen gingen Mutter und Tochter am Ufer entlang, bis die Dämmerung sie verschluckte. Und die ganze Zeit hielten sie sich an den Händen.

39

Drei Monate später
Provinz Fujian, China

Der süßliche Duft von Räucherwerk weht über den Hof, wo Bella und ich vor dem Grabmal der Vorfahren ihres Vaters stehen. Es ist ein uralter Friedhof. Seit mindestens tausend Jahren sind Generationen der Familie Wu hier beigesetzt worden, und nun ist Wu Weimins Asche vereint mit der seiner Vorväter. Seine geschundene Seele muss nicht länger in der Geisterwelt umherirren und nach Gerechtigkeit schreien. Hier wird er endlich für alle Zeiten in Frieden ruhen.

Während die Schatten vorrücken und die Nacht hereinbricht, entzünden Bella und ich Kerzen und verbeugen uns zum Gedächtnis ihres Vaters. Plötzlich spüre ich, dass noch jemand zugegen ist, und als ich mich umblicke, sehe ich eine Gestalt durch das Friedhofstor treten. Obwohl ich sein Gesicht im Dämmerlicht nicht sehen kann, erkenne ich an seinem lautlosen Schritt, an der spielerischen Eleganz seiner Bewegungen, dass es Wu Weimins Sohn aus erster Ehe ist, der Sohn, der ihn nie vergessen hat und ihn immer noch in Ehren hält. Als der Mann in den Schein des Kerzenlichts tritt, nickt Bella ihrem Halbbruder zu, und er erwidert den Gruß mit einem traurigen Lächeln. Sie sind einander so ähnlich, diese zwei, beide so unnachgiebig wie der Stein, der die Asche ihres Vaters umschließt. Jetzt, da ihre Pflicht erfüllt ist, frage ich mich, was aus ihnen werden wird. Wenn man die Hälfte seines jungen Lebens einem einzigen Ziel gewidmet hat und dieses Ziel endlich erreicht ist, wonach will man dann noch streben?

Er verbeugt sich respektvoll vor mir. »Sifu, es tut mir leid, dass ich mich verspätet habe. Meine Maschine aus Schanghai konnte wegen des schlechten Wetters nicht starten.«

Ich betrachte sein Gesicht im Kerzenschein und sehe mehr als Erschöpfung in den Sorgenfalten um seine Augen. »Gibt es Probleme in Boston?«

»Ich glaube, sie weiß Bescheid. Ich merke, wie sie mich beobachtet und ausforscht. Ich spüre ihren Argwohn, jedes Mal, wenn sie mich ansieht.«

»Was wird jetzt passieren?«

Er stößt einen langen Seufzer aus und starrt in die Kerzenflammen. »Ich glaube – ich hoffe, dass sie es versteht. Sie hat mir eine enthusiastische Empfehlung geschrieben. Und sie will, dass ich bei einer weiteren Ermittlung in Chinatown mit ihr zusammenarbeite.«

Ich lächle Johnny Tam an. »Detective Rizzoli ist uns gar nicht so unähnlich. Sie mag nicht mit den Methoden einverstanden sein, mit denen wir unser Ziel erreicht haben, aber ich glaube, sie versteht, warum wir es getan haben. Und ich glaube, dass sie es gutheißt.«

Ich halte ein Streichholz an die Feuerschale im Hof und entfache den Zunder darin. Flammen schlagen empor wie gierige Reißzähne, und wir füttern sie mit Totengeld. Das Feuer verzehrt die Papierfetzen, und der aufsteigende Rauch trägt Trost und Glück zu den Geistern derer, die wir lieben.

Und noch etwas müssen wir hier verbrennen.

Als ich die Maske aus ihrem Beutel ziehe, reflektieren die silberfarbenen Haare den Feuerschein, und plötzlich ist es, als sei sie lebendig geworden, als sei der Geist von Sun Wukong selbst aus dem Schatten hervorgesprungen. Doch die Maske hängt schlaff in meiner Hand, nur ein totes Objekt, gefertigt aus Leder und Affenfell, ein mottenzerfressenes Requisit, das ich vor Jahren einer chinesischen Operntruppe abgekauft habe. Wir drei haben alle diese Maske getragen. Wir drei haben uns die Rolle geteilt. Ich, als ich mich auf dem Dach gegen eine Profikillerin verteidigt habe. Bella, als sie einer Polizistin das Leben rettete. Und zuletzt Johnny, als er Patrick Dion die Kugel in den Kopf schoss und damit den Kreislauf des Todes vollendete.

Ich werfe die Maske in die Flammen. Die Haare fangen sofort Feuer, und ich rieche versengtes Fell und verkohltes Leder. Die lodernde Hitze verzehrt die Maske, und Sun Wukong kehrt in die Geisterwelt zurück, wo der Platz des Affenkönigs ist. Doch er ist nie wirklich weit weg; wenn wir ihn am dringendsten brauchen, wird jeder von uns ihn in sich selbst finden.

Die Flammen erlöschen, und wir starren in die Feuerschale, suchen in der glimmenden Asche das, was jeder von uns sehen will. Für Bella und Johnny ist es das zustimmende Lächeln ihres Vaters. Sie haben ihre Kindespflicht erfüllt; jetzt gehört ihr Leben ihnen.

Und was sehe ich in dieser Asche? Ich erkenne das Gesicht meiner Tochter Laura, deren Überreste vor zehn Wochen in einer von Kletterpflanzen überwucherten Ecke von Patrick Dions Grundstück geborgen wurden. Ich sehe das Gesicht meines geliebten Mannes, immer noch jung, sein Haar so schwarz wie am Tag unserer Hochzeit. Sie werden niemals alt, ich aber verweile hier auf Erden, wo ich immer gebrechlicher werde, wo mein Haar sich silbern verfärbt und die Jahre immer tiefere Furchen in mein Gesicht graben. Doch mit jedem Jahr, das ich älter werde, rücke ich auch näher an James und Laura heran, an den Tag, an dem wir alle wieder vereint sein werden. Und so schreite ich durch die zunehmende Dunkelheit, gelassen und ohne Furcht.

Denn ich weiß, dass sie am Ende meines Weges auf mich warten werden.

Danksagung

Von allen Romanen, die ich geschrieben habe, ist keiner so persönlich wie dieser. Die Inspiration für diese Geschichte waren die Erzählungen meiner Mutter aus ihrer Kindheit in China, Geschichten von Geistern und mysteriösen Kampfkunstmeistern – und, ja, auch von dem heldenhaften Affenkönig. Und deshalb danke ich dir, Mom, dass du mir die wundersame Welt der chinesischen Märchen nahegebracht hast.

Mein Dank geht auch an Tony Yee und Officer Tommy Yung vom Boston PD für die Einblicke in die Welt von Bostons Chinatown; außerdem an Halford Jones, der mich seit Langem ermuntert hat, eine Geschichte über Kampfkünste zu schreiben; an meinen Sohn Adam Gerritsen für seine Hilfe mit Mandarin-Begriffen und obskuren Schusswaffen; an Dr. Reena Roy, Dozentin für Forensische Wissenschaften an der Penn State University, für ihre unschätzbare Hilfe zum Thema Analyse von Primatenhaaren. Ich danke Professor John R. Michaud und seinen Criminal Justice Club von der Juristischen Fakultät der Husson University für ihre Ratschläge bezüglich der Metalluntersuchungen an alten Schwertern; und Detective Russell Grant vom Boston PD, der stets bereit war, sich meinen Fragen zu stellen. Sämtliche Fehler in diesem Roman gehen ausschließlich auf mein Konto.

Und dann ist da das getreue Team, das mir wie immer in jeder Phase mit Rat, Ermutigung und bisweilen einem dringend benötigten Martini zur Seite stand: meine unvergleichliche Agentin Meg Ruley von der Jane Rotrosen Agency; meine Lektorin bei Ballantine, Linda Marrow; Selina Walker, die sich bei Transworld für mich einsetzt; und der Mann, der für mein Wohl und meine Sicherheit sorgt, wenn ich auf Reisen bin, Brian McLendon.

Mein größter Dank aber gilt meinem Mann Jacob, der so frohgemut alle Prüfungen erduldet, die es mit sich bringt, mit einer Schriftstellerin verheiratet zu sein. Wenn ich den ganzen Tag mit Menschen verbracht habe, die nur in meinem Kopf existieren, bin ich unendlich dankbar, wenn dann ein echter Held aus Fleisch und Blut auf mich wartet.

Leseprobe

aus

ABENDRUH

von Tess Gerritsen

Sie sind die einzigen Überlebenden schrecklicher Familientragödien. Erst wurden ihre Eltern und dann obendrein ihre Pflegefamilien brutal ermordet. In Abendruh, einem Internat in der Abgeschiedenheit Maines, sollen sie ihre Sicherheit wiedergewinnen und in ein normales Leben zurückfinden. Doch obwohl die Schule hermetisch gesichert ist, kommt es zu höchst beunruhigenden Vorfällen, und drei Jugendliche bangen um ihr Leben. Maura Isles, die eine persönliche Verbindung zu Abendruh hat, ist vor Ort, als die Bedrohung eskaliert …

Wir nannten ihn Ikarus.

Das war natürlich nicht sein richtiger Name. Meine Kindheit auf dem Bauernhof hat mich gelehrt, dass man einem Tier, das für die Schlachtbank bestimmt ist, nie einen Namen geben darf. Stattdessen sprach man von Schwein Nummer eins oder Schwein Nummer zwei, und man sah ihm niemals in die Augen, um nur ja nicht so etwas wie ein Bewusstsein, eine Persönlichkeit oder gar Zuneigung darin erkennen zu müssen. Wenn ein Tier einem vertraut, braucht es wesentlich mehr Entschlossenheit, ihm die Kehle durchzuschneiden.

Mit Ikarus hatten wir solche Probleme nicht. Weder vertraute er uns, noch hatte er die geringste Ahnung, wer wir waren. Aber wir wussten eine Menge über ihn. Wir wussten, dass er hinter hohen Mauern in einer Villa auf einem Hügel am Stadtrand von Rom lebte. Dass er und seine Frau Lucia zwei Söhne im Alter von acht und zehn Jahren hatten. Dass er, seinem enormen Reichtum zum Trotz, beim Essen einen eher einfachen Geschmack hatte und dass er fast jeden Donnerstag in seinem Stammlokal La Nonna aß.

Und dass er ein Monster war. Das war es auch, was uns in diesem Sommer nach Italien führte.

Die Jagd auf Monster ist nichts für zimperliche Gemüter. Und sie ist auch nichts für Leute, die sich an solche Banalitäten wie Gesetze oder Landesgrenzen gebunden fühlen. Monster halten sich schließlich nicht an Regeln, also können wir uns auch nicht daran halten, wenn wir eine Chance haben wollen, sie zu besiegen.

Doch wer die Regeln und Normen des zivilisierten Umgangs über Bord wirft, läuft Gefahr, selbst zum Monster zu werden. Genau das ist in jenem Sommer in Rom passiert. Damals habe ich das nicht erkannt; niemand von uns hat es erkannt.

Bis es zu spät war.

1

An dem Abend, als die dreizehnjährige Claire Ward hätte sterben sollen, stand sie in Ithaca auf dem Fensterbrett ihres Zimmers im zweiten Stock und überlegte hin und her, ob sie springen sollte oder nicht. Sechs Meter unter dem Fenster waren wild wuchernde Forsythiensträucher, die ihre Frühlingsblüte längst hinter sich hatten. Sie würden ihren Sturz abfedern, aber ohne Knochenbrüche würde es wahrscheinlich nicht abgehen. Sie sah zu dem Ahorn hinüber, beäugte den starken Ast, der sich so nahe zum Fenster hin reckte, dass sie ihn mit ausgestrecktem Arm fast berühren konnte. Bis zu diesem Abend hatte sie den Sprung noch nie gewagt, denn sie war nie dazu gezwungen gewesen. Bis zu diesem Abend war es ihr immer gelungen, sich unbemerkt aus dem Haus zu schleichen. Aber diese Abende der mühelos gewonnenen Freiheit gehörten der Vergangenheit an, denn Bob die Spaßbremse war ihr auf die Schliche gekommen. *In Zukunft bleibst du schön zu Hause, wenn es draußen dunkel wird, junge Dame! Jetzt ist Schluss mit dem Herumstreunen!*

Wenn ich mir bei diesem Sprung den Hals breche, dachte sie, dann ist es allein Bobs Schuld.

Ja, doch, diesen Ast konnte sie mit Sicherheit erreichen. Sie hatte an diesem Abend noch etwas vor, sie wollte Leute treffen, und sie konnte nicht ewig hier herumsitzen und ihre Chancen abwägen.

Sie ging in die Hocke, spannte die Muskeln zum Sprung an – und erstarrte plötzlich, als die Scheinwerfer eines Autos um die Ecke kamen. Der Geländewagen glitt wie ein schwarzer Hai unter ihrem Fenster vorüber und fuhr weiter die ruhige Straße entlang, als ob der Fahrer nach einem bestimmten Haus suchte. Sicher nicht nach unserem, dachte sie; nie tauchte irgendjemand Interessantes bei ihren Pflegeeltern auf, bei Bob »Spaßbremse« Buckley und seiner noch langweiligeren Gattin Barbara. Sogar ihre Namen waren langweilig, ganz zu schweigen von ihren Tischgesprächen. *Wie war dein Tag, Schatz? Und deiner? Das Wetter hat sich gebessert, nicht wahr? Reichst du mir bitte die Kartoffeln?*

In ihrer verstaubten Akademikerwelt war Claire die Fremde, das wilde Mädchen, das sie niemals verstehen würden, sosehr sie sich auch mühten. Und sie gaben sich wirklich Mühe. Wäre sie doch nur bei einer Familie von Künstlern oder Schauspielern oder Musikern untergekommen, bei Leuten, die die ganze Nacht aufblieben und wussten, wie man sich amüsiert. Bei *ihrer* Art von Leuten.

Der schwarze Wagen war verschwunden. Jetzt oder nie, dachte sie.

Sie holte tief Luft und sprang. Spürte das Rauschen der Nachtluft in ihren langen Haaren, als sie durch die Dunkelheit flog. Dann landete sie, geschmeidig wie eine Katze, und der Ast erzitterte unter ihrem Gewicht. Ein Kinderspiel. Sie kletterte auf einen tieferen Ast und wollte gerade springen, als der schwarze Geländewagen zurückkam. Wieder glitt er mit leise schnurrendem Motor vorbei. Sie sah ihm hinterher, bis er um die Ecke verschwand, dann ließ sie sich auf das nasse Gras fallen.

Ihr Blick ging zurück zum Haus, und sie rechnete schon damit, dass Bob zur Haustür hinausstürmen und sie anschreien würde: *Rein mit dir, junge Dame, aber auf der Stelle!* Doch die Außenbeleuchtung ging nicht an.

Jetzt konnte der Abend beginnen.

Sie zog den Reißverschluss ihrer Kapuzenjacke hoch und machte sich auf den Weg zum Stadtpark, wo die ganze Action war – wenn man es so nennen konnte. Zu dieser späten Stunde war die Straße ruhig, die meisten Fenster dunkel. Es war ein Viertel mit Lebkuchenhäuschen wie aus dem Bilderbuch, bevölkert von Professoren und Dozenten und glutenfreien, veganen Ehefrauen und Müttern, die alle in Lesegruppen waren. *Zehn Quadratmeilen, umgeben von der wirklichen Welt*, so lautete Bobs augenzwinkernde Definition der Stadt, doch er und Barbara gehörten tatsächlich hierher.

Claire wusste nicht, wo sie hingehörte.

Sie überquerte die Straße mit großen Schritten und kickte mit ihren ausgetretenen Stiefeln das tote Laub vor sich her. Einen Block weiter stand ein Trio von Teenagern, zwei Jungen und ein Mädchen, im Lichtkegel einer Straßenlaterne und rauchte Zigaretten.

»Hey«, rief sie ihnen zu.

Der größere Junge winkte. »Hey, Claire-Bear. Ich hab gehört, du hättest wieder Einzelhaft.«

»Für dreißig Sekunden vielleicht.«

Sie nahm die brennende Zigarette, die er ihr anbot, machte einen Lungenzug und atmete mit einem zufriedenen Seufzer aus. »Also, was geht ab heute Abend? Was wollen wir machen?«

»Hab gehört, drüben bei den Wasserfällen steigt 'ne Party. Aber wir brauchen ein Auto.«

»Was ist mit deiner Schwester? Sie könnte uns doch hinfahren.«

»Nee, Dad hat ihr die Autoschlüssel weggenommen. Lass uns noch 'ne Weile hier rumhängen und schauen, wer sonst noch aufkreuzt.« Der Junge hielt inne, runzelte die Stirn und spähte über Claires Schulter. »O Scheiße, sieh mal, wer da kommt.«

Sie drehte sich um und stöhnte, als ein dunkelblauer Saab neben ihr am Bordstein hielt. Das Beifahrerfenster wurde heruntergedreht, und Barbara Buckley sagte: »Steig ein, Claire!«

»Ich treffe mich bloß mit meinen Freunden.«

»Es ist fast Mitternacht, und morgen ist Schule.«

»Ist ja nicht so, als ob ich was Verbotenes mache.«

Vom Fahrersitz kommandierte Bob Buckley: »Steig sofort ein, junge Dame!«

»Ihr seid nicht meine Eltern!«

»Aber wir sind verantwortlich für dich. Es ist unser Job, dich zu einem anständigen Menschen zu erziehen, und genau das versuchen wir zu tun. Wenn du nicht sofort mit uns nach Hause kommst, dann … also, dann wirst du die Konsequenzen zu spüren bekommen.«

Ja, ja, ich mach mir vor Angst gleich in die Hose. Sie wollte schon loslachen, doch da fiel ihr plötzlich auf, dass Barbara einen Morgenmantel trug und dass Bobs Haare seitlich vom Kopf abstanden. Sie hatten sich so überhastet auf die Suche nach ihr gemacht, dass sie sich nicht einmal angezogen hatten. Sie sahen beide älter und müder aus, ein zerknittertes Ehepaar mittleren Alters, das aus dem Schlaf gerissen worden war und ihretwegen am nächsten Morgen völlig erschöpft aufwachen würde.

Barbara seufzte resigniert. »Ich weiß, dass wir nicht deine Eltern sind, Claire. Ich weiß, dass es dir nicht passt, bei uns zu wohnen, aber wir tun doch nur unser Bestes. Also steig jetzt bitte ein. Hier draußen bist du nicht sicher.«

Claire warf ihren Freunden einen genervten Blick zu, kletterte auf den Rücksitz des Saab und knallte die Tür zu. »Okay?«, sagte sie. »Jetzt zufrieden?«

Bob drehte sich zu ihr um. »Es geht hier nicht um uns. Es geht um dich. Wir haben deinen Eltern geschworen, dass wir uns immer um dich kümmern würden. Wenn Isabel noch am Leben wäre und dich jetzt sehen könnte, würde es ihr das Herz brechen. Außer Rand und Band, immer voller Zorn. Claire, du hast eine zweite Chance bekommen, und das ist ein Geschenk. Ich bitte dich, wirf es nicht weg.« Er seufzte. »Und jetzt schnall dich an, ja?«

Wäre er wütend gewesen, hätte er sie angebrüllt, dann hätte sie damit umgehen können. Aber der Blick, mit dem er sie ansah, war so kummervoll, dass sie ein ganz schlechtes Gewissen bekam. Weil sie sich so unmöglich benahm, weil sie ihre Güte mit Rebellion erwiderte. Es war nicht die Schuld der Buckleys, dass ihre Eltern tot waren. Dass ihr Leben so verkorkst war.

Während sie davonfuhren, saß sie zusammengekauert auf dem Rücksitz, reumütig, aber zu stolz, um sich zu entschuldigen. Morgen werde ich netter zu ihnen sein, dachte sie. Ich werde Barbara helfen, den Tisch zu decken, und vielleicht sogar Bobs Wagen waschen. Denn diese Kiste hat es wirklich verdammt nötig.

»Bob«, sagte Barbara, »was macht denn das Auto da vorn?«

Ein Motor heulte auf. Scheinwerfer kamen auf sie zu.

Barbara schrie: »*Bob!*«

Durch den Aufprall wurde Claire in ihren Gurt geschleudert, und ein entsetzliches Getöse zerriss die Nacht. Splitterndes Glas. Knirschendes Metall.

Und irgendjemand weinte, wimmerte leise. Sie schlug die Augen auf, sah, dass die Welt auf dem Kopf stand, und merkte, dass das Wimmern von ihr selbst kam. »Barbara?«, flüsterte sie.

Sie hörte einen gedämpften Knall, dann noch einen. Benzingeruch stieg ihr in die Nase. Sie hing in ihrem Gurt, und er schnitt ihr so tief in die Rippen, dass sie kaum atmen konnte. Blind tastete sie nach der Schnalle. Sie löste sich mit einem Klick, Claires Kopf schlug unten auf, und ein jäher Schmerz schoss ihr in den Nacken. Irgendwie gelang es ihr, sich umzudrehen, sodass sie flach dalag, vor sich das zerschmetterte Fenster. Der Benzingeruch war jetzt stärker. Sie wälzte sich zum Fenster hin, dachte an Flammen, an sengende Hitze, die das Fleisch auf ihren Knochen zum Kochen brachte. *Raus hier, raus. Solange noch Zeit bleibt, Bob und Barbara zu retten!* Sie schlug die letzten Glassplitter aus dem Rahmen, und sie fielen klirrend auf den Asphalt.

Zwei Füße tauchten in ihrem Blickfeld auf und blieben vor ihr stehen. Sie starrte zu dem Mann auf, der ihr den Fluchtweg versperrte. Sein Gesicht konnte sie nicht sehen, nur seine Silhouette. Und die Waffe, die er in der Hand hielt.

Reifen kreischten, als ein weiterer Wagen mit röhrendem Motor auf sie zuschoss.

Claire wich erschrocken in den Saab zurück, wie eine Schildkröte, die sich in den Schutz ihres Panzers verkriecht. Sie zog sich vom Fenster zurück, hielt sich die Arme über den Kopf und fragte sich nur, ob die Kugel diesmal wehtun würde. Ob sie spüren würde, wie sie in ihren Schädel eindrang. Sie rollte sich so fest zusammen, dass sie nur noch das Geräusch ihres eigenen Atems hörte, das Rauschen des Bluts in ihren Adern.

Fast hätte sie die Stimme überhört, die ihren Namen rief.

»Claire Ward?« Es war eine Frau.

Ich muss wohl tot sein. Und das da ist ein Engel, der mit mir redet.

»Er ist weg. Du kannst jetzt rauskommen, die Gefahr ist vorbei«, sagte der Engel. »Aber du musst dich beeilen.«

Claire schlug die Augen auf und spähte durch ihre Finger auf das Gesicht, das sie seitwärts durch das kaputte Fenster anstarrte. Ein schlanker Arm streckte sich nach ihr aus, und Claire duckte sich ängstlich weg.

»Er wird wiederkommen«, sagte die Frau. »Also beeil dich.«

Claire ergriff die dargebotene Hand, und die Frau zog sie heraus. Glassplitter regneten klirrend herab, als Claire auf den Asphalt rollte. Allzu schnell setzte sie sich auf, und die nächtliche Szenerie drehte sich um sie. Sie erhaschte einen kurzen Blick auf das Wrack des Saab, der sich überschlagen hatte, dann musste sie den Kopf schon wieder senken.

»Kannst du aufstehen?«

Langsam hob Claire den Kopf.

Die Frau war ganz in Schwarz gekleidet. Ihr Haar war zum Pferdeschwanz gebunden, und die blonden Strähnen schimmerten hell im Schein der Straßenlaterne. »Wer sind Sie?«, flüsterte Claire.

»Mein Name ist nicht wichtig.«

»Bob ... Barbara ...« Claire sah zu dem auf dem Dach liegenden Wagen. »Wir müssen sie da rausholen! Helfen Sie mir.« Claire kroch zur Fahrerseite und riss die Tür auf.

Bob Buckley fiel heraus auf die Straße, die blicklosen Augen weit aufgerissen. Claire starrte auf das Einschussloch in seiner Schläfe. »Bob«, stöhnte sie. »*Bob!*«

»Du kannst ihm nicht mehr helfen.«

»Barbara ... Was ist mit Barbara?«

»Es ist zu spät.« Die Frau packte sie an den Schultern und schüttelte sie kräftig. »Sie sind tot, verstehst du? Sie sind beide tot.«

Claire schüttelte den Kopf, den Blick immer noch auf Bob geheftet. Auf die Blutlache, die sich jetzt um seinen Kopf herum ausbreitete wie ein dunkler Heiligenschein. »Das kann doch nicht wirklich passieren«, wisperte sie. »Nicht schon wieder.«

»Komm, Claire.« Die Frau ergriff ihre Hand und zog sie hoch. »Komm mit mir. Wenn dir dein Leben lieb ist.«

2

An dem Abend, als der vierzehnjährige Will Yablonski hätte sterben sollen, stand er im Dunkeln auf einer Wiese in New Hampshire und hielt Ausschau nach Aliens.

Er hatte die komplette Ausrüstung beisammen, die er für seine Suche brauchte. Da war sein 10-Zoll-Dobson-Spiegel, den er drei Jahre zuvor von Hand geschliffen hatte, als er erst elf Jahre alt gewesen war. Er hatte zwei Monate daran gearbeitet, zuerst mit grobem 80-körnigen Sandpapier, dann nach und nach mit immer feinerer Körnung, um das Glas zu formen, zu glätten und zu polieren. Mithilfe seines Vaters hatte er seine eigene Altazimut-Montierung gebaut. Das 25-mm-Plöss-Okular war ein Geschenk seines Onkels Brian, der Will half, die ganzen Geräte nach dem Abendessen hinaus aufs Feld zu schleppen, wann immer der Himmel klar war. Aber Onkel Brian war eine Lerche, keine Eule, und um zehn Uhr abends war er immer schon reif fürs Bett.

Und so stand Will allein auf dem Feld hinter dem Bauernhaus seiner Tante und seines Onkels, wie an den meisten Abenden, wenn es keine Wolken gab und der Mond nicht schien, und suchte den Himmel nach kosmischen Staubhaufen ab, besser bekannt als Kometen. Sollte er je einen neuen Kometen entdecken, dann wusste er schon genau, wie er ihn nennen würde: *Komet Neil Yablonksi*, zu Ehren seines verstorbenen Vaters. Ständig wurden neue Kometen von Amateur-Astronomen entdeckt – warum sollte es das nächste Mal nicht ein vierzehnjähriger Junge sein? Sein Vater hatte ihm einmal gesagt, es brauche dafür nur Hingabe, ein geübtes Auge und eine Menge Glück. *Es ist eine Schatzsuche, Will. Das Universum ist wie ein Strand, und die Sterne sind Sandkörner, die das, was du suchst, verdecken.*

Für Will war die Schatzsuche immer noch so spannend wie am ersten Tag. Immer noch verspürte er dieses Kribbeln, jedes Mal, wenn er und Onkel Brian die Ausrüstung aus dem Haus trugen und sie in der Abenddämmerung aufbauten, die gleiche gespannte Erwartung, weil dies die Nacht sein könnte, in der er den Kometen Neil Yablonski entdeckte. Und dann hätte sich die ganze Mühe endlich gelohnt, die zahllosen Nachtwachen, bei denen er sich mit heißer Schokolade und Schokoriegeln auf den Beinen gehalten hatte. Und es würde sogar die Beleidigungen aufwiegen, die seine ehemaligen Klassenkameraden in Maryland ihm ins Gesicht geschleudert hatten. *Fettsack. Michelin-Männchen.*

Die Kometenjagd war kein Hobby, bei dem man einen braun gebrannten Athletenkörper bekam.

Heute hatte er seine Suche wie üblich bald nach der Abenddämmerung begonnen, denn Kometen waren am besten kurz nach Sonnenuntergang oder kurz vor Sonnenaufgang zu sehen. Aber die Sonne war schon vor Stunden untergegangen, und immer noch hatte er keine Schweifsterne erspäht. Er hatte ein paar vorbeiziehende Satelliten beobachtet und einmal das kurze Aufflackern eines Meteors, aber nichts, was er in diesem Himmelssektor nicht schon einmal gesehen hätte. Er richtete das Teleskop auf einen anderen Sektor, und der unterste Stern der Canes Venatici kam in sein Blickfeld. Die Jagdhunde. Er erinnerte sich an die Nacht, in der sein Vater ihm den Namen dieses Sternbilds beigebracht hatte. Eine kalte Nacht, in der sie beide bis zur Morgendämmerung aufgeblieben waren. Sie hatten sich mit Schlucken aus der Thermoskanne gewärmt und sich ab und zu einen Snack …

Plötzlich schnellte er hoch und drehte sich um. Was war das für ein Geräusch? Ein Tier? Oder bloß der Wind in den Bäumen? Er stand mucksmäuschenstill da und lauschte angestrengt, doch die Nacht war mit einem Mal unnatürlich still, so still, dass er seinen eigenen Atem extrem laut hörte. Onkel Brian hatte ihm versichert, dass in diesen Wäldern keine gefährlichen Tiere hausten, aber wie er so allein in der Dunkelheit stand, konnte Will sich alle möglichen Kreaturen mit scharfen Zähnen vorstellen. Schwarzbären. Wölfe. Pumas.

Mit flatternden Nerven wandte er sich wieder seinem Teleskop zu und verschob den Ausschnitt. Und da war plötzlich dieser Staubhaufen, genau in der Mitte des Okulars. *Ich hab ihn gefunden! Komet Neil Yablonski!*

»Tess Gerritsen ist die Königin des atmosphärischen Thrillers. Wie sie mit den Gefühlen des Lesers spielt – meisterhaft.«

Für Sie

416 Seiten. ISBN 978-3-7341-0685-9

Im Keller eines Bostoner Museums wird eine Mumie entdeckt. Als die Museumsleitung sie untersuchen lässt, kommt Grausames zutage: Die Mumie ist nicht annähernd so alt wie angenommen. Und in ihrem Bein steckt eine Pistolenkugel ... Sie wird nicht die letzte Leiche sein, die nach allen Regeln der antiken Bestattungskunst konserviert wurde. Ein perverser Mörder scheint seine Opfer für die Ewigkeit erhalten zu wollen. Jane Rizzoli und Maura Isles beginnen zu ermitteln – und stechen in ein teuflisches Gespinst aus alten Familiengeheimnissen und tödlicher Besessenheit.

Lesen Sie mehr unter: **www.blanvalet.de**